Carolin Schairer

In jener Nacht

W0391871

Carolin Schairer

In jener Nacht

Kriminalroman

Ulrike **HELMER** Verlag

Bibliografische Information der Deutschen Nationalbibliothek
Die Deutsche Nationalbibliothek verzeichnet diese Publikation in der Deutschen Nationalbibliografie; detaillierte bibliografische Daten sind im Internet über http://dnb.d-nb.de abrufbar.

Gedruckt auf säurefreiem, alterungsbeständigem Werkdruckpapier.

ISBN 978-3-89741-376-4

Originalausgabe in **CRiMiNA**.
CRiMiNA ist ein Imprint des Ulrike Helmer Verlags, Sulzbach/Taunus
© 2015 Copyright Ulrike Helmer Verlag, Sulzbach/Taunus
Alle Rechte vorbehalten
Covergestaltung: Atelier KatarinaS / NL
unter Verwendung des Fotos »white face«
© Andrey Kiselev – Fotolia.com

Ulrike Helmer Verlag
Neugartenstraße 36c, D-65843 Sulzbach/Taunus
E-Mail: info@ulrike-helmer-verlag.de

www.ulrike-helmer-verlag.de

Berlin, November 2014

»I keep going to the river to pray – Cause I need – Something that can wash all the pain …«

Ella Hendersons Song *Ghost*, der derzeitige Klingelton am Handy seiner Frau, riss ab, noch ehe Felix Rabenstein auch nur daran dachte, die Augen zu öffnen. Dana hatte den Anruf angenommen, obwohl es mitten in der Nacht war. Unruhig wälzte er sich im Bett auf die andere Seite.

»Du?!«, hörte er sie neben sich sagen.

Ihre Stimme klang so alarmiert, dass er sich trotz der bleiernen Müdigkeit, die ihm in den Knochen steckte, zum vollständigen Aufwachen zwang.

»Woher hast du diese Nummer?«

Felix richtete sich auf und betätigte dabei gleichzeitig den Schalter der Nachttischlampe.

»Was willst du?!« Danas Stimme klang ungewohnt scharf. Ihre Gesichtszüge wirkten angespannt.

Einen kurzen Moment lang spielte Felix Rabenstein mit dem Gedanken, ihr das Handy aus der Hand zu reißen und den nächtlichen Anrufer schonungslos niederzubrüllen. Die Annahme, dass es womöglich doch ein Journalist sein konnte, einer, den Dana gut kannte, ließ ihn davon absehen. Sosehr er die Presse auch hasste – sie brauchten sie. Die Medienberichte über Dana, eine der bekanntesten Schauspielerinnen im deutschen Sprachraum, und ihn, Moderator bei einem größeren privaten Radiosender, waren für ihre Karrieren äußerst förderlich. Seit sie vor eineinhalb Jahren ihre Beziehung in der größten Boulevard-Zeitung Deutschlands mit einem rührseligen Interview öffentlich gemacht hatten, war es für sie beide nur weiter bergauf gegangen. Dana bekam trotz ihres Alters plötzlich wieder große Rollen in Spielfilmen und er moderierte inzwischen die Morgensendung, bei der die Einschaltquoten am höchsten waren.

»Das wirst du sicherlich nicht tun!«

In Danas Tonfall hatte sich ein schriller Unterton eingeschlichen. Sogar im fahlen Licht der Nachttischlampe bemerkte Felix, dass ihr sämtliche Farbe aus dem Gesicht gewichen war.

Nun hörte er auch die Stimme am anderen Ende der Leitung: die ruhige, beherrscht wirkende Sprechweise einer Frau. Eine dumpfe Vorahnung beschlich ihn.

»Ich habe dazu nichts zu sagen, verdammt!« Dana schrie jetzt ins Telefon. Ihre Nasenflügel bebten. »Es ist alles gesagt worden, was es zu sagen gibt! Die einzigen Ungereimtheiten existieren in deinem kranken Kopf!«

Mit wutverzerrtem Gesicht drückte sie auf die rote Taste. Als sie das Handy zur Seite legte, zitterten ihre Hände.

»Wer war das, um Himmels Willen?«

Felix rutschte zu der Frau an seiner Seite und legte ihr fürsorglich den Arm um die schmalen Schultern. Erschöpft vergrub sie ihren Kopf in seiner Halsbeuge. Ihre rötlichen Haarsträhnen kitzelten seinen Nacken.

»Wer wird das schon gewesen sein, um kurz nach zwei Uhr nachts?« Danas Stimme klang heiser. »*Sie* – wer sonst!«

»Was will sie? Hat sie wieder einen ihrer depressiven Schübe?«

Zorn formierte sich in seinem Inneren. Er hatte Danas Tochter aus einer weit früheren Beziehung nur einmal erlebt: Während ihrer standesamtlichen Trauung hatte Julie mit steinerner Miene in einer Ecke des Trausaals gestanden. Als sie anschließend auf ihn zuging, rechnete er mit Glückwünschen, doch stattdessen bedachte sie ihn nur mit einem bedeutungsschweren

Blick und sagte: »Ich hoffe, Sie wissen, auf was Sie sich hier einlassen.« Danach hatte sie sich ohne ein weiteres Wort umgedreht und war gegangen.

Die Szene hatten Pressefotografen festgehalten und in der Regenbogenpresse breitgetreten.

Letztendlich war es Danas Geschick im Umgang mit den Medienleuten zu verdanken, dass die Presse am Ende vollends für sie Partei ergriff. Es hatte sie große Überwindung gekostet, öffentlich über die psychische Erkrankung ihrer Tochter zu sprechen, das hatte er ihr deutlich angesehen. Aber es war die einzige Möglichkeit gewesen, um Schlagzeilen wie WAS HAT DANA KARNEOL ZU VERBERGEN? zu vermeiden.

Wenn er im Nachhinein an Julies Auftritt zurückdachte, war er sich sicher: Sie hatte die Hochzeit ihrer Mutter lediglich als PR-Forum für sich selbst nutzen wollen. Julies Bücher standen zwar in den Bestsellerlisten, doch von der Frau, die sie verfasste, nahmen große Society-Medien allenfalls dann Notiz, wenn über ihre prominente Mutter Dana Karneol berichtet wurde.

»Ich weiß nicht, warum sie mir das antut.«

Er spürte Danas heiße Tränen auf seiner nackten Haut.

»Warum kann sie nicht endlich aufhören damit? Habe ich nicht genug durchgemacht?! – Es waren meine zwei Mädchen, nicht ihre …!«

Dana schluchzte bitterlich und er spürte ihren Kummer, als wäre es sein eigner.

Ja, sie hatte genug gelitten, da war sich auch die deutschsprachige Boulevardpresse einig. Statt über DANA KARNEOL: SCHWANGER MIT 50, KANN DAS GUT GEHEN? zu lästern, hatten sich die Medien auf ihre Seite geschlagen. DANA KARNEOL: SCHWANGER! ENDLICH KANN SIE WIEDER GLÜCKLICH SEIN!, war der Tenor jener Berichte, die erschienen, seit sie ihre Schwangerschaft vor rund drei Wochen öffentlich gemacht hatten.

»Liebste … psst … bleib ruhig, denk an unser Baby.«

Er legte ihr besänftigend die Hand auf den Bauch, der Ende

des vierten Monats allenfalls eine unmerkliche Wölbung erkennen ließ. »Denk nicht mehr an diese hässliche Geschichte. Was auch immer deine Tochter gesagt hat, vergiss es. Du hast selbst richtig erkannt: Sie ist krank. Sie will Aufmerksamkeit. Nach allem, was du mir erzählt hast, wollte sie das schon ihr ganzes Leben lang. Eine graue Maus, die sich nach Farbe sehnt und der jedes Mittel recht ist.«

Was er sagte, entsprach allerdings nicht ganz seiner Wahrnehmung. Rein optisch war Julie das um knapp zwanzig Jahre jüngere Abbild von Dana: mittelgroß, schlank, mit den gleichen kupferroten Haaren, dazu Gesichtszüge, die denen seiner Frau sehr ähnlich waren und sich nur in der Augenpartie unterschieden. Danas ausdrucksvoller Blick strotzte vor Energie, Julie dagegen wirkte ernst und streng. In Felix' Augen fehlte es ihr an jenem Quantum Charisma, das erforderlich war, um die Massen zu begeistern.

»Ich will nicht, dass alles wieder ausgegraben wird.« Sie sah ihn tränenüberströmt an. Tiefe Verzweiflung stand in ihren Augen.

»Was genau hat sie gesagt?«

Es dauerte, bis sich seine Frau so weit gesammelt hatte, dass sie ihm eine Antwort geben konnte.

»Dass sie endlich wissen will, was damals wirklich passiert ist.« Dana begann erneut zu schluchzen. »Herrgott, warum stochert sie in dieser Sache herum? Warum tut sie mir das nur an? – Ich meine, was gibt es schon viel dazu zu sagen? ... Er war ein Schläger, ein Despot! Ihn zu verlassen, schien mir der einzige Weg! ... Ich hatte solche Angst, Felix! ... Angst, dass er den Kindern etwas antut ... Ich konnte doch nicht wissen ... konnte doch nicht ahnen, dass er vollkommen austickt ... Und jetzt kommt *sie* und tut so, als wäre alles meine Schuld ...«

Bitterlich weinend schmiegte sich die Frau, die er liebte wie keine andere zuvor, an seinen nackten Oberkörper.

Wut begann in ihm zu brodeln.

»Sie ist depressiv ... und wer weiß, was sonst noch in ihr vorgeht«, sagte er mühsam beherrscht, während er Dana über den Rücken streichelte. »Du hast mir selbst erzählt, dass sie schon als Jugendliche psychisch nicht mit sich im Reinen war. Julie kann das Glück anderer nicht akzeptieren. Sie kann nicht ertragen, dass du wieder Mutter wirst, dass sie in den Medien Fotos von uns als Paar sieht, dass du wieder lachst und glücklich bist, während sie allein in einer Kammer sitzt und nichts anderes hat als ihre Romane. Und deshalb quält sie dich mit ihren Anrufen und mit dieser tragischen Geschichte – weil sie dich genauso unglücklich sehen will, wie sie selbst sich vermutlich fühlt.« Er legte seine Hand unter Danas Kinn und hob es sanft an. Sein Blick war entschlossen. »Lass dich von ihr nicht aus der Bahn werfen, Liebling. Sollte sie jemals wieder anrufen, leg einfach auf. Denk immer daran, dass sie nichts weiter ist als eine gefrustete, einsame, depressive Intellektuelle, die gerne Missgunst streut und Kummer sät.«

»Ich weiß«, flüsterte Dana.

Sein Kuss sollte Trost spenden, alle Ängste beseitigen, doch die erwiderte Leidenschaft ließ für Felix keine Zweifel offen, dass sie ihn auf andere Weise wollte als nur in der Rolle des sanften Zuhörers. Mehr als nur bereit, schob er ihr Nachthemd nach oben und berührte die wohlgeformte Brust. Aufreizendes Stöhnen entfachte seine ganze Leidenschaft.

Später, als er sich schwer atmend und befriedigt von ihrem zierlichen Körper rollte, war sein einziger Gedanke, dass er für diese Frau alles täte, um sie zu beschützen. Wirklich alles. Dana war die Liebe seines Lebens, und hatte bereits genug gelitten. Niemals würde er zulassen, dass ihr irgendein Leid zugefügt würde. Sie hatte im Leben tatsächlich schon genug gelitten.

Altenhain, Oktober 1998

»Verdammt noch mal, wie soll ich mir bei diesem Höllenlärm einen Text merken?«

Dana sprang auf und stieß dabei so heftig gegen den Esstisch, dass ein Glas Wasser, das nahe an der Kante gestanden hatte, mit lautem Krachen auf dem hölzernen Schiffbrettboden aufschlug. Wie durch ein Wunder überstand es den Aufprall, ohne zu zerbrechen.

Der kleinen Wasserpfütze, die sich am Boden bildete und in das blanke Holz sickerte, weiter keine Beachtung schenkend, riss sie die Türe zum Nebenzimmer auf.

»Hört sofort auf! Das kann ja kein Mensch ertragen!«

Die zwei kleinen Mädchen, die nebeneinander auf dem Klavierocker saßen und auf den Tasten herumklimperten, fuhren hoch und schauten sie aus großen, dunklen Augen erschrocken an.

Dana hasste diesen Blick – diese unerklärliche Furcht in den Augen der Kinder. So, als ob sie sie regelmäßig schlüge – obwohl sie nie in ihrem Leben die Hand gegen sie erhoben hatte. Noch vor Jahren hatte sie geglaubt, dieser Blick sei eine Eigenart ihrer älteren Tochter. Auch Julie sah sie hin und wieder an, als wäre sie ein Monster. In manchen Momenten fühlte sie sich tatsächlich schon so.

Dass ihre fünfjährigen Zwillinge sie jetzt ebenfalls mit diesem strafenden Blick bedachten, machte sie wütend. Kurz entschlossen schlug sie den Klavierdeckel zu.

Alena begann zu weinen. Alissa starrte sie nur an.

»Aber Mami, wir wollten ...«, begann Alissa zaghaft, doch Dana fiel ihr ins Wort.

»Das interessiert mich jetzt nicht. – Die Mami hat am Montag ein ganz, ganz wichtiges Casting. Wenn ihr weiter Lärm macht, bekommt die Mami die Rolle nicht und wir haben kein Geld. Dann können wir nichts zu essen kaufen.«

Nun machte auch Alissa ein Gesicht, als würde sie gleich in Tränen ausbrechen.

Dana unterdrückte ein Seufzen. Warum wollten die beiden sie einfach nicht verstehen? Ihr Nervenkostüm war in diesen Tagen nicht das Beste, das wusste sie selbst. Aber war das ein Wunder angesichts der Umstände? – Sie hatte ihr Konto überzogen, der Bankberater machte allmählich Stress und Joe hatte schon seit drei Monaten keine Skulptur mehr verkauft.

Sie kniete sich auf den Boden, um mit den Zwillingen auf Augenhöhe zu sein, und zog beide in ihre Arme. Die Kinder schmiegten sich dankbar an sie.

»Wenn die Mami die Rolle bekommt, gehen wir ein richtig großes Eis essen, versprochen. Und einstweilen …« Sie löste die Umarmung und stand auf. »Kommt mit!«

Die Mädchen folgten ihr durch das Wohnzimmer zur Küche. Dana öffnete einen der Schränke und drückte beiden je einen Keksriegel in die Hand. Mit Erleichterung sah sie, wie die Kinderaugen aufleuchteten.

»Und jetzt geht nach oben in euer Zimmer zum Spielen. Aber leise, versprochen?!«

»Versprochen!«, kam es einstimmig zurück. Kurze Zeit später ertönten die Trippelschritte der Zwillinge auf der Treppe.

Als sie zurück ins Wohnzimmer kam, kniete Julie mitten im Zimmer, um mit einer Küchenrolle den nassen Fleck am Bretterboden zu trocknen.

»Es war nur Wasser«, kommentierte Dana, während sie sich wieder auf den Stuhl fallen ließ. Sie fühlte sich müde und abgekämpft. Trotzdem griff sie nach dem Text.

Bei meiner letzten Italienreise habe ich die beste Pasta meines Lebens gegessen. Zu Hause bekam ich das nie so hin. Dann hat mir meine Freundin PASTA E BASTA *empfohlen. Und jetzt werden die Nudeln so richtig al dente. Wie in Italien.*

Dana fühlte, dass Julie sie anstarrte, und hob den Kopf.

»Was siehst du mich so vorwurfsvoll an? Willst du mir wieder einmal ein schlechtes Gewissen einreden, dass ich keine gute Mutter bin, oder was ist es diesmal?«

»Ich … ich … ich finde, du solltest sie nicht so anschreien.« Julie senkte den Blick zum Boden. »Sie sind doch erst fünf.«

»Oh, da sieh einer an.« Dana schob die ausgedruckten Textseiten von sich. Ärger keimte in ihr auf. Sie hasste diese Diskussionen! »Weißt du schon wieder alles besser als ich? Diesmal, wie man Kinder erzieht?«

Julie schwieg.

Erst macht sie mir Vorwürfe, dann wird sie verstockt.

Dana seufzte.

»Warum gibst du mir ständig das Gefühl, auf ganzer Linie zu versagen? Macht dir das Spaß? Oder willst du damit vielleicht einfach deine eigenen Unzulänglichkeiten kaschieren?«

Das junge Mädchen presste die Lippen aufeinander.

Dana seufzte. Warum musste sich die Pubertät ausgerechnet bei ihrer Tochter dermaßen lange hinziehen?

»Ich habe immer so gehofft, dass wir einmal Freundinnen werden.« Dana schloss einen Moment lang die Augen. Sie fühlte sich hilflos. »Ich bräuchte so dringend eine Freundin, Julie, eine, die mich versteht und der ich vertrauen kann. Mein Leben ist im Moment wirklich nicht so, wie ich es mir erträumt habe, verstehst du? – Das mit Joe und mir …«, sie schüttelte den Kopf, seufzte. »Aber stattdessen signalisierst du mir ständig, wie schlecht und unfähig ich in allem bin! – Ich will doch nur euer Bestes. Ich bemühe mich so sehr um dich und deine Schwestern und stelle meine eigenen Bedürfnisse permanent hintenan. Glaubst du etwa, es erfüllt mich, auf diesem Kaff herumzusitzen und darum zu kämpfen, wenigstens eine Rolle in Werbespots zu ergattern? Ich war einmal ein Star, Julie! Aber ich habe alles für diese Familie geopfert, alles! Also wirf mir nicht permanent vor, dass ich keine gute Mutter sei!«

»Mama … das tue ich doch gar nicht.« In Julies Augen glitzerten Tränen.

Natürlich, die übliche Masche. Erst kritisiert sie mich, dann fängt sie an zu heulen.

Dana verabscheute Julies Strategie, in ihr Schuldgefühle zu erwecken.

»Ich habe doch nur gemeint, dass du ...«

Dana richtete sich auf, straffte die Schultern.

»Ich will dir einmal etwas sagen, Miss Superschlau! Du magst in der Schule mit guten Noten glänzen, aber was deine sonstige Entwicklung angeht – da hast du die Kurve ja wohl eindeutig nicht bekommen. Mit siebzehn war ich schon beinahe Mutter, also erzähl mir um Himmels Willen nichts darüber, wie ich deine Schwestern zu erziehen habe!«

Die Worte verfehlten nicht ihre Wirkung. Julie schluckte. Dann drehte sie sich wortlos um und verließ das Zimmer.

Super. Jetzt ist es mit meiner Konzentration erst recht vorbei.

Dana gab auf. Sie ging zur Schrankwand, öffnete eine der Türen und griff nach der Flasche Whiskey. Sie brauchte jetzt dringend einen Drink.

Ihr Leben befand sich derzeit auf einem Tiefpunkt.

Während sie in kleinen Schlucken das Glas leerte, starrte sie hinaus in die Dämmerung. Die kahlen Laubbäume, die die Hofeinfahrt säumten, bogen sich im Wind. Der umgepflügte Acker lag dunkel und bedrohlich dahinter.

Verdammtes Kaff.

Wenn sie nicht bald etwas an ihrem Leben änderte, würde sie zu Grunde gehen.

*

Julie schloss die Tür ihres Zimmers hinter sich, setzte sich an ihren Schreibtisch und fuhr den Computer hoch. Es dauerte, bis das Gerät betriebsbereit war. Es war schon älter und gebraucht gekauft; das Geld dafür hatte sie sich vor rund einem Jahr durch einen Ferienjob im hiesigen Eissalon verdient.

Mechanisch rief sie das Textdokument auf, an dem sie auch schon am Vortag gearbeitet hatte. Doch geschliffene Worte wollten ihr diesmal nicht in den Sinn kommen. Immer wieder glitten ihre Gedanken ab. Das Wochenende, genauer gesagt: der bevorstehende Samstagabend, lag ihr wie ein Stein im Magen.

Sylvia, eine ihrer Mitschülerinnen, veranstaltete eine Party im elterlichen Keller. Das war nicht ungewöhnlich, wie Julie längst mitbekommen hatte. Neu war jedoch, dass auch sie dazu eingeladen war. Zuerst wollte sie die Sache übergehen, doch ihre Mutter hatte auf irgendeine Weise von der Einladung erfahren und ihr so lange ins Gewissen geredet, bis sie den Druck nicht mehr aushielt und hinzugehen versprach. Mittlerweile war sich Julie fast sicher, dass ihre Mutter das Ganze für sie initiiert und Sylvias Mutter zu einer Einladung bewegt hatte. Die beiden Frauen kannten sich vom Chorsingen.

Unsere Julie sitzt nur zu Hause herum, sie tut mir sooo leid. Sie ist einfach zu schüchtern. Vielleicht kann ihr deine Sylvia einmal unter die Arme greifen?

Julie brauchte nicht viel Phantasie, um sich vorzustellen, was ihre Mutter wohl gesagt haben könnte, um ihr Ziel zu erreichen. Oft genug war sie unfreiwillige Zeugin davon geworden, mit welchen Worten Dana sie vor anderen dargestellt hatte.

Julie geht mehr nach ihrem Vater. Der war auch so ein Introvertierter! Unsere Julie sitzt am liebsten zu Hause und lernt. Sie ist halt sehr ehrgeizig, unsere Julie, ein bisschen eine Streberin ...

Julie stand bei diesen Gelegenheiten stets dabei und sagte nichts. Umso deutlicher aber spürte sie die teils mitleidigen, teils verwunderten Blicke der Leute im Ort, vor denen sich ihre Mutter für eine Tochter zu rechtfertigen versuchte, deren Außenseiterrolle von Jahr zu Jahr immer offensichtlicher wurde.

Etwas über sechs Jahre war es her, seit ihre Mutter sie nach dem Tod der Großmutter von Wien zu sich und ihrem neuen Lebensgefährten Joe nach Altenhain geholt hatte, jener knapp 3000-Seelen-Gemeinde im östlichen Teil des Mostviertels, nur eine Dreiviertelstunde Autofahrt von der Hauptstadt entfernt. Elf Jahre alt war sie damals, und allein der Schulwechsel von einem städtischen Stadtgymnasium mit musischer Ausrichtung auf die Höhere Katholische Mädchenschule im fünfzehn Kilometer entfernten St. Pölten war für sie eine Herausforderung gewesen. Schulbus fahren statt Straßenbahn. Provinzieller Kleingeist statt multikultureller Weltoffenheit.

Ihre Mutter hatte die Schule ausgewählt mit der Begründung, dass fast alle Mädchen des Ortes dort seien, sofern sie mit Matura abschließen wollten. Wie Julie inzwischen vermutete, war die mütterliche Wahl nicht unmaßgeblich davon beeinflusst worden, dass es sich bei der Höheren Katholischen Mädchenschule um die einzige Ganztagesschule der Region handelte.

Der Ärger ließ nicht lange auf sich warten. Gleich bei der ersten Fahrt mit dem Schulbus war sie von ihren Dialekt sprechenden Mitschülerinnen wegen ihrer Schriftsprache aufgezogen worden. Im Unterricht und den Pausen hatten sich die Hänseleien fortgesetzt, sobald sie auch nur den Mund öffnete – mit der Folge, dass sie inzwischen nur noch das Notwendigste von sich gab.

Und nun diese Party.

In diesem Augenblick war Julies sehnlichster Wunsch, sich den schrecklichsten Grippevirus aller Zeiten einzufangen. Alles war besser als die Aussicht, noch mehr Zeit mit ihren Mitschülerinnen verbringen zu müssen.

*

Die Musik dröhnte ohrenbetäubend laut, im ganzen Raum hing dichter Rauch. Auf der Tanzfläche verrenkte sich Sylvia mit ein paar Freundinnen zum Rhythmus der Musik die Glieder, begafft von drei Burschen, die mit Bierflaschen und Zigaretten in den Händen auf dem ausladenden Sofa neben der kleinen Bar lümmelten. Ein anderer knutschte hinter der Theke mit Melanie, Sylvias bester Freundin, während der fünfte der vorhandenen Jungs vor einer halben Stunde mit dem Ausruf »Scheiße, ist mir schlecht, Oida!« nach draußen gestürmt und seither nicht mehr gesehen worden war.

Julie war froh, dass die Burschen ebenso wenig Interesse an ihr zeigten wie sie an ihnen. Sie stand am hintersten Ende des Partykellers, rang mit dem Gefühl akuten Luftmangels und wartete darauf, dass die Zeit verstrich. Ungeduldig warf sie einen Blick auf ihre Armbanduhr. Erst kurz vor halb elf!

Joe hatte ihr angeboten, sie um Mitternacht mit dem Auto abzuholen, und sie hatte sein Angebot dankbar angenommen. Danas Einwurf *Vielleicht will sie die Nacht ja gar nicht mehr zu Hause verbringen?* hatten sie beide unkommentiert gelassen.

»Schön, dass du auch da bist.«

Julie hob den Kopf. Daniela Haslinger stand vor ihr und streckte ihr ein Glas Orangensaft entgegen.

»Für dich.«

Überrascht nahm Julie das Glas entgegen.

»Hier drin ist es so laut.« Daniela musste schreien, um die Musik zu übertönen. »Komm mit, gehen wir nach nebenan.«

Julie folgte ihr. Vor dem Partyraum gab es eine hölzerne Truhe und jene Treppe, die nach oben ins Erdgeschoß und zu den Wohnräumen von Sylvias Familie führte. Unschlüssig nahm Julie neben Daniela auf der Truhe Platz. Sie wusste nicht recht, was die Mitschülerin eigentlich von ihr wollte, war aber froh, dem Lärm und Rauch fürs Erste entkommen zu sein.

»Prost.« Daniela schnippte sich das dunkle Haar nach hinten und ließ die Gläser klingen. Julie nippte an ihrem Getränk.

Orangensaft, dem eindeutig etwas Alkoholisches beigemischt war. Sie mochte den Geschmack nicht, wollte Daniela aber nicht beleidigen und schluckte die Flüssigkeit tapfer hinunter.

»Das ist das neueste Album von den *Whitewater Boys*. Geile Musik, oder?«

Julie nickte, obwohl sie die Band nicht kannte und die hämmernden Bässe nicht mochte. Aus den Augenwinkeln musterte sie Daniela, die jetzt munter von irgendeinem Festival erzählte, auf dem sie die Band bereits live gesehen hätte. Danielas Shirt wirkte auch ohne tiefen Ausschnitt ziemlich gewagt. Es schmiegte sich so eng an den Körper, dass sich ihre Brüste deutlich darunter abzeichneten. Der kurze Rock, den sie trug, gab den Blick auf lange, mit einer Netzstrumpfhose bekleidete Beine frei. Julie wurde zum ersten Mal bewusst, wie attraktiv Daniela war.

Sie ließ die Dunkelhaarige reden, während sie sich gleichzeitig fragte, warum sie hier überhaupt beisammen saßen. Bisher hatte Daniela nur dann das Wort an sie gerichtet, wenn es darum ging, die Mathe- oder Latein-Hausaufgaben von ihr abzuschreiben.

Nur allzu klar war sie sich ihres eigenen Erscheinungsbildes bewusst. In Danielas Augen war sie ein dürres Mädchen mit schnurgeradem halblangem rotem Haar und Pickeln auf der Stirn, in Jeans, die ihr zu weit waren, und einem schlichten grauen Sweatshirt. Mit einem Mal wünschte sie sich von Herzen, hübsch zu sein. Dieser Wunsch überraschte sie selbst. Bisher hatte sie nicht viel Wert auf ihr Äußeres gelegt.

»Was machst du eigentlich so außerhalb der Schule?«

Daniela sah Julie mit erwartungsvollen Augen an. Julie war über das plötzliche Interesse so verwundert, dass sie im ersten Augenblick nicht einmal wusste, was sie darauf erwidern sollte.

»Ich …«, begann sie, doch im selben Augenblick wurde die Türe des Partykellers aufgerissen und Sylvia streckte den Kopf heraus.

»Da bist du ja, Dani! Ich hab dich schon vermisst!« Sie bedachte Julie mit einem kurzen, skeptischen Blick. »Kommt wieder rein, meine Eltern mögen nicht, wenn meine Gäste im ganzen Haus herumhängen! Außerdem, wir spielen jetzt Flaschen drehen!«

»Oh Himmel …« Daniela verdrehte genervt die Augen. »Sind wir dafür nicht ein bisschen zu alt?«

»Quatsch! Kommt mit, das ist cool!«

Im Raum war die Musik nun deutlich leiser. Die Partygäste kauerten im Kreis auf dem Boden. Ein paar von ihnen waren bereits sichtlich beschwipst.

Julie zögerte. Wenn sie sich nicht noch mehr zur Außenseiterin abstempeln lassen wollte, blieb ihr wohl keine andere Wahl, als sich dazuzugesellen. Also kniete sie sich neben Daniela auf den kalten Fliesenboden.

»Auf wen die Flasche zeigt, der muss ein Glas Schnaps auf ex trinken!«

Beifälliges Grölen von den Burschen.

Der gläserne Zeiger begann sich zu drehen. Julie hoffte inständig, dass er nicht auf sie weisen würde. Nach einem Glas Schnaps würde sie sich bestimmt übergeben müssen.

Sie hatte Glück, der Flaschenhals zeigte auf einen der Burschen. Unter tosendem Beifall kippte er ohne mit der Wimper zu zucken den Schnaps herunter, ohne abzusetzen.

»Wer jetzt dran ist, muss seinem linken Sitznachbarn einen Zungenkuss geben!«

Gekicher von allen Seiten.

Links neben Julie saß der Bursche, der zuvor mit Melanie geknutscht hatte – ein athletisch gebauter, südländischer Typ in teuer aussehenden Markenklamotten. Er sah aus wie einer, dem die Mädchen in Scharen hinterher liefen. Julie wollte ihn trotzdem nicht küssen.

Erleichterung ergriff von ihr Besitz, als der Flaschenhals schließlich auf Sylvia wies, die sich sogleich mit Begeisterung auf den hageren Jüngling neben ihr stürzte, begleitet vom

Gelächter und einigen provokanten Kommentaren ihrer Freunde.

Julie wandte den Blick ab. Sie mochte dieses ganze Spiel nicht. Mit einem verstohlenen Blick auf die Armbanduhr stellte sie fest, dass noch immer eine qualvolle halbe Stunde vor ihr lag, ehe Joe sie abholen würde.

Die Flasche drehte sich von neuem. Jetzt ging es darum, den rechten Sitznachbarn zu küssen. Julie fragte sich, was dieses Spiel eigentlich bringen sollte. Was war so lustig daran, anderen beim Küssen zuzuschauen? Warum küssten sich nicht einfach die, die sich küssen wollten, und ließen den Rest mit ihrer Geschichte in Ruhe?

»Julie! Du bist dran!«

Sie fuhr zusammen. Alle Augen waren auf sie gerichtet. Der Flaschenhals wies eindeutig in ihre Richtung. Sylvia lehnte sich zu ihrer Freundin Melanie und flüsterte ihr etwas ins Ohr, woraufhin Melanie breit grinste. Julie brauchte nicht viel Phantasie, um zu wissen, was die beiden erheiterte.

Die verklemmte Julie. Hihi. Ich wette, die hat noch nie jemanden geküsst! Na, sieh sie doch an, wer will die auch schon?

»Traust du dich nicht?«, rief ein Mädchen aus der Runde.

»Vielleicht kann sie gar nicht küssen«, kam es von Sylvia.

»Oder sie ist verklemmt«, warf Melanie ein.

Julie wollte weglaufen, einfach nur weg von dieser Feier. Doch den meisten musste sie am Montag in der Schule sowieso wieder gegenübertreten. Bis zum Matura als Feigling zu gelten, der vor einem Kuss davonlief, widerstrebte ihr.

»Hey, jetzt mach schon, wir wollen weiterspielen!«, sagte der hagere Jüngling, den Sylvia geküsst hatte.

Bring es hinter dich, Julie.

Erleichtert, dass es die hübsche Daniela war, die zu ihrer Rechten saß, und keiner der ihr völlig unbekannten Burschen, beugte sie sich rasch hinüber und drückte ihre Lippen auf die ihrer Sitznachbarin. Zu ihrem eigenen Erstaunen war es ein gutes Gefühl – allerdings eines, das nur Bruchteile von Sekunden dauerte, denn die Dunkelhaarige stieß sie so heftig von sich, dass sie das Gleichgewicht verlor und nach hinten kippte.

»Igitt!«, hörte sie Danielas Stimme. »Das gibt es doch nicht, die wollte mich wirklich küssen!«

Julie rappelte sich auf. Der Schock saß ihr tief in den Knochen.

»Aber ... das Spiel«, brachte sie stotternd hervor. »D...du sitzt rechts von mir ...«

»Wie blöd bist du eigentlich?« Daniela funkelte sie wütend an. »Ist doch klar, dass das Mädchen übersprungen wird und du den nächsten Burschen küsst!«

»Sag mal, was bist du, eine Lesbe?«, kam es auch prompt von Sylvia.

Und schon schrien alle in der Runde im Chor: »Les-be, Lesbe, Les-be!«

Da ihr Wunsch, auf der Stelle tot umzufallen, nicht in Erfüllung ging, sprang Julie auf und stürzte aus dem Zimmer, die Treppe nach oben in Richtung Ausgang. Sie riss ihren Mantel vom Garderobenständer, hastete nach draußen und rannte die lange Einfahrt entlang bis vor zur Straße. Erst als sie sicher war, dass ihr niemand folgte, hielt sie laut keuchend inne.

Ihre Lungen brannten. Ihr heißer Atem hinterließ kleine weiße Wölkchen in der kalten Herbstluft. Die Siedlungsstraße war menschenleer.

Langsam ging sie in die Richtung, aus der Joe kommen würde, um sie abzuholen. Stille Tränen liefen über ihre Wangen.

Von nun an würde für sie alles nur noch schlimmer werden!

Als Joe Minuten später mit seinem alten VW-Bus um die Ecke bog, wischte sie sich rasch die Tränen aus dem Gesicht.

»Keine gute Idee, nachts hier herumzumarschieren«, begrüßte er sie, während sie neben ihm auf den Beifahrersitz kletterte. »Ich hätte dich fast übersehen. Außerdem, du frierst ja in diesem dünnen Mantel!«

Er spielte auf das Zittern ihrer Hände an. Sie ließ ihn in dem Glauben, dass Kälte die Ursache dafür war.

Joe drehte an der Heizung herum, gab aber schon bald auf. Erbost schlug er mit der flachen Hand gegen das Armaturenbrett. Der Mann mit dem Dreitagebart, der sein Geld als freischaffender Künstler zu machen versuchte, kämpfte einen ständigen aussichtslosen Kampf gegen die Tücken seines Fahrzeugs.

»Alte Mistkarre! – 'tschuldige, aber die Heizung funktioniert mal wieder nicht. Egal. In zehn Minuten sind wir sowieso zu Hause.«

Julie nickte, ohne ihn anzusehen.

»Die Party war wohl nichts, oder?«, stellte er fest, während er den Wagen durch die nächtliche Ortschaft lenkte.

Julie schüttelte stumm den Kopf.

Joe brummte etwas vor sich hin, sagte dann: »Ich habe deiner Mutter gleich gesagt, dass es eine Schnapsidee ist, dich auf diese Party zu schicken, aber du kennst sie ja ... Sie weiß alles besser.«

Auch das noch. Sie fühlte sich wirklich nicht in der Lage, zu Hause im Detail zu erzählen, was an diesem Abend alles passiert war, von ihrem stummen Herumhocken bis hin zu diesem unseligen Kuss.

Zum ersten Mal, seit sie ins Auto gestiegen war, sah sie den Lebensgefährten ihrer Mutter an.

»Sag Mama nichts davon, dass ich dir schon entgegengegangen bin. Bitte. Ich möchte sie in dem Glauben lassen, dass alles okay war.«

Joe hob die Schultern.

»Wie du willst. Mir soll es recht sein. Was du und deine Mutter miteinander abzieht, geht mich nichts an.«

Er parkte den Wagen direkt vor dem Haus und hatte den Griff der Autotür schon in der Hand, als sein Blick auf Julie fiel, die keine Anstalten machte, auszusteigen. Die Beine wollten ihr einfach nicht gehorchen.

Joe knuffte sie freundschaftlich in die Seite.

»Wenn du weiterhin so ein Gesicht machst, nimmt sie dir das mit der Party allerdings nie ab!«

»Ich weiß.«

»Weißt du was? Wir werden morgen mal wieder ein bisschen Auto fahren, wir beide«, sagte er unvermittelt. »Nur weil wir dir im Moment keine Fahrstunden zahlen können, heißt das ja nicht, dass du nicht trotzdem üben kannst. Oder?«

Sie rang sich ein Lächeln ab. Joe meinte es gut mit ihr, das wusste sie. Unter seiner Regie Auto fahren zu lernen, hatte die letzten Male sogar Spaß gemacht. Er hatte jedenfalls nie die Geduld mit ihr verloren.

»Okay«, sagte sie, ehe sie das Haus betraten: »Danke, Joe. Für das Abholen. Und so.«

Er klopfte ihr auf die Schulter.

»Kein Problem.«

Irgendwo, November 2014

Auf einer der letzten Seiten des Buches war ihr Foto abgedruckt. Versonnen betrachtete er es, den dicken Wälzer andächtig in seinen Händen haltend. Er hatte ihn erst vor einer Woche gekauft, aber schon mehrmals gelesen. Einige Passagen konnte er bereits auswendig. Die Bilder, die ihre Worte in seinem Kopf entstehen ließen, weckten in ihm Gefühle und Sehnsüchte, die von Monat zu Monat, von Tag zu Tag, von Nacht zu Nacht mehr Gestalt annahmen.

Doch im Zentrum seiner Gedanken stand immer sie, diese

wunderschöne Frau mit dem strengen, ernsten Blick. Sein Interesse an ihr war sofort erwacht, seit er sie vor fünf Monaten das erste Mal bei einer Buchpräsentation auf der Buchmesse erlebt hatte. Sie hatte an einem Pult gestanden und mit klarer Stimme aus einem ihrer Thriller gelesen. In diesem Moment war ihm klar geworden: Diese Frau war seine Erfüllung und sein Untergang zugleich.

Seither teilte er seine Phantasien mit ihr, seine Wünsche und Träume. Es verging kein Tag, an dem er ihr nicht schrieb. Anfangs hatte sie ihm geantwortet. Nach ein paar Mails war von ihrer Seite nichts mehr gekommen, aber er hatte vollkommen verstanden, dass eine beschäftigte Autorin wie Julie Schneeberg nicht immer Zeit hatte, zurückzuschreiben. Das Wissen und Empfinden, dass sie auf einer Wellenlänge waren, war für ihn lange Zeit genug gewesen.

Jetzt wuchs die Sehnsucht. Er wollte ihr nahe sein – näher als damals auf der Messe. Er ahnte, dass auch sie an ihn dachte. Sie waren Seelenverwandte, das stand außer Frage.

Wann sie sich treffen würden, stand noch nicht fest. Doch er spürte, dass es noch in diesem Jahr sein würde.

Er drückte seine Lippen auf das schwarzweiße Abbild, schloss das Buch und stellte es zurück zu seinen Vorgängern. Sorgfältig schloss er den antiken Schrank ab. Die silberne Kette mit dem Schlüssel hängte er sich wieder um den Hals und ließ beides unter seinem dunklen Rollkragen-Pullover verschwinden. Er konnte nicht riskieren, dass seine Frau nach diesen Büchern griff, die ihm alles bedeuteten …

Altenhain, November 1998

Sie trafen sich jeden Donnerstag im Pfarrsaal: Rolf und Rita Wunderlein, ein pensioniertes Lehrerehepaar, Dagmar Stöger-Harrach, ihres Zeichens Professorengattin und freiberufliche Innenausstatterin, Thomas Steger, ein etwas übergewichtiger Mitvierziger, der in Wien in einer Spielwarenhandlung arbeitete und vor zwei Jahren ein Kinderbuch veröffentlicht hatte, Herta Niebauer, eine Rentnerin, die nebenbei Tiergeschichten für ein Lokalblatt schrieb, und Lydia.

Lydias wegen saß auch Julie seit einiger Zeit in diesen Treffen, die unter dem Namen *Altenhainer Literaturzirkel* liefen und bei denen neben aktuellen Publikationen aus dem Bereich der Belletristik auch eigene literarische Ergüsse diskutiert wurden.

Dr. Lydia Götz, um die vierzig Jahre alt und Direktorin an der Höheren Katholischen Mädchenschule in St. Pölten, unterrichtete Deutsch und Englisch. Nach einer der Unterrichtsstunden hatte Lydia ihre Schülerin unter vier Augen darauf angesprochen, ob sie nicht einmal bei einem der nächsten Treffen im Pfarrsaal vorbeischauen wollte, ganz unverbindlich.

Du magst doch Bücher, hatte sie gesagt – und ihr schließlich einen zerknüllten Zettel in die Hand gedrückt, den sie während des Unterrichts Sylvia und Daniela abgenommen hatte, ehe sie beiden einen Verweis erteilte. Die Mädchen hatten ihn sich über Julies Kopf hin- und hergeschossen und das offensichtlich eine Spur zu auffällig.

Hast du die Lateinaufgabe gemacht? – Nein, ich schreib es von Julie ab, die Streberin hat sie eh. – Willst du echt die Lesbe fragen? – Wäh! ... Na ja, weiß nicht? – Pass auf, die gräbt dich nur wieder an ...

Vielleicht solltest du das wissen, hatte Lydia den Nachrichtenaustausch kommentiert.

Julie war wortlos und so schnell wie möglich aus dem Klassenzimmer verschwunden. Seither lebte sie mit der Angst, Lydia könnte irgendwann mit ihrer Mutter über den Inhalt dieser Zettel-Konversation sprechen. Die beiden waren befreundet, nach Julies Ermessen aber nicht sehr eng. Dennoch. Lydia, die Mezzosopran sang, traf Julies Mutter regelmäßig bei den Chorproben des Altenhainer Gesangvereins, bei dem sich die Schauspielerin als Sopranistin und Solistin hervortat. Lydia war bereits ein paar Mal bei ihnen zu Hause gewesen und daher rührte auch die Tatsache, dass sich Julie außerhalb der Schule mit ihrer Lehrerin duzte und sie beim Vornamen nannte – wenngleich ihre Kommunikation über oberflächliche Begrüßungsfloskeln nie recht hinausgegangen war.

Das Angebot, am Literaturzirkel teilzunehmen, war für Julie daher überraschend gekommen. Sie hatte es nach langem Abwägen angenommen, weil sie einerseits hoffte, nochmals mit Lydia wegen dieses unseligen Zettels sprechen zu können, andererseits, weil es vielleicht besser war, im Pfarrhaus zu sitzen und über Bücher zu diskutieren, als zu Hause Zielscheibe der schlechten Laune zu werden, die ihre Mutter mit sich herumtrug, seitdem sie nach dem Casting für den *Pasta & Basta*-Werbespot eine Absage bekommen hatte.

Seit drei Wochen saß sie also als Jüngste in der literarischen Runde dabei und hörte zu. Julie las Bücher, wie andere Musik konsumierten – zu jeder freien Minute und vor allem schnell, und das, ohne dabei Seiten zu überspringen oder den Inhalt nicht zu verstehen. Sie kannte fast alle Romane, über die in der Runde gesprochen wurden – sofern sie in der Gemeindebibliothek oder im Schulleseraum verfügbar waren. Es handelte sich dabei vorwiegend um Bücher mit tiefgründigen philosophischen Tendenzen; Werke, die beispielsweise im Rahmen des Bachmann-Preises prämiert worden waren. Julie wunderte sich teilweise im Stillen, wie Menschen, die weit älter waren als sie selbst, oft so eine oberflächliche Zugangsweise zu dem hatten, was sie lasen.

Darüber schwieg sie allerdings. Sie schwieg überhaupt zu allem. War es inzwischen derart gewohnt, ihre Meinung für sich zu behalten, dass sie anfangs nur antwortete, wenn ihr direkt eine Frage gestellt wurde. Erst allmählich traute sie sich ihre Gedanken zu äußern und stellte verwundert fest, dass es hier tatsächlich ganz anders war als in der Schule: Keiner lachte über sie, keiner nannte sie eine Streberin, niemand spottete wegen ihrer Schriftsprache.

Beim mittlerweile vierten Treffen und nachdem Thomas einen Textausschnitt aus seinem neuesten Kinderbuch vorgelesen hatte, wagte sie einen für sie gewaltigen Schritt.

»Ich ... ich würde auch ... ich habe einen Text dabei.«

Überraschte Blicke von allen Seiten. Lydia, die sie mit einem aufmunternden Lächeln bedachte, das ihr Mut gab.

»Bitte, Julie.«

Es ging um eine Frau mittleren Alters, die auf einem Hochhaus stand und mit sich rang, ob sie ihrem Leben durch einen beherzten Sprung ein Ende setzen oder ihre bisherige Situation weiter ertragen sollte. Ihr Mann war Alkoholiker und neigte zu Gewaltexzessen, der Sohn war in die Drogenszene abgerutscht und zu ihrer erwachsenen Tochter gab es kaum mehr Kontakt. Julie hatte sich Mühe gegeben bei dem inneren Dialog, den die Frau mit sich führte. Ihre Wortwahl war schlicht und schnörkellos – wie die Denke der Frau, deren Schicksal am Ende der Geschichte offen blieb.

Als sie geendet hatte, waren die Augen aller auf sie gerichtet. Dies und das Schweigen, das schwer im Raum hing, ließen den Kloß in ihrer Kehle zu einem imaginären Ball anwachsen, der ihr fast den Atem raubte. Einen Moment lang fühlte sie sich so hilflos und verunsichert wie vor einigen Wochen auf Sylvias Party, nachdem sie Danielas Lippen berührt hatte.

Es war Lydia, die mit einem Räuspern die Stille durchbrach.

»Julie ... das war eine sehr ergreifende Geschichte.«

»Was heißt ergreifend? – Das war brillant!« Thomas sprang

von seinem Sessel auf. Sein beleibter Oberkörper wackelte heftig, als er die kurze Distanz zwischen ihnen überwand und Julie, die nicht darauf gefasst gewesen war, in seine wuchtigen Arme schloss. »Du bist ein Wahnsinn, Mädchen, nur dass du das weißt!«

Der unerwartete Körperkontakt missfiel ihr, sie ließ ihn aber über sich ergehen.

Das Ehepaar Wunderlein äußerte sich ebenso enthusiastisch. Herta Niebauer schlug sogleich vor, die Geschichte in einem der ihr bekannten Lokalblätter unterzubringen, aber Lydia wiegelte eilig ab.

»Ich denke nicht, dass diese Art von Geschichte dafür geeignet ist, beim Nachmittagskaffee konsumiert zu werden.«

Julie war ihr dankbar. Die Vorstellung, dass diese Geschichte irgendwo abgedruckt wurde, möglicherweise auch noch mit ihrem Namen darunter, bereitete ihr Missbehagen. Sie hatte den Text in dieser Runde vorgelesen, weil sie wusste, dass er nicht perfekt war. Konstruktive Kritik war das, was sie sich erhofft hatte – nicht blinder Beifall. Im selben Moment begriff sie, dass sie das, wonach sie sich sehnte, von diesen Leuten nicht bekommen würde. Sie sah sich einen Moment lang durch deren Augen: ein siebzehnjähriges Mädchen, dass besser formulieren konnte als alle im Raum zusammen, Thomas, den Kinderbuchautor, und Lydia, die Deutschlehrerin, eingeschlossen.

Ein wenig enttäuscht von dieser Erkenntnis, trat sie rund eine halbe Stunde später nach draußen auf den Parkplatz vor der Kirche. Es war 20 Uhr und stockdunkel; obendrein hatte es zu nieseln begonnen. Ihr Zuhause lag knapp fünfzehn Minuten Fußmarsch vom Pfarrsaal entfernt – hügelaufwärts. Julie zog die Kapuze ihres dünnen Anoraks über den Kopf und wollte gerade losmarschieren, als sie Lydia neben sich bemerkte.

»Willst du wirklich zu Fuß gehen? – Ich fahre dich nach Hause.«

Julie nahm das Angebot nur zu gerne an. Während der kurzen Autofahrt überlegte sie inständig, wie sie die Direktorin auf den Zettel ansprechen konnte, doch es fielen ihr keine passenden Worte ein. Das Thema war unangenehm genug.

Das alte Holzhaus lag dunkel vor ihnen, als Lydia den BMW in die schmale Zufahrtsstraße lenkte. Julie fragte sich, wo ihre Mutter und die Zwillinge geblieben waren. Sie hatte keinen Hausschlüssel mitgenommen, weil Dana den Abend zu Hause verbringen wollte. Joe war an diesem Abend nach Wien gefahren, um sich mit einem Galeristen zu treffen.

Die Haustüre fand sie erwartungsgemäß versperrt. Lediglich die Scheune, die Joe als Werkstatt und Atelier benutzte, war nicht verschlossen. Tastend schob Julie sich in den Raum. Drinnen war es eiskalt. Joe heizte nur, wenn er dort arbeitete.

»Julie, das ist lächerlich, hier in der Kälte wirst du sicher nicht darauf warten, bis deine Mutter irgendwann nach Hause kommt.« Lydia war ebenfalls ausgestiegen. Ihre hochhackigen Stiefel knirschten auf dem Kies. Julie hatte das kleine Scheunentor wieder geschlossen und stand ratlos und fröstelnd im Hof, während die Lehrerin ihr Handy zückte.

»Dana, hier ist Lydia. Wo bist du?« Pause. »Weil deine Tochter vor verschlossener Tür steht.« Pause. »Warten? Wie lange soll sie hier bei Temperaturen um den Nullpunkt warten? Bis sie anfriert? – Nein, bleib, wo du bist. Julie kommt einstweilen mit zu mir und ich bringe sie in zwei, drei Stunden vorbei. Vielleicht bist du ja dann zu Hause.«

In Lydias Stimme schwang tiefer Sarkasmus. Julie empfang eine leise Genugtuung, dass es jemanden gab, der ihrer Mutter gegenüber auf diese Weise seine Missbilligung kundtat.

»Steig wieder ein.« Lydia hielt ihr die Tür auf. »Deine Mutter ist mit den Zwillingen nach Wien ins Shoppingcenter gefahren. Sie sitzt jetzt mit ihnen beim *Running Sushi*. Ihr war zu Hause zu fad, sagt sie.«

Julie erwiderte nichts. Sie war Aktionen wie diese gewohnt. Lydia, in der sich die Pädagogin zeigte, anscheinend nicht.

»Die Zwillinge haben doch morgen Kindergarten, oder? Gehen die immer so spät schlafen?«

»Manchmal.«

Lydia und ihr Mann, Primararzt am Landesklinikum St. Pölten, wohnten auf einem ehemaligen Bauernhof, ähnlich jenem, den Joe von seinen Eltern geerbt hatte und in dem sie mit ihm lebten. Im Gegensatz zu Joes altem Haus mit den moosüberwucherten Dachziegeln und dem bröckelnden Putz am Gemäuer war das Gebäude des Ehepaares Götz perfekt saniert. Die Scheune war hier in eine Garage umfunktioniert worden, mit per Fernsteuerung bedienbarem Tor.

Während sie warteten, bis sich das Scheunentor weit genug geöffnet hatte, um es passieren zu können, fiel Julies Blick nach draußen. Am Nachbarhaus bemerkte sie eine Bewegung hinter dem hell erleuchteten Fenster.

»Das ist die alte Frau Mosbacher«, kommentierte Lydia nüchtern. »Schlimmer als ein Wachhund. Ihr entgeht nichts. – Nun ja, es hat auch seine Vorteile. Falls bei uns eingebrochen würde, könnte sie zumindest die Einbrecher haarklein beschreiben oder vielleicht schon vorher die Polizei verständigen ...«

Fünf Minuten später standen sie im Hausflur.

Julie war noch nie bei Lydia zu Hause gewesen. Das Haus sah innen genauso makellos aus wie außen. Die Terrakotta-Fliesen im Eingangsbereich wirkten neu. Lydia nahm ihr den Anorak ab und hängte ihn in den wuchtigen antiken Spiegelschrank, der als Garderobe diente.

Während Julie sich ihrer klobigen Turnschuhe entledigte, fragte sie sich, was sie hier sollte.

Zumindest ist es warm.

Sie folgte Lydia in die Küche – ein Raum, in dem es an nichts fehlte, mit von einem von allen Seiten zugänglichen Herd in der Mitte, einem amerikanischen Kühlschrank und ganz in weinrot gehaltenen Küchenkästen.

Lydia stellte zwei Sektgläser auf die Küchentheke, öffnete

mit souverän kontrolliertem Korkenknall eine Flasche und befüllte die Gläser. Champagner, las Julie auf dem Schriftzug und sie wunderte sich, was das werden würde, hier mit Lydia, die aller privaten Bekanntschaft zum Trotz immer noch die Direktorin ihrer Schule und zudem ihre Lehrerin war.

»Richard ist auf einem Kongress in Berlin.« Ein gefülltes Glas wurde angereicht. »Machen wir es uns also nett. – Zum Wohl!«

Als sie anstießen, fiel Julie zum ersten Mal auf, dass Lydia ohne ihre Absatzschuhe fast einen halben Kopf kleiner war als sie selbst. Trotzdem kam es ihr noch immer so vor, als würde die Lehrerin sie allein durch die Präsenz ihrer Persönlichkeit um Kopflängen überragen.

Der Champagner perlte auf Julies Zunge. Sein Geschmack war ungewohnt, aber interessant.

»Nun, was machen wir jetzt, Julie?« Lydia sah sie aus dunklen Augen voller Intensität an. Ein seltsames Gefühl keimte in Julies Unterleib. Befremdet über ihre eigenen Empfindungen, senkte sie rasch den Blick.

»Ich habe eine Idee. Ich bin sicher, sie wird dir gefallen!« Ein kleines Lächeln umspielte Lydias Lippen, während sie Julie an der Hand ergriff und mit sich zog. Das Glas in der rechten Hand und Lydias warme Finger in der linken, folgte ihr Julie die Kellertreppe hinab nach unten.

Weiße Marmorfliesen und Lampen an den gekachelten Wänden, die aussahen wie Fackeln. Es war hier noch deutlich wärmer als oben. Ein dezenter Duft nach Eukalyptus kitzelte in Julies Nase.

»Willkommen in unserer kleinen Wellness-Oase. Die Sauna ist vorgeheizt.«

Und ehe Julie einen klaren Gedanken fassen konnte, begann sich Lydia auch schon auszuziehen. Stocksteif stand ihre junge Besucherin da und starrte sie an, während sie das Champagnerglas umklammerte wie einen Rettungsanker. Lydia schien die

Schockstarre, in die Julie gefallen war, gar nicht zu bemerken. Splitternackt ging sie an ihr vorbei zu einem kleinen Schrank, öffnete ihn und nahm zwei große Handtücher hervor.

»Hier, nimm. – Was ist? Du bist noch immer angezogen?« Ein amüsiertes Lächeln umspielte Lydias Lippen. »So schamhaft? Ich hatte immer den Eindruck, bei euch zu Hause gehe es recht freizügig zu!«

Julie wusste, auf was sie anspielte. Dass sich ihre Mutter im Sommer faserfrei im Garten sonnte, war in Altenhain Ortsgespräch.

Sie leerte ihr Glas, ohne abzusetzen, und stellte es zur Seite.

Nun gut.

Es war eine seltsame Situation, hier mit Lydia. Doch sie war nun einmal da und im Augenblick hatte Julie nicht den Eindruck, dass sie etwas daran ändern konnte – es im Grunde auch nicht wollte. Lydia mit ihrem vollen Busen und ihren weiblichen Rundungen war kein Anblick, der Abscheu erweckte. Ganz im Gegenteil. Während Julie sich nun flugs aus ihrer eigenen Kleidung schälte, musste sie sich zwingen, nicht ständig verstohlen hinüberzusehen.

Sie hielt kurz inne. Noch trug sie ihre Unterwäsche am Leib. Während sie nach dem BH-Verschluss tastete, wurde ihr bewusst, dass sie sich vor fünf Tagen das letzte Mal rasiert hatte, und es war ihr mit einem Mal peinlich, sich komplett auszuziehen. Dann sah sie das Grinsen bei Lydia, deren Blick an ihren übrigen Kleidungsstücken hängen geblieben war, und entschied, dass gegen einen dunkelgrünen Sport-BH und eine lila Baumwollunterhose, bedruckt mit pinken Katzen, eine Spur von Haarwuchs letztendlich das geringere Übel darstellte.

Das Handtuch rasch an Brust und Unterkörper pressend, folgte sie Lydia in die kleine Saunakabine, wo sich die Hausherrin rücklings ausgestreckt auf die linke Bank legte. Julie, noch immer darauf bedacht, möglichst viel Haut mit dem Handtuch zu bedecken, setzte sich auf die Bank gegenüber und lauschte dem Knistern des Saunaofens. Wärme drang in ihr Inneres, hüllte sie, unterstützt von der Wirkung des Sektes, in eine angenehme Wolke. Für ein paar Augenblicke fühlte sie sich frei und sorglos.

»Deine Geschichte heute war wirklich gut«, durchbrach Lydia unvermittelt die Stille. »Dein Vokabular und dein Stil sind für dein Alter bemerkenswert ... Ich korrigiere, nicht nur für dein Alter. Ich bezweifle, dass irgendjemand aus dieser Runde das so hinbekommen würde. Allerdings finde ich, du solltest über Dinge schreiben, von denen du etwas verstehst – etwas, dass du selbst erlebt hast, selbst gefühlt hast. Oder etwas, was du beobachtest. Diese Frau, die du da beschrieben hast ... in Ansätzen hast du dich in eine Weise in sie einfühlen können, wie es sonst wohl kaum eine Siebzehnjährige zustande bringt. Aber zwischen den Zeilen merkt man, dass du keine Ahnung hast, was du da zu Papier bringst.«

Da war sie also doch, jene Art von Kritik, die sie sich erhofft hatte. Julie wusste, sie sollte Lydia für ihre offenen Worte unter vier Augen dankbar sein, trotzdem fühlte sie sich in diesem Moment gekränkt. Sie hatte sich sehr wohl in diese Frau hineinversetzt ...

»Was meinst du damit?!« Sogar in ihren eigenen Ohren hörten sich ihre Worte harsch an – unangemessen rüde in Anbetracht dessen, dass sie an ihre Lehrerin gerichtet waren.

»Oh, du hast ja so etwas wie Emotionen!« Lydia richtete sich auf. Sie schmunzelte. »Habe ich dich auf dem falschen Fuß erwischt?«

»Nein.« Julie drehte den Kopf zur Seite. Ihr Ausbruch war ihr unangenehm, zudem wollte sie nicht ständig auf Lydias Brüste starren.

»Ich sag dir sehr gerne, was ich meine«, ergriff Lydia nach einer längeren Pause das Wort. »Du hast noch nie jemanden geliebt. Du hast keine Ahnung, wie es dieser Frau geht, die vor vielen Jahren einen Mann geheiratet hat, der für sie alles bedeutete, aber jetzt aufgrund seiner Trunksucht ein völlig anderer Mensch ist. Diese Enttäuschung über das Scheitern ihres Lebens, über ihre missglückte Partnerwahl – das alles spiegelt sich in deiner Geschichte nicht wider. Diese Frau ist verbittert, weil der Mensch, dem sie einst völlig vertraute, sie hintergangen und sich als ein völlig anderer entpuppt hat. Und dann die Sache mit dem Sohn. Du kennst niemanden, der Drogen nimmt. Du weißt nicht, in welch ohnmächtiger Hilflosigkeit eine Mutter ihrem süchtigen Sohn gegenübersteht.«

Der Vortrag stachelte Julies Gegenwehr. Trotzig schüttelte sie den Kopf, dass ihre roten Haare flogen.

»Ich kenne mich aus mit Drogen. Mama und Joe rauchen gelegentlich Marihuana und ich weiß ...«

»Julie, bitte! Du bist spießiger als meine eigene Mutter und das will etwas heißen!«

Die so Gerügte holte Luft, zog es dann aber vor, den Mund zu halten und schweigend vor sich hin zu schwitzen. Der Saunaofen knackte. Auf Lydias Haut hatten sich bereits kleine Schweißperlen gebildet. Fasziniert sah Julie zu, wie eine davon Lydias Brüste entlang über deren Bauchdecke in Richtung Nabel rollte.

»Gefällt dir, was du siehst?«

Julie zuckte zusammen. Feuerrot vor Scham, starrte sie auf die hellen Holzbänke und fühlte sich ähnlich hilflos wie auf Sylvias Party. Sie empfand dieselbe Scham, verbunden mit dem Drang, auf und davon zu stürzen. Trotzdem blieb sie sitzen, ohne selbst genau zu wissen, weshalb. Vielleicht, weil Lydia nicht über sie lachte, sondern sie stattdessen mit einer Eindringlichkeit ansah, die Julie trotz Sauna Gänsehaut verursachte.

Sie fuhr sich mit der Zunge über die trockenen Lippen, richtete sich auf. »Ja«, sagte sie dann, ohne recht zu wissen, woher sie den plötzlichen Mut für dieses Geständnis nahm.

Lydia lächelte sie mit halb geöffnetem Mund und glänzenden Augen an.

Als sie knapp zehn Minuten später die Sauna verließen, waren Julies Körper und Geist in Aufruhr geraten. Das Kribbeln in ihrem Unterleib hatte in ein sehnsuchtsvolles Ziehen zwischen ihren Beinen gemündet. Inzwischen sah sie in Lydia nicht länger nur die Lehrerin, sondern eine attraktive Frau mit brünetten, schulterlangen Locken und einem straffen Busen, von dem sie ihren Blick kaum hatte abwenden können.

Sie wusste nicht recht, was sie von der plötzlichen Wendung, die ihre Bekanntschaft genommen hatte, halten sollte. Lydia war kinderlos, aber verheiratet. Julie kannte ihren Mann vom Sehen – ein schlanker, hochgewachsener Mittfünfziger, der ihr beim Bäcker einmal die Türe aufgehalten hatte, als sie mit Brot und Brötchentüte beladen zum Ausgang gegangen war. Es schien ihr nicht fair, hier mit Lydia diese Art von Blicken auszutauschen, während Richard Götz beruflich unterwegs war.

Trotzdem – die Gefühle, die Lydia in ihr plötzlich auslöste, waren neu und aufregend. Es war unmöglich, diese Empfindungen einfach zu ignorieren.

Julie hielt den Kopf unter das kalte Wasser und ließ es über ihre glühend heiße Haut rinnen. Als sie aus der Dusche trat, waren das Haar nass und die Haut eiskalt, doch in ihrem Inneren loderte noch immer ein Feuer. Hastig trocknete sie sich ab. Was sollte sie jetzt tun? Lydia bitten, sie sofort nach Hause zu fahren? Bleiben und abwarten, was der Abend noch bringen würde?

Die Entscheidung wurde ihr abgenommen, indem Lydias Arme sich von hinten um ihre schmale Taille schlangen. Sie fühlte weiche Brüste an ihrem Rücken, und ein Blitz, heiß und elektrisierend, schoss zwischen ihre Beine. Julies Herz raste.

»Kommst du mit mir auf die Liege?«, hörte sie Lydia heiser an ihrem Ohr flüstern.

Ja. Ja, wollte sie sagen, doch die Stimme wollte ihr in diesem Moment nicht gehorchen. Aus Furcht, diese attraktive Frau könne ihr Schweigen als Ablehnung deuten, drehte sie sich um und legte ihre Lippen leicht auf die von Lydia. Sie schmeckten anders als Danielas, waren weich und voll – vor allem aber öffneten sie sich für sie, als sie den Kuss erst vorsichtig, dann etwas mutiger vertiefte und nahm, was sich ihr so willig darbot.

Wien, Dezember 2014

»Bei diesem Elendswetter über acht Stunden Einsatz, das geht wirklich an die Substanz.«

Bezirksinspektor Bernd Gerold strich sich über seinen grau melierten Bart, während er seine Gummistiefel im VW Passat Kombi verstaute und gegen solide Halbschuhe tauschte. Helene Winter setzte sich neben ihn auf den Rand des geöffneten Kofferraums, die Arme fröstelnd vor der Brust verschränkt. Trotz der gefütterten Wachsjacke war auch ihr die feuchte Novemberkälte unter die Haut gekrochen. Gewöhnlich war sie gerne an der frischen Luft, doch einen ganzen Tag lang wegen einer Krisenübung im Freien zu verbringen, war auch für sie etwas zu viel des Guten.

›Geiselnahme an der Trabrennbahn Krieau‹ war das Thema der Übung gewesen. Hunderte Kollegen, zwei Spezialeinheiten und mehrere Laienschauspieler, die auf überzeugende Weise die vor Angst zitternden und teilweise irrational handelnden Geiseln simulierten, hatten das Szenario realistisch aufbereitet. Zuletzt war der Geiselnehmer, ein ehemaliger Kollege, der nach fünf Dienstjahren als Schauspieler an die Josefstadt gewechselt war und damit nun seiner wahren Passion nachging, wunschgemäß überwältigt worden – nach stundenlangen zähen Verhandlungen, die kein Ergebnis gebracht hatten.

Helene Winter, ihres Zeichens Polizeipsychologin, hatte gemeinsam mit den aktiven Kollegen die ganze Zeit in der Kälte gestanden, ohne wirklich zum Einsatz zu kommen. Anders als für die beiden Polizeipsychologen, die im Bereich der Opferbetreuung tätig waren, gab es für sie bei dieser simulierten Geiselnahme so gut wie nichts zu tun. Ihr Job war es, sich nach schweren Einsätzen um traumatisierte Polizisten zu kümmern. Die Kollegen probten jedoch selten einen psychischen Zustand, der ihren Einsatz erforderlich machte.

»Bist du mit dem Auto da?«

»Ist in der Werkstatt. Ich bin mit den Öffentlichen gekommen.«

»Dann bringe ich dich nach Hause.« Bernd Gerold hielt ihr die Tür zur Beifahrerseite auf, eine Geste, die sie zu schätzen wusste. Trotzdem zögerte sie.

»Du wohnst immer noch in Währing, Bernd, und ich immer noch in der Margaretenstraße. Das liegt nicht gerade auf der Strecke.«

Er machte eine abwehrende Geste.

»Egal. Ich fahr dich.«

Sie kannte ihn gut genug, um zu wissen, dass sein Angebot nicht auf Selbstlosigkeit basierte. Vor knapp zehn Jahren waren sie in eine Affäre miteinander geraten, die sich über einige Jahre erstreckt hatte und schließlich endete, weil ihr die Rahmenumstände allmählich an die Substanz gegangen waren. Dennoch nutzte er weiterhin jede der eher seltenen Gelegenheiten, Zeit mit ihr alleine zu verbringen, und sei es auch nur für die Dauer einer Autofahrt quer durch die Stadt.

»Wie geht es dir?«, fragte er, während er das Auto vom Parkplatz auf die Hauptallee lenkte.

»Gut, im Großen und Ganzen.«

»Du siehst toll aus. Die kurzen Haare stehen dir.«

»In erster Linie sind sie praktisch.«

»Und in zweiter machen sie dich noch attraktiver.«

Sie lächelte flüchtig. Trotz aller Vorbehalte war sie für seine Komplimente empfänglich.

»Trotz der Tatsache, dass mein Haar inzwischen grau ist?«

Er sah sie von der Seite an und lächelte.

»Gerade deshalb.«

Eine Weile fuhren sie schweigend durch die bereits weihnachtlich beleuchtete Stadt. Im stockenden Feierabendverkehr kamen sie nur langsam voran. Bernd hatte die Autoheizung auf Höchststufe gedreht, dennoch sehnte sie sich fröstelnd nach einer heißen Badewanne und einem Glas Rotwein.

»Triffst du dich zurzeit mit jemandem?«

Bernds direkte Frage riss Helene aus ihren Gedanken. Einen Moment lang überlegte sie, was sie ihm darauf antworten sollte. Ging es ihn etwas an? – Wohl kaum. Sie entschied sich für eine Gegenfrage.

»Wie geht es deiner Frau und den Kindern?«

Er zuckte leicht zusammen, antwortete aber dennoch.

»Gut. Maria hat immer wieder mal mit den Bandscheiben Probleme, gibt aber nach wie vor ihre Deutschkurse an der VHS. Max studiert seit Oktober Medizin und Veronika hat sich mit ihrem Freund Robert verlobt. Nächsten Mai wollen sie heiraten. – Was macht Miriam?«

»Sie hat den Abschluss im sozialpädagogischen Bereich geschafft und ist jetzt Hilfskraft in einem Kindergarten.«

»Das klingt gut.«

»Ja, die Arbeit macht ihr Spaß. Sie liebt Kinder.«

»Na, vielleicht wirst du dann bald schon Großmutter …«

Er grinste.

»Ich denke nicht«, erwiderte sie.

Sie spürte an seinem neugierigen Blick, dass er auf eine Erklärung wartete, ließ ihre Aussage aber im Raum stehen. Miriams Leben und ihre sexuelle Orientierung waren keine Themen, die sie mit ihrem ehemaligen Liebhaber zu diskutieren gedachte.

»Du hast mir auf meine Ausgangsfrage nicht geantwortet.«

»Stimmt.«

»Warum? Sind wir nun doch keine Freunde mehr?«

Sie setzte zu einer Antwort an, doch in diesem Moment läutete sein Diensthandy. Er nahm den Anruf an, dank der Freisprecheinrichtung hörte sie unweigerlich mit. Es war die Zentrale. Bernd wurde zu einem Einsatz gerufen – Einbruch in einer Wohnung im Stadtteil Döbling. Sein Kollege Steinbacher sei ebenfalls schon unterwegs dorthin, hieß es.

Ein Name fiel. Eigentümerin der Wohnung sei eine Julie Schneeberg. Helene wurde schlagartig hellhörig.

»Die Autorin?«, fragte sie nach, als Bernd aufgelegt hatte.

»Anscheinend. Gute Adresse, viel Ruhm – kein Wunder, dass da jemand mit einer satten Ausbeute gerechnet hat. Aber wie auch immer, ich muss da wohl jetzt hin.«

Er schob sich zwischen einem kleinen Golf und einem Kleinbus auf die rechte Spur und bog ab.

»Du kannst mich an der Straßenbahnstelle rauslassen«, schlug Helene vor, ein Seufzen unterdrückend. Aufgrund der U-Bahn-Anbindung ab der Krieau wäre sie mit den Öffentlichen nun doch schneller zu Hause gewesen als von hier aus mit der Straßenbahn.

»Unsinn, ich fahr dich nach Hause. Ein simpler Einbruch nimmt nicht viel Zeit in Anspruch. – Außerdem, interessiert dich nicht, wie eine Julie Schneeberg residiert?«

Helene schmunzelte.

»Nur, weil ich ihre Bücher gelesen habe, bedeutet das nicht, dass ich sonderlich an ihrer Person interessiert bin.«

»Ach, komm schon.« Er grinste. »Promi-Wohnungen sind immer interessant.«

»Bernd Gerold, du bist schlimmer als ein altes Klatschweib!«

Sein Grinsen wurde breiter und machte ihr bewusst, dass es genau das war, was sie damals wie heute sowohl über seine Leibesfülle als auch über den Umstand, dass er verheiratet war, hatte hinwegsehen lassen: sein trockener Humor.

Eine Viertelstunde später parkten sie vor einer klassizistischen Villa in jenem Stadtteil Wiens, in dem herrschaftliche Gebäude simplen Mehrfamilienhäusern zahlenmäßig überlegen waren. Ein Streifenwagen stand in der Garagenzufahrt. Die Klingeln am geschlossenen Hoftor verrieten keine Namen, aber die Tatsache, dass das weitläufige Anwesen inzwischen offensichtlich von mehreren Parteien bewohnt wurde.

»Kurt, bist du schon da? – Okay. Welches Stockwerk?« Bernd hatte sein Handy gezückt, während ihr Blick die Fassade des relativ frisch sanierten Bauwerks entlanggeglitten war. An der Außenmauer entdeckte sie eine Alarmanlage. Das Haus schien unbelebt, lediglich im oberen Stockwerk brannte hinter zugezogenen Vorhängen Licht.

Ein Summton ertönte. Bernd stieß das Hoftor auf.

»Dritter Stock«, informierte er sie. Helene legte den Kopf schief. Als ob dies nicht auf der Hand gelegen hätte!

Natürlich gab es einen modernen, ans Haus angebauten Lift. Während sie im mit Fresken ausgestalteten Eingangsbereich auf ihn warteten, kamen zwei junge Uniformierte die ausladende Treppe hinunter.

»Ah, die Kollegen«, stellte Bernd jovial fest. »Und? Den Täter noch auf frischer Tat ertappt?«

Der junge Mann verzog schmerzhaft das Gesicht, doch seine Begleiterin griff den Scherz bereitwillig auf und versicherte: »Natürlich! Er wartet schon in Handschellen draußen im Wagen.«

»Na, dann ist ja alles bestens.« Bernd klopfte ihr kurz auf die Schulter, ehe er gemeinsam mit Helene in den Lift einstieg.

Droben stand die doppelflügelige Eingangstür weit offen. Helene fiel dennoch sofort das Loch mitten im Holz auf. Wie der oder die Einbrecher in die Wohnung gekommen waren, stand außer Frage: Sie hatten mit einer Stichsäge zwei der Kassetten herausgeschnitten. Die Öffnung war groß genug, dass ein mittelgroßer Mann ohne Übergewicht problemlos durchschlüpfen konnte.

»Muss doch ziemlich Lärm gemacht haben«, sagte Bernd anstelle einer Begrüßung zu seinem Kollegen Kurt Steinbacher, einem hageren Kerl in Lederjacke, der im Vorraum hinter der Türe bereits mit dem Abnehmen von Fingerabdrücken beschäftigt war.

»Was egal sein dürfte, denn von den anderen Bewohnern ist anscheinend niemand da«, kommentierte Steinbacher trocken. Sein Blick fiel auf Helene. »Hallo. Brauchen wir psychologische Unterstützung?«

»Hallo, Kurt. Lange nicht gesehen.« Sie reichten sich die Hand. Als sie frisch bei der Polizei begonnen hatte, damals noch im Streifendienst, hatte sie eine Weile mit Kurt Steinbacher zusammengearbeitet. »Bernd wollte mich nach Hause bringen, als er hierher abkommandiert wurde. Wenn ich störe, kann ich auch gerne im Auto warten.«

»Unsinn.« Er winkte ab. »Vielleicht ist es gar nicht schlecht, dass du hier bist ...« Er wies mit dem Kinn in Richtung einer angelehnten, weiß gestrichenen Türe und senkte die Stimme. »Sie sitzt im Wohnzimmer.«

»Hast du schon mit ihr gesprochen?«, erkundigte sich Bernd.

Steinbacher schnitt ein Gesicht.

»Mach du das. Sie ist nicht mein Fall.«

»Tatsächlich?« Bernd schmunzelte. Gefolgt von Helene, betrat er das angrenzende Zimmer, wo sie staunend erstarrten.

Ihnen bot sich ein Szenario der Verwüstung: Unzählige Bücher waren aus den raumhohen Regalen herausgerissen worden und lagen wild durcheinander am Boden. Das Sofa, ein auf vergoldeten Füßen stehendes Designerstück mit kaminrotem Bezug und silberfarbenen Stickornamenten, war in der Mitte aufgeschlitzt. Sein Innenleben quoll heraus, die Polsterung, ein Gemisch aus Federn und Polyurethan-Schaum, verteilte sich über das gesamte Parkett. Bei dem dunklen Sekretär, einer Antiquität, waren sämtliche Laden herausgezogen; ihr Inhalt – Kugelschreiber, Notizblöcke, Farbpatronen, ein Locher und ähnliches – lagen bis unter den gläsernen Sofatisch verstreut. Das Gemälde über dem Sofa, eine Flusslandschaft mit Laubbäumen im Stil der Alten Meister, hing schief an der Wand.

Trotz der Verwüstung empfand Helene den Raum mit seiner Stuckdecke, seinem gelben Anstrich und dem in die Wand integrierten offenen Kamin als äußerst wohnlich und angenehm. Ein Türbogen neben dem Sofa gab den Blick frei auf eine Nische mit einem Rundtisch und vier mit weißen Hussen überzogenen Stühlen. Außer der vom Tisch gerissenen weißen Decke, die zerknüllt zwischen den Stuhlbeinen lag, war dieser Raum nahezu unberührt. An den blau getünchten Wänden hingen drei kleinere Malereien in ähnlichem Stil wie jenes im Wohnzimmer. In der Glasvitrine im Eck war ein Set schöner alter Weingläser unangetastet geblieben.

Die Küche, ebenfalls durch einen Rundbogen vom Esszimmer aus begehbar, bot dagegen ein Bild des Grauens: Töpfe, Pfannen, Kaffeekannen und anderes Geschirr waren von den Eindringlingen wahllos aus den Schränken geworfen worden. Einiges Porzellan lag in Scherben am gefliesten Küchenboden.

Helene wandte sich ab. Hier hatte sie genug gesehen. Sie ging zurück ins Wohnzimmer und folgte Bernd durch eine Flügeltür in dasjenige Zimmer, das sie noch nicht begutachtet hatten.

Die Tür war nur angelehnt. Als Bernd sie aufstieß, fielen Helene zuerst die Kleider auf, die quer über Bett und Boden verstreut waren ... auf einem Teppich aus Daunenfedern. Der oder die Einbrecher hatten die Bettdecke auf dieselbe Weise aufgeschlitzt wie das Sofa und, wie sie mit einem zweiten Blick bemerkte, auch vor der Matratze nicht halt gemacht.

Helen bemerkte die schlanke, hochgewachsene Gestalt neben dem geöffneten Kleiderschrank am Ende des Raumes erst, als Bernd auf sie zuging und ihr die Hand entgegenstreckte.

»Guten Abend. Gerold, Tatortsicherung. Das ist ja eine schöne Bescherung.«

»Guten Abend.«

Die Stimme der Frau klang trotz des Chaos angenehm und warm. Helene, die auf der Türschwelle stehen geblieben war, betrachtete die Wohnungseigentümerin neugierig. Das also war Julie Schneeberg, Autorin mehrerer Thriller, die in etliche Sprachen übersetzt worden und rasch in die Bestsellerlisten geklettert waren. Mit dem kupferroten, streng zurückfrisierten Haar sah sie genauso aus wie auf jenem Foto, das sich am Ende jedes Buches mit ihrer Kurzbiographie fand. Ihre Gesichtszüge waren ebenmäßig – und darüber hinaus undurchdringlich. Kein einziger Gesichtsmuskel verriet, was gerade in ihr vorging.

»Und Sie sind …?« Die Schriftstellerin, höchstens Mitte dreißig und in einen eleganten dunklen Anzug gekleidet, sah abwartend in ihre Richtung.

Helene überwand mit ein paar Schritten die Distanz zwischen ihnen und reichte der Autorin die Hand.

»Helene Winter. Ich bin Polizeipsychologin.«

Julie Schneeberg ließ Helenes Hand so rasch los, als hätte sie sich an ihr verbrannt.

»Ich denke nicht, dass ich eine Psychologin brauche!«

… was mich überrascht angesichts dieser Misere.

Helene verkniff sich den spontanen Kommentar.

»Ich bin nur zufällig hier«, erklärte sie mit ruhiger Stimme. »Wenn es Ihnen lieber ist, dass ich gehe, können Sie das gerne sagen und ich werde sofort verschwinden.«

Julie Schneeberg machte eine abwehrende Handbewegung.

»Nein, bleiben Sie. Es ist mir egal.«

»Konnten Sie schon feststellen, ob etwas fehlt?«, mischte sich Bernd ins Gespräch ein, während er sich geschäftig die Jacke auszog. Helene tat es ihm gleich. Die Wohnung war gut beheizt; auch ihr wurde allmählich warm.

»Mein Notebook und etwas Schmuck.«

Bernd zückte seinen Notizblock.

»Was für ein Schmuck genau?«

»Eine Perlenkette und goldene Ohrstecker in Form einer Seerose.« Julie Schneeberg runzelte die Stirn. »Aber das hab ich den uniformierten Polizisten vorhin schon erzählt.«

»Trotzdem«, sagte Bernd und Helene las in Julie Schneebergs Augen, dass diese Erwiderung, die keine Erklärung war, nicht gut bei ihr ankam. »Erzählen Sie einmal von Anfang an, wie das war: Wer hat den Einbruch gemeldet, wo waren Sie zur Tatzeit, wer wohnt sonst noch hier ...«

»Ich habe das alles schon Ihren Kollegen erzählt!«

Julie Schneeberg klang erstmals etwas gereizt.

»Werte Dame.« Bernd verschränkte die Arme vor der Brust. »Ich erkläre Ihnen jetzt einmal, wie das hier so läuft. Wann immer ein Einbruch gemeldet wird, ist erst einmal die nächstbeste Streife vor Ort. Dann erst kommt das Tatortteam, in diesem Fall sind das mein Kollege Steinbacher und ich, und nehmen den Tatbestand auf. Wenn Sie also wollen, dass wir uns um Ihren Fall kümmern, werden Sie sich wohl überwinden müssen und uns das Ganze noch einmal im Detail schildern.«

Von Julie Schneeberg kam nichts, doch Helene konnte die Eiseskälte spüren, die von der Autorin ausging. Sie beschloss, dass es Zeit war, sich einzubringen, Zuständigkeit hin oder her.

»Ich verstehe, dass es ein mühsames Prozedere für Sie ist, gerade in Anbetracht der Umstände. Aber ich bin sicher, wenn wir hier alle konstruktiv zusammenarbeiten, hat mein Kollege schnell seinen Bericht fertig und Sie können sich nach der Bestandsaufnahme und Beweissicherung daran machen, ihr Zuhause wieder herzurichten.«

Helene glaubte zu erkennen, wie es in der jungen Frau arbeitete.

»Gut«, sagte Julie Schneeberg dann knapp. »Bitte wechseln wir dafür ins Esszimmer.«

Erst jetzt bemerkte Helene die Spitzenunterwäsche, die ebenfalls quer über das Bett verstreut worden war, und zwei Schwarzweiß-Fotografien einer nackten Frau an der Wand darüber. Das

Gesicht war nicht erkennbar, doch Körperbau und -haltung legten nahe, dass es Schneeberg selbst war, die ein Fotoprofi hier kunstvoll ausgeleuchtet und abgelichtet hatte. Dass eine Frau, deren Intimsphäre an diesem Tag schon einmal gravierend verletzt worden war, keinen Wert darauf legte, den Aufenthalt fremder Personen in ihrem Schlafzimmer länger als notwendig auszudehnen, war für Helene mehr als nachvollziehbar.

Im Esszimmer nahmen Bernd und sie gegenüber der Autorin Platz.

»Also«, begann der Inspektor. »Packen wir es an. Sie waren nicht zu Hause während des Einbruchs?«

»Ich hatte einen Interviewtermin mit einer Journalistin von WOMAN. Wir haben uns im *Café Mozart* getroffen. Sie können das gerne nachprüfen.«

Bernd sah von seinem Notizblock auf.

»Sie stehen nicht unter Verdacht, selbst in Ihre Wohnung eingebrochen zu haben, Frau Schneeberg.«

Zum ersten Mal entdeckte Helene einen Funken von Emotion in Julie Schneebergs Augen. War es Unsicherheit? Oder eher Verwirrung? Sie vermochte nicht genau zu deuten, was dort aufflackerte, beschloss jedoch, dass es erneut besser war, sich einzubringen.

»Mein Kollege meinte, dass wir Ihnen auch so glauben. Uns geht es ja um die Einbrecher, nicht darum, wo und wann Sie sich mit wem getroffen haben. Im Augenblick ist das absolut Ihre Privatangelegenheit.«

Die Frau nickte.

»Ich bin gegen 15.30 Uhr heimgekommen«, sagte sie nach einer Weile. »Da habe ich die beschädigte Wohnungstüre bemerkt und die Polizei verständigt.«

»Haben Sie die Wohnung betreten?«

»Nein. Ich habe im Treppenhaus gewartet, bis die Polizisten hier waren – ungefähr zehn Minuten. Erst nachdem sich Ihre Kollegen drinnen umgesehen haben, bin ich nachgekommen.«

»Ist Ihnen vor oder im Haus während dieser Zeit irgendetwas ungewöhnlich vorgekommen?«

»Nein, es war alles wie immer.«

»Wer wohnt hier, abgesehen von Ihnen?«

Helene sah, wie Julie Schneeberg angesichts dieser Frage kurz stutzte.

»In dieser Wohnung? Oder meinen Sie im Haus?«

»Sowohl als auch«, erklärte Bernd stoisch, doch Helene kannte ihn gut genug, um zu wissen, dass erst die skeptische Rückfrage sein Interesse an einer Antwort erweitert hatte.

»Ich lebe alleine. Im Haus wohnen außer mir drei weitere Parteien: ein ungarisches Diplomatenehepaar, ein Pianist und ein Rechtsanwalt mit seiner Frau.« Eine Strähne hatte sich aus Julie Schneebergs Aufsteckfrisur gelockert und fiel ihr ins Gesicht. Mit einer routinierten Handbewegung schob sie sie hinter das Ohr. »Der Pianist ist im Moment auf Konzertreise, das Diplomatenehepaar sowieso sehr selten hier, der Rechtsanwalt über siebzig und schwerhörig. Ob er zu Hause war, kann ich nicht sagen.«

»Wir werden der Sache nachgehen.« Bernd machte sich ein paar Notizen. »Ihr Laptop, sagen Sie, fehlt? War er neu? Irgendein besonderes Modell?«

Sie nannte ihm die Marke. Das Notebook war laut ihren Angaben zwei Jahre alt. Ein Durchschnittsprodukt. Der gestohlene Schmuck, auf den sie anschließend zu sprechen kam, hatte einen Gesamtwert von knapp 800 Euro. Die bereitwillig hergezeigte Schmuckschatulle war zu Helenes Erstaunen keineswegs vollständig leer. Es befanden sich darin noch Ohrringe mit Edelsteinen, die sie trotz ihrer mangelnden Expertise sofort als hochkarätige Diamanten identifizierte. Bernd hob nach einem kurzen Blick auf das Geschmeide erstaunt eine Augenbraue und schien dasselbe zu denken wie sie.

»Wie viel haben die gekostet?«

Sie nannte den Preis, ohne zu zögern – eine vierstellige Summe.

»Hatten Sie Bargeld in der Wohnung?«

»Nein.«

Er stellte noch ein paar weitere Fragen, dann klappte er das Notizbuch zu.

»Um ehrlich zu sein, Frau Schneeberg – der Einbruch bei Ihnen ist atypisch. Ihre Tür hat ein Balkenschloss und zusätzlich einen Sicherheitszylinder, das Heraussägen der Kassetten ist daher nichts Ungewöhnliches. Es bezeugt aber die Tat von jemandem, der einen höheren Aufwand und damit auch ein höheres Risiko in Kauf nimmt. Ungewöhnlich ist das in Ihrem Fall deshalb, weil alles, was mitgenommen wurde, einen verhältnismäßig geringen Wert hat – und weit wertvollere Dinge wie beispielsweise Ihre Diamantohrringe oder gar Ihre Gemälde nicht einmal angetastet wurden.«

Helene wusste, dass Bernd auf eine Erwiderung wartete, auf irgendeine Reaktion, doch Julie Schneeberg sah ihn nur ausdruckslos an.

»Haben Sie irgendwelche Feinde?«

Die Autorin blinzelte.

»Feinde?«, wiederholte sie ungläubig. »Glauben Sie ernsthaft, jemand ist in diese Wohnung eingedrungen, weil er mir in Wahrheit nach dem Leben trachtet? – Mit Verlaub, das ist absurd.«

»Nein ... ich glaube im Moment nicht, dass Ihnen jemand nach dem Leben trachtet, aber wenn ich mich umsehe, kommt es mir einfach so vor, als wollte Ihnen jemand Schaden zufügen. Was hier zerstört wurde oder davon bedroht war, überschreitet den Wert jener Dinge, die entwendet wurden, um ein Vielfaches. Deshalb meine Frage. – Irgendein Liebhaber, ein ehemaliger Freund?«

»Es gibt niemanden.«

»Nun gut.« Bernd steckte sein Notizbuch in die Brusttasche. »Ich werde meinem Kollegen jetzt mit der Beweissicherung zur Hand gehen. Vielleicht finden Sie ja noch irgendwo Fingerabdrücke. – Sie wissen, dass wir dafür ein Pulver auftragen müssen, das Ihre Möbel ziemlich verschmutzt?«

Sie nickte stumm.

Bernd verschwand im angrenzenden Zimmer. Julie Schneeberg, die mit einem Mal erschöpft aussah, blieb sitzen. Sie stützte ihre Ellbogen auf der Tischplatte ab und verbarg ihr Gesicht in den Händen. Helenes Anwesenheit schien sie völlig vergessen zu haben.

Einen Moment lang spielte die Polizeipsychologin mit dem Gedanken, sich still zurückzuziehen. Andererseits empfand sie ein gewisses Mitleid mit der Frau, die bisher so erfolgreich Haltung bewiesen hatte, obgleich ihr Zuhause in Trümmern lag.

»Sie sollten jemanden anrufen«, sagte sie leise. »Jemanden, der Ihnen beim Zusammenräumen hilft. Es ist nicht schön, nach so einem heftigen Eingriff in die Privatsphäre sich selbst überlassen zu sein.«

Julie Schneeberg nahm die Hände vom Gesicht. »Meine Putzfrau kommt erst wieder am Montag«, erklärte sie nüchtern.

»Vielleicht sollten Sie einen Freund oder eine Freundin anrufen«, präzisierte Helene ihren Vorschlag.

Julie Schneeberg nickte stumm, doch Helene sah ihr deutlich an, dass es nur ein Zeichen höflicher Zustimmung war. Sie würde niemanden anrufen. Helene wusste es, weil sie dieses Nicken von Miriam kannte. Auch ihre Tochter nickte, wenn es darum ging, Diskussionen zu vermeiden. Sie nickte, sagte kein Wort und tat anschließend das, was sie von vornherein beabsichtigt hatte.

Überhaupt erinnerte sie Julie Schneeberg in diesem Moment stark an Miriam. Die unsichtbare Mauer, die die Schriftstellerin um sich gezogen hatte, war ihr nur zu gut bekannt.

Ihr Mutterinstinkt regte sich.

»Soll ich Ihnen vielleicht eine Tasse Tee machen? Oder Kaffee?«

Für einen Augenblick stand der jungen Frau die Überraschung ins Gesicht geschrieben. Dann nahm sie wieder jene undurchdringliche Miene an, die sie zuvor gezeigt hatte.

»Sie mir? – Das wäre wohl unpassend, hier in meiner Wohnung. Außerdem … meine Küche ist Teil des Tatorts; ich bezweifle, dass Sie dort gegenwärtig irgendetwas berühren dürften, ohne Ärger mit der Polizei zu bekommen.«

»Ich bin Teil der Polizei«, rief ihr Helene mit einem leisen Schmunzeln in Erinnerung.

»Sie sind Psychologin«, konterte Julie Schneeberg.

»Ich habe die ganz normale Polizeiausbildung durchlaufen, ehe ich mein Studium nutzte und mich innerhalb der Institution spezialisierte.« Helene stand auf. »Ich mache Ihnen jetzt einen Tee. Sie sehen aus wie jemand, der etwas Warmes zu trinken gebrauchen könnte.«

»Wohl eher einen heißen Grog«, entgegnete Julie resigniert. Zum ersten Mal zeichnete sich ein vages Lächeln um ihre Mundwinkel herum ab.

»Auch den würde ich Ihnen machen, wenn Sie genug Rum im Haus haben.«

»Tee ist auch gut. Aber Sie müssen wirklich nicht …«

Helene brachte sie mit einer entschiedenen Handbewegung zum Schweigen. Der Wasserkocher funktionierte noch; sie fand trotz des Chaos Teebeutel und zwei große Tassen, die die wüste Aktion der Eindringlinge überlebt hatten.

Als sie ins Esszimmer zurückkam, fand sie Julie Schneeberg noch immer in derselben Position vor, in der sie sie zurückgelassen hatte.

Julie nahm die dampfende Tasse Tee dankbar entgegen. Helene setzte sich ihr wieder gegenüber. Drüben im Wohnzimmer hörte sie Bernd und Kurt hantieren. Sie dachte mit leisem Wehmut an ihre Badewanne und die Tatsache, dass es wohl noch etwas dauern würde, ehe sie sich endlich im heißen Wasser entspannen und vom sinnlosen Herumstehen während der Übung zur Geiselnahme erholen konnte. Gleichzeitig wurde ihr bewusst, dass jeder Hauch von Selbstmitleid in diesem Moment wohl ziemlich unangebracht war. Wenn sie nach Hause kam, fand sie immerhin eine intakte Wohnung vor.

»Ihre Haustüre wird heute noch notdürftig repariert. Wir arbeiten mit einigen Handwerkern zusammen, die auf Fälle wie diesen spezialisiert sind. Trotzdem sollten Sie die Nacht nicht hier verbringen, in all dem Chaos. Übernachten Sie bei einem Freund oder einer Freundin.«

Wieder dieses Nicken, das ihr deutlich signalisierte, dass die Worte an ihrem Gegenüber abprallten.

»Was macht man als Polizeipsychologin?«, fragte Julie Schneeberg dann unvermittelt. Helene stieg auf den Themenwechsel ein und erläuterte in groben Zügen ihr Aufgabengebiet, untermalt von Beispielen ihrer Einsätze, die durch die Medien bekannt geworden waren. Die Autorin hörte aufmerksam zu und Helene bekam allmählich den Eindruck, dass sie sich im Geiste Notizen dazu machte.

»Verarbeiten Sie das in Ihrem nächsten Buch?«, erkundigte sie sich nach einer Weile mit amüsiertem Unterton.

»Vielleicht.« Julie Schneeberg lächelte verhalten. »Es wäre immerhin eine interessante Figur.«

»Interessant?« Helene lachte kurz auf. »Dann sollten Sie besser nicht mich als Vorlage nehmen!« Dennoch zückte sie ihr Etui mit den Visitenkarten. »Hier. – Falls Sie tatsächlich weitere Fragen zur Arbeit eines Polizeipsychologen haben, können Sie mich gerne anrufen.«

»Frau Schneeberg, wir müssen noch Ihre Fingerabdrücke nehmen.« Bernd Gerold stand im Rundbogen. »Sie wissen, zur Unterscheidung …«

»Ja, gut.«

Helene ließ sie und Bernd alleine. Ein Handwerker montierte inzwischen Holzplatten über die demolierte Eingangstüre. Kurt packte bereits zusammen.

»Wenn du mich fragst, das alles hier ist sehr seltsam«, sagte er mit leiser Stimme zu Helene. »Hier hängen Gemälde im Wert von … na ja, ich bin kein Kunstexperte, aber schätzungsweise sind es um die 20.000 bis 25.000 Euro. Aber der Einbrecher entscheidet sich lediglich für ihren Laptop und etwas Schmuck. Gleichzeitig sieht die Wohnung aus, als hätte er noch nach etwas anderem gesucht.«

»Klar, Bargeld. Das ist doch immer so.«

»Ich weiß nicht.« Kurt hob die Schultern. »Ich kann es dir im Moment nicht begründen, aber mein Instinkt sagt mir, dass da in Wahrheit etwas anderes dahintersteckt.«

»Vielleicht solltest du ihr das besser nicht sagen, ehe du keinen begründeten Verdacht hast. Die arme Frau ist sowieso schon ziemlich fertig. Kein Wunder, wenn man das hier so sieht …«

»Die arme Frau verschweigt uns etwas«, erwiderte Kurt sarkastisch. »Auch das sagt mir mein Instinkt.«

»Wir haben uns gerade gut unterhalten.«

»So, startklar zum Aufbruch.« Bernd trat zu ihnen in den Vorraum. »Alles erledigt.«

Sie verabschiedeten sich von einer nun wieder sehr steifen, förmlichen Julie Schneeberg, dann nahmen sie den Aufzug nach unten.

»Von den Nachbarn ist jedenfalls niemand zu Hause«, informierte sie Kurt. »Ziemlich einsames Haus.«

Draußen schlug ihnen die abendliche Kälte entgegen wie eine Wand. Es hatte zu nieseln begonnen.

»Schönen Abend dann noch.«

Kurt ging zu seinem Wagen. Helene nahm neben Bernd am Beifahrersitz Platz.

»Hat jetzt doch etwas länger gedauert«, brummelte Bernd. »Aber du hast immerhin eine der derzeit erfolgreichsten Autorinnen im deutschsprachigen Raum kennengelernt.«

»Tja, Wahnsinn! Ich bin noch ganz hin und weg«, entgegnete Helene mit unverkennbarem Sarkasmus.

»Die Wohnung ist jedenfalls nicht schlecht.«

»Nur kein Neid.«

»Auf dieses Leben?« Bernd zog seine buschigen Augenbrauen zusammen. »Ich weiß nicht, ob es dir aufgefallen ist, aber da stand kein einziges Familienfoto herum. Nichts, was wirklich persönlich ist. Und im Badezimmer gibt es nur eine Zahnbürste ...« Er unterbrach sich und fuhr fort: »Für eine, die Krimis schreibt, hat sie jedenfalls bemerkenswert wenig Ahnung von Polizeiarbeit.«

Wenn Miriam irgendwann einmal ausziehen sollte, wird es in meinem Badezimmer auch nur eine Zahnbürste geben.

Helene behielt ihren Gedanken für sich und korrigierte stattdessen: »Sie schreibt keine Kriminalromane, sondern Thriller. Polizisten sind da nur Randfiguren. Im Mittelpunkt ihrer Geschichten stehen immer die Charaktere – und vor allem Gefühle wie Neid, Eifersucht, Hass, enttäuschte Liebe, Gier ... all diese Emotionen, die Leute veranlassen, schlimmste Verbrechen zu begehen.«

»Damit spricht sie offenbar ein breites Publikum an.« Nachdenklich strich er sich über den Bart. »Eigentlich makaber, dass sie über menschliche Abgründe schreibt, wenn man ihren Hintergrund bedenkt. Du weißt es vielleicht, sie ist die Tochter von Dana Karneol, dieser Schauspielerin, deren kleine Kinder vom damaligen Lebenspartner umgebracht wurden. Eine Familientragödie wie aus dem Lehrbuch ...«

Helene erinnerte sich an den Fall, der in allen Medien ausgeschlachtet worden war, wenngleich sie ihm damals wenig Aufmerksamkeit geschenkt hatte. »Möglicherweise ist genau das der Grund, weshalb sie über menschliche Abgründe schreibt«, stellte sie in den Raum.

»Du meinst, sie therapiert sich damit selbst?«

Sie hob die Schultern. »Das kann ich nicht beurteilen. Aber man braucht weder ein Psychologiestudium noch viel Phantasie, um sich auszumalen, dass eine Tragödie wie diese nicht spurlos an einem Menschen vorübergeht. – Wie alt war sie damals? Sechzehn, siebzehn?«

»Meiner Erinnerung nach noch nicht volljährig«, sagte Bernd. »Sie war im Haus, als es geschah. Hat aber angeblich nichts mitbekommen. – Der Karriere von Mutter und Tochter hat das Drama jedenfalls nicht geschadet – die eine hat es erfolgreich auf die Kinoleinwand geschafft, die andere schreibt Bestseller. – So, wir sind da ...«

Er fand in der dicht beparkten Straße keine freie Nische und fuhr den Wagen kurz entschlossen an eine Garagenausfahrt heran.

»Danke, Bernd. Es war nett, einmal wieder mit dir zu plaudern.«

»Na ja, viel Zeit hatten wir ja nicht.« Wieder strich er sich über seinen Bart. »Vielleicht hast du Lust ... ich meine ... wir könnten uns wieder einmal treffen, oder nicht?«

Den Autogriff bereits in der Hand, ließ sein Vorschlag Helene kurz inne halten. Dann entschied sie sich, ihm seine Frage zuvor trotz aller Vorbehalte zu beantworten.

»Du hast mich gefragt, ob ich derzeit jemanden sehe. Die Antwort ist ja. Er heißt Martin. Er ist ein Kollege, wir haben uns vor einem halben Jahr kennen gelernt. Und er ist nicht verheiratet.«

Bernd nickte resigniert.

Einen Moment lang fühlte sie jenes Gefühl in sich aufkommen, das sie im Zusammenhang mit ihm stets verspürt hatte: innere Vertrautheit. Sie hatten einander meist verstanden, ohne ihre Gefühle in Worte packen zu müssen.

»Schönen Abend noch, Bernd. Vielleicht bis bald.«

Sie wartete, bis er den Blinker gesetzt hatte und zurück auf die Straße gefahren war; erst dann sperrte sie die wuchtige Eingangstür des Mietshauses auf.

Altenhain, Dezember 1998

»Alena, gib das wieder her!«

»Nein, ich hab das jetzt!«

»Aber ich hatte es zuerst! Gib das sofort wieder her!«

Metall traf auf Holz.

»Aua! Aua!« Eines der Mädchen begann zu weinen.

Joe, der gerade den großen ovalen Spiegel, dem ihm die Frau des Bürgermeisters vorbeigebracht hatte, mit einem Mosaik von winzigen Fliesensplittern verzierte, fuhr herum.

Alena hielt sich den Fuß und heulte. Alissa stand mit betroffener Miene daneben. Vor ihnen auf dem Boden lag eine Skulptur aus Alteisen und Holz, die er vor ein paar Tagen fertig gestellt hatte. An der abstrakten Nachbildung eines Baumes waren zwei Äste abgebrochen, ein weiterer hatte sich durch den Aufprall massiv verbogen.

»Herrgott nochmal!« Er hob das zerstörte Kunstwerk vom Boden auf, dann bückte er sich zu seiner weinenden Tochter. »Wo tut es denn weh?«

»Da!« Alena deutete jammernd auf ihren großen Zeh.

Vorsichtig tastete er durch ihren dünnen Turnschuh hindurch den Fuß ab. Sie konnte den Zeh noch bewegen, was ihn beruhigte. Dennoch, eine Werkstatt war einfach kein Kinderspielplatz. Wie oft hatte er Dana das schon gesagt?

Er nahm die beiden Mädchen hoch und schleppte sie von der Scheune über den eisglatten Hof zum Haus. Am Vorabend hatte es geregnet. Nachts war die Kälte gekommen und geblieben.

Danas kräftige Stimme durchdrang das ganze Haus, untermalt von Klavierakkorden. Da er keine Hand frei hatte, stieß er die angelehnte Türe zum Musikzimmer mit dem Fuß auf.

Der Gesang brach ab.

»Ich muss üben«, fuhr sie ihn an. »Ich kann die Kinder jetzt nicht brauchen!«

»Und ich muss arbeiten«, wies er sie unwirsch zurecht. »Die beiden zerlegen mir die ganze Werkstatt.«

Er setzte Alissa und Alena, die sich wieder beruhigt hatte, auf dem alten Kanapee ab.

»Ich kann die Kinder jetzt absolut nicht brauchen.« Dana schob ihr Kinn nach vorne – ein untrügliches Zeichen dafür, dass ihre Laune im schroffen Gegensatz zu ihrem glockenhellen, stimmungsvollen Gesang stand. »Übermorgen ist Adventssingen und mein Solo ist noch nicht perfekt. Und solange es nicht perfekt ist, kann ich hier nicht den Babysitter geben.«

»Perfekt genug für einen Auftritt am Weihnachtsmarkt in St. Pölten ist es wohl allemal«, rutschte es ihm heraus. Er hasste ihre Art, aus allem, was sie tat, ein Riesenspektakel zu machen. Die Frau, mit der er vor der Geburt der Zwillinge zusammengezogen war, hatte sich ihm anders präsentiert – als unterstützende, liebevolle Person, die ihm und seiner künstlerischen Tätigkeit Verständnis entgegenbrachte, die ihm den Rücken frei hielt und sein Schaffen bewunderte. Von alledem war wenig übrig geblieben. Dana, das hatte er inzwischen oft genug schmerzlich erkennen müssen, ging es in erster Linie um sich selbst.

»Zumindest bekomme ich für meinen Auftritt eine Gage, während du es nicht schaffst, Geld in die Kasse zu bringen.« Sie funkelte ihn wütend an. »Unser Konto ist im Minus, falls dir das noch nicht aufgefallen ist!«

Er spürte, wie ihm die Wut in die Glieder kroch.

»Es wäre noch genug vorhanden, wenn du deinen sinnlosen Köln-Trip gecancelt hättest! Du hast bis heute nicht kapiert, dass wir nicht die Kohle haben, um mal eben einen Flug nach Deutschland zu buchen.«

Sie schlug den Klavierdeckel so heftig zu, dass die Vase mit den Tannenzweigen, die auf dem Gehäuse stand, bedrohlich ins Wanken geriet.

»Ich hatte ein Vorstellungsgespräch, du Idiot! Das war kein Vergnügungsausflug!«

»Für eine Vorabend-Serie«, stieß er verächtlich hervor. Manchmal hatte er wirklich den Eindruck, mit einem Kind zusammenzuwohnen, nicht mit einer erwachsenen Frau.

»Jawohl! Für eine Serie, du Schwachkopf!«, schrie sie ihn an. Die Zwillinge begannen wie auf ein Kommando zu weinen, doch er hatte jetzt keine Nerven, ihnen Aufmerksamkeit zu schenken – nicht, solange Dana meinte, ihn erniedrigen zu müssen. »Du hast ja keine Ahnung von diesem Business, du kennst bloß deine dumme Scheune und deine sogenannte Kunst, die keinen interessiert! Ich war sieben Jahre lang der Star im Vorabendprogramm; die Leute haben mich geliebt! Und das war verdammt gut bezahlt, kann ich dir sagen, verdammt gut! Dass diese Trottel meine Rolle damals herausgestrichen haben, war der größte Fehler. Ohne mich war diese Serie sowieso zum Scheitern verurteilt. Also erzähl mir bloß nichts über Serien! Zumindest bringe ich Geld in die Kasse, während du nur in den Tag hinein lebst!«

»Noch hast du die Rolle nicht!«, fuhr er sie zornig an. »Und außerdem, selbst wenn du sie bekommst, wie stellst du dir das vor? Du wohnst hier, nicht in Köln! Wie soll das gehen?«

Sie verschränkte die Arme vor der Brust, sah ihn kalt an.

»*Noch* wohne ich hier. Noch. Aber das lässt sich ändern.«

»Ach ja? – Wir werden sicher nicht umziehen; ich habe den Hof hier nicht umsonst renoviert!«

»Von *wir* ist keine Rede!«

»Was heißt das?«

Wieder streckte sie ihm ihr Kinn entgegen. Sie lächelte.

»Na, was heißt das wohl? Bist du so schwer von Begriff, dass ich es dir klar und deutlich sagen muss? – *Ich* werde mit den Kindern gehen und *du* bleibst hier!«

»Das ist ja wohl nicht dein Ernst!« Die Hände zu Fäusten geballt, musste er sich beherrschen, um sie nicht zu packen und diese irrsinnige Idee, die sie ihm da unterbreitete, aus ihr herauszuschütteln. »Du gehst mit unseren Töchtern nirgendwohin! Im

Übrigen, du kannst doch nicht einmal auf dich selbst aufpassen, geschweige denn auf unsere Kinder!«

Alissa und Alena heulten inzwischen wie die Sirenen. Alena klammerte sich an sein Bein, Alissa stand daneben und schluchzte: »Mami! Mami!«

»Verdammt noch mal!« Danas Zorn richtete sich nun gegen die weinenden Kinder. »Was seid ihr nur für Heulsusen? Geht spielen, aber hopp!«

Sie riss Alena mit Gewalt von Joes Bein weg, packte sie und Alissa und schob alle beide über die Schwelle. Dann warf sie schwungvoll die Tür zu und drehte den Schlüssel zweimal im Schloss. Von draußen drang das bitterliche Weinen der Zwillingsschwestern durch das dünne Holz.

»Du willst also streiten?« Schon stand sie wieder vor ihm, noch immer mit verschränkten Armen. »Dann lass uns *jetzt* streiten, du Versager, aber richtig!«

Joe fühlte sich plötzlich hilflos. Einerseits war er erleichtert, dass die Mädchen nicht weiterhin Zeuginnen der Auseinandersetzung werden mussten, andererseits regte sich sein schlechtes Gewissen als Vater. Die Art und Weise, wie Dana die beiden aus dem Zimmer bugsiert hatte, hatte ihn schockiert, auch wenn er wusste, dass sie impulsiv sein konnte.

»Ich will nicht ...«

Er kam nicht dazu, seinen Satz zu vollenden.

»Du langweilst mich, Joe«, fiel sie ihm kalt ins Wort, das Gesicht nun völlig ausdruckslos. »Als ich dich kennenlernte, habe ich mich in einen Mann verliebt. Einen, der mir ein sicheres Zuhause und die Familie bietet, die ich niemals hatte. Doch stattdessen habe ich jetzt ein Weichei an meiner Seite, das jahrelang meine Ersparnisse aufgezehrt hat und es noch immer nicht schafft, Geld zu verdienen. Du nennst dich einen Künstler, aber in Wahrheit bist du nichts anderes als ein Tagträumer. Deine dämlichen, kotzhässlichen Skulpturen interessieren keinen Menschen auf der Welt außer dich selbst!«

Im Nachhinein wusste er selbst nicht, was der wahre Auslöser gewesen war: die gefühllose Kälte, die sie zur Schau stellte, oder ihr Kommentar zu seinen Kunstwerken, für die er seit Jahren lebte und in die er alle Hoffnungen setzte. Jedenfalls schlug er ihr mitten ins Gesicht.

Sie taumelte kurz, fing sich jedoch schnell. Die Hand an der geröteten Wange, starrte sie ihn ein paar Sekunden lang ungläubig an.

Dann holte sie aus. Ihr Schlag traf ihn mitten auf die Lippe. Er schmeckte das Blut, noch ehe ihn der Schmerz überkam.

Ungläubig starrten sie sich an, dann fiel ihm Dana in die Arme.

»Oh Gott, Joe, oh Gott!« Sie bedeckte sein Gesicht mit Küssen. »Es tut mir so leid, Joe. So leid!« Ihre warmen Hände fuhren unter seinen Pulli und unter das Unterhemd, das er trug. Er spürte ihren warmen Atem an seiner Halsbeuge. »Ich wollte das nicht, ehrlich! Bitte glaube mir! Bitte verlass mich nicht!«

Ihre Tränen brannten auf seiner Haut, und die Wut und das Entsetzen, das er noch Sekunden zuvor gefühlt hatte, waren schlagartig verschwunden. Stattdessen entfachten ihre Berührungen auf seinem Bauch, ihre Hände, die ganz langsam nach unten glitten, in ihm jene Leidenschaft, die ihn bisher immer alles vergessen ließ, was sie ihm während ihrer Wutattacken ins Gesicht schleuderte.

Er packte sie bei den Schultern, drückte sie auf das Sofa. Während er mit der linken Hand seinen Gürtel öffnete, schob er mit der rechten ihren dünnen Rollkragenpullover nach oben.

Als er kurze Zeit später in sie eindrang, bog sie sich ihm voller Lust entgegen.

*

Julie hängte den Autoschlüssel ans Schlüsselbrett, dann schlüpfte sie aus ihrem Anorak. Erst als sie sich die Stiefel auszog, bemerkte sie ihre kleinen Schwestern. Sie kauerten mit bekümmerten Gesichtern auf der hölzernen Treppe, die ins obere Stockwerk führte.

»Was macht ihr denn hier draußen im Gang? Ist es euch nicht zu kalt?«

»Die Mami und der Papi streiten.«

»Die Mami hat uns aus dem Zimmer gesperrt und dann hat sie geschrien.«

»Okay.«

Julie wusste nicht recht, was sie sonst darauf sagen sollte. Dass ihre Mutter und Joe immer öfter aneinandergerieten, war eine Tatsache. Vermutlich war es wirklich besser, dass Alissa und Alena hier im Treppenhaus saßen, anstatt den Streit aus nächster Nähe zu verfolgen.

»Geht doch hinauf in euer Zimmer«, schlug sie den beiden vor. »Da ist es wärmer.«

»Aber die Mami hat geschrien!«, wandte Alissa ein.

»Ich werde mich darum kümmern.« Julie bemühte sich, zuversichtlich zu klingen, auch wenn sie bereits wieder den dicken Kloß in ihrer Kehle fühlte, der sich im Zusammenhang mit ihrer Mutter so oft bildete. Noch vor einer halben Stunde hatte sie in einem breiten Bett gelegen, während Lydia sie mit ihrer Zunge verwöhnt und die Realität und all ihre Probleme vergessen hatte lassen. Kaum betrat sie ihr Zuhause, fühlte sie sich schon wieder elend.

»Geht jetzt nach oben. Ich komme dann und werde mit euch spielen.«

»Was wirst du mit uns spielen?«

Alissa sah sie erwartungsvoll an.

»Was ihr wollt.«

Julie hatte zwar keine Lust, den Rest ihres Samstagnachmittags auf dem Kinderzimmerboden kniend zu verbringen, doch die beiden kleinen Schwestern taten ihr leid. Sie wusste zu gut, wie verstörend die Verbalattacken ihrer Mutter sein konnten, selbst wenn sie nicht auf einen selbst gerichtet waren.

In der Wohnküche standen noch immer die Teller vom Mittagessen auf dem Tisch. Pfanne und Topf türmten sich über dem ungewaschenen Geschirr vom Frühstück im Becken. Der leuchtende grüne Knopf an der Spülmaschine signalisierte Julie, dass sie zum Ausräumen bereit stand. Seit sie vor über zwei Stunden das Haus verlassen hatte, war an diesem Szenario alles unverändert.

Seufzend machte sie sich daran, die sauberen Teller und Gläser in die Schränke zu räumen. Aus dem Musikzimmer drang leises Stöhnen und Quietschen, gefolgt von einem eindeutigen ekstatischen Keuchen.

Julie verzog das Gesicht.

So viel also zum Thema Streit.

Einen Moment lang war sie versucht, sich dezent zurückzuziehen; dann aber überlegte sie sich, dass es dafür jetzt wohl auch keinen Anlass mehr gab. Der Höhepunkt war ohnehin erreicht. Pragmatisch baute sie weiterhin die Geschirrberge ab. Was mochten Joe und ihre Mutter eigentlich den ganzen Samstag lang getan haben? Was auch immer es gewesen war – für Ordnung gesorgt hatten sie jedenfalls nicht.

Die Türe des Musikzimmers schwang auf. Dana trat heraus, die Bluse offen und mit blanken Beinen. Das lange Haar fiel ihr zerzaust ins Gesicht.

»Ach, du bist zurück«, bemerkte sie gleichgültig. Sie ließ sich auf einen der Stühle fallen. »Ich glaube, ich brauche jetzt einen Drink!«

»Vom Whiskey müsste noch etwas da sein.«

Joe kam vom Nebenzimmer in die Wohnküche, an seinem Reißverschluss herumfummelnd. Als er Julie sah, hielt er abrupt inne.

»Bist du schon lange da?«

Nein, wollte Julie sagen, doch ihre Mutter übernahm das Antworten für sie: »Hab dich nicht so, Joe. Sie ist erwachsen. Und ich glaube, inzwischen weiß sogar sie, was Sex ist. Habe ich recht?« Sie grinste Julie, die stocksteif am Spülbecken stand, amüsiert an. »Glaubst du, ich nehme dir die Geschichte mit den Treffen vom Literaturzirkel noch immer ab? – Ich bin nicht von gestern, meine liebe Tochter! Also, sag schon, wer ist es? Irgendein pickliger Jüngling vom Nachbardorf oder etwa schon ein richtiger Mann?«

Julie fühlte, wie ihr die Röte in den Kopf stieg. »Niemand«, sagte sie knapp.

»Na, komm, lass es mich doch wissen!« Dana stand auf, umschlang von hinten ihre Taille und legte ihr den Kopf auf die Schulter. »Wir sind doch Freundinnen, oder nicht?«

Mit sanfter Gewalt machte Julie sich los.

»Hör auf damit, Mama!«

»Jetzt sei doch keine solche Spaßverderberin! Was ist denn schon dabei? Ich verbiete es dir ja nicht! Ich bin schließlich nicht so wie andere Mütter.«

Statt zu antworten, schrubbte sie inbrünstig die Pfanne, in der sich über den Nachmittag hinweg die Spaghettisoße festgesetzt hatte. Erleichtert nahm sie zur Kenntnis, dass sich ihre Mutter an den Esstisch zurückzog, wo Joe ihr ein volles Glas Whiskey in die Hand drückte. Er selber zündete sich eine Zigarette an.

»Hatten wir nicht ausgemacht, dass du zum Rauchen nach draußen gehst?« Dana nahm einen tiefen Schluck.

»Heute ist eine Ausnahme«, erwiderte Joe gleichmütig.

»Dann gib mir auch eine!«

»Ich dachte, du hättest aufgehört.« Joe hielt ihr dennoch die offene Schachtel entgegen, sie griff dankbar danach.

Als Julie sich auf der Suche nach dem Geschirrtuch umdrehte, saßen beide sich gegenüber, grinsten sich an und rauchten. Julie fiel auf, dass Joes Lippen auf einer Seite aufgeplatzt waren, doch etwas sagte ihr, dass es besser war, nicht weiter danach zu fragen.

»Ich mache dir für nächste Woche einen Termin beim Gynäkologen.« Dana richtete ihre Aufmerksamkeit nun wieder auf sie. »Du brauchst die Pille.«

Die Vorstellung, auf einem gynäkologischen Stuhl zu sitzen, während ihr ein Mann mit einem Instrument zwischen den Beinen herumfummelte, rief bei Julie spontan Magendrücken hervor.

»Das ist nicht nötig.«

»Natürlich ist das nötig.« Dana drückte ihre Zigarette am Rand des inzwischen geleerten Whiskeyglases aus. »Glaubst du, ich will jetzt schon Großmutter werden? Von welchem Geld, glaubst du, sollen wir denn noch ein Kind durchfüttern?«

»Ich werde nicht schwanger, Mama.«

»Ja, das habe ich auch mal gedacht!« Dana lachte über ihre eigenen Worte. »Was für ein Fehler! Und inzwischen ist mein Fehler von damals fast selbst erwachsen.« Ihre grünen Augen richteten sich wieder auf die Tochter. »Mit einem Kind versaust du dir alles, Julie. Deine ganze Zukunft, deine Karriere, deine Chancen bei Männern. Mit einem Kind musst du dann das nehmen, was sich dir bietet. Ohne Kind liegt dir die Welt zu Füßen. – Deshalb nimmst du ab nächster Woche die Pille. Ich meine es nur gut mit dir.«

Julie unterdrückte ein Seufzen.

»Wie du meinst«, erwiderte sie resigniert, weil sie erkannte, dass jedes weitere Wort nur in einen Streit münden würde, bei dem sie mit Sicherheit den Kürzeren zog.

*

Lydias sanfte Hände strichen über den dunklen BH, ehe sie ihn öffneten und ihr die Träger über die Schultern streifte. Julies Brustwarzen richteten sich erwartungsvoll auf. Zwischen ihren nackten Schenkeln pulsierte es.

Lydia führte sie zum Bett und drückte sie sachte in die Kissen. Ihr nackter Körper schob sich über das junge Mädchen wie eine warme, weiche Decke. Sie versanken in einen Kuss, der Julie sich ihr erregt entgegendrängen ließ. Ihre Körper verschmolzen ineinander, bis Julie nichts anderes fühlte als jenen flüssigen Strom glühender Hitze, der sie mit sich in die Tiefe riss, um sie anschließend nach oben zu werfen und schweben zu lassen, bis ihr Verstand wieder die Oberhand gewann.

Dass sie offensichtlich wirklich genau das war, was die Mitschülerinnen ihr wochenlang an den Kopf geschmissen hatten – eine Lesbe –, beschäftigte sie nicht wesentlich. Sie akzeptierte es für sich, ohne krampfhaft nach Ursachen zu forschen oder gedanklich auf Selbstfindungstrip zu gehen. Dafür fühlte sich das, was sie mit Lydia empfand, körperlich und auch seelisch einfach zu gut an.

Doch wie immer, wenn sie sich hier geliebt hatten, meldete sich sofort Julies schlechtes Gewissen zu Wort: Sie tat hier mit Lydia, was eigentlich deren Mann vorbehalten sein sollte, und sie lagen in jenem Bett, in dem wahrscheinlich auch er mit ihr Sex hatte, wenn er einmal nicht auf irgendeiner Dienstreise oder Abendveranstaltung war. Vor ein paar Wochen, beim dritten oder vierten Treffen, hatte sie es laut ausgesprochen, dass sie sich in diesem ehelichen Schlafzimmer wie ein Eindringling fühlte, doch Lydia hatte nur gesagt, das solle ihre Sorge nicht sein. Sie wisse schon, was sie tue.

Julie bezweifelte dies inzwischen manchmal.

Während sie selbst sich in der Öffentlichkeit um absolute Neutralität im Umgang mit ihrer Lehrerin bemühte, sah Lydia sie im Unterricht gelegentlich auf eine Weise an, die ihr die Röte ins Gesicht trieb. Vor Kurzem war ihr bei einer Aufsatzbesprechung ein *Du* herausgerutscht, obgleich sie von den Lehrern üblicherweise gesiezt wurden. Zum Glück war der Geräuschpegel im Klassenzimmer so hoch gewesen, dass ihr Lapsus niemandem aufgefallen war – außer Julie, die innerlich vor Schreck tausend Tode starb.

»Ich wollte dir eigentlich etwas zeigen«, sagte Julie gerade, während Lydias Lippen schon wieder ihre Brustwarze umschlossen.

»Ist es etwas Schmutziges?«

Lydia sah sie mit glänzenden Augen an.

»Nein.«

»Dann interessiert es mich nicht.«

Finger glitten verführerisch zwischen ihre feuchten Schenkel. Das angenehme Prickeln ihres Körpers ignorierend, griff Julie nach Lydias Hand und hielt sie fest.

»Ich möchte dein Urteil zu einer Geschichte, die ich geschrieben habe.«

»Julie! Hab Erbarmen! Ich will Sex!« Lydia stöhnte gequält auf und warf sich auf den Rücken. »Den Literaturzirkel haben wir doch längst verlassen. Du hättest die Geschichte dort vorlesen können! Stattdessen warst du heute stumm wie ein Fisch.«

Julie setzte sich auf. Verlegen fuhr sie sich durch ihr halblanges Haar. »Ich konnte die Geschichte in dieser Runde nicht vorlesen«, sagte sie leise. »Ich kann sie überhaupt nicht vorlesen. Ich möchte aber, dass du sie liest. Still. Und dass du mir danach sagst, ob die Geschichte gut ist. Ob ich noch etwas verbessern könnte, an Stil und Ausdruck. Ob sie glaubwürdig ist. Das alles.«

Seufzend setzte Lydia sich auf und zog die Decke über ihren nackten Körper.

»Jetzt? Sofort?«

»Bitte.«

»Na gut. Bringen wir es hinter uns. – Und dann will ich …«

»Was auch immer du willst.«

Julie stand auf und holte drei engbedruckte Din A4-Seiten

aus der Tasche, die sie vorhin neben das Nachtkästchen fallen hatte lassen, während die Geliebte ihr auch schon die Hose aufgeknöpft hatte.

Lydia, nun ganz studierte Germanistin, begann zu lesen. Mit wachsender Anspannung verfolgte Julie, wie sich ihr Gesichtsausdruck von gelassener Heiterkeit über Neutralität bis hin zu tiefster Ernsthaftigkeit veränderte. Nachdem sie bei der letzten Seite angelangt war, legte Lydia die Blätter zur Seite. Eine Weile, die Julie wie eine halbe Ewigkeit vorkam, starrte sie ins Leere.

»Puh«, sagte sie dann und atmete tief durch.

Sie sah Julie an.

»Ich verstehe, dass du die Geschichte nicht vorgelesen hast. Das ist ... heftig.«

Julie schluckte. Ihr Herz raste.

»Und? Was denkst du?«

Sie ärgerte sich selbst, wie piepsig ihre Stimme in diesem Moment klang.

»Julie ... ich ...« Wieder atmete Lydia tief durch. »Was soll ich denken von einer Geschichte, in der eine Frau einen Mann so lange in den Wahnsinn treibt, bis er wie Wachs ist in ihren Händen? Von einer Geschichte, die dermaßen unter die Haut geht, dass sie mir Gänsehaut verursacht? Geschrieben von einer Siebzehnjährigen, die über Schulbälle und den ersten Liebeskummer schreiben sollte, aber doch weiß Gott nicht über etwas, das sogar mich mit meinen fast vierzig Jahren aus der Bahn werfen würde, sollte ich jemals Zeugin eines dermaßen manipulativen, kranken Verhältnisses werden.«

Julie starrte auf ihre ineinander verschränkten Hände. Die Erkenntnis, eine Tür zu einem Zimmer geöffnet zu haben, in das Lydia von sich aus gar nicht hatte eintreten wollen, breitete sich wie lähmendes Gift in ihrem Körper aus.

»Lassen wir das Thema«, sagte sie mit kratziger Stimme. »Ich meinte nur dein Urteil ... zu Stil und Ausdruck. Was auch immer.«

Lydia sah sie aus großen, dunklen Augen an.

»Du weißt, dass beides brillant ist. Ich habe dir das immer gesagt. Ich kann dich in diesem Punkt nicht verbessern, weil du dafür schon zu gut bist, und dessen bist du dir auch sehr genau bewusst. Meine einzige Kritik bezog sich auf den Inhalt. Als ich dir vor einiger Zeit geraten habe, dass du über etwas schreiben sollst, wozu du einen Bezug hast … da habe ich ehrlich gesagt nicht *damit* gerechnet.«

Sie machte eine flüchtige Handbewegung in Richtung der bedruckten Seiten. Dann griff sie nach Julies Hand.

»Hör nie auf zu schreiben, Julie! Du bist ein großes Talent. Ich bin felsenfest davon überzeugt, dass du es in dieser Beziehung ganz nach oben schaffst. Vergeude dieses Talent nicht an die Mittelmäßigkeit eines Brotberufs, weil dir irgendjemand einredet, nur ein *Nine-to-five*-Job würde dir Sicherheit bieten. Glaub an dich.«

Überrascht und berührt von Lydias Worten, hob Julie den Kopf. »Liebst du mich eigentlich?«

Abrupt wurde ihre Hand freigegeben. Ein Dolchstoß mitten ins Herz hätte sie nicht mehr schmerzen können.

»Kein Problem«, sagte sie nach einiger Zeit, bemüht, ihrer Stimme einen unbekümmerten Klang zu geben. Überzeugt, dass von Lydias Seite nichts mehr zu erwarten stand, kehrte sie ihr den Rücken zu und machte sich daran, aufzustehen.

Doch Lydia griff nach ihrem Arm und zog sie zurück.

»Das alles hier *ist* ein Problem«, sagte sie mit brüchiger Stimme. »Das weißt du so gut wie ich.«

»Ich habe nicht damit angefangen.«

Lydia sog scharf die Luft ein.

»Nein, das hast du nicht«, gab sie zu. »Aber du hast mitgemacht.«

Julie sagte nichts. Sie fühlte sich traurig und ernüchtert zugleich, auch wenn der Verstand ihr sagte, dass sie zumindest Lydias Ehrlichkeit schätzen sollte.

»Möchtest du damit aufhören?«

Lydias Frage hing schwer im Raum.

»Nein.« Julie drehte sich um und küsste sie. Lydia stieg bereitwillig darauf ein.

Rund eine Stunde später saßen sie im Wagen und fuhren in Richtung Altenhain. Lydia hielt unterhalb des Hügels, auf dem Joes Hof lag. Es war ein stilles Abkommen zwischen ihnen, sie nicht immer direkt vor der Haustüre abzusetzen, um keinen Verdacht zu erwecken. Seit der Pillendiskussion mit ihrer Mutter vor einigen Tagen hatte Julie sich deren Überzeugung, sie hätte einen heimlichen Freund, zu Nutze gemacht. Vorläufig war es besser, sie in dem Glauben zu lassen, es gebe da einen Mann in ihrem Leben, als sie zu weiteren Spekulationen anzuregen, mit wem sie plötzlich so viel Zeit verbrachte. Ständig von Lydia nach Hause gefahren zu werden war da wohl eher kontraproduktiv, auch wenn Julie sich nicht vorstellen konnte, dass ihre Mutter die wahre Natur ihres Verhältnisses durchschauen würde.

Lydia bog in die kleine Straße ab, die sich den Hügel hinauf nach oben zu Joes Hof schlängelte, und hielt an.

»Julie? Diese Geschichte, die du mich heute hast lesen lassen ... Du solltest sie auf keinen Fall veröffentlichen, solange du noch zu Hause wohnst. Eigentlich wäre es mir sogar lieber, du würdest sie von deinem Computer löschen.«

»Warum?«

»Weil ich mir Sorgen um dich mache.«

Lydias Stimme klang so ernst und bedeutungsschwer, dass Julie, die noch immer nicht verstand, auf was die Ältere eigentlich hinaus wollte, unwillkürlich lächeln musste.

Sie drückte ihr einen kleinen Kuss auf die Wange.

»Das musst du nicht«, sagte sie. »Ich habe die Situation im Griff.«

Dann stieg sie aus und ging den Hügel zum Hof hinauf. Hinter sich hörte sie den Motor anspringen.

Wien, Dezember 2014

»Schreiben Sie bitte: *Für Tante Maria. Frohe Weihnachten.* – Geht das?«

»Einfach nur Oliver. *Für Oliver von Julie Schneeberg.*«

»Den Namen und das Datum. Nicht auf die Innenseite des Umschlags, sondern hierher … genau hier … Danke schön.«

Mechanisch setzte Julie ihren Namen in sämtliche Exemplare ihres vor eineinhalb Monaten veröffentlichten Romans, den sie auf Wunsch von Marcy Degass, Geschäftsführerin einer renommierten literarischen PR-Agentur mit Sitz in Hamburg, an diesem Abend in einer der größten Buchhandlungen Wiens präsentiert hatte.

Ihre Hand schmerzte bereits vom Signieren. Sie fühlte sich unwohl. In der Buchhandlung war es drückend heiß. Julie schwitzte unter ihrem dunklen Wollkleid.

Seit sie den ersten Satz vorgelesen hatte, war sie sich beobachtet vorgekommen. Natürlich, bei einer Lesung waren alle Augen auf die Autorin gerichtet. Es war durchaus nicht ihre erste und obwohl sie öffentliche Auftritte nach wie vor verabscheute, hatte sie sich an dieses Interesse an ihrer Person mittlerweile gewohnt. Diesmal aber konnte sie deutlich spüren, dass sie nicht nur angesehen, sondern angestarrt wurde – da war ein Paar eisgrauer Augen, die sie fixierten. Zweimal hatte sie sich beim Lesen verhaspelt – etwas, das ihr gewöhnlich nie passierte.

»Gehen wir noch etwas trinken?«

Marcy und sie hatten sich von dem verantwortlichen Buchhändler verabschiedet und standen nun im Schein der Straßenlaterne vor dem Laden.

»Hier in der Nähe? – Ehrlich gesagt, ich bin nicht besonders begeistert von einer Bar, in der sich Teens und Twens die Klinke in die Hand geben …«

»Es muss nicht hier sein. Mein Hotel liegt an der Ringstraße. Lass uns dort in die Bar gehen, da ist es in der Regel ruhiger.«

Julie nickte.

»Mein Hotel liegt auch im ersten Bezirk; das passt mir ganz gut.«

»Hotel?« Marcy kniff die Augen zusammen. Die kleinen Falten, die sich im Laufe einer über zehnjährigen Bekanntschaft um ihre Lider gelegt hatten, zeigten sich noch deutlicher als sonst. »Vor einer Woche hattest du hier in Wien noch eine hübsche Wohnung ...«

»Lange Geschichte. Ich erzähle sie dir bei einem Glas Wein.« Julie seufzte. »Mein Auto steht im Parkhaus ums Eck. Möchtest du bei mir mitfahren?«

Ihre Agentin schüttelte den Kopf mit dem aparten, blonden Kurzhaarschnitt. »Nein, ich bin diesmal selbst mit dem Auto da, stehe in einer Seitengasse.«

»In welchem Hotel bist du?«

Marcy nannte ihr den Namen.

»Also bis gleich an der Bar.«

Sie umarmten sich kurz, dann trennten sich ihre Wege.

Der Zugang zum Parkhaus lag in einem Bürogebäude, nur wenige Gehminuten von der Buchhandlung entfernt. Julies Absätze hallten auf dem Asphalt wider, als sie zu dem Komplex eilte. Leichter Nebel hing über der Stadt. Auf der Straße, die erst vor Kurzem zur Fußgängerzone erklärt worden war, bewegte sich außer ihr kein Mensch. Zumindest keiner, den sie sah. Der Umstand wurde ihr erst bewusst, als sie Schritte hinter sich zu hören glaubte, und ließ sie ihren Gang beschleunigen. Das Geräusch sich nähernder Schritte wurde ebenfalls schneller, was auch ihren Herzschlag beschleunigte. Im Gehen warf sie einen Blick über die Schulter. Nichts. Die Fußgängerzone hinter ihr war menschenleer.

Beklommen hastete sie weiter. Ihr Atem hinterließ kleine weiße Wolken in der kalten Dezemberluft.

Sie spürte, wie ihre Hände in den dünnen Lederhandschuhen sich mit Schweiß überzogen. Mit aller Kraft riss sie die Glastür zu dem hell erleuchteten Bürohaus auf und schob ihr Parkticket, dann die Kreditkarte in den Automaten. Das abgestempelte Ticket in der Hand, wandte sie sich zum Lift. Die Türen des Aufzugs öffneten sich sofort. Noch während sie sich mit leisem Surren hinter ihr wieder zu schließen begannen, hörte Julie, dass sich die Eingangstüre zum Bürohaus erneut öffnete. Durch den schmäler werdenden Spalt erhaschte ihr Blick eine Gestalt in einem dunklen Mantel.

Das Herz hämmerte in ihrer Brust. Sie versuchte es zu ignorieren und konzentrierte sich auf ihr gläsernes Abbild, das auf den Weg nach unten von der verspiegelten Aufzugswand herüberstarrte. Sie sah so blass und angespannt aus, wie sie sich fühlte. Die schwarzen Schatten unter den Augen ließen sie weit älter aussehen. Seit ihrer Jugend plagten sie immer wieder Schlafstörungen; jetzt, nachdem bei ihr eingebrochen war, hatten sich diese verstärkt.

Den Umstand verdammend, dass sie den Mercedes im hinteren Teil abgestellt hatte, hastete sie durch die hell erleuchtete Garage. In ihrem Rücken öffnete sich erneut die Türe des Treppenhauses, begleitet von einem Quietschen, das ihr durch und durch ging, und versetzte Julie vollends in Panik. Sie konnte eilig sich nähernde Schritte hören. Es waren immer noch einige Meter bis zu ihrem Wagen; sie würde ihn nicht erreichen, ehe der Verfolger sie eingeholt hätte.

Kurz entschlossen duckte sie sich zwischen einen ausladenden SUV und einen Kleinwagen, dessen verschmutzte Außenseite ihr eleganter Lodenmantel dabei unweigerlich polierte, aber das war in diesem Moment egal. Mit weichen Knien ging sie in die Hocke, den Blick auf die offene Garage gerichtet.

Wahrscheinlich ist es doch nur jemand, der hier sein Auto abgestellt und nach Hause fahren will, versuchte sie sich selbst zu beruhigen.

Die Gestalt im dunklen Mantel, die um die Ecke bog, trug einen Hut, dessen breite Krempe das Gesicht komplett verdeckte. Trotz der schmächtigen Statur zweifelte Julie keine Sekunde daran, dass es ein Mann war, der in diesem Mantel steckte.

Der Unbekannte blieb kurz stehen, um in seine Manteltasche zu fassen.

Der Autoschlüssel.

Julie wollte sich gerade erleichtert aufrichten, als sie den glänzenden, runden Gegenstand in seiner Hand sah. Eine Dose? Ein Spray?

Angespannt verharrte sie in ihrer Pose.

Der Mann setzte sich in Bewegung. Nur wenige Meter von ihrem unzureichenden Versteck entfernt blieb er stehen und ließ seinen Blick über die Autos schweifen.

Julies Atem ging flach. Für sie stand inzwischen fest, dass dieser Mensch wirklich hinter ihr her war. Sie hatte sich das Gefühl, beobachtet zu werden, nicht eingebildet. Was aber wollte er von ihr? Was trug er da in der Hand?

Er stand jetzt so nahe, dass sie sein Rasierwasser riechen konnte – ein holziger, markanter Duft. Dicht vor sich sah Julie die Schuhe – glänzende Schnürschuhe aus braunem Leder, mit einem Lochmuster versehen. An der rechten Spitze hatte sich eine Kerbe ins Leder gefressen, vermutlich verursacht durch einen unvorsichtigen Tritt auf den Randstein oder das Abrutschen an einer scharfen Kante.

Irgendwo im vorderen Teil der Garage, hinter der nächsten Ecke, startete ein Motor. Ein Ruck fuhr durch den Körper des Mannes. Brüsk drehte er sich um und ging mit schnellen Schritten zurück in Richtung Treppenhaus.

Erst Minuten später wagte Julie sich aufzurichten.

Noch als sie bereits in ihrem Auto saß und die Zentralverriegelung aktiviert hatte, zitterten ihre Beine so stark, dass sie kaum die Kupplung treten konnte.

*

»Wo um Himmels Willen warst du so lange?« Marcy, die vor einem bereits halb ausgetrunkenen Glas Rotwein saß, erhob sich, als Julie zwanzig Minuten später in der Hotelbar ankam. »Und was ist mit deinem Mantel passiert?« Sie deutete auf die unübersehbaren Schmutzstreifen.

Julie legte ab und ließ sich ins gegenüberliegende Polster fallen. »Bestell mir einen Scotch ... oder irgendwas Vergleichbares.«

Marcy winkte dem Ober. »Seit wann greifst du zu harten Drinks? – So kenne ich dich gar nicht.«

Julie atmete tief durch. Ihr Herzschlag hatte sich inzwischen wieder verlangsamt, doch sie spürte noch immer ein leichtes Zittern. Ihr Blick flog durch den Raum. Die meisten Gäste hielten sich im vorderen Bereich der Bar auf, da, wo ein mittelmäßiger Klavierspieler seine Finger über die Tasten eines Hochglanzflügels gleiten ließ. Die beiden Tische direkt neben ihnen waren frei; lediglich ganz hinten saß ein junges Paar.

»Ich bin von einem Typen bis in die Tiefgarage verfolgt worden.« In knappen Worten erzählte sie, was sich zugetragen hatte.

»Aber was hielt er in der Hand?«, kam es von Marcy, kaum dass sie zu Ende gekommen war.

Der Ober brachte den Scotch, Julie leerte das Glas mit einem Zug. Der Alkohol brannte in ihrer Kehle, verfehlte aber nicht seinen Zweck: Sie fühlte sich sofort ruhiger.

»Ich weiß es nicht, Marcy. Ein Autoschlüssel war es jedenfalls nicht.«

Ihre langjährige Freundin schüttelte fassungslos den Kopf.

»Ich kann das einfach nicht glauben ... ich meine, was sollte der Kerl von dir gewollt haben? Denkst du, es war einer dieser Typen, die einer Frau aufzulauern, um sie ...«

Julie ließ sie nicht ausreden.

»Da ist noch etwas. Während der Lesung ... hatte ich ständig das Gefühl, dass mich jemand aus dem Publikum beobachtet. Jemand mit einem eisigen Blick.«

Marcy runzelte die Stirn. Julie sah ihr an, dass sie sich die Szenerie in der Buchhandlung ins Gedächtnis rief.

»Mir wäre niemand aufgefallen.«

»Ich habe es deutlich gespürt.« Julie atmete tief durch und sah ihre Agentin eindringlich an. »Marcy, ich denke nicht, dass ich derartige Auftritte so bald wiederholen möchte. Mir geht es dabei nicht gut.«

Die Besorgnis in Marcys Gesichtszügen wich schlagartig nüchterner Geschäftstüchtigkeit.

»Wir haben im Januar zwei Lesungen angesetzt, in Köln und in Düsseldorf. Der Ticketverkauf hat bereits begonnen. Und im Frühling startet die Promotionstour für dein neues Buch. Für April ist ein Auftritt bei *Talk am Dienstag* organisiert; du sitzt in dieser Sendung voraussichtlich mit Till Schweiger und diesen türkischen Klavierspielerinnen auf dem Sofa. Eine hochkarätige Besetzung.« Als Julie nichts darauf erwiderte, setzte sie hinzu: »Ich muss dich nicht an Paragraph 7 deines Vertrags erinnern, Stichwort Promo und PR, oder?«

»Nein.« Julie bedachte sie mit einem festen Blick. »Und dass du es gerade tust, spricht ehrlich gesagt nicht für dich.«

»Himmel, was erwartest du?« Marcy fuhr sich durch ihr kurzes Haar. »Du weißt, dass ich dich mag. Dass ich mir Sorgen um dich mache, immer wieder, und auch ganz besonders jetzt, wo du mir so etwas berichtest. Aber ich habe Geschäfte zu machen, Julie! Der Druck in der Branche ist enorm. Ich kann mir keine Flops oder Ausfälle leisten. Und wenn wir schon bei diesem unangenehmen Thema sind – Susanne Rossi, die Cheflektorin, hat mich vor ein paar Tagen schon wieder kontaktiert. Ihr fehlen noch immer die letzten fünfzig Seiten von *In jener Nacht*. Ich brauche dich ja wohl nicht daran zu erinnern, dass die Veröffentlichung deines neuen Thrillers für Ende März angesetzt ist.«

Julie drehte das leere Scotch-Glas auf der Tischplatte. »Im Zusammenhang mit mir von einem Flop zu sprechen, finde ich ziemlich dreist.«

Marcy griff nach ihrem Weinglas und nahm einen tiefen Schluck.

»Dein aktuelles Buch liegt hinsichtlich der Verkaufszahlen hinter den Erwartungen. Rezensiert wurde es auch nicht besonders oft, und das trotz intensiver PR. Auch der vorherige Thriller hat sich nicht wahnsinnig gut verkauft. Wie Rossi mir gegenüber angedeutet hat, fragt sich das Haus langsam, wie lange es noch dein Stammverlag bleiben will.«

»Das höre ich zum ersten Mal.«

Marcy hob die Schultern.

»Ich wollte es dir persönlich sagen, nicht am Telefon, und wir haben uns schon länger nicht mehr getroffen. – Also, wann bekommen wir die restlichen Seiten?«

Julie starrte auf ihre Hände.

»Rechtzeitig«, sagte sie nach einer Weile. Die Tatsache, dass der Rest des neuen Manuskripts noch ausstand, wog in diesem Moment weniger schwer als Marcys Verhalten. Die blonde Hamburgerin wusste mehr von ihr als die meisten Menschen. In schwachen Augenblicken hatte sie ihr vieles anvertraut, was sie gewöhnlich für sich behielt. Szenen und Dialoge wie diese bestärkten sich jedoch darin, dass diese Vertraulichkeit ein Fehler gewesen war.

»Rechtzeitig ist sehr vage ausgedrückt. Zumal vertraglich ein klarer Abgabetermin vereinbart war.« Marcy lehnte sich zu ihr nach vorne. »Was ist es, Julie? Hast du eine Schreibblockade? – So etwas kommt vor.«

Julie fuhr sich mit der Zunge über die Lippen, die nach Scotch und den Überresten ihres Lippenstifts schmeckten. Sie rang kurz mit sich. Sollte sie Marcy davon erzählen? – Dann entschied sie sich dafür, weil es immerhin eine glaubhafte Begründung war, das noch ausstehende Ende zu erklären.

»Ich kann mich derzeit nicht konzentrieren. Bei mir ist vor einigen Tagen eingebrochen worden. Meine Wohnung ist vollkommen verwüstet. Darum wohne ich im Hotel.«

Sie konnte sehen, wie das bisschen Farbe aus Marcys blassem Gesicht wich.

»Wie meinst du das?«

»So, wie ich es sage.«

Was ist daran nicht zu verstehen?

»Bei mir ist auch eingebrochen worden. Vor etwas über einer Woche. Und ebenso bei Susanne Rossi im Büro!«

Julie blinzelte irritiert, wartete ab.

Marcy fuhr sich erneut durchs Haar. »Susannes Notebook ist gestohlen worden. Bei mir wurde nur alles durchwühlt. Was auch immer gesucht wurde – ich denke nicht, dass der Einbrecher fündig geworden ist.«

Ihre blauen Augen richteten sich auf Julie.

»Du verstehst, weshalb mir diese neue Information zu denken gibt? – Es fällt mir schwer, an Zufälle zu glauben, wenn deine Wohnung und unsere beiden Büros in Hamburg durchsucht werden. Das einzige Bindeglied zwischen Susanne und mir bist du! Es gibt keinen anderen Autor, der von mir betreut und von ihr lektoriert wird.«

»Auf Susannes Notebook ...«

Marcy schüttelte den Kopf.

»Völlig sinnlos, es mitzunehmen. Sämtliche Skripte und damit auch deine lagern auf einem externen Server. – Wie sieht es bei dir aus?«

»Außer ein paar belanglosen Geschäftsbriefen ist nichts auf der Festplatte gespeichert.«

»Ich frage mich ...« Marcy brach ab. Sie sah sich prüfend um. Das verliebte junge Paar hatte noch immer nur Augen für sich selbst. »Ich bin ziemlich beunruhigt. So wie die Dinge liegen … der Verdacht liegt doch nahe, dass jemand etwas von dir will … Könnte es unter Umständen um das Skript gehen? *In jener Nacht*? – Ich weiß, du redest nicht gerne darüber … aber die Fakten sprechen letztlich dafür. Du hast in deinem Buch immerhin deine eigene Familiengeschichte verarbeitet. Eine Patchwork-Familie, in der sich die Stimmung von Tag zu Tag stärker auflädt – ein unerfüllter Mann, eine narzisstische Frau, eine wenig geliebte Stieftochter, zwei kleine Buben. Geldprobleme, Streitigkeiten, Geheimnisse, Betrug. Und spätestens nach der Hälfte ist klar, dass dies alles nur in einer Tragödie münden kann. Wir haben darüber ja bereits offen gesprochen: Dieses Buch birgt einiges an Zündstoff. Die Medien werden sofort einen Bezug zu deiner Mut… zu Dana Karneol herstellen und im Schmutz der Vergangenheit wühlen. Alles, worüber du sogar mit mir so gut wie nie sprechen willst, wird an die Oberfläche geholt und zerlegt werden. Gerüchte werden entstehen. Du wirst dich dem Rummel um deine Vergangenheit dann stellen müssen.«

Julie starrte auf ihre ineinander verschränkten Hände.

»Ich frage mich: Warum ausgerechnet jetzt? Was bewegt dich, nach all diesen Jahren über dein Familiendrama zu schreiben? Ist es, weil deine Mutter wieder schwanger ist? Wenn du über diese Dinge schreibst, werden dem Verlag womöglich rechtliche Probleme daraus entstehen.« Als Julie nichts erwiderte, seufzte sie. »Ich würde gern wissen, was auf mich zukommt. Es heißt nicht, dass ich nicht bereit bin …«

»Es wird keine Rechtsstreitigkeiten geben. Ich weiß, was ich tue.«

»Zwei Einbrüche und ein Verfolger sprechen eine andere Sprache.«

Julie warf einen Blick auf ihre Armbanduhr.

»Ich denke, ich fahre jetzt ins Hotel. Ich bin müde.«

Die Agentin schüttelte resigniert den Kopf.

»Julie … Warum ist es so verdammt schwierig, mit dir offen

zu reden? – Ich mache mir Sorgen um dich, verstehst du das? Und ich habe allmählich Angst, dass du mit *In jener Nacht* ein Tor zu Problemen öffnest, die dir über den Kopf wachsen könnten.«

»Dass diese Einbrüche in irgendeinem Zusammenhang mit meinem neuen Buch stehen, ist doch lediglich blinde Spekulation.« Julie gab dem Ober ein Zeichen und griff in der Handtasche nach ihrem Geldbeutel. »Und was mein Erlebnis in der Tiefgarage angeht ... vielleicht habe ich mich einfach geirrt. Vielleicht haben mir in der Garage meine Nerven einen Streich gespielt und es war nur ein etwas zu anhänglicher Fan, der ein heimliches Foto seiner Lieblingsautorin schießen wollte.«

Julie beglich die Rechnung, dann erhob sie sich.

»Wir hören uns ...«

Sie gab Marcy zwei Küsse auf die Wange, doch Marcy zog sie zu sich heran.

»Bist du sicher, dass du in dein Hotel zurück willst, unter all diesen Umständen? – Ich habe ein komfortables Doppelbett ...«

Julie befreite sich aus der Umarmung.

»Danke. Aber mir ist derzeit nicht danach, ich ...«

»Mein Angebot gilt auch für eine reine Übernachtung«, fiel ihr Marcy ins Wort. Sie wirkte verletzt, doch Julie sah sich nicht in der Lage, ihr hier entgegenzukommen. Die Zeit, in der sie das Bett geteilt hatten, lag lange zurück.

»Du weißt doch: Ich will nicht neben jemandem einschlafen. Und für das andere ... nein.«

»Du hast diesen Tick noch immer?« Marcy schüttelte ungläubig den Kopf. Sie seufzte. »Du bist wirklich ein harter Brocken, Julie. Weißt du eigentlich, wie sehr es mich gekränkt hat, dass du nach dem Sex sofort gegangen bist? – Ich habe mich danach so benutzt gefühlt ...«

... und hast trotzdem weiterhin mit mir geschlafen, immer wieder, über zwei Jahre hinweg.

Julie verkniff sich den Kommentar. Sie wollte diese Diskussion so rasch wie möglich beenden. Dass sie bei ihren Gesprächen immer wieder an jenen Punkt gelangten, an dem Marcy dem gescheiterten Versuch einer Beziehung zu ihr nachtrauerte, machte die Treffen umso mühsamer.

»... und deshalb ist es auch gut, dass wir Berufliches und Privates nun so strikt trennen«, stellte sie nüchtern klar. »Du hast vorhin selbst gesagt, du hättest ein Geschäft zu führen. Belassen wir es also dabei.«

Marcy ließ resigniert die Schultern hängen.

»Sei doch nicht gleich beleidigt. Versteh doch meine Situation.«

»Ich verstehe deine Situation, Marcy. Bitte verstehe aber auch meine. Ich bin nicht gut in Beziehungen, also lassen wir das.« Julie rang sich ein kleines Lächeln ab, auch wenn ihr im Moment eher danach war, abrupt den Rückzug anzutreten. Dass Marcy weiterhin in diesen intimen Bereich ihres Lebens eindrang und über sie urteilte, empfand sie als anmaßend.

»Ich mache mir Sorgen um dich. Ehrlich.« Marcy blieb hartnäckig. »Du bist trotz allem eine gute Freundin, keine x-beliebige Autorin, die ich in Geschäftsbelangen vertrete. – Was ist, wenn du weiterhin verfolgt wirst? Wenn wieder irgendetwas passiert? Ich habe einfach kein gutes Gefühl, nach dem, was du mir erzählt hast.«

»Wie gesagt, ich habe vermutlich überreagiert, was diesen Mann in der Garage betraf.« Julie bemühte sich um einen zuversichtlichen Klang in der Stimme. Der Drang, die Flucht zu ergreifen, wurde übermächtig. »Mach dir keinen Kopf. Ich komme schon mit allem zurecht.«

Die Literaturagentin seufzte zum wiederholten Male.

»Wie du meinst.«

»Gute Nacht, Marcy!«

»Gute Nacht ... und denk an die fünfzig Seiten!«

Julie ging durch die Lobby in Richtung Aufzug, ohne sich noch ein einziges Mal umzudrehen.

Altenhain, Dezember 1998

Joe hatte die Tanne aus dem Wald hinter dem Haus geholt – am Vortag, als es bereits dunkel war, und mit der Gewissheit, dass er dort zu dieser Stunde weder auf den Förster noch auf Spaziergänger treffen würde. Jetzt stand der gestohlene Weihnachtsbaum im Wohnzimmer, geschmückt mit Strohsternen und kleinen, roten Äpfeln aus dem eigenen Garten. Frisch aus dem kühlen Keller, sahen sie so knackig und makellos aus wie am Tag der Ernte. Im Hintergrund spielte leise klassische Weihnachtsmusik.

Alissa und Alena, herausgeputzt in identischen rosa Kleidchen und geflochtenen Zöpfen, standen mit großen Augen vor dem Baum. Joe hatte den Heiligen Abend zum Anlass genommen, seine fleckige Jeans und den verfilzten alten Norwegerpulli gegen einen festlichen dunklen Anzug zu tauschen. Sein schulterlanges braunes Haar glänzte und umrahmte das frisch rasierte Gesicht. Geschickt öffnete er mit einem altmodischen Korkenzieher eine Flasche Rotwein und befüllte drei Gläser. Als er die Flasche zurück auf den Tisch stellte, löste sich ein Tropfen vom Rand und lief über das Etikett hinab bis Boden. Ein kleiner roter Fleck breitete sich auf dem weißen Tischtuch aus.

»Verdammt, pass doch auf!« Dana war aus der Küche gekommen; in den Händen trug sie eine Schüssel dampfender Kartoffeln. »Ich habe den Tisch vor einer Stunde festlich gedeckt und schau dir das jetzt an …«

Sie warf einen ärgerlichen Blick auf den kleinen Rotweinfleck.

»Ist doch nicht so schlimm.« Joe wollte ihr eines der Gläser in die Hand drücken, doch sie wehrte ab.

»Später. Das Huhn verkohlt sonst.«

Während sie wieder in der Küche zu Gange war, reichte Joe Julie eines der Gläser.

»Dann lass uns beide schon einmal auf Weihnachten anstoßen. Deine Mutter will ja lieber wieder einmal rege Betriebsamkeit vortäuschen.«

»Sie macht Essen für uns«, warf Julie ein, nahm aber doch das Glas, das ihr entgegengehalten wurde.

»Und das schon den ganzen Tag.« Joe stieß mit ihr an.

»Papi, wann dürfen wir die Geschenke aufmachen?«

Alissa schielte erwartungsvoll in Richtung der in rotes Glanzpapier gewickelten Pakete unter dem Baum.

»Jetzt nicht. Jetzt wird gegessen.« Dana stellte schwungvoll eine Platte mit den heißen, würzig duftenden Hühnerteilen auf den Tisch. Irritiert bemerkte sie das Weinglas in Julies Hand.

»Oh! Ihr habt schon ohne mich angefangen? – Sieht so aus, als würdet ihr beide mich gar nicht mehr brauchen!«

In Julies Magen meldete sich jenes flaue Gefühl zu Wort, das ihr aus Situationen wie dieser bereits vertraut war. Schnell stellte sie das Glas Wein zurück auf den Tisch.

»Kann ich dir noch irgendetwas helfen, Mama?«

»Das fragst du jetzt? – Den ganzen Tag stehe ich in der Küche, putze und koche, während du gemütlich in deinem Zimmer am Computer sitzt!«

»Ich habe doch den Weihnachtsbaum ...«, setzte Julie an, brach dann aber mit Blick auf Alissa und Alena abrupt ab. Für ihre kleinen Schwestern waren es immer noch das Christkind und die Engelchen, die den Baum schmückten und die Geschenke brachten. Beschwörend fühlte sie Joes Hand auf ihrer Schulter und hob den Kopf.

Sei besser still.

Die wortlose Aufforderung in seinem Blick war eindeutig.

Mit einem Feuerzeug zündete Dana die Kerzen am Weihnachtsbaum an; dann nahm sie selbst am Tisch Platz. Alissa und Alena standen noch immer vor dem Baum und starrten sehnsüchtig auf ihre Geschenke.

»Kommt, meine Süßen, wir essen erst. Die Mama hat lecker

gekocht und mit vollem Magen macht das Geschenke auspacken viel mehr Spaß!«, versuchte Joe die beiden herüberzulocken.

Widerstrebend nahmen die Mädchen an der festlich gedeckten Tafel Platz. Dana teilte das Huhn aus. Julie nahm sich von den Kartoffeln und dem Salat, dann reichte sie die Schüssel weiter an Joe, der ihr schräg gegenüber saß. Daher musste sie leicht aufstehen und sich etwas über den Tisch beugen.

»Jetzt reicht es aber!« Das Vorlegebesteck fiel aus Danas Händen und landete mit lautem Klirren auf der Platte mit den Hähnchenteilen. Julie fuhr erschrocken zusammen; Joe blickte stirnrunzelnd auf. »Es ist ja bemerkenswert, dass du neuerdings so viel Wert auf dein Äußeres legst. Ich hatte schon geglaubt, dass ich den Tag nie erlebe, an dem du statt Säcken am Körper einmal irgendetwas Nettes, Adrettes trägst! Aber dass du dein Dekolleté jetzt sogar schon bei Joe zum Einsatz bringst, finde ich nun wirklich daneben! – Kümmere dich um deinen eigenen Freund und lass meinen in Ruhe!«

Julie starrte ihre Mutter entsetzt an. Automatisch fasste sie sich mit der linken Hand an ihren Brustansatz, um die nackte Haut, die ihr Kleid nicht bedeckte, zu verbergen. Joe nahm ihr die Salatschüssel ab.

»Du bildest dir etwas ein, Dana. Lass das Mädchen in Ruhe.«

»Unterstellst du mir jetzt Paranoia?« Danas Stimme klang beängstigend schrill. »Aber bitte, wenn das so ist – dann weiß ich ja, was du von mir hältst!«

»Komm, Dana-Schatz, beruhige dich.« Joe war zu ihr getreten und legte den Arm um die Mutter seiner Kinder, die sich zuerst gegen diese Vertraulichkeit zur Wehr setzte, dann aber nachgab und sich widerstandslos in die Umarmung fallen ließ. »Ich weiß, du hattest einen stressigen Tag, Liebling. Aber jetzt ist Weihnachten und wir machen es uns schön.«

Tatsächlich gab ihm Dana nun sogar einen leichten Kuss auf die Lippen.

Julie atmete insgeheim auf. Gerade noch einmal hatte Joe die sich abzeichnende Eskalation abgewendet. Sie war ihm von Herzen dankbar dafür. In den vergangenen Tagen war ihre Mutter zunehmend gereizter geworden. Ob dies am bevorstehenden Weihnachtsfest lag, das sie finanziell und emotional unter Druck setzte, wie sie immer wieder betont hatte, oder aber an der Tatsache, dass sie wieder einmal bei zwei Castings für Werbespots abgelehnt worden war, konnte Julie nur vermuten.

Sie hatte gerade den ersten Bissen Hühnerfleisch auf ihrer Gabel, als das Telefon klingelte.

»Lass läuten«, sagte Joe und ließ ein Stück Kartoffel im Mund verschwinden, doch Dana war bereits hektisch aufgesprungen, um ans andere Ende des Raumes zu eilen, wo das tragbare Festnetzgerät zwischen diversem Krimskrams auf einem kleinen Abstelltisch neben dem Sofa lag.

»Hallo?« Ihre Stimme klang nicht besonders freundlich, als sie den Anruf annahm, doch plötzlich entspannten sich ihre Gesichtszüge merklich und ein Leuchten trat in ihre Augen. »Paul! Wie nett, dass du dich meldest! – Ja. Natürlich. Aber sicher. – Dir auch frohe Weihnachten. Was machst du gerade?«

Was auch immer Paul Nikolai, Landesrat in der niederösterreichischen Regierung, bis eben gemacht hatte – jetzt hing er mit Dana am Telefon. Und das für die nächste Dreiviertelstunde. Nach einigem oberflächlichen Geplänkel verschwand Dana mit dem Handy in das angrenzende Musikzimmer. Durch die geschlossene Tür konnte ihre Familie sie immer wieder kichern und lachen hören.

Mit Danas Verschwinden hatte sich eine bedrückende Stille im Raum breitgemacht. Selbst Alissa und Alena, die gewöhnlich kaum einen Moment den Mund hielten, waren verstummt. Eine ganze Weile bildeten das Klappern des Bestecks und die leise Weihnachtsmusik im Hintergrund die einzige Geräuschkulisse.

»Weihnachten bei Dana Mitterer und Joe Partik«, durchbrach Joe schließlich das Schweigen. Seine Stimme klang resigniert. »Immer wieder eine Idylle.«

Julie stocherte in ihrem Essen herum. Seit ihre Mutter ins Nebenzimmer verschwunden war, hatte sich das flaue Gefühl in ihrem Magen verstärkt. Noch vor einigen Stunden hatte sie gehofft, dass dieses Weihnachtsfest ruhiger ablaufen würde als das vom Vorjahr, das wegen eines dummen Streits über Pastasoße in Tränen geendet hatte.

»Warum telefoniert die Mami so lange?« Alissa sah ihren Vater mit großen Augen an.

»Das weiß nur sie selbst.«

Joe schenkte sich Wein nach und bot auch Julie davon an, doch sie lehnte ab. Angesichts der Situation hielt sie es für besser, einen klaren Kopf zu bewahren.

»Mit wem telefoniert die Mami?« Die Frage kam von Alena.

»Mit Paul«, erwiderte Joe knapp und Julie sah deutlich in seinen Gesichtszügen, was sie schon längst vermutet hatte: Paul Nikolai, dessen Name aufgrund seines politischen Engagements in der gesamten Region ein Begriff war, zählte nicht eben zu Joes Freunden. Nikolai war Mitglied der konservativen ÖVP, Joe sympathisierte mit den Grünen. Die beiden Männer waren nicht nur hinsichtlich ihrer politischen Grundhaltung komplett verschieden, sondern hätten auch rein optisch nicht gegensätzlicher sein können. Der hochgewachsene, eher hagere Joe überragte den rundlichen Paul um eineinhalb Köpfe. Während Joes volles, bis zu den Schultern reichendes Haar so manche Frau neidvoll erblassen ließ, hatte Paul Nikolai eine Glatze.

»Mit welchem Paul?«

»Mit dem Papi von Maximilian und Flora«, beantwortete Julie die Frage ihrer kleinen Schwester. Zwei der insgesamt sieben Nikolai-Kinder waren im selben Kindergarten wie die Zwillinge – der Grund, weshalb sich die Wege von Dana und Paul gekreuzt hatten. Im Laufe der vergangenen zwei Jahre war aus der Bekanntschaft eine Freundschaft erwachsen, in die auch Joe unweigerlich miteinbezogen wurde. Paul, der im Ortskern von Altenhain in einem der alten Bürgerhäuser wohnte, kreuzte des Öfteren bei ihnen auf. Selten war seine Gattin mit von der Partie – eine unauffällige, zierliche Frau mit bereits ergrautem Haar, die nur über ihre Kinderschar erzählte, falls sie überhaupt etwas sprach. Die älteste Tochter der Nikolais war in Julies Alter, besuchte aber eine andere Schule. Sie kannten sich vom Sehen, hatten ansonsten jedoch nichts gemeinsam.

»So! Da bin ich wieder.« Dana setzte sich an den Tisch. Ihre Augen glänzten, ihre Wangen waren leicht gerötet. »Ganz, ganz liebe Grüße von den Nikolais, sie wünschen uns frohe Weihnachten und werden dieses Jahr bei unserer Silvesterparty auf jeden Fall sehr gern mit dabei sein.«

Es gibt hier bei uns eine Silvesterparty?

Julie nahm die Information mit stillem Staunen in sich auf. Bisher waren ihre Mutter und Joe am 31. Dezember stets bei anderen Leuten zum Feiern gewesen, während sie die Zwillinge gehütet hatte. Freiwillig – denn sie hätte ohnehin nicht gewusst, wo oder mit wem sie die ihrer Meinung nach schrecklichste Nacht des Jahres hätte verbringen sollen.

Danas Blick fiel auf die geleerten Teller. Das Strahlen in ihren Augen erlosch, als hätte jemand das Licht ausgeschaltet.

»Ihr habt schon ohne mich weitergefeiert?«

Joe seufzte.

»Nicht weitergefeiert, Liebling. Weitergegessen. Du warst ziemlich lange weg.«

»Ist das jetzt ein Vorwurf?«

»Nein, kein Vorwurf. Lediglich eine Feststellung.«

»Ich war allerhöchstens zehn Minuten am Telefon!«

»Es waren über 45 Minuten.«

»Was für ein Unsinn.« Dana schüttelte irritiert den Kopf. »Das würde ich ja wohl an Heiligabend nie machen!«

Joe sah zu Julie, der prompt der Schweiß ausbrach. Was erwartete er von ihr? Unterstützung?

Da ihre Mutter tatsächlich klar im Unrecht war, rang sie sich zu einer Aussage durch.

»Es war wirklich sehr lange, Mami. Vermutlich kam es dir viel kürzer vor, weil du dich mit Paul gut unterhalten hast ...«

»Was willst du mir denn bitte damit sagen?« Danas kalter Blick durchbohrte sie. »Ich habe mich mit ihm unterhalten, ja. Denn immerhin weiß er viel zu erzählen, während hier nur die übliche Monotonie herrscht! Du redest sowieso nie etwas und Joe erzählt mir nichts Neues. Ist es da ein Wunder, wenn ich mich gerne mit jemand anderem unterhalte?«

»Was soll ich dir denn erzählen?«, fragte Joe resigniert. »Es passiert ja auch nichts.«

»Genau das ist das Problem.« Dana begann zu essen, verzog aber bereits nach wenigen Bissen das Gesicht. »Wie eklig. Das ist ja ganz kalt!«

Sie schob den Teller demonstrativ von sich.

Julie spürte das flaue Gefühl jetzt nicht nur mehr im Magen, sondern inzwischen auch am ganzen Oberkörper. Auf ihrem Brustkorb lag ein riesiger unsichtbarer Stein.

»Ich kann es dir warm machen«, schlug sie vor und griff sogleich nach Danas Teller, doch die wehrte entschieden ab.

»Danke, nein. Mir ist der Appetit vorläufig vergangen.«

»Mami, dürfen wir jetzt die Geschenke auspacken?«

Alena schielte sehnsüchtig in Richtung Christbaum; Alissa war bereits aufgestanden.

»Jetzt schon?« Dana runzelte die Stirn. »Wir haben doch noch gar kein Weihnachtslied gesungen!«

Die Enttäuschung in den Gesichtern der kleinen Mädchen ließ den Stein auf Julies Brustkorb noch schwerer werden.

»Lass sie doch erst einmal auspacken«, schaltete sich Joe ein. »Darum geht es Kindern schließlich an Weihnachten: Geschenke auspacken und damit spielen.«

»Ach ja?« Dana schnitt ein Gesicht. »Ich dachte immer, es ginge darum, eine nette Zeit im Kreis der Familie zu verbringen. – Mit deiner Einstellung erziehst du unsere Kinder zu Konsumsucht und Mittelmaß!«

»So ein Unsinn!«, begehrte Joe auf. Julie fühlte, dass sein Geduldsfaden dünner wurde. »Kommt, Kinder, packt ruhig aus!«

»Nein, ihr packt jetzt nicht aus!« Dana erhob sich. »Erst singen wir ein Weihnachtslied. Dann könnt ihr meinetwegen über eure Geschenke herfallen wie die Aasgeier.«

Alissa und Alena sahen verwirrt von einem Elternteil zum anderen. Dana und Joe funkelten sich über die Köpfe der Kinder hinweg an.

»Singen wir also erst das Weihnachtslied«, entschied Julie, die fürchtete, dass die Situation ansonsten in offenen Streit münden würde.

»Ich will aber ...«, begann Alena mit weinerlicher Stimme, während Dana bereits im Zimmer nebenan am Klavier Platz nahm.

»Später«, raunte Julie beruhigend, nahm sie und Alissa bei der Hand und gesellte sich mit den Schwestern zur Mutter. Joe folgte ihnen, sein frisch befülltes Weinglas in der Hand. Er trank es zügig aus, während Dana bereits die ersten Takte von »Oh Tannenbaum« am Klavier erklingen ließ.

»... wie grün sind deine Blätter.« Danas volle Stimme erfüllte den Raum. Julie, die von sich selbst wusste, dass sie beim Singen kaum den Ton halten konnte, wagte nicht einzustimmen. Joe starrte mit undurchdringlicher Miene ins Leere, die Zwillinge hielten sich an den Händen und schauten ehrfürchtig zu ihrer Mutter, als sei sie das Christkind in Person. »Du grünst nicht nur zur Som...«

Danas Stimme riss abrupt ab. Sie drehte sich zu ihnen um.

»Was ist mit euch? Wir wollten das Lied gemeinsam singen!« Ehe einer von ihnen darauf reagieren konnte, schloss sie den Klavierdeckel mit einem lauten Knall. Tränen schimmerten in ihren grünen Augen. »Ich wollte einfach nur ein schönes Weihnachten haben«, brach es zu Julies Bestürzung aus ihrer Mutter heraus. »Aber ihr tut alles, um es mir zu vermiesen!«

»Das ist doch nicht wahr!« Joe verdrehte genervt die Augen

und ging nach nebenan. Trotz Danas Schluchzen hörte Julie, dass er sich erneut Wein nachschenkte.

»Mami, Mami ... was ist denn mit dir, warum bist du so traurig?« Alissa zupfte verstört an Danas eleganter Seidenbluse. Alena begann zu weinen.

»Mama, wir wollen wirklich alle Weihnachten feiern«, wandte Julie ein, doch sogar in ihren eigenen Ohren hörten sich die Worte lahm an. Eigentlich war ihr die Lust auf jegliches Feiern längst gründlich vergangen. Der Stein lastete inzwischen so schwer auf ihrem Brustkorb, dass sie kaum mehr atmen konnte.

»Ich habe mich so bemüht und gekocht und alles vorbereitet, und jetzt will keiner mit mir Weihnachten feiern!« Tränen rannen über Danas Gesicht auf die Bluse und hinterließen dunkle, nasse Flecken auf dem pastellgrünen Seidenstoff. »Was ist nur mit euch los? – Das ist doch keine Familie, das ist ein einziges Chaos mit euch!«

»Mami ...« Alena presste ihr tränennasses kleines Gesicht an Danas Rücken. »Ich will aber Weihnachten feiern ...«

»Das hättest du dir früher überlegen müssen!« Dana stieß ihre Tochter so heftig von sich, dass das Kind rücklings umfiel und unsanft auf dem Hinterteil landete. Weniger vor Schmerz als aus dem Schock heraus ging sein leises Weinen in lautstarkes Geheul über. Julie wollte sich gerade bücken, um der Kleinen wieder auf die Beine zu helfen, als Joe mit feuerrotem Gesicht wie ein Rachegott ins Zimmer schoss. Er packte Dana roh bei den Schultern und schüttelte sie.

»Verdammt noch mal, bist du von allen guten Geistern verlassen? – Lass gefälligst meine Kinder in Ruhe!«

Dana sah ihn kalt an. Dann spuckte sie ihm mitten ins Gesicht.

Klatsch! – Joes rechte Hand landete mit Schwung auf ihrer Wange. Sekundenlang starrte Dana ihren Lebensgefährten an, dann ließ sie sich vom Klavierhocker fallen. Ihr Kopf schlug hart auf dem Holzboden auf.

»Dana ... oh mein Gott!«

Joe sank neben ihr auf den Boden. Dana bewegte sich nicht. Mit weit aufgerissenen Augen starrte sie gen Zimmerdecke.

»Liebling ... um Himmels Willen, sag doch etwas ...«

Die Zwillinge heulten nun beide wie die Sirenen. Julie, der das Entsetzen des Vorfalls noch in den Gliedern steckte, fühlte sich wie gelähmt.

»Mein Kopf ...« Danas Stimme war nur ein heiseres Flüstern. »Irgendetwas stimmt mit meinem Kopf nicht ...«

»*Fuck!* Verdammt!« Joe sprang auf. Sich die Haare raufend, schritt er im Zimmer auf und ab, die schreienden Zwillinge ignorierend. »Wie konnte ich nur!«

»Julie ... Julie.« Dana versuchte sich aufzurichten, brach aber sogleich wieder auf dem Boden zusammen. Julie löste sich aus ihrer Erstarrung. Leichenblass kniete sie sich zu ihrer Mutter auf den Boden. »Julie, ruf einen Arzt ... oder die Rettung ... Mir ist nicht gut ... Mein Kopf ...«

»Ja, Mama. Ja, natürlich. Beweg dich besser nicht.« Mit zittrigen Fingern griff sie im Wohnzimmer nach dem Festnetztelefon und wählte den Notruf. Während im Hintergrund die Mädchen lautstark heulten und Joe fluchte, schilderte sie der Rettungsleitstelle mit bebender Stimme, dass ihre Mutter von der Bank gefallen und mit dem Kopf aufgeschlagen war.

Als sie ins Nebenzimmer zurückkam, lehnte Dana an der Wand. Ihr Blick war glasig; ihre Pupillen glitten unruhig hin und her. Joe hatte sich inzwischen der weinenden Zwillinge angenommen.

»Soll ich dir ein Glas Wasser bringen?«

Besorgt beugte sich Julie zu ihrer Mutter hinunter.

»Dafür wird mir dieser Mistkerl büßen«, sagte Dana heiser. »Eine Frau wie mich schlägt ein Mann nur einmal im Leben!«

»Es tut mir leid! Verdammt, es tut mir so leid!« Die beiden Mädchen im Arm, warf Joe einen verzweifelten Blick in ihre Richtung. »Ich wollte das doch alles nicht!«

Eine gefühlte Ewigkeit später standen die Rettungssanitäter vor der Türe. Joe hatte die Zwillinge inzwischen beruhigt und ins Bett verfrachtet. Über den erschreckenden Ereignissen hatten die beiden Mädchen sogar ihre Weihnachtsgeschenke vergessen, was Julie nur zu verständlich fand. Auch bei ihr selbst war das Fest vom Schmerz über das Geschehene überlagert. Zu der bleiernen Schwere auf ihrem Brustkorb hatte sich inzwischen eine Übelkeit gesellt, die auch nicht besser wurde, als die Rettungssanitäter ihrer Mutter nun sorgfältig mit einer Taschenlampe in die Augen leuchteten und allerlei Fragen zu ihrem gesundheitlichen Zustand stellten.

»Wie ist das denn genau passiert?«, erkundigte sich der ältere der beiden Helfer und Julie blieb fast das Herz stehen, obwohl sie bereits mit dieser Frage gerechnet hatte.

Benommen schaute Dana zu den Männern in den Rettungswesten. »Mein Lebensgefährte … er hat mich geschlagen«, antwortete sie wahrheitsgemäß und mit brüchiger Stimme. »Ich saß am Klavier … wollte ein paar Weihnachtslieder singen … Er hatte getrunken …«

Dann brach sie erneut in Tränen aus. Julie, die als stille Beobachterin der medizinischen Untersuchung beigewohnt hatte, blieb fast das Herz stehen, als sie sah, wie sich die Gesichter der Sanitäter schlagartig verfinsterten.

»Möchten Sie Anzeige erstatten?«, fragte der Jüngere ohne Umschweife. Der Ältere fixierte währenddessen aus der Distanz heraus Joe, der sich nach dem Zubettbringen der Zwillinge im Wohnzimmer erneut ein Wein nachgeschenkt hatte. Auch Julie konnte ihn von ihrer Position aus sehen: Er saß am Tisch, das Gesicht in den Händen verborgen, das volle Weinglas vor sich, daneben noch immer das benutzte Geschirr vom Abendessen.

»Anzeige?«, hauchte Dana. Sie wirkte erstaunt, nahezu erschüttert.

»Nun ja, Ihr Mann … Lebensgefährte … hat Sie geschlagen. Das ist ein Fall von häuslicher Gewalt. Da müssen wir fast …

Also, wenn *Sie* das nicht melden wollen ... müssen fast wir von uns aus ...«

Danas Augen füllten sich wieder mit Tränen.

»Das ist so beschämend!«

»Liebe Frau, Sie müssen sich da gar nicht schämen! Der Dreckskerl im Nebenzimmer ist der, der sich schämen muss!« Der ältere Sanitäter legte ihr tröstend die Hand auf die Schulter.

»Sie haben eine leichte Gehirnerschütterung«, sagte der Jüngere nun. »Wir können Sie gerne ins Spital bringen, zur Beobachtung.«

»Spital? – Nein, nein!« Dana richtete sich langsam auf. Diesmal gelang es ihr, auf die Beine zu kommen. Sie machte ein paar vorsichtige Schritte und ließ sich dann auf dem Klavierhocker nieder. »Es geht schon wieder ... wissen Sie ... meine Kinder ... meine zwei Kleinen ... ich kann sie doch nicht alleine lassen.«

»Trotzdem sollten Sie das zur Anzeige bringen«, beharrte der ältere Sanitäter. »Sie wollen doch nicht, dass sich so etwas wiederholt! Denken Sie an die Kinder! Ihr Mann ... Lebensgefährte ... also, derartige Gewaltexzesse sollten zumindest aktenkundig sein.«

»Nun ja ... ja, wenn Sie meinen«, flüsterte Dana und der Jüngere tippte bereits an seinem Handy herum.

»Wir haben da einen Fall von familiärer Gewalt«, informierte er den oder die Unbekannte am anderen Ende der Leitung. »In Altenhain. Eichenhöhe 2 lautet die Adresse – das ist am Ortsrand, den Hügel hinauf, ein Hof ... an der Weggabelung dann rechts. – Sie schicken jemanden vorbei? In einer Viertelstunde? – Gut, danke.« Er legte auf. Erst dann schien er Julie zu registrieren. »Die Polizei wird in Kürze da sein. Sie können die Aussage Ihrer Mutter doch bestätigen, oder nicht?«

»Ich ...«, setzte Julie zögerlich an. Der Druck auf ihrem Brustkorb erschwerte das Sprechen. Sie hatte das Gefühl, jeden Augenblick zu ersticken.

»Ich bin kein Schläger, Ihr Hurensöhne!«, drang Joes aufgebrachte Stimme aus dem Wohnzimmer. Julie merkte an seiner verwaschenen Aussprache, dass der viele Wein mittlerweile seine Wirkung zeigte.

»Sie sind jetzt mal ganz still!«, herrschte ihn der ältere Sanitäter aus sicherer Distanz an. »Tatsache ist ja wohl, dass Sie diese Frau geschlagen haben ...« Joes Protest ignorierend, wandte er sich an Julie.

»Und Sie, junge Dame: Wenn Sie Ihrer armen Mutter einen Gefallen tun wollen, dann unterstützen Sie sie bei Ihrer Aussage! Wenn Sie hier jetzt etwas beschönigen, helfen Sie dem Falschen! Glauben Sie mir, ich habe schon vieles gesehen in meiner Laufbahn – und das hier ist bei solchen Gewalttätern erst der Anfang!«

Irgendwo, Dezember 2014

Er war ihr nahe gewesen. So nahe, dass er sie hätte berühren können, beinahe zumindest. Doch da waren diese vielen Leute, die ehrfurchtsvoll an ihren Lippen hingen, obgleich sie es nicht verdient hatten. Er bezweifelte, dass auch nur einer von ihnen wirklich verstand, was in Julie Schneeberg vorging. Dass er hierfür der einzige Experte war, stand für ihn außer Frage.

Er hatte ihren Blick gesucht beim letzten Treffen, doch sie hatte ihn nicht angesehen. Ignoriert hatte sie ihn und stattdessen Zeile für Zeile gelesen, als gebe es ihn gar nicht. Ihr Verhalten hatte ihn gekränkt. Kränkte ihn immer noch. Auch dass sie inzwischen nicht mehr auf seine Mails antwortete, schmerzte.

Vor ihm lagen jene Fotos von ihr, die er in all den Monaten gesammelt hatte. Die meisten davon waren bei Lesungen und auf den großen Buchmessen geschossen worden, ein paar auch bei den wenigen Presseauftritten und Interviews, die sie ausgesuchten Medien gab. Alle zeigten dieselbe elegant gekleidete, ernst blickende Frau mit dem streng zurückfrisierten Haar, das diese einzigartige Farbe hatte, die er sonst nur aus TV-Werbespots für Haarfärbemittel kannte. Kupferrot.

Vielleicht gab es Leute, die annahmen, der Farbton sei nicht echt. Dass Julie Schneeberg eine dieser 08/15-Frauen wäre, die durch Schönheitsprodukte und ähnlichen Tand sich mühelos aus dem Mainstream erhoben. Doch er wusste es besser.

In seiner rechten Hand hielt er das einzige Foto, das eine andere Julie zeigte. Die echte, unverfälschte Julie, und auch sie hatte dieses wunderschöne kupferrote Haar, wenngleich sie es damals noch kürzer trug. Eine sehr junge Julie Schneeberg von fünfzehn, sechzehn Jahren, in Jeans und einem weiten Sweatshirt. Es hatte ihn einiges an Mühe gekostet, dieses Foto zu organisieren. Die Höhere Katholische Mädchenschule, welche die Autorin einst besucht hatte, gab es nicht mehr. Sämtliche Unterlagen der Institution waren nach der Schließung ins Stadtarchiv gewandert. So auch die Jahresberichte und Klassenfotos. Er hatte eine überzeugende Lüge aufgetischt, damit ihm ein Duplikat des Fotos ausgehändigt wurde. Letztendlich war die Verwaltungsangestellte dann sehr hilfsbereit gewesen. Sie verstand, dass er an einer großen Sache arbeitete. Mit Hilfe eines Fotostudios hatte er genau jenen Bildausschnitt vergrößert, auf dem Julie zu sehen war, links am Rande der Mädchenschar, die einst so zukunftsfroh in die Kamera geblickt hatte.

Das Foto war der Favorit in seiner Sammlung, weil seine Julie darauf trotz der Ernsthaftigkeit, die sich schon damals in ihren Gesichtszügen zeigte, noch so unberührt und authentisch wirkte. Er hatte ihr Gesicht lange genug studiert, um zu wissen, dass diese Frau sich seit Beginn ihrer Karriere hinter einer

Maske versteckte. Sie zeigte sich professionell, lächelte gelegentlich sogar, verbarg jedoch hinter all dieser unangreifbaren Sachlichkeit, wer sie wirklich war: eine sensible, verletzliche Seele. Eine, die sich nach Liebe sehnte, so wie er selbst.

Die Gewissheit, dass sie beide füreinander geschaffen waren, hatte sich in den vergangenen Wochen und Monaten in ihm zusehends gefestigt. Er war überzeugt davon, dass sie einander die Liebe geben konnten, nach der sie sich sehnten. Doch wie sollten sie zueinander finden, wenn sie ihm nicht mehr zurückschrieb und vor ihm flüchtete?

Um ihr näherzukommen, musste er sich wohl einen neuen Plan ausdenken. Er starrte ratlos auf das Jugendbild und hoffte auf eine Eingebung, doch sein Kopf war leer.

Zudem näherten sich im Gang vor dem Arbeitszimmer die Schritte seiner Frau. Hatte er ihr nicht ausdrücklich verboten, ihn zu stören? Warum konnte sie sich nicht einfach daran halten?

Wien, Dezember 2014

»Miriam? – Warum sitzt du hier im Dunkeln?«

Helene Winter stellte die zwei Tüten mit den Lebensmitteleinkäufen auf dem Parkettboden im Hausflur ab und knipste das Licht an. Die junge Frau, die unter einer Wolldecke auf dem Wohnzimmersofa gelegen hatte, richtete sich auf. Helene sah sofort, dass sie geweint hatte.

Sie streifte ihren Mantel und die Stiefel ab, dann setzte sie sich neben ihre Tochter auf die Couch.

»Was ist los, Herzchen?«

Im Grunde wusste sie nur zu gut, was die Ursache für Miriams Tränen war. Anja hatte sich vor knapp einem halben Jahr von ihrer Tochter getrennt. Miriam trauerte ihr noch immer nach. Dass sie denselben Freundeskreis pflegten und sich auf diese Weise nach wie vor über den Weg liefen, machte die Angelegenheit nicht einfacher. Helene hoffte einerseits inständig, dass Miriam möglichst bald wieder eine nette Frau kennen lernte, die sie aus ihrer depressiven Stimmung riss, andererseits fürchtete sie genau das. Wie tief Liebe bei Miriam ging, hatte sie vor der Sache mit Anja schon drei, vier Mal erlebt und dies mit wachsender Besorgnis verfolgt. In ihrer naiven Art, die nun einmal nicht der einer jungen Frau ihres Alters entsprach, vergaß Miriam vor Dankbarkeit und Freude über die zumindest anfangs erwiderte Zuneigung nahezu alles um sie herum. Helene hatte Mühe gehabt, sie immer wieder daran zu erinnern, dass es auch noch andere Dinge im Leben gab – zum Beispiel ihren Arbeitsplatz im Kindergarten.

»Es ist nur, weil sie klüger ist als ich«, platzte Miriam mit dem Thema heraus, das sie bereits ihr ganzes Leben begleitete und das durch jede Trennung mehr an Gewicht gewann. »Anja hat zu mir ja auch gesagt, dass sie keine will, die nicht richtig lesen und schreiben kann ...«

Ein Seufzen unterdrückend, tätschelte Helene Miriams Oberarm. »Wenn Paare sich voneinander trennen, sagen sie für gewöhnlich vieles, was sie gar nicht so meinen. Außerdem – wie oft soll ich dir noch erklären, dass Dyslexie kein Intelligenzmangel, sondern eine Leseschwäche ist. Du kämpfst zwar mit Texten und Worten, aber du bist nicht dumm, Herzchen. Lass dir das von niemandem einreden! Und irgendwann wird es auch wieder eine geben, die dich liebt, so, wie du bist.«

Die Zweifel in Miriams Gesicht sprachen Bände, doch immerhin weinte sie nicht mehr.

»Und jetzt«, sie erhob sich, »muss ich das Hühnchen und die

übrigen Lebensmittel, die ich gekauft habe, endlich im Kühlschrank verstauen.«

»Gibt es heute Brathuhn?«

»Morgen.« Prompt meldete sich Helenes schlechtes Gewissen wieder zu Wort: War es in Ordnung, abends auszugehen, wenn es Miriam so schlecht ging? Ja, sagte die Psychologin in ihr. Du hast über zwanzig Jahre deine eigenen Bedürfnisse hintangestellt, um dich um dieses Kind zu kümmern. Du hast es gern getan und tust es auch weiterhin aus Liebe. Aber du darfst dich nicht ganz vergessen. Miriam ist trotz all ihrer Probleme eine erwachsene Frau.

Aber eine, die mich immer brauchen wird, widersprach die Mutter in ihr. Dennoch, an diesem Abend brachte die Psychologin die Mutter zum Schweigen.

»Ich gehe heute Abend aus. Martin hat mich zum Essen eingeladen.«

Miriam verzog das Gesicht.

»Martin? – Ich mag ihn nicht.«

»Ich weiß, das sagtest du schon. Aber ich mag ihn.«

Helene erhob sich. Dass ihr neuer Freund nicht die Sympathie ihrer Tochter auf sich gezogen hatte, wusste sie, seitdem er Miriam beim ersten Besuch hier begegnet war. Martin war stets freundlich zu ihr gewesen, hatte Fragen zu ihrem Job gestellt, Interesse an ihrer Person gezeigt – alles vergebens. Miriam beharrte auf ihrer Antipathie, auch wenn sie es nicht einmal begründen konnte. Helene verspürte daher nicht die geringste Lust, das Thema *Martin* erneut zu diskutieren.

Sie hatte gerade das Huhn im Kühlschrank verstaut, als ihr Handy klingelte. Auf dem Display stand Bernds Name.

Überrascht, dass er sich um diese Uhrzeit noch meldete und obendrein vom Apparat aus dem Büro, nahm sie den Anruf entgegen.

»Du erinnerst dich an den Fall Schneeberg?«, kam Bernd direkt zur Sache.

»Den Einbruch vor eineinhalb Wochen? – Natürlich.« Das Handy zwischen Schulter und Ohr geklemmt, füllte Helene den neu gekauften Zucker in die dafür vorgesehene Porzellandose um. »Warum? Habt ihr die Täter? Gibt es neue Erkenntnisse?«

Es verwunderte sie, dass er sie anscheinend über den Fortgang der Ermittlungen informieren wollte. Rein beruflich hatte sie mit der Sache schließlich keine Berührungspunkte. Oder suchte er lediglich nach einem Vorwand, um wieder privat bei ihr anzudocken? – Sie konnte ihm das kaum verdenken: Die Möglichkeit war seit ihrem letzten Zusammentreffen nicht einmal auszuschließen. Dass die Chemie früher wie heute zwischen ihnen stimmte, war auch für sie nicht zu verleugnen.

»In Sachen Einbruch vorläufig nichts Neues«, tönte seine sonore Stimme an ihrem Ohr. »Aber Julie Schneeberg ist vor rund zwei Stunden von einem Auto angefahren worden. Der Täter hat Fahrerflucht begangen. Zum Glück haben sich einige Passanten Teile des Nummernschilds und die Marke gemerkt – ein dunkelgrüner Mazda. Die Fahndung läuft auf Hochtouren.«

»Du lieber Himmel!« Helene lehnte sich gegen den Küchenkasten. Sie sah die blasse junge Frau vor sich, deren Hände die heiße Teetasse umfasst hielten, während sie mehr vom Job einer Polizeipsychologin erfahren wollte. »Ist ihr etwas passiert?«

»Na ja, der Wagen hat sie gestreift; dadurch ist sie gestürzt. Wurde vom Rettungsdienst ins Krankenhaus gebracht, ist aber, so wie es im Moment aussieht, mit ein paar Prellungen und Schürfwunden davongekommen. Wir konnten bisher nicht länger mit ihr reden; laut Auskunft der Ärzte ist sie noch zu geschockt.«

»Das ist ja wohl mehr als verständlich.« Helene fuhr mit dem Einräumen der Lebensmittel fort. »Aber sag, vermutest du etwa einen Zusammenhang zu dem Einbruch? Im Moment erkenne ich da keinen Konnex … außer natürlich, dass die arme Frau in jüngster Zeit nicht gerade eine Glückssträhne zu haben scheint …«

»Das Ganze ist vor einem Einkaufszentrum im 19. Bezirk

geschehen, nicht weit von ihrer Wohnung entfernt. Sie hat das Gebäude durch den Haupteingang verlassen. Auf dem Weg zum Parkplatz ist es dann passiert. Die Augenzeugen, mit denen wir bisher gesprochen haben, sind sich alle darin einig, dass der Mazda direkt auf sie zugesteuert ist. Einer behauptet sogar, der Wagen hätte sich gezielt erst dann in Bewegung gesetzt, als sie in Sichtweite kam.«

»Also erst der Einbruch und nun ein gezielter Anschlag auf ihr Leben?«

»Im Moment können wir das nicht ausschließen.« Bernd seufzte. »Ehe wir weder den Kerl erwischt noch mit ihr persönlich gesprochen haben, möchte ich mich nicht in Spekulationen verstricken.«

»Dennoch rufst du mich an und erzählst mir davon«, stellte sie fest. »Warum?«

Es dauerte, bis er antwortete. Im Hintergrund hörte sie einen Drucker rattern.

»Ich dachte, es interessiert dich«, kam es dann von ihm. »Du hast dich immerhin recht lange mit ihr unterhalten. Außerdem habe ich gehofft, du könntest mir etwas über sie erzählen.«

»Über Julie Schneeberg? – In der kurzen Zeit, die ich mit ihr gesprochen habe, war hauptsächlich mein Job unser Thema ...«

»Dein Job?«

»Ja. Sie schien sich sehr für die Arbeit von Polizeipsychologen zu interessieren. Vermutlich aus beruflichen Gründen. Wer weiß, vielleicht kommt im nächsten Roman eine Polizeipsychologin namens Helene vor?«

Der letzte Satz war als Scherz gedacht, doch er nahm ihn prompt ernst.

»Und damit hättest du keine Probleme?«

Sie überlegte kurz, sagte dann: »Eigentlich nicht. Sie kennt mich ja überhaupt nicht – und das bedeutet, dass die Person in ihrem Buch nur eine Fiktion wäre, selbst in dem unwahrscheinlichen Fall, dass sie tatsächlich meinen Namen tragen sollte.«

»Was schade ist«, kommentierte Bernd charmant. »Ich sähe dich durchaus gerne in einem Bestseller verewigt.«

Okay, alles klar. Er flirtet mit mir. Also ein privater Anruf unter beruflichem Deckmantel.

Besser sie unterband das, ehe sie sich versehentlich auch noch darauf einließ.

»Mich? Eine geschiedene Frau, alleinerziehende Mutter und langjährige Geliebte eines verheirateten Mannes – was für ein einzigartiger Charakter für einen Thriller! Die Leserinnen und Leser werden in die Buchhandlungen strömen …« Ihre Stimme klang sarkastischer als beabsichtigt. Während sie noch darüber nachsann, ob Bernd ihren Tonfall als Verbitterung interpretieren konnte, betrat Miriam die Küche. Sie kam ihr wie gerufen.

»Bernd, ich muss jetzt auflegen. Miriam ist gerade nach Hause gekommen. Ich kann dir bei der Sache mit Julie Schneeberg nicht weiterhelfen. Allerdings – wenn du zu diesem Vorfall von heute mehr weißt, lass es mich wissen. Natürlich interessiert mich das. Bis dann.«

Sie legte auf und blickte in Miriams fragendes Gesicht.

»Wer war dran?«

»Bernd.« Helene legte das Handy auf den Küchentisch.

»Der Bernd, der uns vor ein paar Jahren öfters besucht hat?«

»Ja, genau der.«

Miriam öffnete den Kühlschrank und griff nach der Mineralwasserflasche im Seitenfach.

»Ich mag Bernd«, sagte sie unvermittelt, während sie sich ein Glas Wasser einschenkte. »Warum hast du ihn gerade angelogen?«

»Darum.«

*

Das italienische Restaurant im 1. Bezirk zwischen Ringstraße und Stephansdom gehörte zu jenen Lokalitäten, mit denen Helene bisher nur von außen vertraut war. Das über diesen Laden kolportierte Preisniveau hatte sie stets davon abgehalten, den Schritt durch die Eingangstüre zu wagen. Doch jetzt saß sie hier, auf einem weißen Stuhl mit dunklem Lederpolster, eine Variation aus diversen Muscheln im Magen und ein Glas Chianti in der Hand. Vor ihr leuchteten drei brennende Kerzen in einem extravaganten Ständer aus Schmiedeeisen. Sie tauchten das schmale, kantige Gesicht ihres Gegenübers in warmes Licht.

»Wie war dein Tag?«, erkundigte sie sich nun, da sie die Zeit vor und während der Vorspeise erfolgreich damit zugebracht hatten, sich anzuhimmeln wie zwei verliebte Teenager – eine Tatsache, die sie selbst wohl am meisten überraschte. Helene Winter, fast fünfzig, verliebt wie schon lange nicht mehr, aber noch immer hinter der Schutzmauer aus Vorsicht kauernd, die sie nach ihrer Scheidung um sich herum errichtet hatte. Allerdings – diese Mauer bekam allmählich Risse, die mit jedem Treffen tiefer wurden. Es war unbestreitbar: Martin Roschek, gutaussehend, aufmerksam und – vor allem – unverheiratet, hatte in der Tat das Potenzial, den Wall gänzlich zum Einsturz zu bringen.

»Nichts Besonderes bei mir heute.« Seine Stimme war angenehm und warm. »Viele Meetings, ein bisschen Bürokram, ein Quantum Politik – das Übliche. Und deiner?«

»Ich habe mich hauptsächlich mit der jungen Polizistin beschäftigt, die versehentlich diesen fünfzehnjährigen Einbrecher erschossen hat ... Sie ist vorläufig vom Dienst suspendiert, wurde aber trotzdem in meine Obhut übergeben. Es geht ihr gar nicht gut. Sie macht sich schreckliche Vorwürfe ... Tja, und Suspendierung plus drohender Prozess geben ihr quasi den Rest.«

Der athletisch gebaute Mittfünfziger nickte verständnisvoll.

»Der Fall Jochmeier, ich weiß. Eine tragische Geschichte für alle Beteiligten. Ich hoffe sehr, dass hier eine gute Lösung gefunden wird.«

Dass Martin ihren beruflichen Alltag verstand und über die meisten Angelegenheiten, die ihr Aufgabengebiet betrafen, genau Bescheid wusste, war ein Umstand, den sie zusätzlich zu all seinen anderen Vorzügen zu schätzen wusste. Seit ihrer Scheidung hatte sie sich ein paar Mal mit Männern getroffen, die nicht bei der Polizei arbeiteten, es war allerdings nie mehr daraus geworden. Ihre teilweise unkonventionellen Dienstzeiten und die Diskretion, die sie nach außen hin wahren musste, hatten eine tiefere Beziehung von Anfang an schwer gemacht.

Mit Bernd war das anders gewesen: Zwischen ihnen hatte ein nahezu blindes Verstehen für die Tätigkeit des jeweils anderen geherrscht. Und mit Martin war es nun ähnlich. Zwar befasste er sich in der oberen Chefetage des Bundeskriminalamtes schon längst nicht mehr mit den Banalitäten des polizeilichen Alltags, doch er wusste über vieles Bescheid und hatte für sie Verständnis.

»Eine gute Lösung wird da wohl kaum zu finden sein«, warf sie ein. »Der Junge ist immerhin tot ... leider ...«

»Und die Medien haben sie längst zur Täterin abgestempelt«, erwiderte er nüchtern. »Das kennen wir ja schon zur Genüge.«

Der Ober kam mit dem Hauptgang und Helene war dankbar für die Unterbrechung. Martin vertrat stets eine klare Meinung, was sie einerseits schätzte, andererseits aber auch schwierig fand, sobald sie nicht mit ihm auf gleicher Linie lag. Gegen seine Eloquenz und Argumentationsstärke kam sie kaum an – das hatte sie in den vergangenen drei Monaten, in denen sie zusammen waren, schon erkennen müssen.

Natürlich, sie hätte nun einfließen lassen können, dass Paula Jochmeier, die junge Polizistin, eine von Grund auf unsichere Person war, eine, die sich schnell überfordert fühlte, wenn sie rasche, eigenständige Entscheidungen treffen musste. Dass es durchaus Wege gegeben hätte, den Fünfzehnjährigen zu stellen, ohne gleich die Waffe zu zücken. Aber dies hätte bedeutet, sich über das psychologische Vertrauensverhältnis hinwegzusetzen – ein klarer Regelbruch. Zudem wollte Helene den Abend mit Martin genießen und sich nicht in Wortgefechten und Grundsatzdiskussionen ergehen.

Sie wechselte geschickt das Thema, in dem sie nach dem ersten Bissen das zarte Lammfleisch lobte, das ihnen serviert worden war, und ihm nochmals für die Einladung dankte. Er hatte für beide dasselbe bestellt und führte umfangreich aus, dass er ein ähnliches Gericht in einem Bergdorf auf Kreta gegessen hätte.

»Wir könnten diesen Sommer ein, zwei Wochen dort verbringen«, schlug er galant vor und ihr Herz schlug prompt etwas schneller. Dass sie mit einem Mann auf Urlaub gewesen war, lag lange zurück – dreiundzwanzig Jahre, um genau zu sein: kurz bevor Miriam in ihr Leben getreten war. Zwei Wochen Elba, mit Ralf, ihrem Ex-Mann.

In Gedanken sah sie sich und Martin bei einem Glas Retsina auf einer Terrasse sitzen, während vor ihnen die Sonne wie ein glühender Feuerball im Meer versank. Zweifelsohne eine kitschige Vorstellung, allerdings auch eine, die ihr ein angenehmes Prickeln bescherte. Doch dann meldete sich die mütterliche Stimme in ihr zu Wort und holte sie unsanft zurück auf den Boden der Realität.

»Ich muss erst sehen, wie sich das Ganze mit Miriam entwickelt. Sie ist derzeit in einer schwierigen Phase.«

Er tupfte sich mit seiner Serviette die Mundwinkel ab.

»Ist sie das nicht immer?«

Seine Frage hatte in Helenes Ohren eine gewisse Berechtigung. Martin hatte Miriam kennengelernt, als die Trennung von Anja relativ frisch war, kannte sie also überhaupt nicht anders.

»Wie gesagt, ich muss sehen, wie sich das organisieren lässt ...«, wich sie aus.

»Sie ist fünfundzwanzig, Helene. Erwachsen.«

»Ja. Auf dem Papier.«

Es wird wohl nie einen Mann in meinem Leben geben, der die Situation als solche akzeptiert …

Helene spülte ihre innerliche Resignation mit einem Schluck Wein hinunter. Dann raffte sie sich zu einer Grundsatzerklärung auf: »Miriam wird wohl nie ein selbständiges Leben führen können. Wenn du dein Leben wirklich künftig mit mir teilen willst, musst du das leider akzeptieren. Es gibt keinen Plan B.«

Er nickte nur, ehe er sich wieder seinem Lammfleisch widmete.

In ihrem Inneren baute sich leiser Frust auf. Konnte er nicht einfach dazu Stellung beziehen, auf welche Weise auch immer? Möglicherweise war es ja wirklich zu viel verlangt, nach einem knappen Vierteljahr eine Art *Wir gehen gemeinsam durch dick und dünn* zu erwarten. Ein zuversichtliches *Wir werden sehen* hätte ihr an dieser Stelle aber auch schon geholfen. Alles war besser als dieses stumme Nicken, dass viel zu viel Interpretationsspielraum bot.

Der Klingelton ihres Handys hinderte sie daran, sich weiter in Deutungen dieser lapidaren Kopfbewegung zu vertiefen. Sie sah, dass es Bernd war, und nahm den Anruf mit einem entschuldigenden Blick in Martins Richtung an.

»Wir haben den Täter – also, denjenigen, der Julie Schneeberg fast überfahren hätte«, informierte sie der Kollege. »Für uns kein Unbekannter. Karl Janninger, 43, mehrfach verurteilt wegen Einbruchs, Handtaschenraubs, Beamtenbeleidigung und gewerblichen Betrugs.«

»Und bald wohl auch wegen versuchten Totschlags oder sogar Mordes, wenn sich die Aussagen der Augenzeugen als wahr erweisen und er sie wirklich absichtlich niederfahren wollte«, kommentierte Helene. »Allerdings, so ganz passt das nicht als Fortsetzung seiner Karriere, findest du nicht?«

»Ganz genau«, bestätigte Bernd. »Versuchter Mord, das ist

für den Janninger definitiv ein paar Nummern zu groß. Vor allem aber: Was hätte er für ein Motiv? Dass er ihre Bücher nicht mag, kann ich mir schwer vorstellen ...«

Sie lachten beide verhalten.

»Was sagt denn der Mann selbst zu der Sache?«, erkundigte sie sich.

»Im Moment ziemlich wenig. Als wir ihn in diesem Beisl in Ottakring aufgriffen, hatte er 1,2 Promille im Blut und war so gut wie gar nicht ansprechbar. Er muss jetzt erst einmal ausnüchtern.«

»Und mit Julie Schneeberg habt ihr schon gesprochen?«

»Ja, Steinbacher und ein Kollege haben sie befragt, aber es war erwartungsgemäß unergiebig. Sogar zum Ereignishergang selbst kann sie wenig erzählen. Sie sagt, sie hätte das Einkaufszentrum in Gedanken versunken verlassen und das Auto zu spät bemerkt. Das Nächste, an was sie sich erinnert, waren die Rettungssanitäter, die sie in den Krankenwagen verfrachtet haben. Den Namen Karl Janninger hat sie noch nie gehört, den Mann selbst nie zuvor gesehen. – Wenn wir nicht zwei unabhängige Augenzeugen hätten, die darauf beharren, dass der Janninger mit dem Auto bewusst auf sie losgefahren ist, könnte man fast meinen, es war ein Alko-Unfall mit Fahrerflucht.«

»Vielleicht war es das ja auch.«

»Ich weiß nicht ...« Bernd seufzte. »Wenn es so wäre, würde mir das sicher eine Menge Arbeit ersparen. Allerdings sagt mir mein Ermittlerinstinkt, dass an der ganzen Geschichte irgendwas oberfaul ist. Allein dieser Zufall: Erst wird bei ihr eingebrochen, nicht einmal zwei Wochen später trachtet ihr ein Wiener Kleinganove nach dem Leben. Wenn du mich fragst: Ich finde das alles sehr merkwürdig, inklusive der Schneeberg selbst. Die Frau schreibt über tiefe Emotionen, erzählst du mir, aber sie selbst ist kalt wie eine Hundeschnauze.«

»Unsinn. So habe ich sie nicht erlebt«, widersprach Helene. Sie bedachte Martin, der seinen Teller inzwischen geleert hatte und mit unverhohlenem Interesse das Telefonat verfolgte, mit einem weiteren entschuldigenden Blick. »Sie ist zurückhaltend, aber wirklich nicht gefühlskalt!«

Bernds leisem Brummeln am Ende der Leitung war unschwer zu entnehmen, was er von ihrem Urteil hielt. »Na, du bist die Psychologin, du musst es ja wissen«, schob er dennoch hinterher.

»Ich sage das als Mensch, nicht als Psychologin«, korrigierte sie, während ein dienstbeflissener Kellner die leeren Teller und das Besteck abservierte. Bernd, der offenbar erst jetzt die Geräuschkulisse um sie herum registrierte, fragte prompt: »Bist du gerade unterwegs?«

»Ja. In einem Restaurant.«

»Mit wem?«

»Bernd ...« Sie verdrehte automatisch die Augen, was ihr Gegenüber mit amüsierter Irritation still kommentierte. Auch sie schmunzelte.

»Mit ihm?«, erkundigte sich Bernd unwirsch und ihr Schmunzeln verebbte. Was auch immer dieses Verhör sollte, sie musste es unterbinden. Jetzt.

»Ich wüsste nicht, inwiefern dich das etwas angeht«, sagte sie betont sachlich. »Aber wenn du es so genau wissen willst: ja.«

»Nun gut ... dann ... Tut mir leid, dass ich gestört habe.«

Er klang enttäuscht.

»Ich danke dir für deinen Anruf«, erwiderte sie. »Und für die Information. Lass mich wissen, wenn sich etwas tut. Der Fall interessiert mich.«

»Welcher Fall?«, fragte Martin, kaum dass sie sich von Bernd verabschiedet und das Handy eingesteckt hatte.

Einen kurzen Augenblick war Helene irritiert. Dann besann sie sich. Hatte sie sich nicht immer einen Partner gewünscht, der Interesse an ihrem Leben und ihrem Beruf zeigte? – Sie gab eine knappe Zusammenfassung der Umstände, unter denen sie mit der Autorin in Kontakt gekommen war, und schilderte knapp die jüngsten Ereignisse.

»Julie Schneeberg.« Martin wiederholte den Namen bedächtig. Er wirkte nachdenklich. Dann sah er Helene an. »Und? Wie ist die große Autorin privat?«

Seltsam, warum auch er das fragt. Was ist an Promis bloß dermaßen faszinierend?

»Sie wirkt intelligent und sympathisch. Mehr kann ich nach der kurzen Unterhaltung, die wir geführt haben, nicht sagen.«

Fast wirkte Martin etwas enttäuscht. Der Ober kam, brachte die Dessertkarten. Erst nachdem sie bestellt hatten, griff ihr smarter Begleiter das Gespräch wieder auf.

»Schlimme Sache, das damals in Altenhain. Ich kann mich noch ziemlich gut an den Fall erinnern ... Da die Mutter ja schon damals keine gänzlich Unbekannte war, haben sich die Medien wie die Hyänen auf diese Familientragödie gestürzt. Der Druck auf die Polizei, was die vollständige Aufklärung betraf, war enorm.« Er machte eine nachdenkliche Pause, fuhr dann fort: »Zum Glück war die Situation sehr eindeutig: Der Lebensgefährte ein polizeibekannter Schläger, schon aktenkundig durch häusliche Gewalt. Sie, die ihn deshalb mit den gemeinsamen Kindern verlassen will. Da dreht er durch, tötet die Zwillinge und dann sich selbst. Wir kennen solche Geschichten zur Genüge, leider.«

»Und die älteste Tochter – Julie – lässt er am Leben, obwohl sie zum Tatzeitpunkt zu Hause war?« Helene erinnerte sich an das, was Bernd ihr bereits erzählt hatte. »Wieso?«

»Einfache Antwort: Sie war nicht seine leibliche Tochter. Dana Mitterer hatte mit sechzehn, siebzehn wohl ein Techtelmechtel, wurde schwanger und ließ das Baby bei ihrer alleinstehenden Mutter in Wien zurück, während sie in Deutschland zum Star einer deutschen Vorabendserie wurde und ein paar kleinere Rollen in Spielfilmen erhielt. Irgendwann kam ihre Karriere wohl ins Stocken und sie kehrte nach Wien zurück. Als die Medien sich ihr erneut zuwandten, waren zwei ihrer Kinder tot und sie wohnte in diesem Nest im Wiener Wald.«

»Dana Mitterer? Heißt sie nicht Dana Karneol?«

»Das ist ihr Künstlername. Weißt du, was ein Karneol ist?«

Helene schüttelte den Kopf.

»Ein Karneol ist ein orangeroter Edelstein. Der Name passt perfekt, wenn man sich ihre leuchtende Haarfarbe vor Augen hält.«

Der Ober servierte eine Tiramisu-Schnitte mit zwei Gabeln sowie einen Espresso für Martin.

»Und wieso lautet Julies Nachname Schneeberg? War sie verheiratet?«

»Ich glaube, das ist der Mädchenname der Großmutter. Mitterer war der Name von Dana Karneols Vater, und so hieß auch Julie. Nach der Familientragödie hat sie sich offenbar unbenannt. Vielleicht ist es aber auch wieder nur ein Künstlername; ich weiß es nicht so genau …«

Helene sah Julie Schneeberg vor sich: das verhaltene Lächeln, die leichte Skepsis im Blick. Sie wusste jetzt, warum die Schriftstellerin sie so an Miriam erinnert hatte. Es lag an diesem ewigen Misstrauen, das beide Frauen umgab wie eine graue, stets präsente Aura. Erfahrungen in frühester Kindheit und Jugend, die sich festgesetzt hatten und Charakter und Leben prägten. Trotz aller Liebe, die sie Miriam seit dem Zeitpunkt der Adoption gegeben hatte – sie konnte nicht vollständig reparieren, was die leiblichen Eltern in den ersten vier Jahren ihres Lebens an ihr verbrochen hatten.

»Kommst du noch mit zu mir?«, fragte Martin unvermittelt und sie war froh, dass er sie aus ihren ernsten Gedanken riss. Mit einem Lächeln im Gesicht stimmte sie zu, ehe sie ihre Gabel in der Tiramisu-Schnitte versenkte.

Altenhain, Silvester 1998

»Julie, bring doch noch zwei Flaschen Weißwein und den Wodka mit, wenn du eh schon nach draußen gehst!« Dana, bekleidet mit einem dunkelgrünen Minikleid, das mehr von ihrem Körper zeigte als verbarg, stöckelte in High Heels an ihrer Tochter vorbei, eine Zigarette in der linken Hand, ein Glas Wein in der rechten.

Julie, die gerade im Begriff gewesen war, sich durch die Terrassentüre ins Freie zu verdrücken, verharrte kurz in der Bewegung. Sie sah ihrer Mutter dabei zu, wie diese in Richtung Sofa zurückstolzierte. Um den gläsernen Couchtisch, der von leeren und vollen Gläsern bedeckt war, hatte sich fast die gesamte Partygesellschaft versammelt. Yvonne Kaspers, eine in Altenhain ansässige Grafikerin und langjährige Bekannte von Joe, unterhielt sich rege mit Leon Wintersteiger, dem freiberuflichen Fotografen aus St. Pölten, den Dana vor ein paar Monaten bei einem Werbeshooting kennengelernt und in ihren Freundeskreis integriert hatte. Anneliese Weihburg und ihr Mann Franz, die in Altenhain einen Bio-Laden führten, saßen gemeinsam mit Paul Nikolai auf dem Sofa und schienen sich im Gegensatz zu dem Politiker in der bunten Gesellschaft um sie herum nicht ganz so wohlzufühlen. Warum ihre Mutter sie eingeladen hatte, konnte Julie nur vermuten: Die Weihburgs gewährten guten Bekannten bei Einkäufen gerne großzügige Rabatte und überließen ihnen auch bereits abgelaufene, aber noch genießbare Lebensmittel.

Paul Nikolai war wider Erwarten allein erschienen. Sie hätten für diesen Abend nun doch keinen Babysitter gefunden, hatte er erzählt. Daher habe seine Frau zu Hause bei den Kindern bleiben müssen. Julie fragte sich, ob sie eigentlich die Einzige in der Runde war, die sich darüber wunderte, dass Paul eine Party besuchte, während seine Frau an Silvester mit der Kinderschar zu Hause saß.

Der stämmige Glatzkopf schien daran jedenfalls keinen Gedanken zu verschwenden. Er unterhielt sich rege mit Richard Götz, seinem Schwager. Als Julie zuvor in der Nähe der beiden gestanden hatte, war es um irgendeinen Kanalausbau gegangen, für den sich Paul stark machte und den der Primararzt aus ökologischen Gründen mit Skepsis betrachtete; aufgrund der bewegten Diskussion der beiden Männer nahm sie an, dass sich ihr Gesprächsthema nicht geändert hatte. Lydia stand neben ihrem diskutierendem Mann, ein Weinglas in der Hand. Ab und zu warf sie etwas in das Gespräch ein, was Julie aus der Entfernung nicht verstand. Es war ohnehin irrelevant. Lydias Anblick in diesem schwarzen Stretchkleid, das sich eng an ihren Körper schmiegte, war für Julie in diesem Moment genug – vor allem, weil Richards Hand besitzergreifend um die Taille seiner Frau lag und Lydias freie Hand auf seiner Schulter ruhte. Die beiden wirkten so vertraut, dass es Julie beinahe schlecht wurde. Sie hatte sich dieses Schauspiel eine Weile mit wachsendem Ärger angeschaut. Jetzt hielt sie es nicht mehr länger aus – der Grund, weshalb sie kurz auf die Terrasse wollte. Sie lechzte nach frischer Luft und hoffte, dass die Kälte die Aufruhr in ihrem Inneren zum Erliegen brachte.

Den ganzen Abend über fühlte sie sich schon wie im falschen Film. Das lag nicht nur an Lydia, die sie vom Zeitpunkt der Begrüßung an so sachlich und distanziert behandelte, als wäre sie nichts weiter als die zufällig anwesende Tochter der Gastgeberin, und die mit ihrem Mann Körperkontakt suchte, wann immer sich die Gelegenheit bot. Es lag auch an ihrer Mutter und Joe. Vor genau einer Woche um beinahe dieselbe Zeit hatte Dana ihn wegen häuslicher Gewalt angezeigt; jetzt schmiegte sie sich an ihn, als hätte es den Vorfall nie gegeben. Joes Hand wiederum ruhte auf Danas Po und er sah ihr liebevoll in die Augen.

Julie ließ die Terrassentüre hinter sich zufallen. Die kalte Luft stach ihr beim ersten Atemzug wie tausend kleine Messer in die Lunge. Gemessen an dem, was sie in ihrem Herzen fühlte, war dieser Schmerz jedoch erträglich.

Sie setzte sich auf die alte Holzbank, den Rücken zur Hausmauer. Ihren Mantel fest über dem Kleid zusammengepackt, starrte sie in den dunklen Garten. Durch die geschlossene Glastür drang das laute Lachen ihrer Mutter nach draußen, untermalt von Stimmengewirr und leisen Jazzklängen. Irgendwo in der Ferne schossen Ungeduldige die ersten Silvesterraketen gen Himmel.

In Gedanken ließ Julie die vergangenen Monate Revue passieren. Die Party bei Sylvia. Ihre Mitschülerinnen, die sie auslachten, weil sie die Spielregeln nicht gekannt und deshalb Daniela geküsst hatte. Eine Tat, mit der sie – damals nichtsahnend – die weiteren Ereignisse einleitete.

Julie war sich nicht sicher, wann sie sich schrecklicher gefühlt hatte: Damals, als alle sie als Lesbe beschimpften, oder seit sie offensichtlich wirklich eine war.

Aufgewachsen ohne das enge Korsett konservativer und religiöser Moralvorstellungen, hatte sie die Tatsache, dass sie sich zu Frauen hingezogen fühlte, relativ schnell für sich akzeptiert. Mit einer Frau zu schlafen fühlte sich für sie gut und richtig an. Dass diese Frau Lydia war, dagegen schon etwas weniger. Lydia, ihre Lehrerin. Lydia, die verheiratet war und vermutlich auch noch regelmäßig mit ihrem Mann schlief. Julie fühlte sich als Betrogene und Betrügerin zugleich.

Es fiel ihr zunehmend schwerer, die Tatsache auszublenden, dass es für Lydia jemanden gab, der in deren Leben wesentlich wichtiger war, als sie es je sein würde. Jemand, mit dem sie zusammenwohnte, mit dem sie sich auch offiziell zeigte.

Nach dem ersten Versuch, Lydias Gefühlen auf den Grund zu gehen, hatte Julie sie nicht mehr darauf angesprochen. Vorläufig war ihr deren Schweigen Antwort genug. Lydia liebte sie nicht, sondern benutzte sie als sexuelle Abwechslung zum tristen Eheleben. Und sie ließ das zu.

Warum?

Weil sie den Sex mit ihr mochte. Weil sie keine andere Frau in der Region kannte, die an ihr sexuell interessiert war. Weil Lydia nichtsdestotrotz Interesse zeigte an ihren Geschichten, was sonst niemand tat. Weil ...

Die Begründungen, die sie sich selbst zur Antwort gab, waren zahlreich, doch keine erklärte diesen quälenden Schmerz, der sich in ihr Herz fraß, wenn sie länger nichts von Lydia hörte oder wenn sie sie – wie jetzt gerade eben – derart vertraut mit ihrem Mann zusammen sah.

»Wo bleibst du mit dem Sekt?« Joe streckte den Kopf zur Terrassentür heraus. »Dana hat gesagt, du bringst welchen!«

Weißwein. Sie hat mir Weißwein und Wodka aufgetragen.

Julie verzichtete darauf, ihn zu korrigieren. Stattdessen griff sie die gewünschten Spirituosen aus den an der Hauswand aufgereihten Flaschen und reichte sie ihm.

»Komm mit ins Haus, es ist fast Mitternacht, wir stoßen an!« Joe zog sie mit sanfter Gewalt nach drinnen.

Irgendjemand hatte die Musik lauter gedreht. Statt Jazz drangen jetzt laute Rock 'n' Roll-Rhythmen aus den beiden Lautsprecherboxen der altmodischen Stereoanlage. Dana bewegte sich dazu in wilden Verrenkungen; Paul wippte mit etwas Abstand auf groteske Weise vor und zurück. Seine Augen waren dabei auf Dana gerichtet; sein Mund stand leicht offen. Pauls Glatze glänzte im Licht der kegelförmigen Wohnzimmerlampe.

Hinter den beiden, nahe dem Christbaum, tanzte Lydia mit ihrem Mann. In Julies Augen sahen ihre Bewegungen reichlich steif aus – so, als hätten sie soeben die Tanzschule verlassen.

»Was starrst du so? – Du weißt doch, dass deine Mutter eine wilde Tanzmaus ist, besonders, wenn sie schon zwei Gläser Wodka und reichlich Wein intus hat!« Joe wies mit dem Kinn in Richtung Küche. »Hilf mir lieber, die Sektgläser herzurichten!«

Julie folgte ihm zum Küchenkasten. Es war sicher besser, nicht noch länger in Lydias Richtung zu schauen. Schmerz und Ärger wurden dadurch jedenfalls keineswegs schwächer.

»Papi, können wir jetzt unseren Kindersekt haben?« Alissa zupfte Joe, der bereits einige Gläser in den Händen hielt, an seinem Hemd.

»Ja, klar.« Er drehte sich zu Julie um, die im Küchenschrank nach weiteren Sektgläsern suchte. »Kümmerst du dich bitte darum?«

Julie stellte die Sektgläser am Wohnzimmertisch ab.

»Wo soll der denn sein?«

»Was weiß ich. Draußen auf der Terrasse?«

Joe musste sie über die laute Musik hinweg anschreien, damit sie ihn verstand. Eilig warf Julie einen Blick hinaus. Auf der Terrasse waren etliche Flaschen Wein, Bier und Wodka, aber nichts Antialkoholisches.

»Da ist er nicht.«

»Ich will Kindersekt!«, beharrte Alissa und Alena schob nach: »Die Mami hat es uns versprochen.«

Julie tippte ihrer tanzenden Mutter auf die Schulter. Es dauerte, bis Dana aus der ekstatischen Tanztrance in die beschauliche Welt ihres Wohnzimmers zurückfand.

»Was?«, fuhr sie sie unwirsch an, schickte aber sogleich ein warmherziges Lächeln hinterher. Julie vermutete, dass sie sich gerade wieder ihrer Gäste bewusst geworden war.

»Die Kleinen sagen, du hättest irgendeinen Kindersekt für sie …«

»Mein Gott, nerv mich nicht! – Keine Ahnung. Ich glaube, ich habe gar keinen gekauft …« Dana zuckte mit den Schultern und begann wieder zu tanzen.

Alles klar.

Im Kühlschrank fand sich Apfelsaft. Während Joe bereits Sekt in die aufgestellten Gläser füllte und irgendjemand von den Gästen die Musik leiser drehte, goss Julie den Apfelsaft in zwei Sektgläser und reichte sie den beiden Mädchen.

»Sieben. Sechs. Fünf. Vier …«

Die Partygesellschaft hatte sich bereits um den Esstisch versammelt und begann im Chor den Countdown zum Jahreswechsel zu zählen.

»Aber das ist kein Kindersekt. Das ist Apfelsaft!« Alissa schob trotzig ihre Unterlippe nach vorne.

Alena verzog weinerlich das Gesicht.

»Ich will aber …«

»Apfelsaft ist dasselbe wie Kindersekt«, fuhr Julie dazwischen. Warum musste sie wieder einmal ausbügeln, was ihre Mutter versäumt hatte?

»Nein, ist es nicht! Ich will …«

»Drei, zwei, eins …«

Alle hielten bereits ein Glas in der Hand.

Julie ließ die Zwillinge stehen und trat an den Tisch. Es war kein volles Sektglas mehr übrig.

Na toll.

»Null! Prosit Neujahr!«

Die Gläser klirrten. Um sie herum fielen sich die Anwesenden in die Arme. Küsse und Neujahrswünsche wurden ausgetauscht. Abgelenkt von der plötzlichen Betriebsamkeit, vergaßen die Zwillinge nun auch ihr fehlendes Getränk.

»Prost, Julie. Ein gutes neues Jahr.«

Julie zuckte unweigerlich zusammen. Richard stand vor ihr und streckte ihr sein Glas entgegen. Er lächelte freundlich.

»Ich … ich habe nichts zum Anstoßen«, stammelte sie und war im ersten Augenblick fast froh darüber.

»Du hast kein Glas? – Hier, nimm meines, ich kann ja bei meinem Mann mittrinken.« Wie aus dem Nichts war Lydia aufgetaucht und reichte ihr ein volles Sektglas. Als Julie es nicht nahm, schob sie nach: »Kein Problem. Ich habe noch nicht daraus getrunken.«

Ja, sicher. Gewöhnlich schiebst du mir deine Zunge in den Mund und nicht nur dorthin …

Julie verzog süffisant das Gesicht, ergriff aber das Glas.

Bitte, wenn du dieses Spiel wirklich spielen willst …

Freundlich stieß sie mit Richard an, der in galanter Gentlemanpose zurückprostete. Der Primararzt war in seinem dunklen Anzug mit Krawatte in der gesamten Runde am formellsten gekleidet.

»Ich wünsche Ihnen ebenfalls ein gutes neues Jahr. Und weiterhin viel Erfolg, beruflich – und vor allem privat.«

Bruchteile von Sekunden wirkte Lydias Mann irritiert, dann fand er zu seiner freundlichen Gelassenheit zurück.

»Das wünsche ich dir auch. In deinem Alter hat man ja noch das ganze Leben vor sich. – Und: Du musst mich wirklich nicht siezen. Wir sind hier doch unter Freunden.«

Lydia, die sich bei ihrem Gatten eingehakt hatte, warf ihr einen warnenden Blick zu. Julie erwiderte ihn mit charmantem Lächeln, während in ihr die Verzweiflung tobte.

*

»Liest du uns noch was vor?«

»Nein, eine Geschichte genügt.«

Julie klappte das Kinderbuch zu und erhob sich von Alenas Bett. Alissa hielt bereits den Kopf ins Kissen gedrückt; sie hatte offensichtliche Mühe, ihre Augen noch offen zu halten. Es war inzwischen halb zwei Uhr früh. Lediglich die Aufregung um das Feuerwerk, das Paul spendiert und mit den anderen Männern im Hof abgeschossen hatte, hatte die Kinder so lange wach gehalten.

»Aber morgen ...« Alena, noch etwas wacher als ihre Schwester, ließ nicht locker.

»Morgen lese ich für euch eine andere Geschichte. Versprochen. Aber jetzt müsst ihr schlafen.«

Sie deckte Alena sorgfältig zu und gab Alissa einen leichten Kuss auf die Wange. Dann löschte sie das Licht und schloss die Tür.

»Du machst das toll mit den Kindern. Du wirst sicher einmal eine gute Mutter.«

Julie fuhr herum. Im Gang stand Lydia.

Ihre Antwort kam fast automatisch.

»Sicher nicht! Ich werde nie Kinder haben.«

»Warum nicht?« Lydia sah sie verwundert an. Julie musste sich trotz des inneren Grolls eingestehen, dass sie auch spät in der Nacht noch eine wirklich attraktive Frau war.

»Du fragst mich, warum nicht?« Julie schüttelte ungläubig den Kopf. »Na, rate mal!« Manchmal konnte sie Lydias Gedankengänge einfach nicht nachvollziehen.

Lydia schien es umgekehrt genauso zu gehen. Es dauerte etwas, bis sie begriff, auf was Julie angespielt hatte. Dann hob sie die Augenbrauen und setzte hinzu: »Das eine schließt das andere ja wohl nicht aus.«

»Ach nein?« Der Ärger, der sich in Julie den ganzen Abend angesichts Lydias plakativer Vertraulichkeit mit ihrem Ehemann angestaut hatte, brach nun hervor. »Du meinst, ich soll mir auch irgendwann einen netten Gatten suchen, ihn heiraten und auf heile Familie machen?«

Das feine Lächeln, das Lydias volle Lippen umspielt hatte, erstarb.

»Autsch. War das die letzte Verbalohrfeige des heutigen Abends oder kommt noch mehr?«

Julie verschränkte die Arme vor der Brust. Noch immer sah sie Lydia mit ihrem Mann vor sich, tanzend und so vertraut miteinander.

»Wo ist er denn eigentlich?«

»Schon heimgefahren. Richard ist kein Nachtmensch. Ich wollte gern noch hier bleiben, ein bisschen Zeit mit dir verbringen – aber offensichtlich legst du darauf im Moment keinen Wert.«

Sie wandte ihr den Rücken zu und hatte den Fuß schon auf der ersten Treppenstufe, als es sich Julie anders überlegte. Ihre

Wut war noch immer nicht vollständig verraucht. Trotzdem wollte sie nicht, dass Lydia jetzt einfach ging.

»Bitte bleib«, sagte sie leise und streckte zaghaft die Hand aus. Lydia leistete der Aufforderung nur zu gerne Folge, zog sie an sich und küsste sie zärtlich in die Halsbeuge.

Julies innerer Widerstand schmolz dahin wie eine Kugel Eis in der prallen Sonne.

»Wir sollten hier nicht ...«, flüsterte sie, sich trotz allem der Tatsache bewusst, dass jeden Augenblick jemand auftauchen konnte – und wenn es nur einer der Partygäste war, die sich im Haus auskannten und wussten, dass es auch im oberen Stock eine Toilette gab.

»Gehen wir in dein Zimmer«, schlug Lydia leise vor.

Dort angekommen, lotste sie Julie sofort in Richtung Bett. Zögernd ließ ihre junge Geliebte das zu. Wie oft war sie in den vergangenen Wochen in diesem Bett gelegen, sich danach sehnend, von Lydia berührt zu werden!

Die Innigkeit, mit der Lydia sie nun küsste, ließ Julies Herz flattern. Die Wut trat endgültig den Rückzug an. Doch ihr Verstand ließ sich dennoch nicht lange betäuben.

»Wenn jemand kommt ...«, stieß sie hervor, den langen, zärtlichen Kuss unterbrechend.

»Und wenn schon«, sagte Lydia. Es klang verwegen und abenteuerlustig – in Julies Ohren ein wenig zu abenteuerlustig. Den Geschmack des Kusses noch im Mund, stellte sie sachlich fest: »Du hast zu viel getrunken.«

Lydia, die rücklings auf dem schmalen Bett lag, sah sie von unten herauf an. Sie seufzte resigniert.

»Warum habe ich bei dir so oft das Gefühl, dass du die Ältere von uns beiden bist?«

Julie hob ratlos die Schultern.

»Verschließ die Zimmertüre«, schlug Lydia jetzt vor. »Sperr sie ab, dann kann niemand hereinplatzen.«

»Ich habe gar keinen Schlüssel. Wenn die Türe einfach nur

zu ist und jemand sucht nach mir, kann er sie gleich aufreißen und uns erwischen.«

Dass der vermeintliche Jemand kein *Er*, sondern eine *Sie* sein würde, verkniff sie sich an dieser Stelle: Niemand außer ihrer Mutter stürmte in ihr Zimmer, ohne anzuklopfen. Julie ging zur Türe und öffnete sie so weit, dass ein Spalt zu sehen war.

»So hören wir zumindest, wenn jemand die Treppe hoch kommt.«

Lydia zog lediglich amüsiert die Augenbrauen nach oben.

Sie hat definitiv zu viel getrunken.

Julie quittierte diese Feststellung mit leichtem Schmunzeln, dann legte sie sich zurück ins Bett. Augenblicke später waren Lydias Hände überall – unter ihrem Kleid, an ihren Brüsten, zwischen ihren Beinen. Sie küsste sie so hungrig, als hätte sie den ganzen Abend nichts anderes im Sinn gehabt, und Julie erwiderte ihre Küsse mit derselben Leidenschaft.

Dennoch konnte sie sich nicht völlig fallen lassen. Die berechtigte Furcht, jemand könnte in ihr verbotenes Liebesspiel platzen, ließ sich nicht so einfach aus den Gedanken verbannen. Sie machte es allein schon unmöglich, sich nackt auszuziehen. In der Gewissheit, in dieser Situation ohnehin nicht zum Höhepunkt zu kommen, verlegte Julie ihre Bemühungen darauf, Lydia zu verwöhnen. Diese schien weit weniger Probleme damit zu haben, die Welt um sich herum auszublenden. Begleitet von einem kurzen, heftigen Keuchen, bäumte sie sich unter Julie auf, um sie dann eng an sich zu ziehen.

Julie spürte Lydias schnellen Herzschlag, als wäre es ihr eigener. Die intensive Nähe machte sie benommen und weckte Bedürfnisse in ihr, die sie bis jetzt erfolgreich verdrängt hatte. Einen Moment lang siegten die Emotionen über ihren Verstand.

»Ich liebe …«

Ein Knacksen auf der hölzernen Treppenstufe, gefolgt von leisem Kichern, ließ sie ihren mutigen Satz abrupt abbrechen. Hastig sprang sie aus dem Bett, sich hektisch ihr Kleid herabzerrend. Lydia setzte sich kerzengerade auf und starrte zur Türe. Dass der weite Ausschnitt des schwarzen Stretch ihr noch immer über die Schulter hing und eine blanke Brust freigab, schien sie nicht einmal zu bemerken.

Auf Zehenspitzen näherte sich Julie dem Türspalt.

Wieder das Kichern. Eindeutig ihre Mutter.

Dann eine undeutliche Männerstimme. Eindeutig nicht Joe.

Die beiden mussten direkt im Gang stehen, knapp gegenüber ihrer Zimmertür.

»Nicht ... oh, du Schlimmer.« Danas Stimme war ein einziges Gurren, das wenig Zweifel offen ließ, was sie im Begriff war zu tun. Vorsichtig linste Julie durch den Türspalt – und zuckte unweigerlich zurück angesichts des Bildes, das sich ihr bot.

Ihre Mutter kniete auf dem Boden, das Kleid verrutscht, mit offenem, wirrem Haar – vor ihr stand Paul Nikolai mit heruntergelassenen Hosen und geschlossenen Augen. Die Szene war so eindeutig wie bizarr.

Vorsichtig zog sich Julie zurück.

»Was ...?«, begann Lydia. Julie legte ihr schnell die Finger auf die Lippen.

»Psst!«

»Wer ist da?«

Auch Lydia flüsterte nun. Ihres Aufzugs gewahr, schob sie ihr Kleid in die richtige Position.

»Meine Mutter und ... Paul.«

»Oh, Paul, das trifft sich gut!« Lydia, deren Stimme wieder lauter geworden war, wurde von Julies gebieterischer Hand zum Schweigen gebracht. Als sie wieder angehoben wurde und Lydia die Möglichkeit zurückgab, sich zu äußern, flüsterte sie: »Was ist denn? – Ich muss ihm noch sagen, dass er mich mitnehmen soll, wenn er nach Hause fährt!«

»Er fährt jetzt noch nicht nach Hause«, stellte Julie leise klar und dann hörten sie es beide: Danas lautes, eindeutiges Stöhnen.

Lydias dunkle Augen weiteten sich ungläubig. Sie erhob sich, schlich auf leisen Sohlen zum Türspalt. Sogar im fahlen Licht von Julies Nachttischlampe war die zarte Röte auf ihren Wangen zu sehen, als sie sich schließlich wieder auf das Bett setzte.

»Mein Bruder fickt deine Mutter.«

Ihre Stimme klang so ernüchtert, dass Julie unwillkürlich schmunzeln musste.

»Findest du das witzig?«, schoss Lydia im Flüsterton nach.

Julie hob die Schultern. »Mir ist es eigentlich egal«, gab sie ehrlich zu.

Solange meine Mutter gut gelaunt ist und Joe nichts davon mitbekommt.

Lydia stand die Verwunderung über diese Antwort im Gesicht, was Julie kurz in Versuchung brachte, ihr zu erzählen, dass Paul nicht Danas erstes Verhältnis war. Dass es in den vergangenen Jahren andere gegeben hatte: ein paar Schauspielerkollegen und auch Produzenten, bei denen ihre Mutter ein Andocken gelungen war. Joe schien davon nichts mitbekommen zu haben, für Julie aber sprachen die häufigen Fahrten nach Wien Bände.

Sie war noch ein Kind gewesen, als ihre Mutter frustriert und nahezu mittellos aus Deutschland zurückgekehrt war – für Julie ein nahezu unbekannter Mensch. Eine Weile hatten sie gemeinsam bei der Großmutter in der kleinen Wohnung am Wiener Gürtel gelebt, bis eines Tages Joe Dana über den Weg gelaufen und sie sofort zu ihm nach Niederösterreich gezogen war. Die drei, vier Monate davor hatten Julie allerdings genügt, um zu verstehen, dass ihre Mutter es mit Treue, Anstand und Moral – Werte, die ihr die Großmutter von Kindheit an vermittelt hatte – nicht so genau nahm.

Sie hätte Lydia in dieser Stelle vieles erzählen können. Doch sie tat es nicht.

Schweigend warteten sie ab, während das Stöhnen vor der Tür allmählich in ein leidenschaftliches Keuchen überging. Mit jedem Laut, den sie zu hören bekam, ohne dass sie ihn je hatte hören wollen, fühlte Julie sich in ihrer Rolle als unfreiwillige Zeugin der Leidenschaften ihrer Mutter unwohler, bis sie mit einem Mal Lydias Hand spürte. Beruhigend streichelte Lydia ihr über den Rücken und lehnte dabei den Kopf an ihre Schulter.

Die stille Nähe tat gut. Gewöhnlich lief alles zwischen ihnen auf Sex hinaus – das Glas Wein, das ihr die Lehrerin anbot, sobald sie ihr Haus betreten hatten, das Geplänkel in Lydias Whirlpool, die oberflächlichen Gespräche in der Sauna … Das hier aber fühlte sich anders an.

Als das Stöhnen draußen lauter wurde und Dana schließlich, begleitet von einem an Tarzan erinnernden Urlaut, aufschrie, war Julie fast enttäuscht, dass ihr vertrauliches Zusammensein mit Lydia wohl auch in Kürze ein Ende finden würde.

»Na, Gott sei Dank«, bemerkte Lydia da auch schon trocken.

Sie warteten gemeinsam ab, bis sich die Schritte die Treppe hinunter entfernten, dann verließen sie Julies Zimmer.

Im Wohnzimmer lief immer noch Musik. Joe lehnte im Sofa, eine Flasche Wodka zwischen den Knien, die Augen geschlossen. Yvonne Kaspers, die Grafikerin, hatte ihren Kopf an seinen Brustkorb gelegt und starrte mit glasigen Augen ins Leere. Es war offensichtlich, dass auch sie zu viel getrunken hatte. Leon Wintersteiger saß als einziger am Esstisch und stillte soeben seinen nächtlichen Heißhunger – er stopfte die restlichen Käsespieße in sich hinein, als wolle er für die nächsten Tage vorsorgen. Im Gegensatz zu Dana, die sich und Paul gerade ein weiteres Glas Wein einschenkte, wirkte er ziemlich nüchtern. Die Weihburgs vom Bioladen waren schon nach Hause gegangen.

»Oh, Julie! Schätzchen.« Ihre Mutter tänzelte auf sie zu und legte ihr den Arm um den Nacken. Angewidert vom alkoholreichen Atem und dem Geruch von Zigaretten, befreite sich das junge Mädchen aus der Umarmung.

»Wo … wo warsu … scholange?« Dana sprach lallend – ein weiterer Hinweis, wie es um sie bestellt war.

»Lydia, du bist ja auch noch da.« Paul schien den Alkohol weit besser wegzustecken. »Ich dachte, du wärest mit Richard nach Hause gefahren …«

»Nein, ich war hier, die ganze Zeit.« Lydia sah ihn direkt an und Julie stellte amüsiert fest, wie er, der auftrittsstarke Politiker, unter dem Blick seiner älteren Schwester sichtlich verlegen wurde. »Wo warst du? Ich habe dich schon gesucht … wollte wissen, ob ich mit dir nach Hause fahren kann.«

»Paul … Paul hat mir … sch…geholfen.« Dana verlor auf ihren High Heels das Gleichgewicht. Sie taumelte, wurde von ihrem Liebhaber gerade noch aufgefangen – und ließ dabei ihr Weinglas fallen. Es zerschellte am Boden. »Upps«, kommentierte sie den Vorfall mit kindlichem Erstaunen.

Julie verdrehte die Augen.

»Also, ähm … du siehst, ich kann jetzt nicht nach Hause fahren«, sagte Paul, während er die betrunkene Dana in seinen Armen stützte. »Es wäre absolut unverantwortlich, sie in diesem Zustand sich selbst zu überlassen. Und Joe ist ja auch schon reichlich bedient …« Er wies mit dem Kinn in dessen Richtung.

Lydia zog missbilligend die Augenbrauen nach oben, was ihren Bruder veranlasste, schnell zur Seite zu sehen.

»Ich kann sie ins Bett bringen.« Leon, der inzwischen auch den Wurstteller komplett geleert hatte, schaltete sich ein. »Du kannst ruhig fahren, Paul. Ich kümmere mich gerne um sie.«

»Nein, das wäre …«, setzte der Politiker an, doch Dana unterbrach ihn.

»Jaaa … bringt mich ins Bett … beide …«

Sie kicherte und leckte sich anzüglich über die Lippen.

Julie drehte sich zu Lydia um.

»Ich fahre dich.«

»Du? Mich? Jetzt?«

»Willst du dir das Schauspiel hier wirklich noch geben? – Ich nicht.«

Lydia warf einen Blick auf ihren Bruder, der noch immer

Dana in seinen Armen hielt – ein groteskes Bild angesichts der Tatsache, dass diese auf ihren High Heels einen guten Kopf größer war als er selbst. Der Anblick erinnerte an einen Orang-Utan, der eine schwankende Palme umklammert.

»Fahren wir.«

Draußen war es inzwischen sternenklar. Julie stieg ein und öffnete die Beifahrertüre des alten VW-Busses.

»Ich dachte, du hast noch gar nicht den Führerschein«, sagte Lydia, während Julie den Wagen auch schon startete und aus der Hofeinfahrt auf die kleine Straße lenkte.

»Habe ich auch nicht. Aber Auto fahren kann ich trotzdem. Joe hat es mir beigebracht.«

»Und du hast keine Angst, dass sie dich erwischen?«

Julie hob die Schultern.

»Was wollen sie mir nehmen? Den Führerschein, den ich noch gar nicht habe? Oder wollen sie mir eine Geldstrafe aufbrummen, die ich als Schülerin gar nicht zahlen kann?«

»Na ja, deine Mutter …«

»Hat auch kein Einkommen. Du siehst, es ist ziemlich egal.«

Sie waren auf der Hauptstraße angelangt, wo Julie das Tempo erhöhte.

»Und Joe hat nichts dagegen, dass du einfach so das Auto nimmst?«

»Er hat es mir sogar vorgeschlagen. Wahrscheinlich hatte er es einfach satt, mich herumzukutschieren …«

Sie fuhren durch Altenhain. Der Ort wirkte trotz der Silvesternacht wie ausgestorben. Laut der Anzeige der digitalen Uhr am Armaturenbrett war es inzwischen vier Uhr früh.

»Ich kann einfach nicht glauben, dass mein kleiner Bruder mit deiner Mutter Sex hatte«, ergriff Lydia wieder das Wort. »Ich hätte das nie von ihm gedacht … Ich meine, der Mann ist verheiratet und hat Kinder! Bisher war ich überzeugt davon, dass er die treueste Seele auf Erden ist …«

»Du bist auch verheiratet«, bemerkte Julie trocken.

»Das ist etwas anderes.«

»Inwiefern?«

Julie warf einen schnellen Seitenblick zum Beifahrersitz, ehe sie sich wieder auf die Straße konzentrierte.

Von Lydia kam keine Antwort.

Erst als der Wagen vor ihrem Haus zum Stehen kam, sagte sie: »Warum spielst du dich eigentlich ständig als moralische Instanz auf? – Die ganze Zeit vermittelst du mir das Gefühl, du seiest über jeden Vorwurf erhaben ... so, als hieltest du dich für etwas Besseres ... – Du bist daran genauso beteiligt wie ich, meine Liebe!«

»Ich bin allerdings nicht verheiratet.«

Lydia rollte sichtlich genervt mit den Augen. »Man kann in seinem Leben auch einmal falsche Entscheidungen treffen«, sagte sie dann ernst.

Das bin ich also für sie. Eine falsche Entscheidung.

Bemüht, sich ihre Verletzung nicht anmerken zu lassen, sagte Julie so sachlich wie möglich: »Dann gute Nacht.«

Lydia seufzte, machte aber keine Anstalten, auszusteigen.

Augenblicke verstrichen, ehe sie sich wieder Julie zuwandte.

»Lass uns nächste Woche nach Wien fahren. Machen wir uns einen schönen Tag dort, fernab von all dem hier. Mit Shopping, Kino, einem guten Essen ...«

Der Vorschlag ließ Julies Augen groß werden, denn er kam für sie mehr als überraschend. »Bist du dir sicher?«

»Ja. Ganz sicher.«

»Was ist, wenn uns jemand sieht?«

»Ganz einfach: Offiziell begleite ich dich zu einem Treffen junger Autoren.«

Julie nickte nachdenklich. Die Aussicht auf einen Tag mit Lydia war allzu verlockend. Dennoch ... »Ich habe kein Geld für so etwas«, stellte sie klar. »Von meinem Ferienjob ist kaum mehr ein Cent übrig und ich bekomme kein Taschengeld. Tut mir leid, Lydia ... aber wir sollten das lieber lassen.«

»Ich lade dich ein.«

Julie schüttelte trotzig den Kopf.

»Nein. Das wäre nicht richtig.«

»Bitte …« Lydia strich ihr sanft über den Arm. »Lass mich dir einfach mal etwas schenken. Diesen gemeinsamen Tag. Bitte.«

Eine falsche Entscheidung.

Der Satz fraß sich in Julies Herz und ließ sie stumm bleiben.

Bettelnd ruhte Lydias Blick auf ihr. Als auch das nichts half, stemmte sie spielerisch entschlossen die Arme in die Seiten.

»Ich werde nicht aussteigen, ehe du ja gesagt hast!«

Trotz aller Verstimmung musste Julie über so viel Hartnäckigkeit schmunzeln.

»Dann wird uns dein Mann in ein paar Stunden zu Eisblöcken gefroren in diesem Auto vorfinden.«

»… was vielleicht die beste Lösung für alle Beteiligten wäre.«

Lydias kurzes Lachen klang bitter. »Ich melde mich wegen Wien«, sagte sie dann knapp und drückte ihr einen leichten Kuss auf die Wange. »Danke, dass du mich nach Hause gebracht hast. Und … ich wünsche dir ein wunderbares neues Jahr.«

»Für dich auch«, erwiderte Julie automatisch.

Sie wartete, bis Lydia im Haus verschwunden und im Vorzimmer das Licht angegangen war. Dann wendete sie den Kleinbus und fuhr zurück.

Lydias Bekenntnis einer falschen Entscheidung nagte die ganze Fahrt über an ihr.

Wien, Dezember 2014

»… ist gestern knapp einem Mordversuch entkommen. Schneeberg, deren Bücher in fünfundzwanzig Sprachen übersetzt wurden und weltweit in den Bestsellerlisten rangieren, wird derzeit noch stationär behandelt.«

Helene, die gerade im Begriff gewesen war, ihre Spülmaschine auszuräumen, hielt inne.

»Laut Angaben ihrer Agentur erhielt die in Wien wohnhafte Autorin schon seit Monaten anonyme Drohmails. – Und jetzt zum Sport. Nach der enttäuschenden WM …«

Helene drehte das kleine Küchenradio wieder leiser und griff nach ihrem Handy. Nicht einmal vierundzwanzig Stunden waren vergangen, seit sie mit Bernd telefoniert hatte, und nun war aus dem Unfall mit Fahrerflucht tatsächlich ein Mordversuch geworden!

Bernd Gerold hob sofort ab.

»Leider ist es gerade ungünstig«, informierte er sie. »Du ahnst nicht, was bei mir seit heute Vormittag los ist …«

»Ich kann es mir durchaus denken. Warum habt ihr denn auch gleich eine Pressemitteilung in den Äther geschossen? Klar, dass sich die Medien auf so eine Geschichte stürzen und sich jetzt ein Haufen Augenzeugen bei dir meldet, um irgendwelche Hinweise zu geben …«

»Du meinst, ein Haufen Durchgeknallter, die meine Arbeit mit *Nonsense*-Aussagen behindern und sich mit ihrem Schwachsinn wichtig machen wollen?« Bernd hörte sich müde an. Dass er eine relativ kurze Nacht gehabt hatte, lag auf der Hand. »Im Übrigen: Nicht wir haben diese entbehrliche Presseinfo rausgeschickt, sondern Schneebergs PR-Agentin. Dass die Schneeberg per Mail bedroht wird, habe ich quasi über die Medien erfahren müssen. Wir haben jetzt einen Wachposten vor ihrem Krankenzimmer postiert.«

»Ich dachte, der mutmaßliche Mörder säße in U-Haft?«

»Der Wachtposten steht in erster Linie da, um ihr neugierige Journalisten vom Hals zu halten. Es ist ja nur eine Frage der Zeit, bis diese Brut herausbekommt, in welchem Krankenhaus sie liegt. – Und was den Janninger betrifft«, er seufzte, »der ist heute wieder nüchtern, aber keineswegs gesprächsbereit. Wir haben ihn schon zweimal verhört. Er beharrt darauf, sich nicht erinnern zu können.«

»Kann ja sein«, warf sie ein. »Er hatte einen Mordsrausch. Blackouts kommen da bekanntlich vor.«

»Das mit dem Alkohol ist bei diesem Typen so eine Sache.« Der Bezirksinspektor seufzte resigniert. »Laut Informationen aus seinem Umfeld war er bis gestern Antialkoholiker, so unglaublich das bei einem Kleinganoven wie ihm klingen mag. Im Milieu war er als Kracherl-Karli bekannt, weil er selbst in den diversen Beiseln immer nur an Limoflaschen nuckelte. Sein Vater habe sich zu Tode gesoffen, hat er seiner Stammwirtin einmal erzählt, daher werde er das Teufelszeug nicht anrühren. Und trotzdem war er gestern stockbesoffen und hat zuvor jemanden bewusst oder durch Zufall über den Haufen gefahren ... jemanden, der seit Monaten Drohmails bekommt.«

»Die Frage ist ja wohl, ob der Mann schon vor dem Unfall betrunken war oder sich erst danach hat volllaufen lassen ...«

»Richtig. Aber das lässt sich nicht wirklich feststellen. Der Wirt in dem Ottakringer Beisl, wo wir ihn aufgegriffen haben, hat den Janninger zuvor noch nie im Leben gesehen. Es sei an dem Tag viel los gewesen, sagt er, er könne sich nicht erinnern, ob der Gast schon betrunken ins Lokal gekommen sei ... Dort hat er jedenfalls gleich drei Schnäpse auf einmal bestellt. Jedenfalls muss er sich sofort nachdem er die Schneeberg über den Haufen gefahren hat, in den Beisl begeben haben.«

»Könnte der Einbruch etwas mit Janninger und den Drohmails zu tun haben?«

»Eine gute Frage.« Sarkasmus hatte sich in Bernds Stimme

eingeschlichen. »Ich fasse das alles mal zusammen: Da wird eingebrochen und nichts Wertvolles mitgenommen. Das bisschen Schmuck ist wohl eher eine Alibi-Aktion gewesen, um zu vertuschen. In Wahrheit wurde die Wohnung durchsucht. Dann wird Julie Schneeberg von einem besoffenen Wiener Kleinganoven umgefahren. Einem, der sicher noch nie ein Buch von ihr in die Hand genommen und zuvor auch noch keinen Tropfen Alkohol angerührt hat. Und Julie Schneeberg selbst gibt sich ahnungslos. Angeblich will sie nicht einmal von den Drohmails etwas gewusst haben.«

Helene runzelte die Stirn.

»Wie kann das gehen, wenn die doch an sie gerichtet waren?«

»Die Mails landen direkt bei der Agentur, von der sie betreut wird, genauer gesagt, bei deren Inhaberin Marcy Degass.«

»Dann solltet ihr die wohl einmal genauer befragen ...«

»Das wird auch in Kürze geschehen. Zum Glück kommt die Degass morgen nach Wien. Sie hat sofort einen Flug gebucht, nachdem sie von dem Unfall erfahren hat. Ansonsten hätten wir uns wohl mit den Hamburger Kollegen kurzschließen müssen und du weißt, wie mühsam das ist ...«

»Habt ihr nach dem Einbruch eigentlich brauchbare Fingerabdrücke in der Wohnung von Julie Schneeberg gefunden?«

»Nur die von ihr selbst und ihrer rumänischen Putzfrau. Der Einbrecher muss wohl Handschuhe getragen haben. – Momentan ermitteln wir auch im Umfeld der Putzfrau ...«

Helene schnaubte.

»Natürlich! Wenn es keine andere Spur gibt, dann ermittelt man halt im Umfeld der Reinigungskraft«, entgegnete sie trocken. »Weil die aus Rumänien kommt. Das ist schon pauschal verdächtig.«

Bernd seufzte resigniert.

»Du kennst doch das Spiel, Helene. Irgendwo und irgendwas müssen wir ermitteln, damit uns nicht Untätigkeit vorgeworfen wird. Zumal, wenn eine Prominente im Spiel ist ... Aber wie schon gesagt, ich gebe ja selbst zu: Stimmig ist das alles nicht!«

*

Ein mächtiger Kastanienbaum überragte das kleine, alte Heurigenlokal, das ein unbekannter Künstler vor Jahrzehnten mit Ölfarbe auf die Leinwand gebannt hatte – der goldgerahmte Schinken hing jetzt im Privatklinikum St. Theresa im renommierten Wiener Stadtteil Döbling an der weiß gestrichenen Wand eines ansonsten schmucklosen Krankenzimmers.

Julie, die in einem der typischen Krankenhausbetten ruhte, hielt ihren Blick stur auf das Gemälde gerichtet. Alles war in diesem Moment besser, als Marcy ins Gesicht zu sehen und darin lesen zu müssen, dass deren zur Schau gestellte Verwirrtheit nichts als bewusstes Kalkül gewesen war.

Ihr Kopfschmerz hatte sich verstärkt, seit die Agentin vor knapp einer halben Stunde das Zimmer betreten und von der ersten Minute ihrer Anwesenheit an immer wieder gebetsmühlenartig wiederholte, dass sie keine andere Wahl gehabt hätte.

Schon einmal in ihrem Leben hatte eine Frau behauptet, sie keine andere Wahl gehabt zu haben. Seither reagierte Julie auf diesen Satz nahezu allergisch. Es gab immer mindestens zwei Optionen zur Auswahl, und wenn es auch nur die Wahl zwischen Lüge und Wahrheit war. Lydia hatte gewählt, und so eben auch Marcy. Die Presse zu informieren, ohne davor ihr Einverständnis einzuholen, war jedoch sicher eine Entscheidung gegen ihren Willen gewesen.

»Es wäre doch sowieso an die Öffentlichkeit gedrungen«, hörte sie Marcy sich verteidigen. »Du bist nun einmal keine Unbekannte, Julie! Die Krankenschwestern, die Pfleger, die Reinigungskräfte hier – die sind nicht ans Arztgeheimnis gebunden und die plaudern, obwohl auch sie schweigen müssten ... zumindest mit ihren Angehörigen zu Hause! Eine Bestsellerautorin, deren Bücher verfilmt wurden, betreuen die nicht alle Tage! Das ist aufregend für die Leute, das musst du verstehen!«

»Sehr aufregend«, kommentierte Julie sarkastisch. »Eine Frau mit einer Gehirnerschütterung, einem verstauchten Knöchel und drei gebrochenen Rippen in einem Krankenbett!«

Sie hielt ihren Blick noch immer auf das Bild gerichtet.

»Der erstbeste Journalist, der irgendeiner kleinen Hilfskrankenschwester einen Scheck unter die Nase hält, kriegt genaue Information über deinen Gesundheitszustand und darüber, was dir passiert ist«, beharrte Marcy. »Ich wollte doch nur vermeiden, dass sich Gerüchte breitmachen. Passives Abwarten ist in Krisensituationen einfach falsch, das kannst du im ersten Kapitel jedes PR-Handbuches nachlesen. Ich will die Sache einfach steuern, die Zügel in der Hand halten – deinetwegen!«

Langsam drehte sich Julie zu ihr um. Bei jeder Bewegung schmerzte ihr ganzer Oberkörper.

»Ich musste vor ein paar Stunden von einem Kommissar erfahren, dass ich seit Monaten Drohbriefe per Mail bekomme! Und der wiederum hat es aus den Medien erfahren! – Weißt du, wie ich mich gefühlt habe, Marcy? Auf den Arm genommen ist ein zu milder Ausdruck dafür!«

»Ich hatte dir von den Briefen erzählt, damals ...«

»Das ist mehrere Wochen her, Marcy! Und das waren keine Drohungen, sondern sehr inbrünstige, langatmige Fanbriefe. Du hast mir damals gesagt, du lässt die Mailadresse sperren, und das war das letzte, was ich dazu von dir gehört habe! Bis heute.«

»Ich habe diese Mailadresse auch sperren lassen.« Auf Marcys blasser Haut zeichneten sich rote Flecken ab. »Aber zwei Tage später kam dieselbe Art von Briefen über eine andere Mailadresse! – Ich habe dir nichts davon erzählt, weil ich dich nicht beunruhigen wollte. Wie du schon sagst, es waren Fanbriefe ... sehr enthusiastisch zwar, ja, vielleicht auch krankhaft in ihrer Ausprägung, aber nichts deutete darauf hin, dass der Typ gefährlich für dich werden könnte!«

»Du weißt sehr gut, wozu Leute, die sich abgewiesen fühlen, fähig sind. Verletzte Gefühle treiben manche bis zum Äußersten.«

»Julie. Es tut mir leid.« In Marcys Augen glitzerten jetzt Tränen. Beherzt trat sie an Julies Bett. »Bitte verzeih mir. Es war möglicherweise wirklich falsch, dir nichts davon zu erzählen, aber es geschah aus aufrichtigen Gefühlen heraus: Ich wollte dich nicht beunruhigen. Aber als ich dann von diesem Vorfall hörte, da konnte ich nicht länger schweigen ... ich kann doch nicht die Polizei belügen!«

Und hast es daher erst einmal den Medien mitgeteilt?

Julie runzelte die Stirn. Ihr Schmerz war inzwischen so stark geworden, dass es ihr schwerfiel, einen klaren Kopf zu bewahren. »Aber du hast ja noch nicht mit der Polizei gesprochen ...«

»Nein, ich bin erst für halb vier einbestellt. Mein erster Weg vom Flughafen aus führte natürlich zu dir! Ich war krank vor Sorge!«

»Wie geht es jetzt weiter? Mit den Medien, meine ich?«

Marcys verdutztem Gesichtsausdruck war deutlich zu entnehmen, dass sie mit einer anderen Reaktion gerechnet hatte. Julie fühlte sich in diesem Moment weit davon entfernt, ihre Erwartungshaltung zu erfüllen.

»Nun ja ... ich ... ich beantworte Presseanfragen, natürlich. Aber mehr, als in der Pressemitteilung steht, kann ich ja nicht sagen. Wir wissen doch noch nichts Genaueres.«

»Und selbst wenn wir es wüssten, wäre es mir lieb, wenn wir es einstweilen bei dem belassen«, warf Julie ein. Ihre linke Seite schmerzte nun wieder stärker und ihr Kopf fühlte sich an, als schlüge jemand mit einem Vorschlaghammer von innen dagegen. »Bitte sprich künftig alle Schritte mit mir ab, Marcy!«

»Ja. Natürlich.« Die Agentin warf einen kurzen Blick auf ihre Armbanduhr. »Ich muss jetzt ins Kommissariat und meine

Aussage machen. Ich lasse dir noch einen Ausdruck der Presseinfo hier, zu deiner Information.«

Sie öffnete ihre geräumige Handtasche, zog einen bedruckten Papierbogen, verpackt in eine Klarsichtfolie, heraus und legte ihn neben das Wasserglas auf das Krankenhausnachtkästchen. Dann verabschiedete sie sich von ihrer Autorin mit einem Wangenkuss und verschwand.

Die Erleichterung, die Julie überkam, kaum dass die Türe hinter ihr ins Schloss gefallen war, befremdete sie selbst. Marcy war nicht nur die Person, die ihr am nächsten stand, sondern auch die einzige, zu der sie so etwas wie ein Vertrauensverhältnis besaß. Abgesehen von Marcy, hatte sie ein paar flüchtige Affären gehabt, allesamt mit attraktiven, beruflich erfolgreichen Frauen. Doch sobald das Verhältnis inniger wurde und die Erwartungshaltung wuchs, hatte sie die Notbremse gezogen. Ihre Angst, sich in einem Dschungel von Emotionen zu verirren, in dem sie sich selbst verlor, war stets zu groß.

Abgesehen davon pflegte sie oberflächliche Bekanntschaften. Sie hasste größere Menschenansammlungen, auch wenn sie sich beruflich nicht immer vermeiden ließen. Small Talk fiel ihr mittlerweile aber leicht. Für die intellektuelle Unterhaltung bei diversen Abendessen mit Autorenkollegen, Verlagsangehörigen und auch Journalisten war sie inzwischen recht gefragt. Dabei war sie sich völlig im Klaren darüber, dass das Bedürfnis der meisten Personen, mit ihr Zeit zu verbringen, im direkten Verhältnis zum Erfolg ihrer Bücher stand.

Die Krankenschwester kam, um ihr Schmerztabletten zu verabreichen, deren Wirkung glücklicherweise schnell einsetzte. Als es ihr besser ging, überflog Julie die Pressemitteilung.

Beim letzten Absatz stockte ihr der Atem.

Schneebergs Thriller »In jener Nacht«, *der demnächst veröffentlicht wird, liegt ihre persönliche Familiengeschichte zu Grunde. Julie Schneeberg, Tochter der bekannten Schauspielerin Dana Karneol, wurde mit siebzehn Jahren Augenzeugin einer Familientragödie, der zwei Halbschwestern zum Opfer fielen. Der damalige Lebensgefährte ihrer Mutter erschoss seine Töchter und sich selbst, als Karneol mit Trennung drohte. Joe Partik war wegen häuslicher Gewalt bereits aktenkundig.*

Julies Hand zitterte, als sie den Ausdruck zurück auf das Nachtkästchen legte.

Der falsche Zeitpunkt.

Instinktiv ahnte sie, dass es nicht nur der unbekannte Briefeschreiber war, den sie fürchten musste.

*

»Herr Bezirksinspektor, Frau Degass ist jetzt da …«

Bernd Gerold sah von seinen Unterlagen auf. Es ärgerte ihn, dass ihn die kleine Praktikantin, obgleich nun schon drei Wochen in seiner Abteilung, noch immer beharrlich mit dem Titel ansprach und siezte. Wie oft musste er ihr noch das Du anbieten, damit sie ihre Ehrfurcht vor ihm und auch den Kollegen verlor?

»Bring sie in mein Büro … oder nein, ich hole sie selbst.« Schwerfällig erhob er sich von seinem Schreibtisch. Die Stimme der Vernunft ermahnte ihn immer wieder, dass er endlich etwas gegen sein Übergewicht unternehmen sollte. Mehr Sport, gesündere Ernährung. Seine Blutwerte unterstrichen diese Dringlichkeit. Doch abends servierte Maria deftigen Schweinebraten und für sportliche Aktivitäten fehlte ihm jede Zeit. Seine Arbeitszeiten waren ausgedehnt genug. Er wusste, Maria würde es nicht gutheißen, wenn er noch zwei Stunden länger abwesend war, weil er im polizeieigenen Fitnessraum Hanteln stemmte oder auf dem Laufband rannte.

Die Hamburger Literaturagentin erkannte er sofort, ohne sie je zuvor gesehen zu haben. Unter den drei anwesenden Frauen im Warteraum stach sie trotz ihrer durchschnittlichen Statur und Körpergröße markant hervor. So ein nordischer Typ – helles blondes Haar, blasse Haut – fiel in einer Stadt, die einen Knotenpunkt zwischen Ost- und Westeuropa darstellte, immer auf. Der Mantel, den sie lose über dem Arm trug, die kniehohen Lederstiefel, das dunkle Kostüm mit den goldbestickten Aufsätzen, die auffällige Kette um ihren Hals – gewöhnlich kannte er Frauen wie sie nur aus jenen Fernsehserien, die Maria regelmäßig verfolgte. *Sex and the City. Desperate Housewifes.*

Mit dem Unterschied, dass diese Frau weder wie eine Hausfrau noch auch nur ansatzweise verzweifelt wirkte. Im Gegenteil streckte sie ihm selbstsicher die Hand entgegen, als habe nicht er sie, sondern sie ihn vorgeladen. An ihren frisch manikürten Fingern steckten verschiedene Ringe. Keiner davon hatte die schlichte Eleganz eines Eherings.

Er ergriff ihre Hand und bedeutete ihr, ihm in Richtung Büro zu folgen. Am Kaffeeautomaten, dem eigentlichen Grund, weshalb er die Hamburgerin persönlich aus dem Warteraum abgeholt hatte, blieb er kurz stehen, das Kleingeld bereits in der Westentasche griffbereit.

»Cappuccino oder Melange?«

Sie zog ein Gesicht, als hätte er ihr soeben vorgeschlagen, nackt durch sein Büro zu tanzen.

»Danke, nein«, sagte sie dann spitz und sah ihm abwartend dabei zu, wie er sich einen Becher gesüßten Kaffee aus dem Automaten ließ. Ihre Geduld erinnerte ihn an die einer Hundehalterin, die ihren Vierbeiner beim Verrichten seines Geschäfts verfolgt. Bernd hatte die heißen Plastikbecher gerade in die Hand genommen, als die Türe des gegenüberliegenden Verhörraumes aufging. Sein Kollege Kurt Steinbacher stürmte heraus, begleitet von zwei Uniformierten, die einen schmächtigen Mann mit Schnauzbart, in zerschlissener Lederjacke und Jeans abführten – Karl Janninger.

Marcy Degass trat abrupt einen Schritt zurück und stieß dabei gegen den Inspektor. Der heiße Automatenkaffee schwappte über den Rand des Plastikbechers, bekleckerte Gerolds Hemdärmel und die grüne Wollweste. Er stieß einen kurzen Fluch aus, während sich die Literaturagentin sogleich entschuldigte.

Kracherl-Karli, der für gewöhnlich Limo trinkende Ganove, sah zu ihnen hinüber. Ein kurzes Erstaunen lag in seinem Blick, ehe er von den Uniformierten zum Weitergehen gedrängt wurde.

Im Büro nahm Marcy Degass auf Gerolds Aufforderung hin auf einem der Besucherstühle Platz, während er sich mit Taschentüchern notdürftig die braune Brühe von der Kleidung wischte.

»Es tut mir wirklich sehr leid ...«

»Schon gut.« In ausufernden Diskussionen über Missgeschicke hatte Gerold noch nie einen Sinn gesehen. Stattdessen ließ er sich nun gewichtig der Agentin gegenüber nieder. »Frau Degass, vielen Dank für Ihr Kommen. Vorweg gesagt: Durch Ihre etwas übereilte Pressemitteilung haben Sie uns die Arbeit nicht gerade erleichtert ...«

Ihr eben noch zerknirschter Gesichtsausdruck wich einer professionellen Miene.

»Ich habe ein Business zu führen«, sagte sie nüchtern und mit der Wärme eines Gefrierschranks. »Mein Job ist es, Julie Schneeberg nach außen zu vertreten – ihre Skripte bei Verlagen unterzubringen, Drehbuchautoren darauf aufmerksam zu machen, ihre Bücher und sie selbst zu vermarkten. Ich kann keine Rücksicht nehmen auf irgendwelche bürokratischen Vorgaben der Wiener Polizei oder die Langsamkeit von deren Pressestelle.«

Bernd kostete es einige Mühe, seine Überraschung über ihre Aussage zu verbergen.

»Sie führen eine literarische PR-Agentur«, fasste er zusammen, was er ohnehin über sie in Erfahrung gebracht hatte. »Ist Julie Schneeberg die einzige Autorin, die Sie vertreten?«

Ihr Interesse galt jetzt anscheinend dem Durcheinander auf seinem Schreibtisch. Ihre Augen flogen über die Papierstapel und Aktenordner, die sich dort stapelten, ehe sie sich wieder ihm zuwandte.

»Ich vertrete insgesamt zwölf deutschsprachige Autoren«, sagte sie steif. »Um wen es sich dabei handelt, erfahren Sie mit einem Klick auf die Website meiner Agentur.«

»Zwölf Autoren also«, wiederholte Gerold, Nachdenklichkeit vorgebend, um Zeit zu gewinnen.

Der Ärmel ihrer eleganten Kostümjacke war etwas zurückgerutscht. Sein Blick fiel unweigerlich auf ihre Armbanduhr – ein Schweizer Fabrikat, das Gehäuse vergoldet.

»Und diese elf anderen Autoren sind alle genauso erfolgreich wie Julie Schneeberg?«

»Nachdem Julie die derzeit erfolgreichste Thriller-Autorin im deutschsprachigen Raum ist, dürfte es schon aus Gründen der Logik schwierig sein, elf ebenso erfolgreiche zu betreuen«, erwiderte sie. Wieder klang ihre Stimme spitz. »Nein. Natürlich ist Julie mit Abstand die bedeutendste.«

»Das heißt, Sie arbeiten mehrheitlich für sie?«

»Herr Inspektor, was hat das alles damit zu tun, dass ihr offenbar ein irrer Spinner nach dem Leben trachtet und sie mit dem Auto über den Haufen fahren will?« Marcy Degass verschränkte die Arme vor der Brust. »Wenigstens haben Sie den Typen ja schon. – Das haben Sie doch, oder?«

Er verzichtete darauf, ihr zu sagen, dass sie ihn vermutlich sogar vorhin am Gang gesehen hatte. Die Art und Weise, wie diese Frau sich hier aufführte, gefiel ihm immer weniger.

»Wir haben den Mann gefunden, der Julie Schneeberg angefahren hat, ja. Ob absichtlich oder unabsichtlich, ist noch nicht geklärt.«

»Wohl doch eindeutig unter Alkoholeinfluss. Was gibt es da zu klären? – Julie hat mir selbst erzählt, es gebe Augenzeugen!«

»Frau Degass.« Er verschränkte nun ebenfalls die Arme. »Können wir uns darauf einigen, dass Sie nicht ständig unsere Arbeit hinterfragen? Ich belehre Sie im Gegenzug doch auch nicht, wie Sie Ihr – wie nannten Sie es – Business zu führen haben.«

Sie verzog spöttisch die Mundwinkel.

»Das dürfte mit Ihrer Ausbildung auch ziemlich schwer fallen.« Sie öffnete die große, mit dem unübersehbaren Label einer italienischen Modefirma versehene Handtasche und legte ihm einen prall gefüllten Schnellhefter auf den Tisch. »Hier. Ich habe Ihnen die Drohbriefe, die allein in den vergangenen Wochen an Julies Mailadresse geschickt wurden, ausgedruckt und chronologisch zusammengestellt. Deshalb wurde ich doch hierher gebeten, oder nicht?«

Gerold blätterte die Mappe kurz durch, überflog einige Passagen.

»Das sind allerdings eher Liebesbriefe als Drohungen«, stellte er erstaunt fest. »Seit wann genau bekommt sie diese Post?«

Sie nannte ihm ein Datum, das knapp ein halbes Jahr zurück lag.

»Und die Mails kommen direkt zu Ihnen in die Agentur?«

»Ja. Die Mailadresse für Kontaktanfragen zu Lesungen, Medienauftritten und ähnlichem auf Julies Website lautet selbstverständlich auf ihren Namen, aber sämtliche Mails kommen bei der Agentur an und werden von mir oder einer meiner Mitarbeiterinnen beantwortet.«

»Wird jede Zuschrift beantwortet?«

»Mails, die eine gewisse Länge haben und offenkundiges Interesse von Leserseite bekunden, auf jeden Fall. Es gehört für meine Agentur zum guten Ton, Leser nicht zu verärgern. Selbstverständlich haben wir auch einen Katalog von Standardschreiben, mit denen wir auf begeisterte Fanbriefe reagieren, und selbstverständlich unterschreiben wir in Julie Schneebergs Namen. Gewöhnlich erledigt das irgendeine Praktikantin.«

»Und auf diese Mails haben Sie auch immer geantwortet?«

Er blätterte mit dem Daumen nochmals durch das dicke Heft. Es waren schätzungsweise achtzig Din A4-Seiten.

»Nein. Nachdem fast täglich Post von diesem Absender kam, haben wir damit aufgehört. Kommentarlos. Sein Kontaktbedürfnis nahm pathologische Züge an.« Sie schüttelte den Kopf. »Wenn ich mir nur vorstelle, dass dieser Mensch als Konsequenz auf diesen Kontaktabbruch nun Julie um die Ecke bringen wollte …«

»*Ihre Worte lösen in mir tiefe Gefühle aus. Ich begehre Sie von ganzem Herzen. Ihre Eloquenz, Ihr Intellekt, Ihre Grazie machen Sie zum Abbild meiner Träume. Tief in meinem Inneren weiß ich, dass wir Seelenverwandte sind. In tiefer Zuneigung, Ihr glühender Verehrer.*«

Bernd überflog eine der Mails jüngeren Datums.

Er hatte mit Kracherl-Karli gesprochen. Dessen schulischen und beruflichen Werdegang kannte er aus den Akten. Außer einem knapp bestandenen Hauptschulabschluss und einer abgebrochenen Lehre hatte der Wiener Gauner nicht viel Kontakt zu österreichischen Bildungseinrichtungen gehabt.

Für ihn stand fest: Was auch immer Janninger dazu bewogen hatte, Julie Schneeberg über den Haufen zu fahren – der anonyme Verfasser dieser barocken Liebespost konnte er auf keinen Fall sein.

»Ich habe den Mails irgendwann keine Beachtung mehr geschenkt«, fuhr Marcy Degass nun fort. »Sie landeten inzwischen automatisch in der Spam-Box. Ehrlich gesagt habe ich gar nicht mehr an diesen Briefeschreiber gedacht, ehe Julie mir neulich davon erzählte, dass bei ihr eingebrochen wurde – und dass sie verfolgt wird.«

»Verfolgt?«

Der Bezirksinspektor runzelte die Stirn. Sein Instinkt hatte ihn also nicht betrogen: Julie Schneeberg hatte ihnen bei wietem nicht alles erzählt.

»Ja, von einem Unbekannten, in einer Garage.«

Die Agentin erzählte ihn in knappen Sätzen, was sie von ihrer Autorin erfahren hatte. Dann beendete Gerold die Befragung mit einem Kopfnicken und erhob sich, um sie an die Tür zu begleiten.

»Sie sind noch eine Weile in Wien?«

Er reichte Marcy Degass zum Abschied die Hand.

»Zwei, drei Tage auf jeden Fall noch. Ich möchte mich um Julie kümmern.« Sie sah ihn von unten herauf aus wasserblauen Augen an. Zu seiner Überraschung entdeckte er darin ein gewisses Flehen, das nicht mit professionellem Engagement zu erklären war. »Bitte, Herr Inspektor, lösen Sie den Fall recht bald. Wenn Sie diesen Täter noch nicht haben sollten – dann bitte tun Sie alles, um ihn zu finden! Julie ist nicht nur eine Geschäftspartnerin für mich, sondern eine Freundin. Ich könnte es nie verkraften, würde ihr etwas zustoßen!«

Als sie gegangen war, rief er sofort die Website der Agentur auf. Von den elf anderen Autoren hatte er noch nie gehört. Drei davon hatten bisher lediglich ein Buch veröffentlicht und das in Verlagen, die er nicht einmal dem Namen nach kannte. In der Rubrik ›Team‹ waren außer Marcy Degass – etwas jünger und professionell fotografiert – die Namen von immerhin vier weiteren Damen gelistet, laut ihren Kurzviten allesamt studierte Literatur- und Sozialwissenschaftlerinnen. Selbst die junge Sekretärin, als fünfte Angestellte ganz unten aufgeführt, hatte einen Bachelor in Politikwissenschaften.

Interessant.

Er überlegte, ob er Helene von seinen neuen Erkenntnissen erzählen sollte, verwarf den Gedanken aber wieder. Seit ihrem jüngsten Treffen dachte er ohnehin zu oft an sie, und mit jedem weiteren Kontakt wurde sein Bedürfnis, da wieder anzusetzen, wo sie vor Jahren aufgehört hatten, größer.

Berlin, Dezember 2014

Der Saal war voll bis auf den letzten Platz. Das Publikum, darunter viele aus den Medien bekannte Gesichter, trug Abendgarderobe. Rosen auf weißen Tischtüchern, die Plätze rundherum bereits eingedeckt für das dem offiziellen Teil folgende Abendessen, wobei die Servietten in kleinen Plastikhandschellen steckten – die zur Veranstaltung passenden Serviettenhalter.

An einem der Tische saß Dana in einem raffiniert geschnittenen, schwarz-weißen Abendkleid, das ihre sich inzwischen schon dezent abzeichnende Schwangerschaft kaschierte, mit toupiertem Haar und professionellem Make-up, den Blick erwartungsvoll auf die Bühne gerichtet. Vorne im Scheinwerferkegel moderierte Faizah Al-Shaar, eine rassige Schönheit mit syrischen Wurzeln, seit eineinhalb Stunden den Anlass dieser Versammlung: die diesjährige Verleihung des Deutschen TV-Kriminalpreises.

Eigentlich hatte Dana fest damit gerechnet, diese kleine, aber dennoch nicht ganz bedeutungslose Veranstaltung in diesem Jahr selbst zu moderieren. Immerhin wurde die Preisverleihung auch im deutschen und österreichischen Fernsehen übertragen und die Medien berichteten darüber. Als sie von Dieter König hatte erfahren müssen, dass Faizah der Vorzug gegeben worden war, hatte sie zum Entsetzen ihres Agenten erst einmal dessen Aschenbecher an die Wand geworfen. Lediglich die Tatsache, dass sie unter den Nominierten war, hatte sie wieder mit König und der Welt versöhnt. Als Nominierte konnte man ja wohl schlecht die eigene Preisverleihung moderieren.

Dennoch. Rein prinzipiell missfiel Dana die Wahl der Moderatorin. Sie schob Faizahs derzeitigen Höhenflug beim Ergattern von Rollen unumwunden auf deren Abstammung. Syrien war aufgrund der Flüchtlingsproblematik in aller Munde. Was war also quotenträchtiger, als alles sich Bietende mit einer Schauspielerin zu besetzen, die zugleich als Musterbeispiel für gelungene Integration vorgeführt werden konnte?

Dabei hatte Faizah bei Weitem nicht so hart an ihrer Karriere gearbeitet wie sie. Das faltenlose Gesicht der Kollegin – obgleich Mitte vierzig – führte Dana nicht nur auf einen exzellenten Schönheitschirurgen zurück, sondern auch auf ein wenig entbehrungsreiches Leben. Die gebürtige Syrerin war als Kleinkind mit ihren Eltern nach Deutschland gekommen und wuchs – so wurde es medienseitig zumindest überliefert – nach ein paar kargen Jahren in Betonblöcken als Tochter eines ehrgeizigen, erfolgreichen Unternehmers auf, Privatschule und teure Ballettstunden inklusive.

Sie, Dana, hatte es im Gegensatz dazu wirklich schwerer gehabt. Als Tochter einer alleinerziehenden Mutter mit Hauptschulabschluss war ihr kein goldener Löffel in den Mund geschoben worden. Ihr Blick aus dem Fenster der Kammer, die ihr Kinderzimmer dargestellt hatte, war der auf den Gürtel gewesen, Wiens meistbefahrene innerstädtische Straße. Sie hatte hart für ihr Fortkommen kämpfen müssen und zahlreiche Opfer gebracht, um an dem Punkt zu sein, wo sie jetzt war. Schmerzhafte, tiefgreifende Opfer.

Ihr Ziel hatte sie auch in schwierigen Zeiten nicht aus den Augen verloren.

Dass sie mit Faizah nicht nur um die Moderation, sondern auch immer häufiger um Rollen kämpfen musste, empfand sie als Demütigung. Sie weigerte sich, mit einer privilegierten Protegée gleichgestellt zu werden, die sich vermutlich auch noch über die Betten so einiger Regisseure nach oben schlief.

Dana nippte an ihrem Mineralwasser. Wie satt sie diese Wassertrinkerei jetzt schon hatte. Natürlich, zu Hause in ihren eigenen vier Wänden, da gönnte sie sich hin und wieder ein Glas Wein, so, wie sie es auch schon während ihrer früheren Schwangerschaften getan hatte. Die völlige Alkoholabstinenz in diesen neun Monaten war ihrer Meinung nach ohnehin überwertet. Keines der Kinder, die sie geboren hatte, war mit irgendeinem Defekt zur Welt gekommen.

Trotzdem, für die Öffentlichkeit musste sie dieses Theater einer übergesund korrekten Lebensweise wohl mitspielen. Erst unlängst war eine schwangere Kollegin von den Medien zerrissen worden, weil sie bei einem Galaabend an einem Glas Sekt genippt hatte. So etwas konnte sie jetzt wirklich nicht brauchen.

Dana warf einen flüchtigen Blick auf das Programmheft. Wie lange zog sich das denn noch hin? Zwei Kategorien lagen noch vor ihnen, ehe die beste Hauptdarstellerin in der Rubrik »Spielfilme: Krimi & Thriller« ausgezeichnet wurde.

Allmählich bekam sie vom Sitzen leichte Rückenschmerzen – ein Umstand, der sie bereits durch die Schwangerschaft mit den Zwillingen begleitet hatte.

Diesmal war sie mit einem Sohn schwanger. Das wusste sie bereits aus den Blutanalysen, die auf Anraten ihres Gynäkologen durchgeführt worden waren, um eine etwaige Schwerstbehinderung auszuschließen. Ihre späte Schwangerschaft stellte für sie selbst ein Wunder dar – und für die Ärzte ein klares Risiko.

»Alles okay?«

Der Mann, der im Anzug und Krawatte neben ihr saß, das dunkle Haar nach hinten gekämmt und mit Gel fixiert, beugte sich mit besorgter Miene zu ihr herüber. Seine Hand lag auf ihrem Oberschenkel.

Sie schenkte ihm ein beruhigendes Lächeln.

»Alles in bester Ordnung.«

Er lehnte sich zurück. Die Erleichterung stand ihm ins Gesicht geschrieben.

Wie so oft in den vergangenen Wochen musste sie über seine ständige Besorgnis und die kindliche Freude auf ihr gemeinsames Baby schmunzeln. Felix Rabenstein war knapp zehn Jahre jünger als sie. Kinder waren zwischen ihnen nie ein Thema gewesen, auch wenn Felix bislang noch keine eigenen hatte. Ihr Alter war Grund genug gewesen, einen Kinderwunsch nicht einmal ansatzweise in Betracht zu ziehen. Mit fünfzig lag die statistische Wahrscheinlichkeit, sich beim Sturz von einer Leiter einen Genickbruch zu holen, um einige Kommastellen höher als jene, ohne Zuführung stimulierender Hormone schwanger zu werden.

Als ihre Periode schließlich ausblieb, war sie zunächst in eine emotionale Krise gestürzt – sie fühlte sich bei Weitem noch nicht bereit für die Menopause, die einzige Erklärung, die sie für ihren Zustand hatte. Haare, die schlagartig grau wurden, schlabberige Haut und hängende Brüste, Schweißausbrüche und Gewichtszunahme – von anderen Frauen hatte sie bereits gehört, was da wohl auf sie zukam. Nein, nein. Nein! Das alles konnte und durfte mit einem zehn Jahre jüngeren Mann an ihrer Seite und einer Karriere, die aus ihrer Sicht noch lange nicht den Höhepunkt erreicht hatte, nicht passieren.

Natürlich war sie realistisch genug, um zu wissen, dass sie in ihrem Alter sowieso nicht mehr als Sexsymbol oder als Hauptcharakter in den üblichen quotenträchtigen Liebesfilmen besetzt werden würde. Das akzeptierte sie. Aber jetzt war die Zeit der Charakterrollen gekommen – Rollen, in denen es nicht mehr um einen knackigen Hintern und einen verträumten Augenaufschlag ging, sondern ums Können! Doch auch solche Rollen wurden nicht mit alten, fetten, schwitzenden Frauen besetzt.

Ihre einzige Chance, den Wechsel hinauszuzögern, sah Dana daher in Hormonpräparaten. Als der Gynäkologe jedoch anstelle einer Hormontherapie die Mitteilung bereithielt, dass sie schwanger war, hatte sie erst einmal einen Schock erlitten. Ein Kind?! Ausgerechnet jetzt, wo es beruflich und privat so gut lief wie noch nie in ihrem Leben?

Felix‘ sofortige Begeisterung war jedoch rasch auf sie übergesprungen und die positiven Medienberichte bestärkten sie in ihrem Gedanken, dass dieses Kind womöglich ein Wink des Schicksals war. An diesem Kind konnte sie alles wiedergutmachen, was ihr in manchen Nächten, wenn der Tag zuvor nicht optimal verlaufen war, den Schlaf raubte.

»... und nominiert als beste Hauptdarstellerin in der Kategorie ›Krimi & Thriller‹ sind Iris Berben als hartnäckige Detektivin in *Tanz in die Nacht,* Charlotte Sofranetti in ihrer Rolle der jungen Barbara in *Die Tochter des Mörders* und Dana Karneol als mordlüsterne Ehefrau in *Bis dein Herz zerbricht.*«

Faizahs professionelle Mikrophonstimme holte sie aus den schmerzhaften Erinnerungen an ihre Vergangenheit zurück.

Während die Trailer zu den jeweiligen Filmen liefen, sah Dana hinüber zu jenem Tisch, an dem Iris mit ihrem Begleiter saß. Die *grande dame* der deutschen Schauspielerei wirkte sehr gelassen, fast schon teilnahmslos. Als ob sie kein bisschen damit rechnete, diesen Preis zu erhalten. War Iris etwa vorab ein Hinweis gegeben worden?

Hoffnung keimte in Dana auf. Sie selbst war von niemand zur Seite gezogen worden, um ihr ins Ohr zu flüstern, dass sie den Preis sowieso nicht erhalten würde. Ein gutes Zeichen?

»Die Jury hat sich entschieden ... und zwar für Dana Karneol in *Bis dein Herz zerbricht!* – Dana, darf ich dich auf die Bühne bitten?«

Na, wunderbar!

Es war aber auch an der Zeit, wieder einmal einen Preis zu erhalten ... Ein siegessicheres Lächeln im Gesicht, schritt sie zur Bühne – direkt vorbei am Tisch der jungen Charlotte Sofranetti, in deren faltenlosem Antlitz Enttäuschung geschrieben stand.

Tja, Kindchen, warum soll es dir in jungen Jahren auch besser gehen als mir? – Du wirst auch noch darauf kommen, dass man wegen eines einzigen erfolgreichen Films kein Star ist!

»Das kommt wirklich, wirklich unerwartet für mich«, hauchte Dana Augenblicke später ins Mikrophon, sich die vom Publikum erwarteten Tränen der Rührung aus den Augenwinkeln tupfend. Dann hielt sie die kurze Dankesrede, die sie bereits vor Wochen für alle Fälle vorbereitet hatte. »Und ganz besonders bedanke ich mich bei meinem Mann Felix Rabenstein für seine Unterstützung, seine Ermutigung – und seine Liebe.«

Tosender Applaus. Kameraschwenk auf Felix. Sein Gesicht im Großformat auf der Leinwand seitlich von ihr. Danas Worte hatten ihn tief berührt, das sah man an seinen Augen. Gleichzeitig sonnte er sich in der plötzlichen Aufmerksamkeit, die ihm zuteil wurde.

Mission gelungen. Genau das hatte sie beabsichtigt. Als bekannter Radiomoderator war sein Name ein Begriff, nicht jedoch sein Gesicht. Zeit, dies zu ändern. Sie kannte ihren Mann inzwischen gut genug, um zu wissen, wie gern er von Leuten auf der Straße erkannt wurde – auch, wenn er sich immer wieder über Journalisten oder Autogrammjäger entrüstete, die ihn in einem Restaurant oder Einkaufszentrum mit ihren Anliegen überfielen. In Wahrheit lechzte Felix nach Aufmerksamkeit und Ruhm. Beides konnte sie ihm geben und die zehn Jahre Altersunterschied, die vielleicht irgendwann einmal zum Problem werden mochten, mildern – wenn schon sich ihre Falten irgendwann nicht mehr ausreichend glätten ließen.

Als Dana an ihren Platz zurückkam, stand Felix auf und küsste sie. Sie fühlte, dass die Fernsehkamera noch immer auf sie gerichtet war, und ließ sich in den Kuss fallen.

Der Rest der Preisverleihung plätscherte an ihr vorbei. Allmählich bekam sie Hunger. So war sie froh, als endlich die Vorspeise serviert wurde. Das Geplauder der Tischrunde, in der noch weitere bekannte Persönlichkeiten der Filmbranche saßen, verlief locker und angenehm.

Sie hatte ihren dezent belegten Teller kaum geleert, als sie von der Organisationsleitung nach draußen vor den Saal gebeten wurde – zum Gruppenfoto aller Preisträger, ein Akt für die dort ungeduldig wartenden Pressefotografen.

Dana ließ sich in der ersten Reihe platzieren und sonnte sich im Blitzlichtgewitter der Kameras. Drei Journalisten fingen sie ab, ehe sie zurück in den Saal gelangen konnte; sie entschied sich, bei der ihr persönlich bekannten Redakteurin einer auflagenstarken Frauenzeitschrift stehen zu bleiben. Das Kamerateam eines privaten TV-Senders gesellte sich dazu, ein junger Journalist hielt ihr ungeniert das Mikro unter die Nase, während die Redakteurin schon die erste Frage stellte. Dana kannte den Pressezirkus inzwischen gut genug, um zu wissen, dass sich der junge Mann mit seinem Verhalten keine Freunde unter den Kollegen machte, mischte sich aber nicht ein. Einen renommierten Preis zu erhalten war beste Publicity. Was interessierten sie schon die Kämpfe der Medien untereinander?

Professionell und mit glaubwürdig in Szene gesetzter Begeisterung beantwortete sie die Fragen rund um den Preis, den prämierten Film und ihre zukünftigen Pläne.

»Zunächst aber werde ich mit ganzem Herzen Mutter sein«, sagte sie und legte die Hand demonstrativ auf ihren kleinen Bauch. »Gerade in den ersten Monaten ist es doch so wichtig, dass eine Mutter für ihr Kind da ist. Dann werde ich natürlich auch wieder vor der Kamera stehen. Es gibt interessante Angebote für die Zeit danach, aber Details dazu kann ich noch nicht verraten.«

Die Redakteurin machte sich eifrig Notizen.

»Und glauben Sie tatsächlich, dass sich eine Karriere beim Film, den diversen Drehortwechseln und Reisen mit Ihrem Vorsatz, eine gute Mutter zu sein, vereinbaren lässt?«

Die Frage missfiel Dana, doch ein kurzer Blick in das etwas naive Gesicht der Redakteurin sagte ihr, dass sie ohne Heimtücke gestellt worden war. Vermutlich nur deshalb, um die berufstätigen Mütter unter den Leserinnen darin zu bestätigen, dass sie den richtigen Lebensweg gewählt hatten.

»Eine gute Mutter zu sein heißt nicht, sich selbst völlig aufzugeben. Eine gute Mutter zu sein bedeutet, für ein Kind da zu sein, es zu unterstützen, es zu lieben – und es gibt tausende guter Beispiele von erfolgreichen Frauen, die zugleich hingebungsvolle Mütter sind. Auch dafür, dass sich Schauspielerei und Mutterschaft unter einen Hut bringen lassen. Sehen Sie nur nach Hollywood –«

Die Redakteurin lächelte zufrieden. Offensichtlich hatte sie bekommen, wonach sie verlangte.

»Frau Karneol.« Der Journalist mit dem Mikro schob sich weiter nach vorne. Dana gefiel seine forsche Art immer weniger, doch da die Kamera weiterhin auf sie zeigte und sich Schauspielerkollegen und Medienvertreter im Foyer tummelten, behielt sie ihr Lächeln bei. »1999 hat Ihr früherer Lebensgefährte zwei Ihrer Kinder erschossen. Was sagen Sie dazu, dass Ihre Tochter Julie Schneeberg diese Familientragödie nun in ihrem neuen Thriller *In jener Nacht* verarbeitet und publiziert?«

Danas Lächeln gefror. Ihre Gedanken überschlugen sich. Das war es also, was Julie im Sinn hatte! Terrorisierte sie sie deshalb seit einigen Wochen mit nächtlichen Anrufen und bedrängte sie, irgendeine »Wahrheit« zu sagen? Als ob die Wahrheit nicht schon bekannt war, offiziell genug, um endlich den Strich unter diese unglaubliche Tragödie ihres Lebens zu setzen! Was wollte sie schreiben? Oder besser: Was *konnte* sie schreiben?

Dana fühlte, wie ihr der Schweiß ausbrach.

Es gibt nur eine Wahrheit. Eine einzige Wahrheit. Sie steht in den Polizeiakten.

Der Journalist erwartete eine Antwort. Die Kamera war noch immer auf sie gerichtet.

»Frau Karneol? Was sagen Sie dazu?«

»Dass Julie und ich seit Jahren keinen persönlichen Kontakt miteinander pflegen, dürfte Ihnen auch als Neuling in der Medienbranche bekannt sein.« Sie unterstrich ihre kleine Spitze mit einem flachen Lächeln. »Worüber sie schreibt, ist allein ihre Sache. Wenn es ihr hilft, die Tragödie von damals besser zu verarbeiten, soll mir das recht sein. Da die Fakten mittlerweile hinlänglich bekannt sind, wird es allerdings wohl eine große Portion Phantasie brauchen, um daraus noch einen spannenden Roman oder gar Thriller zu basteln.«

»Frau Karneol, aber was ...«

Sie hob abwehrend die Hand, ohne ihr professionelles Lächeln zu verlieren. »Für weitere Interviews, die mich und meine Filmrollen betreffen, wenden Sie sich bitte an meine Agentur.«

Mit schnellen Schritten eilte sie zurück in den Saal.

Eine falsche Aussage, eine schlampige Untersuchung – was sagte das schon aus? Und wie sollte Julie ausgerechnet jetzt darauf gestoßen sein, nach all den Jahren?

Nein.

Sie musste einen kühlen Kopf bewahren, nicht die Nerven verlieren. Sie würde König anrufen, gleich noch heute Abend. Er musste ein paar Interviews mit namhaften Medien für sie arrangieren. Die Wahrheit über Julie zu erzählen, war die einzige Chance, die sie hatte, um ihren eigenen Ruf zu retten.

Der Geruch von Fisch stieg ihr in die Nase, mittlerweile war der Hauptgang serviert wurden. Sie sank auf ihren Platz nieder, starrte auf das blasse Fischfilet in gelber Safransoße und spürte, wie ihr Magen rebellierte.

»Felix«, sagte sie leise. »Lass uns nach Hause fahren. Mir ist im Moment nicht gut.«

Sie brauchte ihre Bitte nicht zu wiederholen. Fürsorglich um sie bemüht, wie sie es von ihm kannte, legte ihr Mann sofort das Besteck zur Seite und erhob sich.

Wien, Dezember 2014

Helene blinzelte in die Dunkelheit. Der ratternde Rasenmäher, der am Ende ihres chaotischen Traums wie aus dem Nichts aufgetaucht war, verlor sich im Vibrieren ihres lautlos gestellten Handys. Sie griff nach dem auf dem hölzernen Nachtkästchen scheppernden Gerät und erkannte Miriams Namen auf dem Display.

05:45. Ein Seufzen unterdrückend, setzte Helene sich schwungvoll auf. Auf Zehenspitzen verließ sie das Schlafzimmer, das nicht ihr eigenes war, bemüht, Martin nicht zu wecken. Sie waren Arm in Arm miteinander eingeschlafen. Irgendwann in der Nacht hatte er ihr den Rücken zugedreht und in dieser Pose lag er noch immer auf seiner Seite des Doppelbettes, die Bettdecke bis über die Schultern gezogen.

Erst als sie die Schlafzimmertüre hinter sich geschlossen hatte, hob sie ab.

»Mama! Hannas Auto springt nicht an und jetzt können wir nicht losfahren, weil der Zug nur bis Krems geht, und dann können wir nicht rechtzeitig dort sein und wenn wir das Seminar verpassen, können wir die Prüfung nicht machen …«

Miriams Stimme überschlug sich fast vor Aufregung.

Es dauerte ein paar Sekunden, bis Helene ihre Gedanken soweit sortiert hatte, dass sie das hektische Gestammel ihrer Tochter richtig einordnen konnte.

Ja. Natürlich. Miriam hatte an diesem Tag eine Fortbildung im Bereich Erlebnispädagogik in einem etwas entlegenen Schulungszentrum im Dunkelsteiner Wald. Hanna war jene Kollegin, die angeboten hatte, sie mitzunehmen.

Helene fröstelte leicht in dem zeltartigen T-Shirt, das sie sich zum Schlafen übergezogen hatte. Martin heizte seine Wohnung nicht sonderlich gut. Ob es daran lag, dass er bei den Heizkosten knauserte, oder ob ihm einfach nie kalt war, hatte sie noch nicht herausgefunden. Der Fliesenboden im Gang lag unter ihren blanken Füßen wie eine Eisplatte.

»Miriam, Herzchen, dann nimm meinen Wagen, das ist doch kein Problem.«

Die Kälte an den Sohlen nicht länger ertragend, wechselte Helene in Martins kleines Arbeitszimmer. Die zwei, drei Grad, um die es hier wärmer war als draußen, machten aus dem Raum keine Sauna, milderten die Lage aber doch spürbar. Sie schloss die Türe hinter sich und kauerte sich mit angezogenen Beinen auf den Schreibtischstuhl. Vor den kalten Feuersteinfliesen gab es in der gesamten Neubauwohnung kein Entkommen.

»Du weißt, wo der Schlüssel ist?«

Miriam war keine ausgesprochen schlechte Fahrerin, hatte jedoch wenig Praxis. Im Grunde war es Helene nicht recht wohl bei dem Gedanken, dass ihre Tochter mit dem Auto fuhr, zumal sie die Strecke nicht kannte, doch im Moment gab es keine andere Lösung. Sie selbst hatte um halb neun einen Termin im Büro – unmöglich also, Miriam dort abzuliefern und pünktlich wieder in Wien zu sein.

»Ja, aber ... ich war da noch nie! Ich weiß nicht, wie man da hinkommt. Ich finde das nicht!«

Miriams Stimme klang bereits weinerlich. Helene unterdrückte ein Seufzen. So selbstständig ihre Tochter im Vergleich zu den Jahren zuvor auch scheinen mochte – sie geriet dennoch immer wieder an ihre Grenzen.

»Du hast Hanna dabei. Sie soll die Landkarte lesen und dir ansagen, wie du fährst.«

»Aber Hanna hat keine Landkarte ...«

»Okay, Schatz.« Helene atmete tief durch und verdammte den Umstand, bisher erhobenen Hauptes auf ein Navi verzichtet zu haben. Es gab wohl keine andere Lösung, als selbst aktiv zu werden. »Gib mir die genaue Adresse und eine Viertelstunde Zeit, dann kann ich dich noch mal anrufen und dir den Weg ansagen.«

Als sie aufgelegt hatte, spielte sie einen Moment lang mit dem Gedanken, Martin zu wecken und um sein Passwort für den vor ihr liegenden Laptop zu bitten. Sie verwarf den Gedanken schnell wieder. Drei Monate des Zusammenseins reichten in ihrer beider Alter vermutlich nicht aus, um einander bedingungslosen Zutritt zu einem Speicherort privater Fotos, Mails, Termine und aufgesuchter Websites zu geben. Dafür war ihre

Beziehung noch nicht tief genug, die zarte Vertrautheit zwischen ihnen noch nicht ausreichend gefestigt.

Am Smartphone den Routenplaner abzurufen verlangte Fingerspitzengefühl, aber half ihr immerhin, selbst eine Idee von der Streckenführung zu entwickeln. Nach einem Blatt Papier und einem Schreibgerät Ausschau haltend, ließ Helene ihren Blick über den aufgeräumten Schreibtisch gleiten. Ein Kugelschreiber steckte neben ordentlich gespitzten Bleistiften und einer Schere in einem metallenen Stifthalter. Irgendwo fand sich bestimmt auch ein Zettel.

Links neben dem Laptop lag lediglich die neue Ausgabe eines Automagazins. Helene öffnete die oberste Schublade. Ein Lineal, Heftklammern, Klebstoff in der Tube. Ein Aufnahmegerät. Alles sorgsam geordnet, aber eindeutig eine Schublade ohne Papier. Sie zog die nächste Lade auf. Kartonmappen, sorgfältig übereinander gestapelt, Ecke an Ecke. Im hinteren Teil der Schublade erkannte sie das Deckblatt eines karierten Notizblockes. Sie musste die Kartonmappen anheben und sie etwas herausziehen, um an den Block zu gelangen. Dabei fiel ihr Blick auf das Deckblatt. *D. K. – August 2012 bis …*

Neugierig geworden, zog Helene den Kartonhefter ganz heraus und schlug ihn auf. In der obersten Klarsichtfolie, sorgfältig aus einer Zeitschrift herausgeschnitten, sah sie einen Artikel über eine Frau mit kupferrotem Haar, die ihr spontan vertraut vorkam. Julie Schneeberg? Nein, die künstlichen Locken und das offensichtliche Make-up passten nicht. Die Überschrift stach ihr ins Auge. DANA KARNEOL: MUTTERGLÜCK MIT 50!

Irritiert blätterte sie eine Folie weiter. Auch hier wieder ein Artikel, herausgeschnitten aus einem typischen Revolverblatt, wie es gewöhnlich in Arztpraxen oder beim Friseur herumlag. Zwei Fotos der Schauspielerin. Eines davon zeigte sie in einem hautengen Abendkleid. Auf dem nächsten schmiegte sie sich in Jeans und legerem Oberteil an einen südländisch wirkenden Mann, der mit unverhohlenem Triumph in den Augen in die

Kamera blickte. DANA KARNEOL: MIT RADIOMODERATOR RABENSTEIN IM LIEBESGLÜCK.

Befremdet blätterte Helene weiter. Ihr Erstaunen wuchs von Folie zu Folie. Der Mann, mit dem sie seit über zwei Monaten das Bett teilte, hatte offensichtlich ein Faible für die Schauspielerin. Er sammelte sämtliche Artikel über sie, deren er habhaft werden konnte.

Dunkel erinnerte sie sich an das Gespräch, das sie vor Tagen in jenem italienischen Restaurant geführt hatten. Martin hatte erstaunlich gut über die Familienverhältnisse und den Werdegang Dana Karneols Bescheid gewusst. Durch den Einbruch und die daraus erwachsene Bekanntschaft mit Julie Schneeberg zu sehr an der Schriftstellerin interessiert, um stutzig zu werden, hatte sie Martins Detailkenntnisse spontan dem Umstand zugeschrieben, dass er beruflich mit der Vorgeschichte vertraut gewesen war.

Jetzt wuchs ihre Irritation, als sie die anderen Mappen flüchtig durchsah. Jeder Kartonhefter war beschriftet: *D.K. – April 2010 bis Juli 2012.; D.K. – Januar 2008 bis April 2010.* usw. Den Umschlagblättern nach zu urteilen, reichte die Sammlung zurück bis März 1999.

»Und? Hast du gefunden, wonach du suchst?«

Vor Schreck über die unerwartete Männerstimme hinter ihr fiel Helene die unterste Mappe aus der Hand. Das Heft *März 1999* fiel zu Boden, ein loses Foto rutschte heraus.

Helene erkannte Dana Karneol, sichtlich jünger, hatte aber keine Zeit, sich näher mit dem Foto zu befassen. Sie fühlte sich ertappt. Ein Blick in Martins Gesicht sagte ihr zudem, dass er von ihrer Entdeckung keineswegs begeistert war.

»Tut mir leid«, entschuldigte sie sich. »Ich habe eigentlich nur Papier gesucht, um kurz etwas zu notieren …«

Er bückte sich und sammelte die Mappe auf. Auch er trug nur T-Shirt und Unterhose.

»Und auf die Idee, ein Blatt aus dem Drucker zu nehmen, bist du wohl nicht gekommen?« Seine Stimme klang unwirsch.

Erst jetzt fiel Helene das Multifunktionsgerät auf, das auf einem Beistelltisch zwischen Schreibtisch und Bücherregal stand.

Mein Fehler.

»Nein. Sorry.« Sie wollte ihm besänftigend die Hand auf den Arm legen, doch er wich ihr aus.

»Dass du in meinen Laden herumstöberst, stößt mich ab«, sagte er stattdessen kalt und ein verächtlicher Blick traf sie wie ein Faustschlag in die Magengrube.

»Hör zu ... es war keine Absicht. – Die Hefter müssen dir nicht peinlich sein.«

»Peinlich? Bitte?« Er runzelte irritiert die Stirn. »Was soll mir peinlich sein? Dass ich diese Frau bewundere? Dass ich ihre Filme sehe und mich für ihr Leben interessiere? Was soll daran peinlich sein? – Jeder hat so seine Idole.«

Er reichte ihr einen Papierbogen.

»Hier. Falls es wirklich Papier ist, das du gesucht hast.«

Damit drehte er sich um und ließ sie allein.

Helene brauchte ein paar Sekunden, um sich zu sammeln. Martins letzte Bemerkung setzte seinem Verhalten die Krone auf. Wie konnte er nur eine Sekunde daran zweifeln, dass sie ehrlich gewesen war?

Eilig schrieb sie einige Eckpunkte der Route vom Display ihres Mobiltelefons ab, dann rief sie Miriam an. Die bohrende Frage ihrer Tochter übergehend, weshalb es mit dem Rückruf so lang gedauert hätte, gab sie ihr die Daten durch.

Die Lust, zurück zu Martin unter die Laken zu schlüpfen, war ihr vergangen. Lieber ging sie direkt ins Badezimmer und machte sich für den Bürotag fertig. Das harsche Auftreten ihres Liebhabers lag ihr wie ein Stein im Magen.

Sicher, in gewisser Hinsicht hatte sie herumgestöbert, das ließ sich nicht verleugnen. Trotzdem. Seine Reaktion empfand sie als übertrieben. Wenn ihm seine Begeisterung für Dana Karneol angeblich nicht peinlich war, warum dann diese Empfindlichkeit?

Gekleidet in ein schlichtes dunkelblaues Kostüm, das sie insgeheim ihre Bürouniform nannte, betrat sie zwanzig Minuten später die Küche.

Es roch nach frischem Kaffee. Martin saß am Küchentisch, eine Tasse in der Hand. Er wirkte in sich gekehrt, schien sie kaum zu bemerken. Noch nie hatte sie ihn in dieser Stimmung erlebt.

Betreten nahm sie ihm gegenüber Platz.

»Martin, es tut mir wirklich leid«, begann sie von Neuem. »Ich achte sonst deine Privatsphäre. Es war ein Versehen.«

Er sagte nichts, sah sie nicht einmal an.

Allmählich empfand sie sein Verhalten als kindisch.

»Ja, ich bin etwas irritiert«, sprach sie schließlich aus, was sie fühlte. »Ich hatte ja keine Ahnung, dass du so ein großer Fan von ihr bist. Du hättest mir das doch letztens im Restaurant gleich sagen können! Stattdessen präsentierst du mir einen Haufen Fakten und tust so, als wäre dir die Frau an sich egal.«

»Ich möchte jetzt nicht darüber reden.« Er stellte seine Kaffeetasse zurück auf den Tisch. »Eigentlich wäre mir lieber, du gehst jetzt. Ich brauche etwas Abstand.«

Wie bitte? Schmeißt er mich jetzt hinaus?

»Aber das ist doch lächerlich«, platzte sie heraus. »Können wir nicht darüber reden wie zwei Erwachsene?«

»Du meinst, wie zwei Erwachsene, von denen einer die Privatsphäre des anderen nicht achtet?«

Okay, es reicht.

Sie erhob sich.

»Wenn das deine Meinung dazu ist …«

Sie verließ seine Wohnung ohne ein weiteres Wort.

Während sie an der nächsten Station auf die U-Bahn wartete, ließ sie die Szene noch einmal Revue passieren. Ihr Unverständnis über sein Verhalten wuchs von Minute zu Minute. Was, um Himmels Willen, hatte sie denn schon getan, dass er sie jetzt behandelte wie eine Art Verbrecherin?

Bitterkeit kam in ihr auf. Schon wieder eine Liebe, die im Keim erstickt wurde, noch ehe sie richtig wachsen konnte …

Zumindest ist es diesmal nicht wegen Miriam.

Die U-Bahn rauschte heran, sie stieg ein und lehnte sich an die erste freie Trennwand zu den besetzten Sitzreihen. Es war inzwischen fast sieben; sie war längst nicht die einzige auf dem Weg zur Arbeit. Helene betrachtete die freudlosen Gestalten um sich herum und war sich nur allzu bewusst, dass sie nichts von ihnen unterschied. Für sie alle war der Tag schon gelaufen.

Sie fragte sich, wo Miriam inzwischen wohl stecken mochte und ob sie den Weg anhand ihrer Beschreibung gut fand. Im selben Moment wurde ihr bewusst, dass es eigentlich doch wieder Miriam war, deretwegen eine Beziehung zu scheitern drohte. Ohne ihren Anruf hätte sie nicht nach Papier gesucht …

Sie schüttelte den Kopf. Nein, so durfte sie nicht denken. Es war nicht Miriams Schuld, dass Martin sich derart merkwürdig verhielt, genauso wenig, wie es Miriams Schuld gewesen war, dass Ralf sich in eine andere verliebt hatte. Das ach so schwierige Kind als Grund vorzuschieben, weshalb ihre Ehe gescheitert war, sah sie noch immer als billige Ausrede seinerseits. Tatsache war: Ralf hatte hinter ihrem Plan gestanden, ein schon etwas älteres Problemkind zu adoptieren, doch als er dann sah, was es bedeutete, ergriff er die Flucht.

Sie wollte weder an ihren Ex-Mann noch an Martin denken, als sie später im Büro den ersten Kaffee des Tages trank, der ihr bei ihrem Liebhaber versagt geblieben war. Und obwohl sie der ersten Tasse zwei weitere folgen ließ, fiel es ihr in den folgenden Stunden schwer, sich auf die Arbeit zu konzentrieren.

Gegen Mittag brachte ein Kurierdienst einen Strauß roter Rosen.

»Entschuldige mein Verhalten. Es war letztklassig. Ich habe total überreagiert. Ich liebe dich, M.«

Sie las die Karte mehrmals. Irgendwann ging es ihr tatsächlich besser, doch ein Funken Enttäuschung blieb.

Gegen Mittag kam ein Anruf von Bernd.

»Es hat sich eine Mitarbeiterin des Stadtarchivs St. Pölten gemeldet. Bei ihr hat neulich ein angeblicher Journalist die Kopie eines alten Klassenfotos von Julie Schneeberg angefordert«, informierte er sie. »Der Name, mit dem er sich vorstellte, existiert aber nicht, der Journalistenausweis war wohl eine Fälschung. Aber einer ihrer Kollegen, mit denen er im Gang fast zusammenstieß, soll ihn *Herr Professor* genannt haben. Wer auch immer dieser mysteriöse Unbekannte ist – es könnte sein, dass er hinter den Stalker-Mails steckt, mit denen Julie Schneeberg seit Wochen zugetextet wird.«

»Wenn dieser Kollege ihn kannte, wird der Mann ja wohl rasch zu identifizieren sein ...«

Bernd schnaubte in den Hörer.

»Leider nein. Der Mitarbeiter ist für die nächsten drei Wochen auf den Malediven ... Letztendlich ist es auch nur ein Hinweis. Ob der Mailschreiber mit dem Verfolger identisch ist und was Kracherl-Karli mit alledem zu tun hat – da tappen wir noch immer vollkommen im Dunkeln ...«

Altenhain, Januar 1999

»Du bist noch immer sauer wegen Wien.« Lydia steuerte ihren dunklen BMW die um diese Uhrzeit wenig belebte Hauptstraße von Altenhain entlang.

Julie, die auf dem Beifahrersitz saß, starrte hinaus auf die vom Schein der Straßenlaternen beleuchteten Häuser. Während der vergangenen eineinhalb Stunden, in denen der Altenhainer

Literaturzirkel im Pfarrsaal Herta Niebauers Ausführungen über ein Buch mit religiösem Hintergrund gefolgt war oder zumindest so getan hatte, war wieder Schnee gefallen. Die hässlichen schmutziggrauen Haufen, die der Winterdienst in den vergangenen Tagen an den Straßenrändern aufgetürmt hatte, waren mit frischem Weiß überzuckert. Noch immer fielen Flocken vom Himmel.

In die Stille hinein, die zwischen ihnen lag wie eine unüberbrückbare Kluft, tönte das kratzige Quietschen der Scheibenwischer und drang durch Mark und Bein.

»Du musst doch verstehen, dass das Risiko zu hoch ist«, fuhr Lydia fort, den Blick geradeaus auf die Straße gerichtet. »Ich kann nicht mit dir einfach so einen gemütlichen Einkaufsbummel in Wien machen. Ich bin immer noch deine Lehrerin! Wenn mich dabei jemand sehen würde …«

Julie drehte sich langsam zu ihr.

»Der Einkaufsbummel war nicht meine Idee. Du selbst hattest ihn vorgeschlagen, an Silvester.«

Lydia bremste scharf ab. Ein Schneepflug war forsch aus einer Seitengasse geschossen und nahm jetzt direkt vor ihnen seine Verpflichtungen in Sachen Winterdienst auf. Es war unmöglich, das Gefährt zu überholen. Im Schneckentempo krochen sie hinter ihm her.

Auch das noch.

Julie bereute bereits, dass sie trotz ihres Grolls auf Lydia deren Angebot, sie nach Hause zu fahren, angenommen hatte. Sie war nicht wirklich in der Stimmung, mit ihrer Geliebten darüber zu diskutieren, weshalb diese sich in den Ferien nicht mehr bei ihr gemeldet hatte, um den versprochenen Shopping-Tag in die Tat umzusetzen.

»An Silvester hatte ich etwas zu viel getrunken. Ich war nicht bei Sinnen.«

»Natürlich.«

Julie konnte und wollte ihren sarkastischen Unterton nicht

verbergen. Sie war gekränkt – und begann zu resignieren. Was hatte sie denn erwartet? Dass Lydia tatsächlich an ihrer Seite durch die belebteste Einkaufsstraße Wiens schlenderte und mit ihr durch die Geschäfte zog, als wären sie beste Freundinnen?

»Es steht für mich einfach zu viel auf dem Spiel«, wiederholte Lydia jene Phrase, die Julie schon so oft aus ihrem Mund gehört hatte, wenn es um ihrer beider Zusammenkünfte ging. »Wenn das jemals aufkommt, dass ich mit dir …« Sie ließ den Satz unvollendet.

»Das hättest du dir vielleicht früher überlegen sollen«, bemerkte Julie bissig. Lydias Art, ihr ständig zu vermitteln, welch hohes Risiko sie ihretwegen einging, warf sie allmählich völlig aus der Bahn. »Ehe du angefangen hast, mich zu ficken.«

»Hör auf, so mit mir zu reden!« Lydia war inzwischen mindestens genauso aufgebracht wie sie selbst. »Ich bin immer noch deine Lehrerin!«

Julie lachte. »Ach ja? – Tut mir wahnsinnig leid, dass ich das nicht immer so genau weiß. Jetzt also bist du plötzlich wieder meine Lehrerin. Und dann, wenn du mich wieder in dein Bett ziehst, wer bist du dann? Vielleicht auch noch die Frau Direktor?«

Lydias Nasenflügel bebten. Sie wirkte, als stünde sie kurz vor einer inneren Explosion.

Endlich hatten sie das Ortsschild hinter sich gelassen. Der Schneepflug kroch noch immer vor ihnen dahin. In rund hundert Metern würden sie ihm die Straße links hinauf zu der Anhöhe entkommen, auf der Joes Elternhaus stand, doch Lydia blinkte stattdessen rechts und fuhr den holprigen, schneebedeckten Forstweg entlang zum Wald. Das Auto schlingerte ein paar Mal bedrohlich, ehe es auf dem von Tannenbäumen umgebenen Parkplatz, von dem aus Wanderer im Sommer zu ausgedehnten Touren aufbrachen, zum Stehen kam. Lydia schaltete den Motor aus, machte aber keine Anstalten, auszusteigen. Schweigend blieben sie sitzen und schauten zu, wie

Schneeflocken auf die Windschutzscheibe fielen und die Sicht mit einem weißen Kristallmosaik bedeckten.

Julie spürte, dass sie eine Grenze überschritten hatte. Die innere Wut hatte den Rückzug angetreten. Zurückgeblieben war Enttäuschung. Sie suchte Lydias Blick, doch diese schaute starr auf das inzwischen fast gänzlich bedeckte Glas.

»Manchmal wünschte ich, ich könnte dieses Leben hier einfach hinter mir lassen«, sagte Lydia plötzlich mit brüchiger Stimme. »Einfach gehen und anderswo von vorne anfangen.«

»Warum tust du es dann nicht einfach?«

Endlich sah Lydia ihr direkt ins Gesicht.

»Weil ich keine Siebzehn mehr bin, Julie. Weil ich in einem Alter bin, in dem man Wege, die man eingeschlagen hat, einfach weitergehen muss. Weil es für eine Umkehr zu spät ist.«

»Ich glaube nicht, dass es jemals für irgendetwas zu spät ist.« Julie erinnerte sich schmerzlich daran, wie Lydia ihr Verhältnis am Silvesterabend als falsche Entscheidung bezeichnet hatte. Erneut stieg eine tiefe Bitterkeit in ihr auf. Ihre verletzte Seele wollte schreien, toben, Lydia wegen des seither an ihr zehrenden Satzes zur Rede stellen, doch wie so oft lagen ihre wahren Emotionen begraben hinter den dicken Mauern, die sie um sich selbst errichtet hatte, um sich zu schützen. »Wenn du das mit mir beenden willst, sag es einfach«, stellte sie in den Raum und war selbst fast ein wenig stolz auf sich, wie beiläufig und emotional unberührt ihre Stimme klang. »Kein Problem.«

Lydia schnaubte kurz, dann schüttelte sie den Kopf.

»Ich will das nicht beenden«, sagte sie dann. Sie wirkte entschlossen. »Willst du?«

Vielleicht.

Als Lydia erneut herübersah, bemerkte Julie in ihrem Blick erstmals etwas, was sie nicht erwartet hatte: Verzweiflung. Und Angst.

Sie schüttelte stumm den Kopf.

Neben ihr ein tiefes Durchatmen. »Okay«, sagte Lydia dann.

Es klang, als spräche sie zu sich selbst. »Willst du jetzt vielleicht doch noch mit zu mir?«, schob sie nach einer kurzen Weile hinterher. »Richard referiert heute Abend auf einer Bezirksärztesitzung. Vor elf Uhr nachts ist er nicht zu Hause.«

Warum musst du seinen Namen ständig erwähnen?

Julie schüttelte den Kopf. »Ich habe meine Periode.«

»Du kannst doch trotzdem mitkommen.«

Um was zu tun?

»Ich habe einen guten Wein im Keller«, setzte Lydia hinzu. »Wir könnten den Kamin anzünden. Ein bisschen plaudern. Es uns gemütlich machen. Jetzt, wo du mir hoffentlich wegen Wien verziehen hast ...«

Es geht nicht um Wien.

»Ich habe morgen Klausur. Mathe. Ich muss noch lernen.«

»Oh. Na dann.« Lydia rieb sich die Handrücken, als spüre sie erst jetzt, dass der Wagen im Stehen merklich abgekühlt war.

Julie fröstelte schon die ganze Zeit. Obendrein regte sich in ihr die leichte Sorge, ob sie je wieder über den ungeräumten Wirtschaftsweg zurück zur Straße kämen, wenn sie noch länger den Schneeflocken beim Fallen zusahen. Die Matheklausur war ein Vorwand, sogar eine Lüge. Trotzdem stimmte das Gefühl, dass es besser war, jetzt nach Hause zu kommen als in der Nacht. Und das hatte nicht einmal mit Lydia zu tun, sondern mit der angespannten Stimmung, die seit Silvester zwischen ihrer Mutter und Joe herrschte. Julie machte sich Sorgen um ihre Zwillingsschwestern, die viel zu oft unfreiwillige Zeuginnen jener Bissigkeiten wurden, mit denen sich die Eltern gegenseitig attackierten. Bissigkeiten, die wenig Inhalt, aber viel Verletzungspotenzial boten, weil sie stets auf persönliche Schwächen abzielten. Dass Alena, die Sensiblere der Schwestern, wieder mit dem Bettnässen begonnen hatte, sah Julie als eine logische Folge des familiären Klimas. Sie tat alles in ihrer Macht stehende, um die Zwillinge abzulenken, fragte sich aber gleichzeitig, wie lange es mit Joe und ihrer Mutter noch so dahingehen würde.

Lydia machte keinerlei Anstalten, den Wagen zu starten.

»Oder soll ich von hier aus zu Fuß gehen?«

Offensichtlich war Lydia mit ihren Gedanken weit weg gewesen, denn sie zuckte zusammen.

»Nein. Natürlich nicht. Ich fahre dich bis vor die Haustür, wenn ich darf. – Bekomme ich noch einen Kuss?«

Julie verweigerte ihn nicht. Dennoch, seit Silvester lösten die Küsse nicht mehr das in ihr aus, was sie zu Beginn ihres Verhältnisses zum Klingen gebracht hatten. Sie fragte sich, ob Lydia es genauso empfand, sprach die Frage aber nicht aus. Ihr war kalt, sie sorgte sich um ihre Schwestern und wollte jetzt nicht mehr hier in diesem Waldstück über Dinge diskutieren, die sich wohl nicht ändern ließen.

Als Lydia den Zündschlüssel im Schloss umdrehte und den Wagen über die holprige, rutschige Forststraße zurück auf die Hauptstraße steuerte, fiel Julie ein Stein vom Herzen.

*

WAMM. WAAAAAMM. Pause. WAMM. WAMM.

Aus der Scheune drang wie so oft jenes Geräusch, das sich anhörte, als würde jemand mit einer Axt auf Metall einschlagen. Gewöhnlich hätte sie ihm kaum Beachtung geschenkt, denn Joes Arbeit an seinen Skulpturen war immer von Lärm begleitet. Die Schreie allerdings, die diesmal durch die geschlossene Scheunentüre bis über den Hof zu hören waren, verursachten ihr Gänsehaut – tiefe, aggressive, maskuline Laute.

Julie, die unten an der Hauptstraße aus dem Schulbus gestiegen und atemlos auf der Anhöhe zu Joes Elternhaus angelangt war, warf ihre Schultasche in den Schnee und reckte sich, um einen Blick ins Innere der Scheune zu werfen. Verärgert gab sie den Versuch auf. Auch wenn sie sich auf die Zehenspitzen stellte, war sie mit ihren 1,72 Metern Körpergröße noch immer zu klein, um an die hochgelegene Fensterfront heranzureichen. Natürlich hätte sie auch einfach die Türe öffnen können, doch das schien ihr zu heikel, ehe sie nicht zumindest ansatzweise in Erfahrung gebracht hatte, was hier los war.

Im Haus war es dagegen so still, dass das Fallen einer Nadel auf den Holzboden wie ein Urknall gewirkt hätte. Julie konnte sich nicht erklären, wo ihre Mutter um diese Tageszeit stecken mochte. Der VW-Bus, einziges Auto der Familie, stand im Hof, Dana war also nicht unterwegs zum Supermarkt. Blieb noch die Möglichkeit, dass sie mit jemandem gefahren war. Mit Paul? War das der Grund für Joes offensichtlichen Tobsuchtsanfall?

Wie so oft in ihrem Leben kam sich Julie allein gelassen vor. Mit leiser Bitternis im Herzen dachte sie an ihr Leben in Wien zurück – an die Jahre, ehe ihre Mutter als beruflich gescheiterter, in seiner Eitelkeit gekränkter TV-Star aus Deutschland zurückkehrte. Es waren keine rosigen Zeiten gewesen in der engen Wohnung der Großmutter am Gürtel, mit dem Klo am Gang und der Duschkabine in der Küche, aber zumindest hatte ihre Großmutter nie herumgeschrien, war nie wütend gewesen. Dank dieser Harmonie hatte sie als Kind immer gewusst, was sie erwartete, wenn sie von der Schule nach Hause kam – und wenn es nur die restlichen Schinkenfleckerl vom Vortag waren.

Verzweifeltes Weinen brachte Julie zurück in die Gegenwart. Sie fand die Mutter im Schlafzimmer auf dem Bett liegend, zusammengerollt wie ein Embryo.

»Mama?«

Als sie flüchtig ihre Schulter berührte, zuckte Dana zusammen, als würde sie mit einem Elektroschocker traktiert.

»Oh mein Gott, Julie, du bist es!«, stieß sie hervor. Sie richtete sich mühsam auf. Ihr dunkler Lidschatten war verschmiert. Wimperntusche, mit Tränen vermischt, hatte Spuren schwarzer Rinnsale über die Wangen zogen. Das kupferfarbene Haar hing ihr wirr ins blasse Gesicht.

Julie, die versuchte, sich aus dem Zustand ihrer Mutter und Joes wütenden Urschreien einen Reim zu machen, bemerkte die aufgeplatztzten Lippen erst, als Dana sich mit schmerzverzerrtem Gesicht an den Mund fasste. Es hatte sich bereits eine leichte Kruste gebildet, doch war offenbar genug Blut geflossen, um auch auf dem weißen Blusenkragen Spuren zu hinterlassen.

»Was ist denn passiert?«

»Joe ist wieder völlig ausgetickt.« Dana schluchzte. »Ich halte das nicht mehr aus, Julie! Wir müssen hier weg. Er wird uns noch alle umbringen ... Er hat eine Pistole in seinem Schrank, kannst du dir das vorstellen? Eine Pistole!«

Julie ließ sich auf dem Bett nieder. Dass Joe angeblich eine Pistole hatte, beschäftigte sie im Moment weiter weniger als die Verletzung ihrer Mutter.

»Warum hat er das getan?«

»Wie, was, warum!« Danas Verzweiflung schlug um in Wut. »Was sind denn das für Fragen? – Der Mann ist ein gemeingefährlicher Schläger, da erübrigt sich jede Suche nach Gründen!«

»Ich meinte ja nur ...«

Dana fuhr ihr harsch ins Wort.

»Auf wessen Seite bist du eigentlich? Auf seiner?!«

»Mama, ich ...«

»Alle sind immer gegen mich!« Dana zog die Knie eng an den Oberkörper heran und umschlang sie mit ihren Armen. »Das war schon immer so in meinem Leben. Meine Mutter war schon gegen mich und später geriet ich immer nur an Männer, die sich auch irgendwann gegen mich gewendet haben. Und jetzt ist auch noch meine eigene Tochter gegen mich!«

»Ich bin doch gar nicht gegen dich ...«

»Doch, das bist du! Sonst würdest mich unterstützen, statt hier herumzusitzen und nach Rechtfertigungen zu suchen.«

Julie fühlte sich hilflos. Sie wollte ihre Mutter wirklich gern unterstützen. Schon allein deshalb, weil ihr diese ständigen Streitigkeiten allmählich Kopfweh bereiteten.

»Ist es wegen Paul?«

Kaum ausgesprochen, bereute sie die Frage auch schon. Sie zu stellen war vermutlich keine gute Idee.

»Wegen Paul?« Dana runzelte irritiert die Stirn. »Was willst du denn damit sagen?«

»Na ja, ich …« Julie schluckte. Besorgt dachte sie daran, dass sie nicht die einzige Augenzeugin der Szene gewesen war, die sich an Silvester vor ihrem Zimmer abgespielt hatte. Schon darum wäre es wohl besser gewesen, zu schweigen. Die bohrenden Nachfragen konnte sie jetzt schon hören: *Und was hast du in deinem Zimmer gemacht? Warum warst du nicht bei den anderen unten? Warst du alleine?*

Mit einem Mal hatte sie Angst, dass ihre Mutter die Antworten auf diese Fragen in ihren Augen las, und dass sie Lydia damit möglicherweise in Gefahr brachte.

»Nichts«, korrigierte sie sich eilig. »Ich meinte nur, ob Joe vielleicht eifersüchtig ist auf Paul. Ob er sich einbildet, dass Paul es auf dich abgesehen hat, und deshalb so aggressiv ist.«

»Wieso sollte er denn eifersüchtig sein?« In Danas Gesicht stand blankes Unverständnis. »Du tust ja gerade so, als hätte ich mit ihm eine Affäre.« Sie schüttelte den Kopf. »Also wirklich! Wenn hier jemand eine Affäre hat, dann wohl eher Joe. Und du, natürlich.«

Julies Herzschlag setzte für ein paar Takte aus.

»Ich?«, wiederholte sie mit dünner Stimme.

»Verkauf mich doch nicht für blöd. Wir hatten diese Diskussion schon einmal. Ich habe dir damals schon gesagt, dass ich dir an der Nasenspitze ansehe, dass es da jemanden gibt. Warum hast du eigentlich kein Vertrauen zu mir? – Ich bin deine Mutter. Du solltest keine Geheimnisse vor mir haben. Wir müssen zusammenhalten, verstehst du das nicht?«

Dana fuhr sich mit dem Handrücken über die Augen. Unabsichtlich verwischte sie dabei ihr ohnehin schon in Mitleidenschaft gezogenes Make-up noch mehr. Die dunklen Flecken um die rotgeweinten Augen und die getrockneten Streifen erinnerten Julie unweigerlich an den kleinen Vampir aus der lustigen Trickfilmserie, die sie als Kind gelegentlich angesehen hatte. Zum Lachen war ihr im Augenblick aber nicht zu Mute.

Sie dachte an Lydia. Sie hatten sich an diesem Tag zwei Schulstunden lang im Deutschunterricht gesehen. Lydia hatte sie behandelt wie und je: neutral, sachlich und mit der Distanz, die ihrem offiziellen Verhältnis angemessen war. Trotzdem war es Julie so vorgekommen, als trage Lydia ihr die Diskussion nach, die sie vor ein paar Tagen im Auto geführt hatten. Die Kritik an ihrer Gedichtanalyse war jedenfalls recht heftig ausgefallen und ihre Wortmeldung schlichtweg übergangen worden.

Lydias Verhalten schmerzte Julie mehr, als sie erwartet hatte. Auch wenn es momentan nicht mehr so harmonisch zwischen ihnen lief – sie war sich im Laufe des Unterrichtstages umso bewusster geworden, dass ihre Gefühle für Lydia viel zu tief waren, um das Verhältnis zu beenden. Sie wollte nicht Schluss machen! Sie wollte, dass sich etwas änderte! Dass sie mehr Zeit miteinander verbrachten, beispielsweise. Dass sie mit Lydia telefonieren konnte, wann immer sie wollte, oder unangemeldet bei ihr zu Hause auftauchen und ihr das Herz ausschütten konnte. Wie jetzt zum Beispiel, wo Joe in der Scheune tobte und ihre Mutter in dieser gewissen Stimmung war.

»Möchtest du zur Polizei gehen und Anzeige erstatten?«

Julie war selbst schockiert über den Vorschlag, der ihr nur deshalb so locker über die Lippen kam, weil sie von sich selbst ablenken wollte. In Wahrheit steckte ihr der Auftritt der Polizei vor Weihnachten noch immer in den Knochen. Sie hatte es gehasst, die Fragen der Uniformierten zu beantworten, weil das Bild, das in deren Köpfen entstand, für sie nur einen winzig kleinen, stark verzerrten Ausschnitt der Realität darstellte.

»Nein.« Danas Stimme klang überraschend fest. »Das hat keinen Sinn. Sie werden sowieso nichts gegen ihn unternehmen. Das hast du doch schon beim letzten Mal gesehen.«

»Sie hatten dir angeboten, ihn ein paar Tage wegzuweisen.«

Dana machte eine müde Handbewegung.

»Was sind schon ein paar Tage? – Er müsste *für immer* weg. Nur dann könnte ich mein Leben wieder in Frieden leben.«

»Du könntest ihn verlassen.«

Dana lachte bitter.

»Und wohin soll ich dann gehen, Miss Klugscheißer? – Ich habe kein Geld, kein Engagement ... und die Kinder!«

Julie wusste nichts darauf zu erwidern. Sie wusste mit einem Mal nur, dass ihre Hausaufgaben auf sie warteten und dass am nächsten Tag ein Englischtest anstand.

Sie erhob sich.

»Ich weiß, du hasst mich«, sagte Dana da unvermittelt.

»Das ist nicht wahr.«

»Doch. Ich spüre das.«

»Ich hasse dich nicht, Mama.«

»Ich hätte dich nie bei deiner Großmutter lassen sollen. Sie hat dich gegen mich aufgehetzt. Glaubst du, ich weiß nicht, was sie von mir gehalten hat? – Ich war damals so erfolgreich, aber sie hat mich nie bewundert! In ihren Augen war ich nur eine Versagerin, die mit siebzehn schwanger wurde und ohne Abschluss von der Schule abging. Dich hat sie viel mehr geliebt als mich. Du warst die Tochter, die sie in mir nie hatte.«

Sie hat jahrelang rund um die Uhr gearbeitet und jeden Schilling zur Seite gelegt, damit du nach der Matura studieren kannst. Es war ihr größter Wunsch, dass du einmal einen guten Job mit anständigem Gehalt bekommst. Aber du hast dich nur für Burschen interessiert. Und schließlich bist du nach Deutschland abgerauscht und hast es ihr überlassen, sich um mich, dein Baby, zu kümmern. Warum bist du ihr eigentlich nicht dankbar dafür, dass sie es dir dadurch möglich gemacht hat, zumindest eine Zeit lang deine Träume zu leben?

Julie hätte vieles sagen können. Doch sie war in diesem Augenblick nur unendlich müde.

»Lass bitte Oma aus dem Spiel«, sagte sie nur knapp und ließ ihre Mutter auf dem Bett zurück.

*

Es war ein Massaker gewesen, auch wenn kein Blut geflossen war. Abgehackte Köpfe lagen quer über den Bretterboden verteilt neben zertrümmerten Armen, Beinen und Flügeln. Ein paar Glassplitter, die zwischen die Dielen gefallen waren, ragten wie spitze, kleine Eisberge aus dem Meer der Zerstörung. Der Großteil der Glassplitter hatte sich in winzigen Stücken über den Boden verbreitet und reflektierte das Licht der zwei großen Scheinwerfer, die in diesem Atelier zugleich als Heizung dienten. Dieses Glitzern und Funkeln verlieh der inmitten des Trümmerfeldes am Boden kauernden Gestalt eine groteske Note.

Erschüttert von dem Anblick, der sich ihr bot, verharrte Julie für einen Moment am Eingang der Scheune. Dann bahnte sie sich vorsichtig ihren Weg durch die Trümmer, bemüht, mit den dünnen Sohlen ihrer Hausschuhe nicht versehentlich auf steil aufragende Scherben oder Nägel zu treten.

»Joe?«

Der Mann auf dem Boden hob den Kopf. Was sie sah, ließ Julie unwillkürlich zusammenzucken. Die ansonsten so lebhaften Augen wirkten wie die eines Toten. Ein tiefer, blutiger Kratzer überzog seine linke Wange.

»Was willst du?«, fragte er dumpf.

»Warum hast du deine Skulpturen zerstört?«

Joe hob die Schultern. »Es war alles nichts.«

Julies Blick fiel auf die Axt, die neben ihm auf dem Boden lag. Ein Film lief in ihr ab: Joe, wie er schreiend und voller Aggression zerstört, was er im Laufe von Monaten mühevoll und mit Leidenschaft erschaffen hatte.

»Sie sagt, ich sei ein Versager«, brach es plötzlich aus ihm hervor. »Sie sagt, alles, was ich mache, ist Schrott. Sie sagt, dass sie mich verlässt, wenn ich keinen Job finde.« Die Verzweiflung stand ihm jetzt wie ein Feuermal im Gesicht. »Aber wie soll ich einen Job finden? – Ich bin Künstler!«

Julie schob mit dem Fuß einige Splitter und Metallteile zur Seite, dann kauerte sie sich neben Joe auf den kalten Boden. Instinktiv spürte sie, dass er trotz seiner anfänglichen Abwehr reden wollte. An die Klausurvorbereitung war ohnehin nicht zu denken gewesen. Trotz geschlossener Zimmertüre hatte sie nicht überhören können, wie ihre Mutter mittlerweile der vierten Bekannten am Telefon haarklein schilderte, dass Joe sie wieder geschlagen hatte. Es blieb zu vermuten, dass es sich bei den Telefonpartnerinnen um Chorsängerinnen handelte.

Ganz abgesehen davon, dass ihre Mutter nicht der Unschuldsengel war, als den sie sich hinstellte – die Vorstellung, dass Dana mit ihren Berichten über Joe das Bild eines notorischen Schlägers zementierte, gefiel Julie überhaupt nicht. Seit dem Vorfall an Weihnachten wurde in Altenhain sowieso schon genug über ihre Familie getratscht.

Bestimmt wusste längst auch Lydia davon, dass die Polizei bei ihnen gewesen war. Obwohl sie es gewiss nicht aus erster Hand, sprich: von Dana persönlich erfahren hatte. Julie sah inzwischen durchaus klar, dass das, was die beiden Frauen verband, nur eine eher oberflächliche Freundschaft darstellte.

»Sie hat gesagt, dass sie mit Alissa und Alena nach Berlin ziehen will. Dass sie dafür sorgen wird, dass ich die Kinder nie wiedersehe.«

Und ich? Was wird aus mir? Werde ich auch nach Berlin ziehen?

»Hast du sie deshalb geschlagen?«

Joe sah sie irritiert an.

»Du weißt doch, warum mir die Hand ausgerutscht ist. Du warst doch dabei.«

Julie runzelte die Stirn. »Ich war in der Schule.«

Joe lachte – ein verächtliches, bitteres Lachen.

»Wollt ihr mich beide in den Wahnsinn treiben, du und deine Mutter? – Es war Heiligabend! Nix Schule! Sie hat mich angespuckt und ...«

»Ich spreche nicht von Weihnachten«, fuhr Julie dazwischen. »Ich spreche von heute.«

»Heute? – Heute habe ich sie nicht geschlagen!«

»Sie hat eine aufgeplatzte Lippe und Blut im Gesicht. So, wie du auch.« Sie wies mit dem Kinn auf den Kratzer in seinem Gesicht.

»Das war *sie*«, sagte er dumpf. »Fährt mir einfach mit den Krallen ins Gesicht, die Kuh!«

Julie schüttelte den Kopf. Warum hörte sie sich eigentlich an, wie diese beiden Wahnsinnigen einander die Schuld zuschoben? – Sie gab sich die Antwort selbst. Weil sie wissen wollte, was wirklich vorgefallen war. Und, noch wichtiger: wie es nun weitergehen würde.

»Mama sagt, du hättest eine Pistole in deinem Schrank.«

Joe stieß eine Art Knurren aus und raufte sich die Haare. »Und wenn schon! Hat mir ein Freund geschenkt, vor Ewigkeiten ... Wir haben damit in der Sandgrube auf Blechdosen geballert ... was interessiert das jetzt? Julie! In meinem ganzen Leben habe ich ein einziges Mal eine Frau geschlagen und ich bereue das seither jeden Tag!« Joe packte sie heftig. Seine kräftigen Finger bohrten sich in ihre Schulterblätter.

»Lass mich los!«, fuhr sie ihn an. Sofort ließ er von ihr ab.

Sie erhob sich, klopfte sich Staub und Splitter von ihrer dunklen Jeans. Dann drehte sie sich wortlos um und ging in Richtung Scheunentüre, ihre innere Verzweiflung hinter einer undurchdringlichen Maske von Ablehnung verbergend.

Lydia – warum kann ich dir nicht einfach alles erzählen? Warum fragst du mich nie, was hier los ist?!

In derselben Sekunde gestand sie sich ein, dass das Schweigen, was ihr Zuhause anbelangte, auch ihre eigene Schuld war. Als sie Lydia die Geschichte zu lesen gegeben hatte, damals, vor vielen Wochen, hatte sie deren vagen Versuch, über die Hintergründe zu sprechen, mit einem knappen *Ich habe die Situation im Griff* abgetan. Seither wich Lydia jeglicher Diskussion über ihre familiäre Lage großräumig aus.

»Dieser Paul hat gesagt, er kennt wichtige Leute vom Film«, durchdrang Joes Stimme aus dem Hintergrund ihre düsteren Gedankengänge. »In Berlin. Sie will da unbedingt hin. Sie sagt, ich wäre ohnehin nur eine Last, wenn ich nicht mal Geld verdiene. Wenn ich die Familie nicht ernähren kann. – Bitte, Julie, bring du sie zur Vernunft! Sag ihr, dass sie mir die Kinder nicht einfach wegnehmen kann! Es sind auch meine Kinder!«

Julie blieb stehen, drehte sich langsam zu ihm um. Joe hatte sich inzwischen vom Boden erhoben. In seiner Jeans klaffte ein Riss, doppelt so lang wie der Kratzer in seinem Gesicht.

»Ich will nicht, dass sie mich verlässt! Ich liebe meine Kinder. Ich liebe Dana! Aber warum macht sie mir das alles so schwer?« Er schluchzte jetzt. »Ich will meine Familie behalten – Dana und die Zwillinge sind mein Leben!«

Angewidert wandte Julie sich ab. Sie hatte genug gehört.

Wien, Dezember 2014

Seit ihm als Fünfjährigem in einer Not-OP der durchgebrochene Blinddarm entnommen worden war, hasste Bezirksinspektor Bernd Gerold Krankenhäuser. Schon allein der Geruch – dieses Gemisch aus abgestandener Luft und Desinfektionsmittel, aus

Angst und Schmerz – weckte seine Abscheu. Er fand, dass man Angst und Schmerz riechen konnte. Möglicherweise bildete er sich das nur ein, jetzt aber blieb ihm sowieso nichts anderes übrig, als seinen inneren Widerstand zu überwinden.

Der uniformierte Wachtposten, der auf seine Anordnung hin noch immer vor Julie Schneebergs Krankenzimmer ausharrte, lungerte auf einem Stuhl und blätterte in einem Journal. Seine offensichtliche Langweile überraschte Bernd insofern, als hinter der geschlossenen Türe eine heftige Debatte im Gang war. Er erkannte die zweite Frauenstimme sofort: Marcy Degass.

Der Wachtposten, der ihn erst jetzt bemerkte, sprang dienstbeflissen auf und öffnete den Mund, um zu grüßen, doch Bernd legte den Finger über die Lippen. In wenigen Zentimetern Abstand verharrte er vor der Tür.

»... mich hintergangen«, hörte er die Schneeberg sagen. »Du hättest das mit mir absprechen müssen!«

»Ich entscheide immer zu deinem Besten!«

»Das tust du nicht! Du ahnst nicht, was du damit losgetreten hast, Marcy! Ich war so nahe daran ... aber du hast alles kaputt gemacht!«

»Du weihst mich nie in deine Pläne ein, das ist der Fehler! Du *vertraust* mir nicht! Du ziehst immer nur dein Ding durch und lässt mich im Regen stehen! – Wie soll ich wissen, was in deinem Kopf vor sich geht?«

»Ich *kann* dir nicht vertrauen, Marcy! Nach allem, was du getan hast ...«

»Getan? Was habe ich denn getan? – Du lieber Himmel, du tust ja gerade so, als hätte ich dich den Wölfen zum Fraß vorgeworfen!« Die Stimme der Literaturagentin überschlug sich fast. »Ich habe mich Jahre lang für dich abgestrampelt – und jetzt lässt du mich hängen! Ich stehe dermaßen unter Druck ... Ich sage nur: fünfzig Seiten, Julie, fünfzig fehlende Seiten! Der Verlag hat schon Konsequenzen angedroht. Die Deadline ist seit Wochen überschritten!«

»Lass das meine Sorge sein. Ich habe die Situation im Griff.«

Höhnisches Lachen.

»Das sagst du immer, Julie. Seit ich dich kenne. Und zwar immer dann, wenn schon längst klar ist, dass du gar nichts mehr im Griff hast. Die Absätze sinken, Julie! Dein letztes Buch war ein Flop! Wenn dieses kein Hit wird, haben wir ein Problem!«

»*Du* hast ein Problem. *Ich* besitze genug Ersparnisse.«

»So wenig bin ich dir also wert? Du lässt mich einfach im Stich? – Na danke, dann weiß ich ja jetzt, woran ich bin …!«

»Marcy …«

Dass für Schneebergs Agentin die Diskussion beendet war, realisierte Bernd erst, als ihm beinahe die Krankenzimmertür an die Stirn flog. In letzter Sekunde wich er zurück.

»Herr Gerold. Was für eine Überraschung.« Marcy Degass, in einem schwarzen Ledermantel mit Pelzbesatz, musterte ihn abschätzig. Ihren Gesichtszügen war unschwer zu entnehmen, dass sie seinen Lauschangriff bemerkt hatte. »Haben Sie den anonymen Briefeschreiber gefunden? – Wir wollen ja wohl nicht, dass Julie ein zweites Mal in Lebensgefahr gerät …«

»Wollen wir das nicht?«, konterte er. Zugleich ärgerte er sich selbst über seine geistlose Bemerkung. *Er* wollte natürlich nicht, dass jemand in Lebensgefahr geriet – weder Julie Schneeberg noch ein anderer Mensch! Wollte es Marcy Degass?

Die Frage der Hamburgerin schien sogar doppelt bedeutungsvoll. Schließlich hatte er ihr seine Einsicht, dass Kracherl-Karli, der weiterhin in Untersuchungshaft saß, auf keinen Fall der anonyme Briefeschreiber sein konnte, bisher nicht mitgeteilt.

»Wie auch immer. Tun Sie Ihre Arbeit. Ich werde heute am frühen Abend nach Hamburg zurückfliegen.«

Die Blonde wandte sich grußlos ab und stakste auf Absätzen, bei deren Anblick ihm schwindelig wurde, den Gang entlang in Richtung Ausgang.

Julie Schneeberg saß aufrecht in ihrem Bett, als er das Zimmer betrat. Sie hielt die Hände ineinander verschlungen, ihre Lippen zitterten. Der Streit mit ihrer Agentin schien sie merklich aufgebracht zu haben.

»Na, Frau Schneeberg, dicke Luft?« Er streckte ihr die Hand entgegen. Als sie keine Anstalten machte, ihn zu begrüßen, begriff er. »Entschuldigen Sie. Bezirksinspektor Gerold. Wir kennen uns von Ihrem Einbruch, erinnern Sie sich?«

»Oh … natürlich. Verzeihung.« Sie schüttelte ihm die ausgestreckte Rechte. »Ist mein Schmuck etwa wieder aufgetaucht? Haben Sie die Einbrecher?«

Er zog sich den Besucherstuhl an ihr Bett heran.

»Ich bin nicht wegen des Einbruchs hier, sondern wegen ihres vermeintlichen Unfalls …«

»Das habe ich Ihrem Kollegen ja bereits gesagt: Ich habe nicht aufgepasst, bin vor das Auto gelaufen … und der Fahrer war offensichtlich betrunken. Was gibt es da zu ermitteln?«

»Es besteht der Verdacht, dass der Fahrer den Wagen absichtlich auf sie zugesteuert hat.« Bernd betrachtete aufmerksam Julie Schneebergs Gesicht. Als sie keine Miene verzog, fuhr er fort: »Warum haben Sie mir eigentlich nicht schon zum Zeitpunkt des Einbruchs davon erzählt, dass Sie bedroht werden?«

»Bedroht? Hat Marcy … Frau Degass das so formuliert?«

»Sie hat mir Mails gezeigt von einem Unbekannten, der davon redet, dass er sie treffen will … Ihnen nahekommen will.«

»Erstens habe ich vor ein paar Tagen selbst noch nicht gewusst, dass mir der Kerl immer noch mailt. Zweitens fasse ich Formulierungen wie diese nicht als Bedrohung auf.«

Tja, da sind wir schon zwei …

»Sie haben uns auch verschwiegen, dass Sie in einem Parkhaus von einem unbekannten Mann verfolgt worden sind.«

»Du lieber Himmel.« Sie schüttelte missbilligend den Kopf. »Lassen Sie mich das einmal in eine zeitliche Abfolge bringen: Erst wird bei mir eingebrochen, dann verfolgt mich jemand. Als

Sie bei mir waren, hätte ich Ihnen also noch gar nichts von einer Verfolgung erzählen können …«

»Sie hätten sich danach bei mir melden können.«

»Mit Verlaub, Herr Inspektor – aber weshalb? Nur weil ich mir einbilde, dass mich jemand verfolgt, laufe ich sicher nicht gleich zur Polizei! Ich habe nicht den geringsten Beweis dafür, dass der Mann wirklich hinter mir her war. Möglicherweise wusste er nur nicht mehr, in welchem Stockwerk er sein Auto geparkt hat.«

»Frau Degass erzählte mir, dieses Parkhaus-Erlebnis hätte sie ziemlich aufgewühlt.«

»Frau Degass hat eine rege Phantasie. Sie sucht auch noch immer nach einem vermeintlichen Zusammenhang zwischen dem Einbruch bei ihr im Büro, bei meiner Lektorin im Verlag und bei mir in der Wohnung, was lächerlich genug ist. Ich fühle mich weder beunruhigt noch verfolgt und deshalb könnten Sie diese Attrappe von einem Polizisten vor meiner Türe auch endlich abziehen! Ich komme mir hier vor wie im Gefängnis!«

»Der Wachtposten ist zu Ihrem eigenen Schutz hier, Frau Schneeberg. Zum Schutz vor besorgten Fans und neugierigen Medienvertretern. Nachdem Frau Degass ja unbedingt eine Pressemitteilung herausgeben musste …«

»Ja, das hätte sie nicht tun sollen.« Die Autorin ließ sich zurücksinken und zog sich die Bettdecke weit über die Brust. Sie wirkte erschöpft. »Ich bin müde«, kam es auch schon. »Ich kann nicht mehr zu diesen Vorfällen sagen, als dass ich persönlich keinen Zusammenhang erkenne. Ich möchte endlich heraus aus dem Krankenhaus und wieder mein Leben leben.«

Bernd Gerold stand auf.

»Wie lange müssen Sie noch hierbleiben?«

»Die Ärzte sagen, noch ein oder zwei Tage. Das wird sich wohl morgen nach der Visite entscheiden.«

Er reichte ihr zum Abschied die Hand.

»Dann gute Besserung.«

In seinem Kopf schlugen die Gedanken Purzelbäume. Von Einbrüchen in der Agentur und im Verlagshaus hatte die Degass ihm gegenüber kein Wort erwähnt …

*

»Julie Schneebergs gestohlener Schmuck ist in einem dieser dubiosen Juwelierläden am Mexikoplatz wiederaufgetaucht«, waren Kurt Steinbachers erste Worte, als Gerold ins Büro zurückkam. »Der Juwelier konnte eindeutig den Kracherl-Karli als Verkäufer beschreiben.«

Der Bezirksinspektor ließ sich in seinen Schreibtischsessel fallen und raufte sich sein spärliches Kopfhaar.

»Okay«, sagte er wie zu sich selbst. »Kracherl-Karli bricht bei der Schneeberg ein und fährt sie ein paar Tage später mit dem Auto um. Angeblich sturzbetrunken, wobei angesichts der Umstände wohl eher naheliegt, dass er sich erst danach hat volllaufen lassen, um seine Tat als Unfall unter Alkoholeinfluss zu tarnen. Währenddessen bombardiert ein vermeintlicher Professor Julie Schneeberg mit glühenden Fan-Mails. Ich frage mich, wo da der Zusammenhang sein soll …«

Kurt Steinbacher hob die Schultern.

»Wenn du mich fragst: Es gibt keinen. Zwei Einzeltäter.«

Erleichtert, dass sein Kollege seine Theorie teilte, erwiderte Gerold: »Dumm nur, dass die Kollegen in Deutschland noch nicht in Sachen ID-Adresse des anonymen Mailschreibers weiterrecherchiert haben. Vielleicht würden wir so zumindest schon wissen, wer sich hinter unserem aufdringlichen Texter verbirgt. Was unseren Kracherl-Karli betrifft, stehe ich immer nur vor einem Rätsel. Der hat überhaupt kein Motiv, der Schneeberg Böses zu wollen! Trotzdem bricht er anscheinend bei ihr ein und fährt sie über den Haufen.«

»Möglicherweise ist er ja von jemandem beauftragt worden«, überlegte Steinbacher laut.

»Dann sollten wir ihn uns noch einmal vornehmen. Vielleicht ist unser Mann inzwischen gesprächiger.« Bernd Gerold hatte bereits zum Telefon gegriffen, als ihm etwas einfiel. »Kurt, nachdem du so schon einen recht guten Kontakt zu den deutschen Kollegen hast: Bring doch bitte auch gleich in Erfahrung, was bei den Einbrüchen in Marcy Degass' Agentur und im Büro von Julie Schneebergs Stammlektorin weggekommen ist. Und wann diese Einbrüche stattfanden. Möglicherweise hilft uns das weiter … ich will einfach nichts übersehen.«

*

»Herr Janninger, jetzt hören Sie endlich auf, es zu leugnen: Sie haben sich erst *nach* der Auto-Attacke auf die Frau Schneeberg besoffen und *Sie* waren es, der bei ihr in der Wohnung eingebrochen und Schmuck und Laptop entwendet hat!«

»I sog nix.« Seit Kracherl-Karli vor zehn Minuten in den Verhörraum gekommen war, hockte er reglos an dem kleinen Tisch, die Arme verschränkt, und wiederholte auf Gerolds Konfrontationen immer wieder nur diese drei Worte.

Der Bezirksinspektor war nahe daran, die Geduld zu verlieren.

»Janninger. Wie lange wollen Sie denn noch einsitzen? Gefällt es Ihnen in der U-Haft so gut, oder wie? – Reden Sie endlich: Warum der Einbruch, warum der Anschlag mit dem Auto auf eine Frau, die ihnen nichts getan hat? – Das passt doch gar nicht zu Ihnen, Janninger!«

»Sie können mich nicht ewig hier behalten«, formulierte der Verhörte, jetzt um akkurate Aussprache bemüht, und lehnte sich zurück. Sein gelassener Gesichtsausdruck brachte Bernd innerlich zur Weißglut. »Ich hab etwas zu viel gesoffen gehabt und eine Frau niedergefahren. Ein Versehen. Mir tut das leid, aber ich kann es nicht ändern. Ist halt passiert. Ich werd vor Gericht wandern und a paar Monate aufgebrummt bekommen, wenn überhaupt. Vielleicht krieg ich aber auch nur auf Bewährung, wenn ich einen Entzug mache. Ich bin ja geständig.«

Er grinste schlau.

Aha, so hast du dir das alles vorgestellt.

»Der Einbruch geht eindeutig auch auf Ihre Kappe. Wir haben den Schmuck sichergestellt, Janninger. Da waren Ihre Fingerabdrücke drauf und der Juwelier wird Sie bei einer Gegenüberstellung ruckzuck identifizieren. Es hilft kein Leugnen.«

Der Mann mit dem Schnauzbart starrte mit bockiger Miene auf die Tischplatte.

»Bernd, bitte komm mal kurz ...« Steinbacher stand auf der Türschwelle und winkte Gerold heraus. Insgeheim dankbar, dass unergiebige Verhör unterbrechen zu können, folgte er seinem Kollegen in den Nebenraum.

»Ich habe mit Hamburg telefoniert. Einbrüche bei Marcy Degass und bei der Lektorin sind dort nie gemeldet worden. Mit der Lektorin habe ich auch schon selbst gesprochen – Fehlanzeige. Sie wunderte sich, wie wir auf diese Idee kommen.«

Interessant.

Bernd sah Marcy Degass vor sich, mit ihren schicken Klamotten und ihrer teuren Uhr am Handgelenk. Die Website der Agentur mit den Fotos und Lebensläufen der Angestellten war ihm noch gut in Erinnerung, genauso wie ihre plötzlich so bedeutungsschwer nachklingenden Sätze.

Natürlich ist Julie mit Abstand die erfolgreichste Autorin, die ich vertrete. – Die Absätze sinken, Julie! Dein letztes Buch war ein Flop! – So wenig bin ich dir also wert? Du lässt mich einfach in Stich?

Die Puzzleteile in seinem Kopf fügten sich zu einem stimmigen Ganzen zusammen. Nachdenklich ging er zurück in den

Verhörraum und setzte sich erneut Kracherl-Karli gegenüber, der sich nervös den Schnauzer zwirbelte.

»Wir wissen, dass Sie beauftragt worden sind, Janninger. Beauftragt, bei Frau Schneeberg einzubrechen, und beauftragt, ihr einen Schrecken einzujagen, in dem Sie sie umfahren. Vor einem belebten Einkaufszentrum, in breiter Öffentlichkeit, mit vielen Zeugen. – Geben Sie schon zu: Was hat sie Ihnen gezahlt dafür, dass Sie Ihren Führerschein abgeben und wegen Fahrerflucht mit Körperverletzung verurteilt werden? Oder was hat Sie Ihnen versprochen?«

Karl Janninger presste die Lippen aufeinander, doch Bernd sah an seiner angespannten Miene, wie es in ihm arbeitete.

Gut so. Höchste Zeit, dass er für sich selbst abwägt, was ihm wichtiger ist: ein paar Tausender, die er wahrscheinlich sowieso in Kürze verprasst, oder seine Freiheit.

»Falls sie Ihnen Geld versprochen hat, muss ich Sie jetzt brutal von Ihrer rosaroten Traumwolke holen«, schob Bernd nach. »Die Frau ist pleite.«

Mit verstecktem Amüsement bemerkte er, wie die Augenlider des anderen zuckten. Seine Worte hatten offensichtlich ins Schwarze getroffen.

»Also, Janninger. Den Schmuck haben wir ja inzwischen schon sichergestellt. Was ist mit dem Laptop? Wo finden wir den?« Einer plötzlichen Laune folgend, fügte er hinzu: »Oder haben Sie den vielleicht gebraucht, um Julie Schneeberg schwülstige Liebesbriefe zu schreiben?«

»Was?« Kracherl-Karli rümpfte die Nase. »Liebesbriefe? Ich?«

Es kostete Bernd Gerold Mühe, angesichts der angewiderten Miene des Ganoven nicht laut aufzulachen, doch immerhin hatte er sein erstes Ziel erreicht und Janningers stures Schweigen durchbrochen. Er beschloss, das Spiel fortzusetzen.

»Genauer gesagt, waren es nicht nur Liebesbriefe, sondern auch Drohungen. – Es sieht schlecht für Sie aus, Herr Janninger.

Erst brechen Sie bei Frau Schneeberg ein, schreiben ihr Liebes- und Drohbriefe, dann fahren Sie sie noch um ... Ich schätze, mit einem Alko-Unfall werden Sie nicht davonkommen. Jeder Richter der Welt wird zu dem Schluss kommen, dass Sie eine krankhafte Fixierung auf eine Prominente haben. Und weil Sie sie nicht haben konnten, sollte sie auch kein anderer bekommen ... Sie wollten Julie Schneeberg also bewusst mit dem Auto niederstrecken und töten.«

»So ein Blödsinn!« Janninger ließ seine Faust auf die Tischplatte sausen. Er war sichtlich aufgebracht. »Mir ist die Frau völlig egal!«

»Tja, die Frage ist nur, ob Ihnen der Richter aufgrund der Beweislage Glauben schenkt«, sagte Bernd ruhig. »Es wäre natürlich eine völlig andere Situation, wenn sich definitiv herausstellen würde, dass Sie nur einen Auftrag ausgeführt haben ...«

Janningers Nasenflügel bebten. Er starrte auf seine Hände, die jetzt flach auf der Tischplatte lagen.

»Ich habe den Laptop ihr gegeben«, platze es dann plötzlich aus ihm heraus. »Sie wollte nur den Laptop. Das war der Auftrag. Den Schmuck hab ich mitgenommen, zur Sicherheit. Dass ich was in der Tasche habe, wenn sie nicht alles zahlt.«

Bernd atmete innerlich auf. Das war noch immer kein volles Geständnis, aber der Mann war auf dem besten Weg dorthin.

»Warum nur die Perlenkette und Ohrstecker? Warum nicht die Diamantohrringe? Oder die Gemälde? – Sie haben sich mit ziemlich wenig zufriedengegeben ...«

»Diamanten sind viel zu schwer loszuwerden. Bei so teurem Plunder wird jeder gleich skeptisch. Das andere Zeugs ist Allerweltsware, da fragt keiner so genau. Mit diesem Kunstzeugs kenne ich mich nicht aus. Ich wollte auch wieder raus aus der Wohnung. Da war eh nichts zu holen.«

»Kein Bargeld, meinen Sie?«

Janninger nickte.

»Haben Sie deshalb die Wohnung durchsucht? Wegen des Bargelds?«

»Auch. Aber sie hat gesagt, ich soll auch nach irgendwelchen Sticks suchen. Die Dinger, die man an die Computer ansteckt. Da soll irgendetwas darauf sein ... Daten oder so.«

Bernd konnte sich eines Schmunzelns nicht erwehren.

»Außerdem«, fuhr Janninger, der seine Schweigebarriere offenbar erfolgreich überwunden hatte, nun redselig fort, »das mit der Wohnung, das gehört ja bei einem Einbruch doch irgendwie dazu, oder?«

»Gut, Herr Janninger. Und jetzt sagen Sie mir noch, wie viel sie Ihnen versprochen hat ... für den Einbruch und den Mordversuch an Frau Schneeberg.«

Er wählte seine Worte bewusst und sie verfehlten nicht ihre Wirkung.

»Das war doch kein Mordversuch«, wehrte sich der Kleinkriminelle. »Ich sollte ihr Angst einjagen, weiter nichts! Es verlief alles nach Plan.«

Bernd Gerold stand auf. Kracherl-Karli würde bei seinen Berichten später noch weiter ins Detail gehen müssen. Jetzt allerdings war hierfür weder Zeit noch Bedarf.

»Eines noch, Janninger: Wie hieß die Frau, die Sie beauftragt hat?«

»Woher soll ich das wissen, sie hat sich nicht namentlich vorgestellt«, kam die Antwort prompt. »Aber Sie kennen sie sowieso: Es ist die blonde Tussi, die mit Ihnen neulich am Gang herumgestanden ist ...«

Sein Gegenüber sah auf die Uhr. Halb fünf Uhr nachmittags. Eile war geboten. Er musste Marcy Degass abfangen, ehe sie in den Flieger nach Hamburg stieg.

*

»Für Sie habe ich jetzt wirklich keine Zeit«, erklärte Marcy Degass kurz angebunden, als Bezirksinspektor Gerold in Begleitung seines Kollegen rund zwanzig Minuten später im Grand Hotel an der Wiener Ringstraße eintraf. Die Agenturchefin hatte gerade die Türe des Hotelzimmers hinter sich zufallen lassen und stand im Mantel und mit Trolley auf dem Gang. »Ich muss zum Flughafen. Mein Taxi wartet bereits.«

Schon wollte sie an den beiden Bezirksinspektoren vorbei in Richtung Lift gehen, doch Bernd Gerold stellte sich ihr in den Weg. Sie öffnete den Mund, um Protest zu erheben. Dann sah sie die zwei Uniformierten im Hintergrund und ihr Gesicht verfinsterte sich schlagartig.

»Was soll das?«

»Wir müssen Sie bitten, mitzukommen«, sagte Gerold ruhig. »Sie stehen unter dringendem Tatverdacht, Karl Janninger zum Einbruch und Mordanschlag auf Julie Schneeberg angestiftet zu haben.«

Sie verdrehte die Augen.

»Aber das ist doch lächerlich.«

Intuitiv hatte Bernd damit gerechnet, dass sie beides leugnen würde. Er setzte bereits zu einer Erwiderung an, doch sie kam ihm zuvor.

»Sie haben das völlig missverstanden. Es war kein Mordanschlag, es war eine PR-Aktion«, erklärte sie ihm ohne Umschweife – und, wie ihm schien, auch ohne einen Hauch von Bewusstsein, dass sie sich damit strafbar gemacht hatte. »Ich habe lediglich etwas Publicity für Julie generieren wollen, um ihren Namen wieder in die Schlagzeilen zu bringen und etwas Werbung für ihre Bücher zu machen. Dieser … kleine Ganove hat sie mit höchstens zehn Stundenkilometern gestreift, mein Gott!« Sie machte eine gleichgültige Geste mit der Hand. »Ich konnte ja nicht ahnen, dass Julie gleich so unglücklich fällt, dass sie sich eine Gehirnerschütterung zuzieht und ein paar Rippen bricht.«

Als keiner der verdutzten Ermittler darauf reagierte, fuhr sie fort: »Wissen Sie eigentlich, wie das ist, PR für einen Menschen machen zu müssen, der gewöhnlich um 22 Uhr schlafen geht? Der die meisten Stunden des Tages vor einem Laptop sitzt und in einen Monitor starrt? Der allenfalls höflichen Small Talk bei einem gelegentlichen Dinner führt, aber niemals irgendwelche Skandale produziert? Der keine Liebschaften hat, nicht in der Öffentlichkeit streitet oder herumschmust, dessen Leben nur von Routine und Disziplin bestimmt ist? – Willkommen in meiner geschäftlichen Beziehung mit Julie Schneeberg! Die große Autorin ist leider ein durch und durch langweiliger Mensch. Schwer zu vermarkten, verstehen Sie? Mit den ersten Büchern hat sie ein paar Volltreffer gelandet und wir konnten das große Geschäft machen. Aber jetzt wird es von Jahr zu Jahr weniger, weil sie im Grunde immer das Gleiche schreibt, nur anders verpackt, und …« Sie verstummte.

Bernd traute sich nicht zu, ihren Gesichtsausdruck zu interpretieren. Wurde ihr soeben selbst bewusst, was sie getan hatte?

»Und da haben Sie sich gedacht, es könnte nicht schaden, eine wilde, medial wirksame Verfolgungsgeschichte rund um Ihre *Cash cow* zu inszenieren. Mit einem mysteriösen Einbruch, einem Verfolger im Parkhaus, Stalker-Mails … Und das alles, weil Sie sich finanziell übernommen haben: Ihr kostspieliger Lebensstil, eine Agentur mit zu vielen Angestellten …«

»Jetzt hören Sie doch auf!«, fuhr sie ihn unwirsch an. »Mit dem Verfolger und den Mails habe ich überhaupt nichts zu tun! Im Grunde hat mich Julie selbst erst auf die Idee gebracht – mit ihrer Geschichte vom Verfolger im Parkhaus. Keine Ahnung, wer das gewesen sein soll. Falls sie sich das nicht nur eingebildet hat. Und diese Mails habe ich mir ganz sicher nicht selbst geschickt! Ich habe überhaupt nichts getan, abgesehen von dieser etwas ungünstig verlaufenen PR-Aktion vor dem Einkaufszentrum!«

»Und dem Einbruch«, half Kurt Steinbacher auf die Sprünge.

»Du lieber Himmel, ja! Aber das ist eine ganz andere Geschichte …« Sie schüttelte den Kopf. Diesmal konnte Bernd ihre Mimik unschwer interpretieren: Sie hielt seinen Kollegen für begriffsstutzig. Diese von sich überzeugte Frau hatte den Ernst ihrer Lage offenbar noch immer nicht erkannt. Aber gut, das konnte auch von Vorteil sein. Zumindest legte sie gerade ein volles Geständnis ab, ohne sich darüber bewusst zu sein.

»Julie schuldet mir und dem Verlag noch fünfzig Seiten für ihr neues Buch *In jener Nacht*. Der Verlag macht Druck, ich habe keine Ahnung, warum sie nicht liefert. Julie erklärt sich nicht … zumindest ich als ihre Agentin muss doch endlich wissen, wie die Geschichte ausgeht! Ich muss das Skript schließlich auch noch weitervermarkten! Wie soll ich etwas in die Wege leiten, solange Julie komplett auf stur stellt und mich im Ungewissen lässt!«

»Und da dachten Sie folgerichtig: Lass ich doch einfach mal den Laptop klauen, schon habe ich die fehlenden Seiten und kenne das Ende.« Bernd wechselte einen bedeutungsschweren Blick mit Kurt. »Ganz schön schlau, was?«

»Sie verstehen meine Situation nicht.« Marcy Degass war die Ironie seiner Worte nicht entgangen. »Ich stehe unter Druck. Vielleicht war mein logisches Denkvermögen dadurch etwas getrübt. Das gebe ich zu.«

Etwas?

»Dummerweise war aber das Ende des Elaborats nicht auf dem Laptop abgespeichert, nehme ich an«, stellte Bernd Gerold in den Raum.

»Nein. Zu meiner Überraschung war die Festplatte so gut wie leer. Ich habe nach wie vor nicht die geringste Ahnung, wo und wie Julie ihre Skripte sichert.«

»Interessant finde ich aus meiner Perspektive eines: Wie hätten Sie ihr das Skript mit den fehlenden Seiten denn wieder zukommen lassen wollen, wäre die Datei tatsächlich auf der Festplatte des Notebooks gelegen?«

»Da wäre mir schon etwas eingefallen.« Marcy Degass griff

nach ihrem Koffer. »So. Nun wissen Sie alles. Ich muss jetzt wirklich zum Taxi.«

Bernd tauschte erneut einen unmissverständlichen Blick mit seinem Kollegen.

»Frau Degass. Das Einzige, was Sie müssen, ist, uns begleiten. Sie haben gerade ein umfängliches Geständnis abgelegt. Sie sind vorläufig festgenommen. Selbstverständlich haben Sie das Recht, zu schweigen, sich einen Anwalt zu nehmen ...«

»Ersparen Sie mir diesen Text!« Sie seufzte. »Nun gut. Ich komme mit.«

Die uniformierten Kollegen schienen dies als Stichwort aufzufassen und traten auf sie zu. Einer davon hatte bereits ein Paar Handschellen gezückt.

»Ich bitte Sie! Ersparen Sie mir auch das. Ich laufe nicht weg. Mit einem guten Rechtsanwalt an meiner Seite lassen sich diese Missverständnisse sicher schnell aus der Welt schaffen.«

Flankiert von den beiden Ermittlern, durchquerte Marcy Degass Augenblicke später die Hotellobby, die Schultern gestrafft und forschen Schrittes. Erst als er ihr in den bereitstehenden Streifenwagen half, sah Bernd die Angst in den Augen der Frau.

»Hören Sie ...«, wandte sie sich zögerlich an ihn. »Tun Sie mir einen Gefallen. Erzählen Sie Julie nichts von all dem. Belassen Sie es bei der offiziellen Version. Zumindest, bis es ihr besser geht. Es bricht Julie das Herz, wenn sie erfährt, dass ich es bin, die hinter dem Einbruch und ihrem Unfall steckt. Ich bin die einzige Person, die ihr nahesteht. Sie ist nicht besonders stabil, psychisch, wissen Sie.«

»Frau Degass, ich fürchte, die Konsequenzen Ihres Handelns hätten Sie sich früher überlegen müssen. Ich jedenfalls kann und werde Frau Schneeberg nichts verschweigen.«

Bezirksinspektor Gerold schob die Türe des Kleinbusses zu und sah dem Wagen nach, bis er sich in den belebten Feierabendverkehr an der Ringstraße eingeordnet und aus dem Blickfeld verschwunden war.

Altenhain, Februar 1999

»Paul hat gesagt, es sei so gut wie sicher, dass ich die Rolle bekomme. Vorausgesetzt, ich gehe zum Vorsprechen.«

Dana verteilte großzügig Spaghetti und Fertigsugo auf die Teller. Bisher wirkte sie gelassen, fast heiter. Julie konnte sich nicht erinnern, wann sie in den vergangenen Wochen in einer so gelösten Stimmung gewesen war. Die Tatsache, dass sie an diesem Samstag hier als Familie am Esstisch saßen und noch kein Streit ausgebrochen war, war als echte Überraschung zu verbuchen.

Lag es möglicherweise daran, dass Joe vor ein paar Tagen wider Erwarten eine Stelle als Hilfskraft in einer örtlichen Schreinerei angetreten hatte? – Der Verdienst war nicht hoch und er schimpfte jeden Abend über die körperlich schwere Arbeit, die, wenn man ihm Glauben schenken wollte, nicht seiner wahren Berufung und Qualifikation entsprach, doch er hatte ihre Mutter damit offenbar zufriedengestellt. Vorerst.

Julies Misstrauen blieb. Die Erfahrung hatte sie gelehrt, wie leicht die Stimmung zwischen den beiden umschlagen konnte.

»Das Vorsprechen ist in Berlin, die Dreharbeiten auch.« Joe rollte die ersten Spaghetti auf. »Da zahlst du wieder das Ticket nach Berlin und irgendein überteuertes Zimmer in einer Pension und dann kriegst du doch nur eine neue Absage …«

»Paul hat mir zugesichert, dass ich diese Rolle bekomme. Dass sie sich andere nur pro forma anschauen. Er kennt den Produktionsleiter und den Regisseur. Und außerdem: Er zahlt mir das Flugticket!«

»Wer? Der Regisseur?«

Joe sah sie erstaunt an. Julie, die Antwort zu kennen glaubte, konzentrierte sich auf ihre Pasta.

»Paul«, gab Dana auch schon unbekümmert zu und Julie konnte beobachten, wie Joes Gestalt sich versteifte.

»Papi, ich kann die Spaghetti so nicht essen ...« Alena schob ihm den Teller hin. Ihr Vater war erst einmal beschäftigt, die langen Nudeln in kurze Stücke zu schneiden, und Julie froh über die Ablenkung.

»Ich kann das schon.« Alissa schob sich demonstrativ eine überladene Gabel mit herunterhängenden Spaghetti in den Mund, wobei die Hälfte davon prompt zurück in den Teller fiel. Ihr Gesicht sah aus, als hätte man sie bis zur Unterlippe in den Soßentopf getunkt.

»Julie, hilf bitte deiner Schwester«, kam da auch schon Danas mahnende Aufforderung und Julie, die neben dem Mädchen saß, zerkleinerte trotz des Protests ihrer Schwester auch deren Nudeln.

»Selbst wenn du die Rolle kriegst«, griff Joe zu Julies Unbehagen das Thema wieder auf. »Was bringt es dir, wenn die Dreharbeiten in Berlin sind?«

»Ich mag eben Berlin.« Dana wickelte genüsslich ihre Spaghetti. »Außerdem wird nur sechs Wochen lang gedreht. Dann sechs Wochen Pause, und dann noch mal sechs Wochen Dreharbeiten. Ende. Das Ganze ist bombastisch bezahlt und, was noch wichtiger ist: Meine Karriere kommt wieder in Schwung!«

»Dana. Sechs Wochen sind sechs Wochen. Wie stellst du dir das vor?«, warf Joe mit leicht gequälter Stimme ein. »Du hast Kinder ...«

»Es sind auch deine Kinder.«

»Ja, aber ich habe jetzt diesen Job.«

»Ich würde ein Vielfaches von dem verdienen, was du im Moment nach Hause bringst!«

»Das ist aber doch nur ein Film! Was kommt danach?«

Die Tonalität zwischen den beiden hatte gewechselt. In den ursprünglich lockeren Plauderton hatte sich schon wieder unterdrückte Aggression eingeschlichen.

»Du hast kein bisschen Vertrauen in mich.« Dana starrte auf ihren Teller. Tränen bildeten sich in ihren Augen. »Wenn du an mich glauben würdest, wäre dir klar, dass diese Rolle mein Comeback ist!«

»Ich glaube ja an dich«, sagte Joe, doch sogar in Julies Ohren entbehrte seine Stimme jeglicher Überzeugung.

»Nein, tust du nicht.« Dana schluchzte hell auf. Die Zwillinge vergaßen prompt zu essen und starrten ihre Mutter an.

»Warum weint die Mami?«, fragte Alissa.

Als sie keine Antwort auf ihre Frage bekam, nahm sie zu Julies Verwunderung wieder ihren Löffel in die Hand und schob sich die nächste Ladung Nudeln in den Mund. Alena starrte ihre Mutter noch ein paar Augenblicke an, tat es aber schließlich ihrer Schwester gleich.

Julie wusste angesichts der Szenerie nicht recht, ob sie lachen oder weinen sollte. Ihre schluchzende Mutter und der inzwischen ärgerlich wirkende Joe schienen für ihre kleinen Schwestern wohl schon zur Normalität zu gehören. Die Feststellung war grotesk und beunruhigend zugleich.

»Komm, Dana, reg dich nicht auf. Wir finden schon eine Lösung.«

Julie war überrascht, dass Joe sich diesmal so konstruktiv zeigte. Sein Verhalten verfehlte nicht die Wirkung: Tatsächlich schnäuzte sich Dana nun geräuschvoll in ihre Serviette.

»Ich will doch nur das Beste für euch alle«, wiederholte sie dann jenen Satz, den Julie schon zu oft aus ihrem Mund gehört hatte. »Wenn ich erst einmal wieder beruflich auf die Beine gekommen bin, wird alles gut. Dann kannst du auch wieder Künstler sein, Joe.«

Ihr Lebensgefährte verzog die Mundwinkel. Julie sah in seinen Augen, wie wenig er an diese Vorstellung glaubte.

»Wir müssen jetzt einfach zusammenhalten«, fuhr Dana fort. »Ich erwarte ja nicht viel von euch. Nur ein bisschen Unterstützung. Sechs Wochen sind nicht die Welt. Alissa und Alena sind sowieso vormittags im Kindergarten und vielleicht können wir ja auch zwei Ganztagesplätze bekommen ... in

Härtefällen sei das auch kurzfristig möglich, habe ich gehört. Außerdem kann sich Julie um die Kinder kümmern.«

Julie hob ruckartig den Kopf.

»Ich bin im Herbst an der Uni, Mama! Wie soll das gehen?«

»Himmel, ich spreche doch nicht von Herbst!« Dana verdrehte die Augen. »Ich spreche von April, Mai, vielleicht auch noch Juni. Im August wäre Sommerpause, im September ginge es wieder los. Das Studium beginnt doch sowieso erst Mitte Oktober. Du siehst, es ginge sich alles hervorragend aus. – Außerdem, wir haben noch überhaupt nicht besprochen, was du nach der Matura machst! Du klatscht mir deine Unipläne um die Ohren, als wäre das beschlossene Sache! – Aber, mein Fräulein, studieren kostet! Die Bücher, die Skripte, die Pendlerkarte für den Zug nach Wien ... Ich frage mich, wer das finanzieren soll!«

Julie verkrampfte sich.

Ja, es stimmte: Sie hatte mit ihrer Mutter nie wirklich über ihre Pläne nach dem Schulabschluss gesprochen. Warum auch? – Dana war viel zu sehr mit ihrem eigenen Leben beschäftigt, um ihr zuzuhören. Dennoch hatte sie keinen Grund zur der Annahme, ihre Mutter hätte für sie je etwas anderes vorgesehen als ein Studium. Betonte Dana nicht immer, dass es die höhere Bildung war, die sie von den meisten Leuten in Altenhain und Umgebung abhob?

»Dana, irgendetwas muss sie ja machen nach der Schule«, kam ihr Joe unerwartet zur Hilfe. »Willst du sie an die Supermarktkassa setzen? Oder ins Büro bei unserem Autohändler? Dazu hätte sie nicht auf das Gymnasium gehen müssen.«

»Na ja ... ich weiß nicht.« Dana wirkte nun selbst unschlüssig. »Ich habe einfach noch nicht darüber nachgedacht, was Julie machen soll«, gab sie schließlich zu. »Ich meine halt nur ... ein Studium kostet. Da ist sie fünfundzwanzig Jahre alt, bis sie uns nicht mehr auf der Tasche liegt!«

»So lange brauche ich sicher nicht, um ein Studium abzuschließen!«, platze Julie heraus. In diesem Moment sah sie alles in Gefahr, was sie sich immer ersehnt hatte: Hochschulbildung. Selbständigkeit. Altenhain entkommen. Kontakt mit Menschen, die einen offeneren Geist hatten als die, mit denen sie täglich tun hatte. »Außerdem werde ich nebenbei arbeiten. Ich werde dir nicht auf der Tasche liegen, Mama, versprochen!«

»Schon gut.« Dana machte eine unwirsche Geste. Das Thema schien sie nicht länger zu interessieren. »Es liegen ja noch ein paar Monate vor uns, um eine Entscheidung zu treffen. – Jetzt geht es einmal vorrangig um mein künftiges Engagement in Berlin. Wie gesagt, Julie und du, ihr könnt euch das mit den Zwillingen wirklich aufteilen. Julie ist sowieso um 16 Uhr von der Schule zurück. Dann kann sie die Kleinen vom Kindergarten abholen und wenn du aus der Arbeit kommst, wirst du sie ins Bett bringen. Ich sehe da kein Problem. Mit Organisation geht alles.« Siegessicher strahlte sie die beiden an.

Der Geruch der Spaghettisoße war für Julie mit einem Mal unerträglich. Sie kämpfte gegen eine aufsteigende Übelkeit.

»Mama ... im Mai hab ich die ersten Matura-Prüfungen«, wandte sie vage ein, bereits wissend, dass dieser Umstand ihre Mutter im Bestfall wenig beeindrucken würde. »Ich kann mich da nicht um Alissa und Alena kümmern, ich muss lernen.«

Das Leuchten in Danas Augen erlosch so abrupt, als hätte jemand einen Lichtschalter betätigt.

»Was heißt das? Dass du mich nicht unterstützen willst?«

Als Julie nichts darauf erwiderte, stand ihre Mutter auf, nahm ihren halbvollen Teller Spaghetti und leerte ihn aller Augen in den Müllkorb. Geräuschvoll stellte sie das Geschirr anschließend im Spülbecken ab. Als sie sich zu ihrer Familie umdrehte, schwamm ihr Blick erneut in Tränen.

»Einmal bekomme ich eine Chance, die mich wirklich weiterbringt, und dann fällt mir meine eigene Tochter in den Rücken«, schluchzte sie. »Ich habe immer gedacht, wir sind Freundinnen! Ich habe immer gedacht, wenigstens du bist auf meiner Seite! – Aber nein, dir geht es nur um dich! Hauptsache, du kannst so schnell wie möglich von hier abhauen!«

Julie wollte protestieren, doch in demselben Moment, in dem sie ihren Mund öffnete, um etwas zu erwidern, wusste sie, dass es nichts zu erwidern gab. Ihre Mutter hatte ja völlig recht. Sie wollte tatsächlich weg von hier, so schnell wie möglich.

»Natürlich wird Julie auf die Kinder aufpassen und dir unter die Arme greifen«, schaltete sich Joe nun unvermittelt ein. »Nicht wahr, Julie?« Er warf ihr über den Tisch hinweg einen warnenden Blick zu.

Julie sah blanke Angst in seinen Augen.

Ich will nicht, dass sie mich verlässt! Ich liebe meine Kinder. Ich will meine Familie behalten – Dana und die Zwillinge sind mein Leben!

Darum ging es ihm. Und darum war er auch nur allzu bereit, sie zu opfern. Er hatte schließlich klar definiert, wen er als seine Familie betrachtete. Sie, die nicht seine leibliche Tochter war, gehörte nicht dazu.

Dieselbe Bitterkeit, die Julie schon empfunden hatte, als sie ihn in der Scheune inmitten seines Trümmerfelds zurückgelassen ließ, ergriff von ihr Besitz.

Die Einzige, die ich auf dieser Welt noch habe, ist tatsächlich meine Mutter …

»Nicht wahr? Du wirst deine Mutter doch unterstützen?«, wiederholte Joe mit Nachdruck.

Der Kloß in ihrer Kehle machte es Julie unmöglich, etwas zu sagen. Also nickte sie nur schicksalsergeben, während sich in ihrem Inneren alles dagegen sträubte, erpresst zu werden.

Das Gesicht ihrer Mutter hellte sich wieder auf.

»Dann ist ja alles geklärt«, sagte sie. »Nächste Woche ist das Vorsprechen. Ich werde Paul später gleich Bescheid geben, dass er den Flug für mich bucht.«

Sie nahm sich einen frischen Teller aus dem Geschirrschrank, befüllte ihn mit Spaghetti und Sugo und begann mit sichtlichem

Appetit zu essen, während Julie ihrerseits den kaum angetasteten Teller zur Seite schob.

»Kommst du jetzt dann mit zum Kinderfasching im *Sonnenhof*?«, erkundigte sich Joe. Er schien heilfroh, ein neuerliches Spektakel erfolgreich abgewendet zu haben. Froh, aber nicht glücklich. Julie wurde bewusst, dass sie ihn seit jenem Tag, an dem er seine Skulpturen zerstörte, nicht mehr lachen sah.

»Ach, herrje, der Kinderfasching.« Dana griff sich an die Stirn. »Den habe ich ja komplett vergessen. – Kein Wunder, wenn mir so viel durch den Kopf geht.«

»Aber du hast gesagt, dass ich eine Prinzessin sein darf und Alena ein Schmetterling«, rief ihr Alissa in Erinnerung. »Du hast doch das Kleid schon gemacht für uns ...«

»Ja, natürlich geht ihr zum Kinderfasching! Der Papi geht mit euch. Die Mami muss noch einen Text einstudieren, weil sie am Montag den Dreh hat.«

Joe sah wenig begeistert aus.

»Für den Werbespot dieses Schoko-Fabrikanten?«, erkundigte er sich.

Dana nickte.

»Um neun Uhr muss ich in der Alten Remise im zweiten Bezirk sein. Ziemlich kompliziert, da öffentlich hinzukommen.«

»Ich kann dir das Auto nicht leihen. Ich muss ...«

Dana ließ ihn nicht ausreden.

»Das musst du auch nicht, Joe. Stell dir vor, es gibt auch andere Männer in meinem Leben – Männer, die ihre eigenen Bedürfnisse weniger wichtig nehmen.«

Joe schluckte. Julie sah, dass er seine Hände zu Fäusten ballte. »Paul wird mich am Montag nach Wien bringen«, offenbarte Dana auch schon. »Das einzige, was du tun musst, ist in der Früh die beiden im Kindergarten abliefern.«

»Ich muss aber um sieben ...«, setzte Joe erneut an, brach aber mitten im Satz ab. »Ja, geht klar«, sagte er schließlich.

»So, Kinder!« Danas Teller war leer, die der Kleinen ebenso.

»Und jetzt hopp, hopp ins Badezimmer, damit ich euch schminken kann.«

In Vorfreude auf den Kinderfasching im Gasthaus Sonnenhof folgten ihr die Zwillinge kichernd hinauf in den ersten Stock. Julie begann die Spülmaschine einzuräumen, während Joe das restliche Sugo aus der Pfanne in den Mülleimer leerte.

»Ich will aber nicht, dass sie nach Berlin geht«, sagte er unvermittelt. »Sie hat jetzt diese Schoko-Werbespots an Land gezogen, das reicht doch wohl, oder?« Als Julie nichts darauf entgegnete, fuhr er fort: »Aber wenn ich sie jetzt nicht für diese sechs Wochen ziehen lasse, dreht sie völlig durch. Dann geht sie mit den Kindern nach Berlin und kommt nie wieder. Wenn ich ihr den Freiraum lasse, kommt sie zumindest zurück. Verstehst du?«

Ja, genau. Träum weiter.

Julie bedachte ihren Stiefvater mit einem müden Blick. Dann widmete sie sich wieder dem dreckigen Geschirr.

*

Julie stand am Fenster ihres Zimmers und schaute hinaus in den Hof. Der Himmel war von grauen Wolken bedeckt, der vor ein paar Tagen gefallene Schnee zu grauen Schattenbildern jener Hügel zusammengeschmolzen, die sie beim Freischippen der Garage angehäuft hatte. Grau in Grau. Die Landschaft draußen reflektierte ihren Gemütszustand.

Sie sah zu, wie Joe mit den Zwillingen aus der Haustür kam. Alissa trug eine Krone auf dem Kopf. Unter dem roten Mantel ragte ihr rosarotes Prinzessinnengewand hervor. An seiner Rechten hielt Joe Alena, die aufgeregt auf- und abhüpfte. In der anderen Hand trug sie ihre bunt bemalten Schmetterlingsflügel, um sie unter dem Anorak nicht zu verknicken.

Julie verfolgte vom Zimmerfester aus, wie Joe die Zwillinge

im VW-Bus verstaute, sich ans Steuer setzte und davonfuhr. Matt legte sie sich aufs Bett und starrte an die Zimmerdecke.

Ihre Hoffnungen, ihre Pläne – alles war in weite Ferne gerückt. Die Vorstellung, nach der Matura nach Wien zu ziehen und dem häuslichen Theater wenigstens zeitweise zu entrinnen, hatte sie immer wieder aufgerichtet. Sie wollte Literaturwissenschaften studieren, sich noch mehr mit Sprache befassen. Was ein Zimmer im Studentenheim kostete, hatte sie bereits in Erfahrung gebracht. Wie sie es finanzieren würde, war ihr ebenfalls klar: Irgendein Studentenjob würde sich schon finden. Fest stand, sie würde lieber kellnern oder in einem Keller stundenlang Akten kopieren, bevor sie weiterhin in Altenhain wohnen blieb und tagein, tagaus mit dem Zug nach Wien pendelte. – Außerdem hoffte sie auf ein Stipendium.

Aber jetzt, jetzt war plötzlich alles anders. Ihre Mutter würde nach Berlin gehen und sie mit den Zwillingen zurücklassen. Dann hätte sie plötzlich die Verantwortung für zwei kleine Kinder zu tragen. Joe ginge arbeiten. Oder auch nicht. Wer wusste das schon so genau? Für Alissa und Alena kochen, mit ihnen spielen, sich mit ihnen beschäftigen – all das bliebe weitgehend an ihr hängen. Weil sie dann nicht Schwester, sondern Ersatzmutter für die beiden war.

Wie sollte sie da lernen? – Sicher, sie würde das Matura bestehen, auch ohne gezielte Vorbereitung. Ihre schnelle Auffassungsgabe kam ihr entgegen. Aber sie würde keine Bestnoten liefern und genau die brachte sie, um finanzielle Unterstützung durch ein Stipendium zu erhalten.

Schlimmer aber noch war die realistische Erkenntnis, dass ein Auszug unter diesen Umständen unmöglich war. Joe liebte seine Kinder, daran zweifelte sie nicht. Aber er würde langfristig mit den beiden überfordert sein. Sie kannte ihn gut genug, um das beurteilen zu können.

Im Hof ertönte eine Hupe. Gleichzeitig hörte Julie durch die geschlossene Tür hindurch das Klappern hoher Absätze auf den

Treppenstufen, gefolgt vom Klack-Klack der sich öffnenden und wieder schließenden Haustüre.

Vorsichtig trat sie ans Fenster, bemüht, ihre Silhouette im Verborgenen zu halten. Doch Dana und der Fahrer des Wagens, der jetzt ausgestiegen war und ihr mit einem freudigen Grinsen entgegeneilte, hatten ohnehin nur Augen füreinander.

Julie sah zu, wie sich ihre Mutter und Paul Nikolai in die Arme fielen und küssten. Dana trug einen Mantel und hochhackige Stiefel. Es stand außer Frage, dass sie die Jeans und den Pulli, in denen sie noch am Mittagstisch gesessen hatte, mittlerweile gegen etwas Eleganteres getauscht hatte.

Paul sagte etwas, was Julie nicht verstand. Ihre Mutter kicherte. Dann hielt Paul ihr die Autotür des Audi A5 auf, sie stieg ein und die beiden fuhren gemeinsam davon.

Die Mami muss noch einen Text einstudieren, weil sie am Montag den Dreh hat. – Klar doch ... So nennt sich das also: Text einstudieren. Fahren die beiden jetzt in irgendein Hotel am Stadtrand von Wien und vögeln?

Julie sagte sich, dass sie das im Grunde nichts anging, doch das Chaos in ihrem Inneren wurde durch die Beobachtung keineswegs geringer. Sie hatte das Gefühl, zu platzen. Ihr Matura, das Studium, sie als Kinderbetreuerin, ihre Mutter, die Joe so ungeniert betrog – das alles wuchs ihr in diesem Moment über den Kopf. Sie musste mit jemandem reden, dem sie ihr Herz ausschütten konnte. Jemand, der vielleicht einen Rat ... oder zumindest ein paar aufmunternde Worte für sie hatte.

Der einzige Mensch, zu dem sie annähernd Vertrauen hatte, war Lydia. Die vermutlich zu Hause herumsaß, allein, weil ihr Mann wieder einmal auf Kongressen oder sonst irgendwo war.

Lydia schlief schließlich mit ihr – warum sollte sie ihr nicht auch zuhören?

*

»Julie ... was machst du hier?«, waren Lydias erste Worte, als sie zwanzig Minuten später die Türe öffnete. Sie starrte sie an, als sei sie eine Außerirdische, und mit dem aufplusternden Anorak, den dicken Fäustlingen und der grob gestrickten Wollmütze fühlte sich Julie auch genauso. Ihre Wangen waren von der kalten Luft gerötet, der Wind hatte ihr Tränen in die Augen getrieben, die Lippen fühlten sich rau an.

Ihr Erscheinungsbild stand in hartem Kontrast zu dem von Lydia, die dezentes Make-up und Perlohrringe zu einem eleganten grünen Baumwollkleid mit wohldrapiertem Seidentuch trug.

»Können wir reden?«, bat Julie hoffungsvoll und machte einen Schritt auf Lydia und die Wärme des Vorraums zu. Trotz der Winterkleidung war ihr bitterkalt.

»Bist du mit dem Fahrrad gekommen?« Lydias Blick fiel auf das Damenrad, das am Garagentor lehnte. Noch immer trat sie nicht zur Seite.

»Ja, Joe hat das Auto ...«

»Es ist jetzt kein guter Zeitpunkt«, stellte Lydia klar. »Wir können morgen reden, nach der Schule.« Sie sah sich nervös über die Schulter.

Julies Herz wurde schwer. »Nur kurz«, bat sie. Der jämmerliche Klang ihrer Stimme widerte sie selbst an. »Ich muss mit dir reden ... wegen meiner Mutter.«

Lydia fuhr sich mit der Zunge über ihre Lippen.

»Hör zu, Julie ... es ist jetzt wirklich unmöglich. Ich würde ja gerne, aber ... meine Schwiegereltern sind da und ...«

»Wer ist es denn, Schatz?«

Dr. Richard Götz tauchte aus dem Hintergrund auf. Lydias Mann trug Anzug und Krawatte und in der Hand ein Glas Sekt.

»Oh, Julie, was für eine Überraschung. Komm doch herein!«

»Julie wollte gerade wieder gehen. Sie hat mir nur etwas ... wollte nur etwas fragen.« Lydia hatte die Türklinke bereits fest in der Hand. Einen Moment lang war sich Julie sicher, dass sie ihr am liebsten die Tür vor der Nase zugeschlagen hätte.

»Du bist ja ganz durchgefroren. Kein Wunder, wenn du bei dieser Kälte so sportlich unterwegs bist …« Auch Richard Götz hatte das Fahrrad entdeckt. Er drängte Lydia mit sanfter Gewalt zur Seite. »Los, komm rein, Julie. Jetzt, wo du schon da bist, kannst du ja ein Gläschen mit uns trinken.«

»Liebling, sie wollte wirklich gerade gehen«, wandte Lydia ein erneutes Mal zaghaft ein, ganz blass im Gesicht.

»Papperlapapp, Julie kommt jetzt erst mal ins Haus und wärmt sich auf!« Schon hatte Götz sie hereingeschoben und half ihr aus dem Anorak. »Außerdem entscheide immer noch ich, wen ich zu meinem Geburtstag auf ein Glas Sekt einlade …«

Auch das noch.

Lediglich die wohltuende Wärme im Flur hielt Julie davon ab, auf der Stelle umzudrehen und nach draußen zu stürmen.

Sie zog ihre schmutzigen Schuhe aus und folgte Lydias Mann zögernd ins Wohnzimmer, während sie Lydias ärgerliche Blicke wie kleine, spitze Nadelstiche am Rücken fühlte.

Auf der Sofalandschaft vor dem Kaminfeuer saßen zwei ältere Herrschaften, ein Mann und eine Frau, ebenfalls mit Sektgläsern in der Hand. Vor ihnen auf dem niedrigen Tisch stand eine Schwarzwälder Kirschtorte. Die Kerzen waren bereits angezündet, Rauch stand in der Luft.

Julie begriff, dass sie tatsächlich im denkbar ungünstigsten Moment erschienen war.

»Mutti, Vati – das ist Julie, eine Schülerin von Lydia, die in der Nähe wohnt«, stellte der Primararzt sie den alten Leuten vor. »Nebenbei ist sie auch noch die Tochter von guten Bekannten.«

Nebenbei schlafe ich noch mit deiner Frau.

Artig reichte Julie den beiden die Hand. In ihrer abgewetzten Jeanshose und dem Wollpulli kam sie sich inmitten der elegant gekleideten Geburtstagsgesellschaft zusätzlich fehl am Platze vor.

»Lydia, hol doch noch ein Sektglas aus der Küche«, wies Götz seine Frau an.

»Kein Problem, ich kann es mir gern selber holen.« Beschämt darüber, die Feierlichkeiten zu stören, tat Julie automatisch die ersten Schritte auf dem für sie bestens vertrauten Weg in Richtung Küche, als Bewegung in Lydia kam.

»Das kannst du nicht, Julie«, sagte sie scharf und setzte, als sie das Erstaunen ihres Mannes und der Schwiegereltern über ihren Tonfall bemerkte, mit gezwungen wirkendem Lächeln und deutlich milder hinzu: »Du weißt doch gar nicht, wo die Gläser sind.«

Julie biss sich auf die Lippen.

Natürlich. Sie durfte sich hier nicht auskennen!

Kurz darauf perlte der Sekt auf ihrer Zunge. Das Kaminfeuer wärmte und verlieh dem Raum ein heimeliges Ambiente. Die Schwarzwälder Kirschtorte schmeckte erwartungsgemäß süß und war mehr als nur üppig. Der Austausch mit den betagten Eltern von Götz verlief oberflächlich, aber kultiviert. Trotzdem glaubte Julie in ihren Blicken die unausgesprochene Frage zu lesen, was denn dieses Mädchen hier machte, am Geburtstag ihres Sohnes, im Hause der Lehrerin, mit zerzaustem Haar und ohne Geschenk.

Lydia beteiligte sich kaum an den Gesprächen. Sie saß neben ihrem Mann auf dem Sofa, steif und angespannt, und stocherte in ihrer Torte herum. Manchmal warf sie Julie einen schnellen Blick zu. In ihren Augen stand ein stilles Flehen. Wenn sie aus ihrem Sektglas trank, zitterten ihr die Hände.

Je länger sie dasaß und Zeugin davon wurde, wie Richard Götz seiner Frau über den Schenkel strich, wie seine Hand deren Schulter streifte, desto unglücklicher und wütender wurde Julie – auf Lydia, aber auch auf sich selbst.

Sie hatte es doch gewusst, immer gewusst: Lydia war verheiratet, sie selbst nur ein kleines, heimliches Vergnügen. Wenn überhaupt. Denn besonders vergnüglich waren ihre letzten Begegnungen außerhalb der Schule ja wohl nicht verlaufen.

Trotzdem war sie nun enttäuscht und verbittert. Natürlich,

Lydia hatte ihr immer klargemacht, dass sie sie nicht liebte. Dass das hier nur eine heimliche Affäre war. Aber bis zu diesem Tag, bis zu dieser Stunde, hatte ein Teil in ihr noch gehofft, dass Lydia zumindest für sie da sein würde, wenn sie sie brauchte. Dass sie doch ein bisschen an ihrer Person und ihrem Wohlergehen interessiert war und nicht nur daran, die Zunge in ihr zu versenken.

Herr Dr. Götz, ich ficke Ihre Frau. Ja, Sie haben richtig gehört: Ihre Frau vernascht in Ihrem gemeinsamen Ehebett ihre noch nicht volljährige Schülerin, weil der Sex mit Ihnen für sie anscheinend zu unbefriedigend ist.

Julie stellte sich vor, wie sie diese Sätze ausspräche. Wie ihre Worte das Lächeln auf den Gesichtern von Richard Götz' Eltern zerstören würden und gleichzeitig auch Lydias Leben. Wie Lydia sich zu rechtfertigen begänne, erst alles leugnen und dann relativieren würde. Und sich dann erstmals so zu fühlen begänne wie sie sich selbst in diesem Augenblick: verraten. Allein. Am Boden. Zerstört.

»Noch ein Gläschen Sekt, Julie?«

Richard Götz hielt die Flasche bereits in der Hand, aber Julie wehrte ab.

Nein. Sie konnte das nicht tun.

Ihm nicht antun. Genau das war es.

Sie erhob sich.

»Ich werde mich dann wieder auf den Heimweg machen«, sagte sie. Lydias fast unmerkliches Aufatmen entging ihr nicht.

»Mit dem Fahrrad?« Götz stellte die Sektflasche zurück auf den Tisch. »Das kommt gar nicht in Frage! Siehst du nicht, dass es jetzt zu regnen begonnen hat? – Ich fahre dich nach Hause, das ist doch selbstverständlich. Und dein Rad werfen wir in den Kofferraum.«

»Nein, ich fahre Julie nach Hause.« Lydia erhob sich.

»Du? – Nein, nein, lass nur mich das machen.« Richard Götz klopfte seiner Frau kameradschaftlich auf die Schulter.

»Du hast schon drei Gläser Sekt getrunken ... wir wollen doch nichts riskieren. Außerdem, der Kofferraum meines Wagens ist größer.«

»Jetzt tu doch bitte nicht so, als wäre ich angetrunken«, wehrte sich Lydia. »Das Rad kann Julie sich auch irgendwann holen ...«

»Aber Schatz, warum so umständlich?« Richard Götz' Gesicht spiegelte blankes Unverständnis wider. »Komm, Julie, gehen wir. In spätestens einer Viertelstunde bin ich wieder da.«

Draußen war der Regen in Schneeregen übergangen. Es dämmerte. Julie war dankbar, dass sie im Auto fahren konnte. Dass nicht Lydia am Steuer saß, war ihr inzwischen gerade recht. Sie war so voller Wut und Enttäuschung, dass es ihr ohnehin nicht mehr möglich gewesen wäre, ein vernünftiges Gespräch mit ihr zu führen.

»Ich danke dir übrigens, dass du dich so um Lydia kümmerst«, sagte Richard Götz unvermittelt, während er den Wagen in Richtung Altenhain lenkte, und versetzte Julie damit unwillkürlich in einen Schockzustand. »Ich bin ja so oft unterwegs und sie ist daher viel allein.«

Julie schluckte.

Den Blick starr aus dem Fenster gerichtet, erwiderte sie mit kratziger Stimme: »Ich mag Lydia.«

»Ja, natürlich. Und sie dich.« Richard Götz schenkte ihr ein warmes Lächeln. »Sie hat dir ja sicher erzählt, dass sie keine Kinder kriegen kann. Aber sie hat sich immer welche gewünscht. Das ist wirklich ein wunder Punkt in ihrem Leben und sie war zeitweise ziemlich deprimiert. Aber seit sie mit dir mehr Zeit verbringt, geht es ihr deutlich besser. Du bist wirklich so eine Art Tochterersatz für sie.«

Tochterersatz also. Was hat sie ihm erzählt?

Sie waren vor Joes Elternhaus angekommen. Es brannte kein Licht. Vermutlich war Joe noch immer beim Kinderfasching und ihre Mutter ...

»Komm ruhig öfter vorbei«, schlug der Arzt nun in lockerem Plaudertonfall vor. »Lydia freut sich. – Wir haben im Keller auch einen Whirlpool, falls du gerne badest.«

Die Schwarzwälder Kirschtorte lag Julie mit einem Mal noch schwerer im Magen. Benommen sah sie zu, wie Götz ihr Fahrrad aus dem Kofferraum hob. Noch unter dem Eindruck seiner Worte, bemerkte sie den Audi, der in den Hof fuhr, erst, als sie und Götz im grellen Licht der Scheinwerfer standen.

»Oh! Was für eine Überraschung«, sagte Götz. »Paul, mit dir hätte ich jetzt und hier aber gar nicht gerechnet.«

Paul war ausgestiegen. Er bewies Haltung. Mit scheinbar unbekümmertem Lächeln reichte er seinem Schwager die Hand und gratulierte ihm geistesgegenwärtig zum Geburtstag, während Dana vom Beifahrersitz stieg.

»Hallo Richard«, sagte sie, den Blick kurz und prüfend auf ihre Tochter gerichtet. »Auch deine Anwesenheit ist eine echte Überraschung.«

»Ja, Julie war uns heute kurz besuchen«, erwiderte dieser wahrheitsgemäß. »Ich wollte sie bei dem Wetter nicht mit dem Rad nach Hause fahren lassen.«

»Natürlich nicht.« Danas Stimme klang zuckersüß und Julie wurde schlagartig klar, was sie dachte: dass Richard Götz ihr geheimer Liebhaber war.

Der Abschied untereinander fiel äußerst förmlich aus.

»Wie konntest du mich in diese Situation bringen!«, fauchte Dana, kaum dass die Türe hinter ihnen ins Schloss gefallen war. »Paul und ich, unterwegs in seinem Wagen, an einem Samstag – was glaubst du denn, was Richard sich jetzt zusammenreimt?«

Na was wohl. Die Wahrheit?

»Aber zumindest weiß ich jetzt, dass du auf meiner Seite bist«, fuhr Dana dann schneidend fort. »Auch du hast viel zu verlieren. Oder soll ich sagen, Richard hat viel zu verlieren? – Wie auch immer, ich denke, wir sind uns einig. Richtig?«

Ihre Augen schienen Julie regelrecht zu durchbohren.

Komm ruhig öfter vorbei.

Richard Götz hatte gemeint, was er sagte.

Julie schluckte trocken. Sie wollte nicht, dass er Probleme bekam. Dass ihre Mutter Gerüchte streute, die zwar im Kern völlig falsch, aber viel zu dicht an der Wahrheit waren.

»Richtig«, sagte sie daher leise.

Wien, Dezember 2014

Helene Winter war auf ihrer stundenlangen Suche nach einem passenden Weihnachtsgeschenk für Miriam in einem Sportgeschäft gelandet. Mit einer türkisfarbenen Winterjacke über dem Arm reihte sie sich schließlich in die Schlange ein, die vor der einzigen Kasse des Ladens verharrte, und fragte sich zum wiederholten Mal, warum die angeblich besinnlichste Zeit des Jahres stets die stressigste war. Den ganzen Nachmittag hatte sie Wiens beliebteste Einkaufsmeile auf der Suche nach Geschenken für Nachbarn, Freunde und Verwandte abgegrast. Mit der Ausbeute des Tages – dem letzten Freitag vor Weihnachten – war sie zufrieden, aber ihre Füße schmerzten höllisch. Sie sehnte sich nach ihrer Couch und einem Glas Wein. Dass Martin mit ihr abends einen Theaterbesuch geplant hatte, passte ganz und gar nicht mehr ins Konzept, aber sie wollte ihm nicht absagen.

Nach dem Zwischenfall in seiner Wohnung und seinem wunderlichen Verhalten schien sich zwischen ihnen alles wieder eingerenkt zu haben. Martin hatte sich entschuldigt, nicht nur mit dem Blumenstrauß und der Karte, sondern später auch persönlich. Er habe überreagiert, sagte er, seine Begeisterung für

Dana Karneol sei ihm in diesem Moment einfach peinlich gewesen.

Sie hatte seine Entschuldigung angenommen. Trotzdem dachte sie immer wieder an den Vorfall – und an die Tatsache, dass der Mann, den sie liebte und der einen verantwortungsvollen höheren Posten im Polizeiapparat innehatte, wie ein verliebter Schulbub Fotos einer Schauspielerin sammelte.

Nur noch zwei Leute trennten sie von der Kasse, als ihr Handy zu klingeln begann. Beladen mit Einkaufstüten, auf dem Arm die türkise Winterjacke, wollte sie den Anruf zunächst ignorieren. Der Anrufer blieb jedoch hartnäckig. Ein Seufzen unterdrückend, stellte Helene alle Tüten auf den Boden, warf die Jacke darüber und fischte das fiepende Gerät aus ihrer Handtasche.

Hoffentlich sagt er für heute Abend das Theater ab, war ihr erster Gedanke, als sie Martins Namen auf dem Display sah.

»Ich habe mir gedacht, ehe die Vorstellung losgeht, könnten wir noch auf einen Drink gehen. Oder auch eine Kleinigkeit essen. Was meinst du?«

»Ich bin noch auf der Mariahilferstraße unterwegs.«

»Na, das trifft sich doch gut. Komm doch von dort aus gleich zum Burgtheater; da ist ein netter Italiener in der Nähe.«

»Tut mir leid, Martin. Ich bin bepackt mit Einkaufstaschen und noch in Jeans, vor Viertel vor acht schaffe ich es nirgendwohin.«

»Na dann. Wie du meinst.« Er klang fast beleidigt. »Also bis später.« Abrupt legte er auf.

»Nur die Jacke?« Ungeduld lag in der Stimme der Verkäuferin.

Helene zahlte. In Gedanken immer noch bei Martin, der offenbar kein Verständnis dafür hatte, dass sie ihr Leben nicht komplett nach ihm ausrichten konnte, trat sie Minuten später hinaus auf die belebte Straße. Im selben Augenblick klingelte das Handy erneut. Mit ihrer Geduld ringend, stellte sie ihre Einkaufstüten zwischen die Beine und nahm den Anruf entgegen, der gewiss Martins nächste Entschuldigung brachte.

»Frau Winter?« Die Stimme der Frau am anderen Ende der Leitung klang dünn. »Hier … hier ist Julie Schneeberg.«

Hoppla.

Die Frau am anderen Ende der Leitung deutete Helenes überraschtes Schweigen auf ihre Weise.

»Wir sind uns begegnet, als bei mir eingebrochen wurde. Sie haben mir Ihre Visitenkarte gegeben.«

»Selbstverständlich weiß ich, wer Sie sind, Frau Schneeberg.« Helene rief sich die Unterhaltung mit ihr in Erinnerung. »Ist es jetzt also soweit? Sie wollen über eine Polizeipsychologin schreiben und brauchen mich sozusagen als lebendige Vorlage?«

»Ich … Nein, also, das ist es nicht.« Julie Schneeberg klang ernst. Irgendwo in der Leitung knackte es. »Ich bin hier … in einer unangenehmen Situation. Es wäre gut, wenn wir miteinander reden könnten.«

Helene runzelte die Stirn.

Irritierend. Aber auch interessant.

Als sie nicht sofort antwortete, schob die Autorin eilig hinterher: »Ich zahle auch dafür. Selbstverständlich.«

»Frau Schneeberg, ich bin Beamtin und nehme sicher kein Geld«, stellte Helene klar. Als sie sich ihres harschen Tonfalls bewusst wurde, fügte sie deutlich milder hinzu: »Außerdem unterhalte ich mich gerne mit Ihnen.«

Das kurze Lachen, das nun herüber drang, klang verhalten.

»Davon bin ich in diesem Fall nicht ganz überzeugt. – Kommen Sie?«

Die Dringlichkeit in der offensichtlich rein rhetorischen Frage war nicht zu überhören.

Helene zögerte nur einen Moment lang. Dann siegte die Neugierde über ihre anderen abendlichen Pläne. Martin würde es verschmerzen – aber mit Sicherheit erst einmal wahnsinnig gekränkt sein. Egal, ihr Job ging vor. Und das hier fiel doch unter Job, zumindest wenn sie es sich selbst kräftig einredete.

»Wo finde ich Sie, Frau Schneeberg?«

»Ich bin noch immer im Privatklinikum St. Theresa.«

»Zimmernummer?«

Eine kleine Pause entstand. In der Annahme, Julie Schneeberg hätte die Nachfrage akustisch nicht verstanden, wollte Helene ihre Frage gerade wiederholen, als die Schriftstellerin sagte: »Ich … ich bin im Moment nicht auf meinem Zimmer. Wenn Sie da sind, wird man Ihnen sagen, wo Sie mich finden.«

»Gut. Ich bin in einer halben Stunde bei Ihnen. Schneller schaffe ich es nicht.«

»Keine Sorge, ich werde nicht weggehen …« Wieder erklang dieses seltsame Lachen, das alles andere als fröhlich klang. Dann setzte Julie Schneeberg mit ernster Stimme hinzu: »Danke, Frau Winter.«

*

Von oben stellte sich die Welt dar wie aus Lichtkugeln gemacht: Straßenlaternen als leuchtende starre Kugeln. Die Scheinwerfer der Autos als sich im Samstagabendverkehr aneinanderreihende tanzende Kugeln. Kleine Kugeln, die den sich nach und nach leerenden Parkplatz des Krankenhauses wie eine Lichterkette umrahmten. Große Kugeln, die die Zufahrt zur Notaufnahme markierten.

Julie Schneeberg stand hinter der Absperrung des Baustellenbereichs auf dem Dach des Privatklinikums St. Theresa, Helene Winters zerknitterte Visitenkarte in der Hand. Von der Dachkante trennte sie nur ein einziger Schritt. Es gab kein Geländer. Diesem Umstand hatte sie es vermutlich zu verdanken, dass sich acht Stockwerke unter ihr ein Aufgebot von drei Polizeiautos und vier Feuerwehrwagen formiert hatte.

Sie wusste selbst nicht genau, weshalb sie hier stand. Ruhe hatte sie gesucht und Abstand von der Realität da unten, in dieser Welt, in der sie letztendlich wohl keinem trauen konnte. Nicht einmal Marcy, die sie für ihre Freundin gehalten hatte.

Sie verstand noch immer nicht ganz, was Marcy mit ihren seltsamen Aktionen bezwecken wollte, auch wenn dieser Bezirksinspektor – Gerold, hieß er nicht so? – ihr deren Aussagen und Begründungen umfassend erläutert hatte. Dennoch ... die Frau, die einst so viel mehr für sie gewesen war als eine Freundin, ließ ihre Wohnung durchsuchen und setzte quasi ihr Leben aufs Spiel, nur, um mehr Publicity und dadurch mehr Verkaufserfolg zu garantieren!

Die Flucht vor diesem inneren Schmerz hatte sie hinaus aus dem Krankenzimmer und hinauf aufs Dach getrieben, an die frische Luft, weg von den durch die Gänge hetzenden Ärzten und Krankenschwestern ... und vor allem weg von ihren eigenen düsteren Gedanken, die sich in der Enge des Krankenzimmers zu einer giftigen Wolke zusammengezogen hatten, die ihr fast den Atem nahm. Jetzt stand sie hier mit Blick auf den Abgrund und wusste nicht recht umzugehen mit dem, was sie durch ihren Spaziergang aufs Dach ausgelöst hatte ... dem Auflauf vor dem Spital, dem Feuerwehraufgebot, dem Polizisten, der ihr mittels Lautsprecher immer wieder zurief, sie solle ruhig bleiben – sie war doch ruhig! – und dem leichenblassen Arzt, der rund zehn Schritte hinter ihr stand und in einem fort faselte, dass sie nichts Unüberlegtes tun solle.

Fast musste sie lachen. Ja, unüberlegt. Ein gutes Schlagwort. Möglicherweise war sie sich der Konsequenzen wirklich nicht vollends bewusst gewesen, als sie die Frau, die ihre Mutter war, in ihren nächtlichen Anrufen zur Wahrheit hatte drängen wollen.

»Frau Schneeberg?« Sie wandte sich um. Drei Meter von ihr entfernt, auf der sicheren Seite hinter dem Bauzaun, stand jetzt die Frau, die ihr aus dieser Lage heraushelfen sollte. Dass sie deren Karte mit einem Griff gefunden hatte, war reiner Zufall. Sie erinnerte sich, dass sie das Stückchen Karton am Tag des Diebstahls in ihrer Manteltasche hatte verschwinden lassen, aus dem simplen Grund, in der zerstörten Wohnung nicht recht zu wissen, wohin mit einer Visitenkarte.

Die Frau war ihr sympathisch gewesen. Die Ruhe, die sie ausstrahlte, hatte schon am Tag des Einbruchs auf sie abgefärbt.

»Danke, dass Sie gekommen sind«, sagte Julie – und auf einmal flossen Tränen über ihr Gesicht, die sich nicht länger zurückhalten ließen.

*

Auf der Taxifahrt zum Klinikum hatte Helene mit vielem gerechnet, aber gewiss nicht mit dem Szenario, dass sich ihr bot: Julie Schneeberg auf dem ungesicherten Flachdach des Krankenhauses und am Boden ein sichtlich aufgelöster Bernd Gerold, der über das unverhoffte Auftauchen seiner früheren Freundin nicht nur überrascht, sondern in erster Linie erleichtert war. Offenbar gehörte er zu den Leuten, die glaubten, Psychologen könnten Situationen wie diese zwangsläufig besser meistern …

Tatsächlich war sie bisher nur zweimal in ihrem Berufsleben in brenzlige Lagen geraten. In beiden Fällen hatte es sich um Polizeikollegen gehandelt, die sich das Leben nehmen wollten. Beiden jungen Männern hatte sie ihre Absichten erfolgreich ausreden können.

Helene sah Julie Schneeberg weinen und eine Art von Mutterinstinkt drängte sie, zu ihr zu gehen, sie vom Abgrund wegzuziehen und einfach in den Arm zu nehmen. Doch die Psychologin in ihr mahnte zur Vorsicht.

»Tut mir leid«, schluchzte die aufgelöst wirkende Frau, der ihre Tränenflut sichtlich peinlich war. »Ich … ich bin gerade etwas durcheinander. Aber ich springe nicht. Das war gar nicht meine Absicht.«

»Vielleicht kommen Sie einfach zu mir hinter die Absperrung und erzählen mir, weshalb Sie hier stehen«, schlug Helene vor.

Julie Schneeberg rührte sich nicht von der Stelle. »Kommen Sie zu mir?«, fragte sie stattdessen.

Erst als Helene ihre Einkaufstaschen abstellte, um sich durch den schmalen Spalt zwischen den Bauzäunen zu schieben, wurde ihr bewusst, dass sie noch immer die Weihnachtstüten mit sich herumtrug. Wie absurd! Dann erschien es ihr wieder passend: Schleppte man nicht allerlei weiter mit sich, was man noch nicht losgeworden war?

Der Rand des Daches war mit Aluminiumplatten belegt, die sich teilweise gelöst hatten. Unwillkürlich sah sie nach unten. Die Feuerwehrleute hatte inzwischen ein Sprungtuch aufgespannt. Bernd lief wild gestikulierend auf und ab. Hinter der Polizeiabsperrung hatte sich eine kleine Gruppe Schaulustiger versammelt.

»Die Aussicht hier ist nicht schlecht«, kommentierte sie betont locker. »Etwas kalt ist es freilich. Ich wüsste einen besseren Ort, um zu reden.«

»Ja.« Auch Julie Schneeberg schien in ihrem Wollmantel zu frösteln. »Ich hatte das nicht bedacht. Ich wollte eigentlich nur ein bisschen an die frische Luft …«

Genau. Und da hat sich nur das Dach angeboten …

Helene behielt ihren Sarkasmus für sich.

»Gut. Jetzt waren wir an der frischen Luft, also können wir gemeinsam wieder hineingehen ins Warme.«

Die Lippen aufeinander pressend, schüttelte Julie den Kopf.

»Da drinnen warten auf mich nur Probleme«, brach es aus ihr hervor. »Und Leute, die mir Fragen stellen. Ich kann keine Fragen mehr hören und ich will keine mehr beantworten!«

»Die vergangenen Tage waren sicher nicht die besten für Sie«, stimmte Helene vorsichtig zu. »Ich kann mir durchaus vorstellen, wie verletzend es ist, von einer Person, der man vertraut, dermaßen hintergangen zu werden.«

»Woher wissen Sie davon?«

Der Argwohn in Julie Schneebergs Gesichtszügen war nicht zu übersehen.

»Bezirksinspektor Gerold hat mich darüber informiert.«

»Darf er das?«

Helene hob die Schultern.

»In Anbetracht der Umstände wohl schon. Zumal ich auch für die Polizei arbeite – nur zur Erinnerung.«

Die Autorin nickte gedankenverloren. »Haben Sie schon Zeitung gelesen? Den Fernseher eingeschaltet? Radio gehört?«, erkundigte sie sich dann abrupt. »Wenn ja, wissen Sie, was sonst noch los ist ... was Dana Karneol über die Medien verbreiten lässt.«

Interessant, dass sie ihre Mutter nicht als solche bezeichnet.

»Ich sehe selten fern«, gab Helene zu. »Und Promi-News interessieren mich eher nicht. Also, erzählen Sie mir: Was würde ich da nun erfahren?«

»Dass ich seit meiner Jugend unter Depressionen leide. Dass ich mir Dinge einbilde, beispielsweise. Dass ich den Tod meiner Schwestern noch immer nicht überwunden habe.«

»Und? Trifft irgendetwas davon zu?«

Julie Schneeberg schluckte.

»Wissen Sie, dass ich diejenige war, die sie gefunden hat? – Sie lagen in ihren Betten. Alles war voller Blut. So was kann man nicht vergessen.«

»Vermutlich nicht«, gab Helene zu. Julie hatte einen Schritt zur Seite gemacht und stand jetzt bedrohlich nahe am Abgrund.

Ich muss sie da irgendwie wegbekommen ...

»Zu sagen, dass ich deprimiert bin, wenn ich an ihren Tod denke, ist noch ziemlich untertrieben«, fuhr die Autorin nun fort. »Ich bin am Boden zerstört. Wenn es für meine Gefühle überhaupt die richtigen Worte gibt.«

»Und jetzt haben Sie dieses Thema in einem ihrer Bücher aufgegriffen. Das muss ziemlich aufwühlend für Sie sein.«

»Ich bin schon einmal hintergangen und enttäuscht worden.« Julie Schneeberg bewegte sich von der Dachkante weg und Helene atmete insgeheim auf. »Von einer Freundin. Der ersten Frau, in die ich ... nun, mit der ich zusammen war.«

Helene hatte Mühe, den abrupten Themenwechsel nachzuvollziehen, war aber in erster Linie erleichtert, dass die andere jetzt weiter auf sie zuging – weg vom Abgrund.

Als von Julie weiter nichts kam, griff Helene den Gesprächsfaden auf, den diese ihr quasi hingeworfen hatte.

»Vermutlich gibt es kaum jemanden, der nicht schon einmal von einem früheren Partner enttäuscht worden ist. Das gehört wohl leider zu den traurigen Erfahrungen des Lebens. – Ich beispielsweise wurde von meinem Ex-Mann verlassen, kurz nachdem wir Miriam, meine Tochter, adoptiert hatten. Ihm wurde es zu viel und er verschwand. Sogar wegen der Unterhaltszahlungen durfte ich hinter ihm herrennen. Keine angenehme Erfahrung.«

Es schien ihr in diesem Fall das Beste, der jungen Frau etwas aus ihrem eigenen Leben anzuvertrauen, um sie aus der Reserve zu locken.

Überrascht zog diese nun die Augenbrauen hoch.

»Sie haben ein Kind adoptiert? Ist so etwas nicht recht kompliziert? Ich dachte immer, es gebe da ewig lange Wartelisten.«

»Gibt es, wenn man unbedingt ein Neugeborenes will. Wir haben uns damals bereiterklärt, ein älteres Kind bei uns aufzunehmen. Miriam war vier, als sie zu uns kam.«

»Und? Haben Sie es je bereut?« Ihr Erstaunen bemerkend, fügte Julie rasch hinzu: »Weil dadurch Ihre Ehe scheiterte. Deshalb frage ich.«

»Nein. Vermutlich wäre sie auch ohne Miriam gescheitert, nur eben später.« Helene seufzte. »Manche Dinge entwickeln sich unweigerlich in eine bestimmte Richtung, auch wenn die Rahmenumstände andere wären.«

Julie Schneeberg nickte. Sie wirkte nachdenklich.

»Lydia war meine Lehrerin«, sagte sie dann plötzlich und es

dauerte etwas, bis Helene begriff, dass sie offenbar wieder von ihrer ersten Liebe sprach. »Durch ein Verhältnis mit mir hätte sie alles verloren ... ihren guten Ruf, ihre Stellung, ihren Mann. Deshalb damals ihre Falschaussage. Wegen ihr gab es für mich keine andere Möglichkeit, als die Lüge aufrecht zu erhalten, die Dana Karneol in die Welt gesetzt hat.« Julie machte eine kleine Pause, sah sie offen an. »Ich kann diese Frau nach all dem nicht mehr Mutter nennen. Bitte verstehen Sie das.«

Helene rief sich in Erinnerung, was Bernd und vor allem Martin über den Fall erzählt hatten. Ihr lagen spontan einige Fragen auf der Zunge, doch sie behielt sie für sich. Julie Schneeberg hatte schließlich zu Beginn des Gesprächs bereits klargestellt, dass sie nicht länger bereit war, Fragen zu beantworten.

»Mein Leben ist ein ziemlicher Trümmerhaufen«, sagte Julie unvermittelt. Ein gequältes Lachen flatterte auf. »Ich hatte noch nie eine wirkliche Beziehung, können Sie sich das vorstellen?«

Eine Windböe wirbelte dichten Staub auf, der sich um den Bauzaun herum angesammelt hatte. Die Plastikfolie am hinteren Ende der Abgrenzung schlug geräuschvoll gegen das Eisengitter. Helene zog ihren Mantel vor der Brust zusammen und wagte einen neuerlichen Anlauf.

»Gehen wir hinein, ehe wir uns erkälten. Wir können unser Gespräch auch im Warmen fortsetzen.«

Zu ihrem Entsetzen machte Julie sofort wieder einen Schritt auf die Dachkante zu. »Ich habe eigentlich schon alles gesagt. Ich hatte die Dinge anders geplant, meine Pläne sind gescheitert. Stattdessen schmerzen meine gebrochenen Rippen bei jeder Bewegung und erinnern mich daran, dass es besser ist, niemandem zu vertrauen.«

Helene bewegte sich nicht von der Stelle.

»Wenn Sie künftig niemandem mehr vertrauen, werden Sie damit nur Leute anziehen, denen man wirklich nicht vertrauen kann. Was eine sich selbst erfüllende Prophezeiung ist, muss ich Ihnen wohl kaum erklären«, sagte sie ruhig. »Außerdem bezweifle ich, dass Sie schon alles gesagt haben. Im Gegenteil: Sie stehen hier oben, weil es vermutlich noch sehr viel zu sagen gibt. Und das wollten Sie aufschreiben und publik machen in Ihrem neuen Buch, habe ich recht?« Helene wartete die Antwort nicht ab, sondern fuhr unbeirrt vor: »Wenn Ihre bisherigen Pläne gescheitert sind, dann schmieden Sie neue … Ich hätte mich sehr in Ihnen geirrt, wenn Sie sich so schnell entmutigen ließen, nur weil etwas anders läuft als geplant.«

Julie begann wieder leise zu weinen. Diesmal konnte Helene davon ausgehen, dass sie genug Vertrauen gefasst hatte, um tatsächlich nicht zu springen. Mit ein paar schnellen Schritten überwand sie die Distanz zwischen ihnen und legte der zitternden Frau behutsam den Arm um die Schultern.

»Kommen Sie. Gehen wir hier weg.«

»Sie verstehen das nicht«, schluchzte Julie. »Da unten stehen diese Leute … Wahrscheinlich sind auch schon Journalisten vor Ort … Sie alle wollen eine Erklärung, weshalb ich seit einer Stunde hier stehe … und ich kann keine liefern. Ich kann einfach nicht! Dana Karneol hat dafür gesorgt, dass mich sowieso alle als psychisch labil und unglaubwürdig einstufen, egal, was ich sage. Und den Schluss meines Buches kann ich noch immer nicht liefern, weil ich die Wahrheit selbst nicht kenne!«

»Sie haben das Ende noch gar nicht geschrieben?« Angesichts dessen, was Bernd ihr über Marcy Degass' Motive für den Einbruch in Julies Wohnung berichtet hatte, war Helene nun wirklich überrascht. »Aber Ihre Agentin …«

»Ich habe sie angelogen.« Julie schluckte. »Sie hat mich immer wieder genervt wegen der fehlenden fünfzig Seiten und meiner angeblichen Schreibblockade, und da habe ich ihr gesagt, ich hätte das Ende schon geschrieben, hielte es aus gewissen Gründen aber noch geheim. Tja. Das hat offensichtlich gereicht, um ihre Neugierde auf einen kriminellen Höhepunkt zu treiben.« Sie lachte bitter. »Damit habe ich mir den Einbruch wohl selbst eingebrockt. – Jetzt habe ich eine Wohnung, in der ich mich nicht mehr sicher fühle, ein Hotelzimmer, in dem jedes Wort erstickt, und ein Krankenzimmer, das ich keine Nacht länger ertrage. Sie sehen, mich erwartet wirklich nichts Gutes.«

Helene dachte an Martin und den Theaterabend. Sie hatte ihn bereits aus dem Taxi heraus zu erreichen versucht, war aber nur in der Mobilbox gelandet. Daraufhin hatte sie ihm in einem kurzen SMS mitgeteilt, dass sie zu einem dringenden Einsatz musste und den gemeinsamen Abend nicht garantieren könne.

Sie traf eine Entscheidung.

»Doch, Sie erwartet etwas Gutes«, sagte sie, um einen leichten Tonfall bemüht. »Risotto mit Meeresfrüchten und ein Pinot Grigio, wenn Sie wollen.« Als sie die Irritation im Gesicht der Autorin bemerkte, präzisierte sie: »Bei mir in der Wohnung. Ich lade Sie zum Essen ein.«

»Die werden mich hier nicht so einfach gehen lassen, nach meinem Spaziergang auf dem Dach ...«

»Haben Sie nicht selbst gesagt, das alles sei ein großes Missverständnis? – Na bitte. Außerdem habe ich gute Beziehungen zu denen da unten, schon vergessen?« Sie deutete in Richtung des Polizeiwagens.

Ein verhaltenes Lächeln zeigte sich auf den Lippen der jungen Frau, das Helene erleichtert erwiderte.

»Kommen Sie«, wiederholte sie. »Gehen wir jetzt. Mir ist wirklich kalt und Sie frieren auch!«

*

»Bist du dir sicher in dem, was du tust?« Während Julie im Inneren des Krankenzimmers ihre kleine Reisetasche packte, zog Bernd Gerold die Polizeipsychologin auf dem Gang davor zur Seite. »Was ist, wenn sie sich in deiner Wohnung etwas antut?«

»Beruhig dich.« Helene klopfte ihm freundschaftlich auf die

Schulter. »Das hier hat nichts mit einem Dienstauftrag zu tun und somit wärest du sowieso komplett aus dem Schneider. Wird sie aber nicht. Sie will nur reden.«

»Dein Wort in Gottes Ohr.« Der Bezirksinspektor legte seine Skepsis nicht so schnell ab. Seine Sympathie für Julie Schneeberg war in den vergangenen Tagen nicht gerade größer geworden. Die Autorin und ihre Lebensumstände hielten ihn mehr auf Trab, als er sich für die Vorweihnachtszeit gewünscht hatte. Das Einzige, wonach ihm eigentlich der Sinn stand, war, den Fall so schnell wie möglich abzuschließen. Nach Marcy Degass' Geständnis hatte er genau das gehofft, doch nach allem, was ihm Helene Winter gerade von ihrer Unterredung auf dem Dach des Krankenhauses berichtet hatte, gab es noch einiges zu klären. Zumal der geheime Briefschreiber noch nicht gefunden war und Kracherl-Karli glaubhaft versicherte, der Schneeberg niemals in ein Parkhaus gefolgt zu sein.

»Also gut.« Er atmete tief durch. »Vielleicht sollten wir uns wirklich diese alte Akte über die Familientragödie von den Kollegen aus Niederösterreich kommen lassen. Nach den Andeutungen, die die Schneeberg dir gegenüber gemacht hat, kann vielleicht ein Blick in die Vergangenheit nicht schaden …«

»Ich bin neugierig, was damals laut Akte wirklich war«, gab Helene zu. »Also, wenn du sie bei dir hast, lass es mich wissen.«

»Und umgekehrt lass mich wissen, wenn dir die Frau heute Abend noch etwas anvertrauen sollte, was für mich und meine Arbeit wissenswert ist.«

Helene grinste. »Das kann ich dir nicht versprechen.«

»Wie meinst du das?«

»Im Anvertrauen steckt Vertrauen. Und Vertrauen missbrauche ich grundsätzlich nicht. Einen Moment …« Ihr Handy klingelte. Sie hob ab. »Hallo Martin. – Tut mir leid. – Ja, ein plötzlicher Einsatz. Ich kann jetzt nicht darüber reden. – Nein, ich bin nicht mehr im Dienst. – Dafür ist es jetzt wirklich zu spät, ich bin noch immer nicht zu Hause gewesen.«

Bernd sah an ihrer Miene, dass das Gespräch eine Wendung nahm, die ihr missfiel.

»Tut mir ja wirklich leid. Es war so nicht geplant. – Nein, geh du ins Theater. – Das ist keine gute Idee. Ich habe heute Abend Besuch. – Nein! Um Himmels Willen, was denkst du? Es ist gar kein Herr, es ist ... ich erkläre dir das morgen in Ruhe. – Bitte mach jetzt kein Drama, das finde ich kindisch. – Na gut, wie du willst! Trotzdem einen schönen Abend.«

Sie legte auf. Einen Moment lang sah sie ihn schweigend an; in stummer Verzweiflung, wie ihm schien. »Der Begriff *beleidigte Leberwurst* passt auch auf einige Männer«, sagte sie dann resigniert.

Aha. Martin. Ihr geheimnisvoller Liebhaber. Der zwar keine Frau und keine Kinder hatte, aber offenbar auch nicht ohne Makel war ...

Leise Genugtuung machte sich in Bernd breit. »Scheint etwas sehr anhänglich zu sein, dein Martin«, stellte er trocken fest. »Da war ich doch wesentlich unkomplizierter.«

Sie warf ihm einen kurzen, wenig amüsierten Blick zu, den er mit einem Grinsen erwiderte.

»Ich sag schon nichts mehr. – Ah, Frau Schneeberg, Sie sind abfahrbereit. Ich wünsche einen schönen Abend und hoffe, dass Sie keine weiteren Spaziergänge auf irgendwelchen Dächern machen ...«

Die Angesprochene sah ihn verständnislos an, nur Helene ging auf den Scherz ein. »Was kümmert es dich?«, parierte sie, ehe sie sich mit Julie Schneeberg Richtung Ausgang in Bewegung setzte. »Für den fünften Bezirk ist ohnehin jemand anderer zuständig!«

*

Das Taxi hielt vor der klassizistischen Mehrparteien-Villa ein paar Straßen vom Krankenhaus entfernt. Julie Schneeberg reichte dem Fahrer einen Zehner, noch ehe Helene ihre Geldbörse öffnen konnte. Augenblicke später betraten sie das Haus.

Julies Wunsch, einen Zwischenstopp in ihrer Wohnung zu machen, damit sie frische Kleidung für das Hotel einpacken und sich auch umziehen konnte, war für Helene mehr als nur verständlich. Die Flügeltüre war inzwischen durch eine sogenannte Sicherheitstüre ersetzt worden; nichts erinnerte mehr an den Einbruch von Anfang Dezember. Rein objektiv gab es keinen Grund mehr, weshalb die Autorin nicht in dieser Wohnung bleiben wollte. Doch persönliches Sicherheitsgefühl, das kannte Helene aus anderen Einbruchsfällen, war eben ein subjektives Empfinden.

»Frau Schneeberg, gut, dass ich Sie treffe.« Eine ältere Dame war im Treppenhaus aufgetaucht. Mit ihrem blondgefärbten, toupierten Haar und dem wogenden Pelzmantel passte sie aus Helenes Sicht zu dem leicht protzigen Treppenhaus wie das Tüpfelchen aufs i.

»Guten Tag, Frau Dr. Klessenheim.« Julie reichte ihr die Hand.

»Wolfgang und ich haben uns schon Sorgen um Sie gemacht. Erst der Einbruch und dann haben wir ja aus der Zeitung erfahren, dass Sie einen mysteriösen Unfall hatten …« Der Blick der Frau fiel auf Julies Reisetasche. »Nun denn, jetzt sind Sie ja wieder hier. Ihr Freund wird sich freuen. Er stand mittlerweile schon dreimal vor Ihrer Türe. Hat er denn keinen Schlüssel?«

»Mein Freund?« Julie warf Helene einen schnellen Blick zu, der Bände sprach. Es gab keinen Freund. Ergo war ein fremder Besucher vor ihrer Tür alles andere als beruhigend. »Wie sah er denn aus?«

»Gut!«, kam es von der älteren Dame prompt. »Er kam mir sogar irgendwie bekannt vor. Ich war mir sicher, dass ich ihn schon einmal gesehen habe … vermutlich, als er sie besucht hat.

Daher war ich ja auch nicht überrascht, als er vor Ihrer Tür stand und Sturm geläutet hat ... Als er das letzte Mal hier war, vor zwei Stunden, habe ich ihn angesprochen und ihm gesagt, dass Sie wahrscheinlich noch im Krankenhaus sind. Der arme Mann, er war ganz verstört! Aber er hat mir erzählt, er sei Ihr Freund ... ein Freund ...« Die Pelzmantel-Dame sah verunsichert von Julie zu Helene. »Er ist doch ihr Freund, oder?«

»Können Sie ihn beschreiben?«, fragte Helene nach.

»Groß, sportlich, dunkle Haare ... eher wie ein Italiener«, kam es nun sofort. »Er kam mit dem Taxi. Das habe ich von meinem Wohnzimmerfenster aus gesehen. – Er ist doch ein Freund, oder nicht?«

»Wenn er das gesagt hat.« Julie lächelte, doch Helene spürte, dass dieses Lächeln aufgesetzt war. Offensichtlich wollte sie ihre Nachbarin nicht weiter beunruhigen. »Hat er sonst noch etwas gesagt?«

»Nein ... oder doch. Er fragte, in welchem Krankenhaus Sie denn sind. Aber das wusste ich ja selbst nicht.« Die ältliche Nachbarin seufzte. »Ein bisschen überrascht hat mich das alles natürlich schon. Wenn er Ihr Freund ist, wie er sagte, hätte er das doch alles wissen müssen?«

»Ich konnte vom Krankenhaus aus nicht jeden verständigen«, erklärte Julie. »Aber danke für die Information.«

»Bitte, sehr gerne. – Dann wünsche ich Ihnen jetzt alles Gute, Frau Schneeberg. Und einen schönen Abend.«

»Danke, Frau Dr. Klessenheim, Ihnen ebenfalls.«

Die Pelzmantel-Dame hatte sich bereits in Bewegung gesetzt, als sie nochmals kurz innehielt. »Mir fällt noch etwas ein zu Ihrem Freund. Er ist wohl doch kein Italiener, denn er sprach Piefke-Deutsch, Sie verstehen? Nur, damit Sie besser zuordnen können, wer es war.«

»Danke. Das ist sehr hilfreich.«

In der Wohnung angekommen, lehnte sich Julie gegen die geschlossene Türe. Sie war blass.

»Ich weiß nicht, wer der Mann gewesen sein soll«, sprach sie aus, was Helene längst vermutet hatte. »Verstehen Sie, was ich meine? – Ich fühle mich einfach nirgendwo mehr sicher!«

»Vielleicht war es nur ein Journalist, der ein Interview wollte. Jetzt, wo Ihre Agentin … nun, verhindert ist …, gibt es für die Presse wohl keinen anderen Ansprechpartner als Sie selbst.«

»Jahrelang war ich für die Medien komplett uninteressant, es ging bloß um meine Bücher.« Julie Schneeberg steuerte auf ihr Schlafzimmer zu, den kleinen Koffer hinter sich herziehend. Helene folgte ihr. Die Wohnung sah kahl aus. Im Wohnzimmer fehlte das Sofa, im Schlafzimmer das Bettzeug. Alles war sauber, aber in diesem Zustand nicht sehr heimelig. Sie sah Julie dabei zu, wie diese den übersichtlichen Inhalt ihres Koffers gegen ein paar frische Kleidungsstücke aus dem Schrank austauschte. »Jetzt geht dieser ganze Wirbel von vorn los und ich werde wieder zu einer öffentlichen Figur. Wie ich das hasse!«

»Wieder?«

»Ja, wieder.« Julie hielt kurz inne und sah sie an. »Was glauben Sie, was damals nach der Tat los war? Über Familientragödien wird immer berichtet, aber diese war eine besondere – schließlich war ja meine Mutter darin verwickelt. Dana Karneol, Star einer deutschen Vorabend-Serie, im Zentrum eines Verbrechens! Das war für die Medien ein Freudenfest. Die Tat an sich war furchtbar genug, aber plötzlich von gierigen Boulevard-Journalisten umlagert zu sein, die jedes schmutzige Detail über unsere Familie wissen wollten, war unbeschreiblich grausam. Ich wollte und konnte gar nicht mehr vor die Türe gehen. Jeder Schritt nach draußen war, wie Feindesland zu betreten. Sie waren mit ihren Kameras und Mikros überall, lauerten uns auf … na ja.« Sie schüttelte den Kopf. »Zumindest eine hat die plötzliche Publicity genossen und genutzt.«

»Sind Sie deshalb so schlecht auf Ihre Mutter zu sprechen? Weil Sie die Bluttat für Publicity genutzt hat?«, erkundigte sich Helene vorsichtig.

»Bezeichnen Sie diese Frau bitte nicht als Mutter!«, kam es prompt zurück. »Ich verbitte mir das! – Dana Karneol war nie eine Mutter. Schon gar nicht meine. Verstehen Sie? Nie!«

Helene war überrascht, wie aufgebracht die junge Frau nun war. Die kühle, beherrschte Fassade war endgültig zerbröckelt. Im Geiste sortierte sie noch einmal die Fakten. »Dana Karneol ist wieder schwanger, habe ich erfahren. Ist das der Grund, weshalb Sie nach all den Jahren über Ihre Familientragödie schreiben wollten?«

»Ich möchte nicht, dass sich Dinge wiederholen«, sagte Julie mehr als steif. Sie hatte ihre Fassung wiedergewonnen. Mit Nachdruck schloss sie den Kofferdeckel. »So. Ich bin so weit. Falls Sie jetzt nicht so schockiert von meinem kleinen Ausbruch sein sollten, dass Sie die Einladung zurückziehen …«

»Ich bin froh, dass sich hinter der coolen Autorin ein Mensch verbirgt«, entgegnete Helene wahrheitsgemäß. »Ich denke nur gerade einen Schritt weiter … Hier können Sie nicht wohnen, weil Sie sich nicht sicher fühlen, und im Hotelzimmer ist es nicht sehr heimelig. – Was halten Sie davon, wenn Sie diese Nacht auf meinem Wohnzimmersofa verbringen?«

Julie öffnete schon den Mund, ihrem Gesichtsausdruck nach zu urteilen, um zu protestieren, doch Helene erstickte den aufkeimenden Widerstand mit einer entschiedenen Handbewegung. »Keine Sorge, ich schlage Ihnen nicht vor, bei mir einzuziehen. Ich spreche von einer Nacht. Und morgen übergebe ich Ihnen den Schlüssel zum Haus meiner Großmutter. Die lebt längst nicht mehr, aber ich nutze ihr Häuschen in Niederösterreich gelegentlich als Wochenenddomizil. Sie können sich dorthin zurückziehen, solange Sie wollen. Keiner wird wissen, wo Sie sind. Sie müssen also keine Angst vor irgendwelchen Verfolgern haben und können sich erst einmal von dem Schrecken der vergangenen Tage erholen. Einverstanden?«

»Ich …«, begann Julie Schneeberg und einen Moment war sich Helene sicher, dass sie tausend Gegenargumente finden würde. Doch dann schien sie es sich anders zu überlegen. »Vielleicht ist es wirklich keine so schlechte Idee, abzutauchen ... bis Gras über die Sache gewachsen ist. Vielleicht bis Neujahr ... Dann haben die Medien hoffentlich wieder andere Themen als die Karneol und die Schneeberg und ich kann mir in Ruhe Gedanken machen, wie ich mein Buch zu Ende bringe. Und vielleicht findet die Polizei ja mittlerweile heraus, wer mich damals im Parkhaus verfolgt hat? Oder an meiner Haustüre Sturm läutet. Also, wenn Sie wirklich nichts dagegen haben ...«

»Ich hätte Ihnen sonst nicht das Angebot gemacht.«

*

Als Bernd zurück ins Büro kam, war es kurz vor 20 Uhr. Maria hatte mittlerweile schon zweimal angerufen und gefragt, wann er denn nun endlich zum Abendessen daheim wäre. Beide Male hatte er sie auf ein undefinierbares *Später* vertröstet, beide Male war seine Antwort bei ihr nicht sonderlich gut angekommen – was ihn nur darin bestärkt hatte, auf dem Weg vom Krankenhaus zurück zum Präsidium beim Würstlstand Halt zu machen und danach noch jene Akte anzufordern, über die er sich mit Helene unterhalten hatte. Die Kollegen in Niederösterreich waren nicht mehr erreichbar, wie er feststellen musste, dafür traf er seinen Kollege Kurt neben einer geöffneten Pizzaschachtel vor dem Computer an.

»Unsere deutschen Kollegen haben endlich Zeit gefunden, sich der Nachverfolgung der IP-Adresse von Julie Schneebergs anonymem Mailschreiber anzunehmen«, informierte er Bernd mit vollen Backen. »Das heißt, wir haben jetzt einen Namen, der hinter den Mails steckt: Professor Dr. Stanislaus Ossowetzky. Bis vor fünf Jahren lehrte er an der Universität Graz Kunstgeschichte.«

»Na bitte. Der passt schon eher zum Schreibstil als Kracherl-Karli. Weiß man Näheres über den Mann?«

»Der Professor ist sechsundfünfzig, verheiratet, kinderlos und hat noch vor zehn Jahren publiziert wie ein Wahnsinniger. Zumindest sagt mir Google das. Akte gibt es keine über ihn; bisher völlig unauffällig ... – Schau her, ich habe hier ein Foto von ihm im Internet entdeckt ...«

Bernd stand auf und sah über die Schulter des Kollegen hinweg auf den Bildschirm.

Er war sorgfältig rasiert, rundherum gepflegt ... er sah im Grunde sehr langweilig aus, fast unscheinbar ...

Der Bezirksinspektor erinnerte sich noch gut an die Worte der Stadtarchiv-Bediensteten, die ihn von dem Vorfall mit dem Klassenfoto berichtet hatte. Zurück an seinem Schreibtisch, zog er das Phantombild hervor, das anhand ihrer Beschreibung angefertigt worden war. Keine Frage, die Ähnlichkeit zwischen dem Professor und jenem Mann, der als getarnter Journalist Julies Klassenfoto angefordert hatte, war verblüffend.

»Sieht so aus, als sollten wir die Kollegen in Graz bitten, dem Herrn mal einen Besuch abzustatten.«

»Graz brauchen wir gar nicht zu informieren.« Kurt griff nach dem nächsten Stück Pizza. »Der Herr Professor residiert in Wien-Döbling. Übrigens ganz in der Nähe von Frau Schneeberg.«

»Und warum bist du dann noch nicht dort?«

»Kollege, ich will dir nicht zu nahe treten, aber ich finde, du steigerst dich in diesen ganzen Fall ein bisschen zu sehr hinein.« Kurt biss herzhaft in den Rand. »Wir haben den Einbruch und die Attacke mit dem Auto geklärt; wir haben die beiden Schuldigen schon gefunden und volle Geständnisse. Was wollen wir mehr? – Diesen Promis steigen ständig irgendwelche Fans hinterher. Sollte der Professor wirklich der Verfasser dieser Mails sein – weswegen willst du ihn verhaften? Wegen zu viel Begeisterung für eine Schriftstellerin, die wahrscheinlich für x andere Kerle dieser Welt die Vorlage zweifelhafter Phantasien ist? Oder dafür, dass er eine naive Stadtangestellte überlistet hat, um an ein Jugendfoto seines Idols zu kommen? – Im Ernst, Bernd, verrenne dich da nicht in irgendeine Stalkerstory …«

»Ich weiß nicht.« Bernd sah unschlüssig von dem Phantomfoto in seiner Hand zum Konterfei des Mannes auf dem Bildschirm. »Ich würde mir den Professor doch gerne näher anschauen. Persönlich.«

»Ja, klar, das können wir ja gerne machen.« Kurt fuhr den PC herunter und erhob sich. »Aber nicht heute. Es ist keine Gefahr in Verzug. Ich bin noch zu meiner Skatrunde verabredet. Und dir wird Maria irgendwann die Schuhe vor die Türe stellen, wenn du weiterhin auf Workaholic machst.«

Bernd gab sich geschlagen. Vermutlich hatte sein Kollege recht. Wenn nur dieses Gefühl in seinem Inneren ihm nicht ständig suggerierte, dass er noch immer nicht das ganze Bild dessen erfasst hatte, was Julie Schneeberg und ihr Umfeld betraf. Trotzdem griff er nun nach seinem Anorak. Gemeinsam standen sie vor dem Lift in Richtung Tiefgarage, als Bernds Handy klingelte. Er erkannte die Nummer und gab Kurt ein Zeichen, kurz zu warten.

Als er wenig später auflegte, war er überzeugter denn je, dass im Fall Schneeberg noch lange nicht das letzte Wort gesprochen war.

»Würdest du den Professor als einen vierzigjährigen Mann mit italienischem Aussehen beschreiben?«, sagte er mit stoischer Miene zu Kurt, der mit dem Fuß in der Lichtschranke den Aufzug aufgehalten hatte.

»Nein, wieso?«

Die Lifttüren schlossen sich hinter ihnen.

»Weil so ein Mann laut der Aussage einer Nachbarin mehrmals vor ihrer Wohnung aufgetaucht ist.«

»Ein Journalist vielleicht.«

»Möglich.« Der Aufzug war in der Tiefgarage angekommen.

»Woher weißt du das eigentlich? Hat dich die Schneeberg angerufen?«

»Helene hat mich darüber informiert.«

»Helene? Helene Winter? Was hat die mit der Sache zu tun?«

Bernd zückte seinen Autoschlüssel.

»Tja, Steinbacher. Du hast heute eine Menge verpasst, während du im Büro diese Einbruchserie in Grinzing weiterverfolgt hast ... Aber keine Sorge, wenn wir am Montag gemeinsam zum Herrn Professor fahren, werde ich dir von meinem Ausflug ins St. Theresia Privatklinikum erzählen – selbstverständlich erst, wenn ich den seitenlangen Bericht über den heutigen Vorfall verfasst habe, den mir die Schneeberg eingebrockt hat.« Damit ließ er Kurt Steinbacher zurück und stieg in seinen Wagen.

*

Miriam schloss die Wohnungstüre auf. Als Erstes warf sie ihre Sporttasche mit dem Badminton-Schläger in die Ecke, dann schlüpfte sie aus der Trainingsjacke. In der Küche hörte sie ihre Mutter mit den Töpfen klappern. Auch im Hausgang roch es bereits nach gerösteten Zwiebeln und Knoblauch.

Miriam hatte keinen Appetit. Das heutige Spiel – besser gesagt, die Begegnung mit Anja und deren neuer Freundin im Sportheim – war ihr auf den Magen geschlagen. Sie hatte sich mit Ingrid zum Badminton verabredet, wie jeden Freitag. Nur sie und Ingrid. Dass Anja und ihre Neue dort auch erscheinen mussten, war so nicht abgesprochen.

Eine kalte Dusche. Das war genau das, was sie jetzt brauchte. Danach war immer noch Zeit für eine Begrüßung.

Zielstrebig riss sie die Badezimmertüre auf – und erstarrte. Mitten im Badezimmer stand eine nackte Frau, die wohl gerade im Begriff gewesen war, sich abzutrocknen. Nasses langes Haar fiel ihr schwer über die Schultern. Miriam hatte kaum Sinn dafür. Sie starrte nur auf den Busen, dann auf das, was sich ihr unter dem Bauchnabel darbot und nun hastig mit dem Handtuch bedeckt wurde.

*

Julie legte die Gabel zur Seite und tupfte sich mit der Serviette die Mundwinkel ab.

»Danke, das war köstlich«, sagte sie zu Helene Winter, die ihr gegenübersaß und sie mit einem warmherzigen Lächeln bedachte.

Noch kannte sie die Polizeipsychologin nicht besonders gut. Trotzdem genoss sie es, hier zu sitzen, in deren gemütlicher Wohnung, bei gutem Essen und Wein. Helene Winters Einladung bot nicht nur ein wohltuendes Kontrastprogramm zu der Sterilität des Krankenhauses, die Julie in den vergangenen Tagen zusätzlich aufs Gemüt geschlagen war, sondern auch etwas, wovon sie noch vor wenigen Tagen überzeugt gewesen war, es nie wieder zu erleben: das Gefühl, Teil einer Familie zu sein. Gemeinsam an einem Tisch zu sitzen, zu essen, sich zu unterhalten, und das ganz ohne die Furcht, dass jeden Moment ein Streit ausbrechen konnte. Rein rational wusste Julie natürlich, dass sie nur ein kurzer Gast im Leben der Polizeipsychologin und ihrer Tochter war, doch die Vorstellung, an Miriams Stelle zu sein und von dieser herzlichen Frau umsorgt zu werden, war ausgesprochen nett.

Nett und unrealistisch.

Miriam allerdings befremdete sie etwas. Zugegeben, ihr erstes Zusammentreffen im Badezimmer war ein kleiner Schock gewesen – allerdings für beide. Seither wich die junge Frau konstant ihrem Blick aus.

Julie hatte zwei-, dreimal den Versuch gemacht, sie in ihren Small Talk einzubinden. Doch wenn Miriam das Wort an jemanden richtete, dann nur an ihre Mutter. Schließlich gab Julie auf – und beschränkte sich darauf, Miriam dann, wenn Helene Winters Aufmerksamkeit nicht auf sie gerichtet war, still zu betrachten. Miriam war hübsch mit ihrem vollen braunen Haar und den dunklen Augen – zweifelsohne eine, die man gerne ansah. Die *sie* gerne ansah.

Während Mutter und Tochter irgendetwas Belangloses miteinander besprachen, schweiften Julies Gedanken ab. Sie dachte an Lydia. An das, was sie geschrieben hatte.

Sie hatte ihre Zeilen immer wieder gelesen, so lange, bis sie die Worte auswendig kannte. Doch das Gefühl der Enttäuschung wollte einfach nicht schwinden, Brief hin oder her. Julie war sich sicher, wenn sie Helene Winter davon erzählte, würde sie ihr dringend raten, dieses Kapitel endlich abzuschließen.

Das Problem war, dass Lydia nicht nur über ihre Liebe geschrieben hatte. Und das andere, nein, das konnte sie nicht einfach so unter den Tisch fallen lassen …

Gegen 22 Uhr verabschiedete sich Miriam ins Bett. Sie selbst half Helene Winter trotz aller Proteste, die Küche aufzuräumen.

»Nehmen Sie Miriams Verhalten bitte nicht persönlich. Sie ist Fremden gegenüber anfangs nicht sehr zugänglich und, was Besuch betrifft, alles andere als spontan.«

»Ich wollte ihr keinen Schreck einjagen.« Julie griff wie selbstverständlich nach dem Geschirrtuch und begann die Pfanne abzutrocknen. »Ich wollte absperren, aber das Türschloss hat etwas geklemmt, und da ich dachte, Sie seien sowieso in der Küche …«

»Oh, ich glaube nicht, dass Miriam Ihren Anblick so abstoßend gefunden hat!« Helene lachte, sagte dann aber ernst: »Auf dem Dach haben Sie mich gefragt, ob wir lange auf ein Adoptivkind warten mussten, und ich sagte Ihnen: nein, weil Miriam schon älter war … Nun, das ist nicht die ganze Wahrheit.

Miriam war nicht nur vier, was in Sachen Adoption tatsächlich schon als alt gilt, sondern hatte auch keine besonders gute Prognose, was ihre künftige Entwicklung anging. Sie leidet unter einer leichten Form von Dyslexie ... Das heißt, sie hat Schwierigkeiten beim Lesen und beim Verstehen von Texten. Ausgelöst vermutlich von einem Schädel-Hirn-Trauma im Kleinkindalter. Mehr muss ich dazu wohl nicht sagen, oder?«

»Sie meinen, Miriams leibliche Eltern ...«, Julie sprach ihren Verdacht nicht aus.

»Es hat handfeste Gründe, weshalb Miriam letztendlich zur Adoption freigegeben wurde«, sagte Helene nur. »Aber jetzt geht es ihr gut und machen Sie nicht den Fehler zu denken, dass sie dumm ist! Wenn Miriam jemanden besser kennt, ist ihr Redefluss kaum mehr zu bremsen!«

Julie nickte benommen.

»Wissen Sie was, ich skizziere Ihnen jetzt schnell noch, wie Sie morgen am besten zum Haus meiner Großmutter gelangen.« Helene drehte den Wasserahn ab und trocknete ihre Hände an dem Geschirrtuch, das Julie wieder ordentlich auf den Haken neben dem Spülbecken gehängt hatte. »Es liegt etwas abseits, aber der Vorteil ist: Sie haben dort wirklich Ruhe vor ungebetenen Besuchern.«

Altenhain, März 1999

»Das wird mein ganz großes Comeback werden! Der Regisseur hat gesagt, ich bin ein Wahnsinnstalent und viel zu gut für nur eine kleine Nebenrolle. Nächste Woche werde ich noch einmal nach Berlin fliegen, für ein zweites Vorsprechen, da ist auch die Produktionsleitung dabei ... und der Sendeleiter ... und dann wird sich entscheiden, ob ich nicht sogar die Hauptrolle bekomme!«

Dana strahlte über das ganze Gesicht, während sie mit dem Bügeleisen eine ihrer vielen Blusen glättete. Julie spielte mit den Zwillingen am Esstisch lustlos *Memory*, während sie sich fragte, ob sich ihre Mutter eigentlich jemals darüber bewusst war, in welch krassem Gegensatz ihre Vorstellungen von der Zukunft zur derzeitigen Gegenwart standen. Hier stand sie, in Jeans und Rollkragenpullover, blass ohne Schminke und mit Lockenwicklern im Haar, machte den Abwasch und die Wäsche und sah sich in wenigen Wochen als zukünftige Diva in Berlin, frei von Pflichten, frei von aller Verantwortung.

Immerhin, seit sie von dem erfolgreichen ersten Casting aus Berlin zurückgekommen war, schien sie wie ausgewechselt. Sie trällerte während der ihr so verhassten Hausarbeit, nahm allerdings nicht mehr an den Chorproben des Altenhainer Gesangsvereins teil. Diese Provinzposse sei für sie nun erledigt, hatte sie Joe auf seine Nachfrage hin geantwortet.

Julie empfand die gute Laune ihrer Mutter angesichts der Umstände als verstörend. Zweimal hatte sie den Versuch unternommen, die ihr zugedachte Rolle als Ersatzmutter für ihre Schwestern und stellvertretende Superhausfrau abzulehnen. Ergebnislos. Es war, als würde sie mit ihren Einwänden – der zeitaufwendigen Matura-Vorbereitung und dem anschließenden Studium – an einer Betonwand abprallen.

»Hey, du hast gemogelt!« Alissa nahm ihr die drei *Memory*-Karten aus der Hand, die sie gerade gedankenverloren aufgedeckt hatte. Zweimal das Schiff, einmal das Schaf. »Du darfst nur zwei aufdecken!«

»Weißt du was, spielt doch alleine.« Julie schob den verdutzten Zwillingen ihren kleinen Kartenstapel erfolgreich aufgedeckter Paare hinüber.

Die Maulerei ihrer Schwestern ignorierend, ging sie hinüber zur Küchenzeile und füllte ein Glas mit kaltem Leitungswasser; anschließend ließ sie sich das kühle Nass noch eine ganze Weile über die Hände laufen. Sie wollte etwas fühlen, irgendetwas, auch wenn es nur Gänsehaut war. Irgendetwas abseits von Wut und der gleichzeitigen Leere, die sie erfüllte.

Lydia hatte seit dem Auftauchen auf der Geburtstagsfeier ihres Mannes dreimal Anstalten gemacht, mit ihr zu sprechen. Zweimal hatte sie sie nach dem Unterricht zur Seite gezogen, ein anderes Mal an der Bushaltestelle mit dem Auto abgepasst. Julie hatte ihre Versuche abgeblockt und ignoriert, obwohl sie sich im Grunde nach nichts anderem sehnte als danach, mit Lydia zu reden und von ihr wahrgenommen zu werden.

Sie vermisste Lydia, deren Zärtlichkeit und auch den Sex, aber ihr war klar geworden, dass dies alles ein Ende haben würde, besser früher als später. Lydia hatte nicht mehr mit ihr im Sinn als ein kurzweiliges Vergnügen und sie konnte nicht länger darüber hinwegsehen, dass es im Leben dieser Frau bereits einen überaus sympathischen, treuen Menschen gab, der von dieser Affäre mehr als nur verletzt sein würde, sollte er je davon erfahren. Was Lydia ihm da antat, konnte Julie nicht beeinflussen. Ihr eigenes Verhalten jedoch sehr wohl. Und sie wollte niemandem in die Augen schauen und lügen, wenn dieser Jemand ihr nichts als Freundlichkeit entgegenbrachte.

»Sag mal, spinnst du jetzt?« Dana hatte das Bügelbrett verlassen und drehte energisch das Wasser ab, das noch immer über Julies Hände floss.

Sekundenlang starrte Julie auf ihre blutleeren Finger.

»Ich werde nicht auf die Kinder aufpassen«, sagte sie dann, den Blick an ihrer Mutter vorbei auf die gekachelte Küchenwand gerichtet. »Ich will mein eigenes Leben. Ich will weg von hier und diesem ganzen Mist.«

»Willst du das?« Noch klang die Stimme ihrer Mutter freundlich, doch Julie kannte sie gut genug, um zu wissen, dass dieses Gespräch so unangenehm werden würde wie alle diesbezüglich geführten Unterhaltungen zuvor.

»Ich wusste schon immer, dass du nur gegen mich bist. Dass du alles tust, um mich zu sabotieren. Um meine Pläne zu zerstören. Und weißt du, warum?« Dana wartete ihre Antwort nicht ab. »Weil du eifersüchtig auf mich bist! Weil du mit deinen siebzehn Jahren klar erkannt hast, dass du nie so sein wirst wie ich. Du hast kein Charisma, kein Auftreten, keine Persönlichkeit. Nichts davon wirst du je haben.«

Zumindest spürte sie jetzt etwas. Schmerz. Julie ärgerte sich selbst, dass die Worte sie nicht kalt ließen.

»Ich will Matura machen und studieren.«

»Weißt du eigentlich, wie fad du bist?« Dana ging zurück an ihr Bügelbrett und griff wieder nach dem heißen Eisen. »Kein Wunder, dass du mit einem über fünfzigjährigen Langweiler vögelst. Jemand in deinem Alter will dich auch gar nicht.«

Julie schluckte.

Sie denkt wirklich, ich hätte ein Verhältnis mit Richard Götz.

»Mami, was ist vögeln?«

Alena und Alissa hatten die Suche nach passenden Karten unterbrochen. Dana verzog amüsiert den Mund, sagte aber nichts. Als die beiden merkten, dass sie keine Antwort erhalten würden, setzten sie ihr Spiel fort.

»Hast du eigentlich gar kein schlechtes Gewissen gegenüber Lydia?« Dana breitete die nächste Bluse aus dem Wäschekorb auf das Brett. »Ich meine, sie ist immerhin deine Lehrerin. Sie fördert dich, hält viel von dir … schleppt dich mit zu diesem grottenlangweiligen Literaturzirkel. Und als Dankeschön vögelst du ihren Mann.«

»Das tue ich nicht!«, widersprach Julie gequält.

»Ach nein?« Dana zog die Augenbrauen hoch. »Wen dann? Lydia?«

Das Herz blieb ihr stehen. Sie spürte, wie ihr jegliche Farbe aus dem Gesicht wich. Dann sah Julie den plötzlichen Schalk in den Augen ihrer Mutter und ihr wurde klar, dass es nur ein Scherz gewesen war.

»Ich werde jedenfalls nicht auf die Zwillinge aufpassen«, fand sie zurück zum eigentlichen Thema. Sie ärgerte sich selbst darüber, wie dünn ihre Stimme gerade klang. Danas Bemerkung über Lydia hatte sie wirklich aus den Angeln gehoben.

»Herrgott, Julie!« Mit einem lauten Krachen stellte ihre Mutter das Bügeleisen auf sein Eisengestänge. »Ich verlange nichts Unmögliches von dir! Ich spreche von ein paar Wochen, vorerst, lediglich von ein paar Wochen! Wenn ich die Hauptrolle bekomme, bedeutet das auch mehr Drehzeit und dadurch mehr Geld, kapier das doch endlich! Und dann hole ich dich und die Kinder nach Berlin.«

»Was ist mit Joe?«

Dana verschränkte die Arme ineinander. »Er wird nicht mit uns nach Berlin kommen.«

»Was ist mit Papi?« Alissa war hellhörig geworden.

»Nichts.« Dana griff wieder zum Eisen.

Sie verlässt ihn also. Einfach so.

Julie schluckte erneut. »Ich will aber nicht nach Berlin.«

»Du bist nicht nur fad, sondern auch undankbar. Jedes normale Mädchen in deinem Alter will nach Berlin!« Dana schaltete das Gerät ab. »Aber bitte, dann geh nicht mit. Sieh zu, wo du bleibst. Allerdings komm dann bloß nicht heulend bei mir an, wenn etwas schiefgeht. Wenn du dich gegen Berlin entscheidest, dann auch gegen mich. Das ist dir hoffentlich klar. Und wenn du das tust, bist du nicht mehr meine Tochter!«

Julies Kehle wurde eng.

Benommen sah sie zu, wie ihre Mutter zur Schrankwand ging und nach der Whiskeyflasche griff. Mit einem gefüllten Glas in der Hand ließ sie sich auf das Sofa sinken.

»Ich weiß wirklich nicht, warum du mich so hasst!«, brach es aus Dana hervor. Dann begann sie zu weinen.

Die kleinen Mädchen ließen die Karten liegen und liefen zu ihr, um sich an sie zu drängen.

Augenblicke lang verharrte Julie wie versteinert. Dann drehte sie sich um und hastete nach oben in ihr Zimmer.

Salzburg, Dezember 2014

»Wo warst du so lange, verdammt?«

Felix Rabenstein, der gerade erst seinen Koffer über die Türschwelle zum Hotelzimmer gezogen hatte, erstarrte mitten in der Bewegung. Dana stand am Fenster, mit verschränkten Armen, und sah ihn böse an.

»In Wien, bei dem Interviewtermin ... für dieses Buch über erfolgreiche Persönlichkeiten in der Medienbranche ... das weißt du doch ... es hat sich länger hingezogen als erwartet ...«

War sie etwa dahintergekommen, dass er ihr eine Lüge aufgetischt hatte?

»Ich habe dich schon vor Stunden zurückerwartet.« Dana setzte sich auf das Bett. In diesem Moment erinnerte ihre Körperhaltung mehr an ein trotziges Kind als an die Frau, die ihm noch vor einer Woche ihre Liebe versichert hatte. »Seit wir hier in Salzburg angekommen sind, sitze ich allein herum. Du bist ständig weg.«

Nur, weil ich das Beste für dich will.

Er ließ sich neben ihr nieder, wollte den Arm um sie legen. Sie wich ihm aus.

»Ich war in Wien, bei diesem Interview«, wiederholte er. »Das war doch so abgesprochen ... Du wusstest, dass ich diesen

Termin habe. Ich war doch nur eine Nacht weg. Jetzt sind wir zusammen und können unseren Weihnachtsurlaub genießen.«

»Ich kann überhaupt nichts genießen!«, brach es aus Dana hervor. Zum ersten Mal seit seiner Ankunft bemerkte er ihre geröteten Augen. Dass sie geweint hatte, traf ihn mitten ins Herz. »Meine verrückte Tochter ruiniert gerade mein Leben und ich kann nichts dagegen tun! Niemand hilft mir!«

»Liebste ... ich helfe dir«, widersprach er und hätte ihr am liebsten alles erzählt – alles, was er in den vergangenen Stunden für sie zu tun versucht hatte. Allein, es war ihm nicht gelungen. Und deshalb war es wohl besser, zu schweigen. Von ihr als Versager dargestellt zu werden, war mehr, als er ertragen konnte. Es reichte schon, dass sie ihn seit einiger Zeit immer mit diesem Blick bedachte, der ihn daran zweifeln ließ, ob sie ihn überhaupt noch liebte. Zum ersten Mal seit Beginn ihrer Beziehung hatte er Angst vor der Zukunft. Was, wenn sie irgendwann genug von ihm hatte?

»Ich will, dass jemand sie stoppt.« Dana legte sich die Hände auf den gerundeten Bauch. »Das alles tut mir nicht gut. Die Aufregung! Die Sorge! Dieses Buch darf niemals erscheinen!«

»Lass sie doch schreiben, was sie will.« Dass Julie gestoppt werden müsse, hatte er sich bereits mehrmals anhören müssen. Verstanden hatte er es nie. Warum konnte Dana dieses Buch nicht einfach egal sein? Ja, dem Stoff lag ein echtes Drama zugrunde, aber Julie Schneeberg war bekannt für fiktive Geschichten, nicht für Tatsachenberichte. Kein Mensch, der bei Trost war, würde ihre Schilderungen für die Wiedergabe der Realität halten. »Liebste! Ich verstehe, dass es schmerzhaft für dich ist, mit all dem konfrontiert zu werden«, startete er einen neuen Versuch, seine Frau aus jener Missstimmung zu reißen, in die sie abgerutscht war, seit sie von dem geplanten Buch über die Familientragödie erfahren hatte. »Aber ich verstehe einfach nicht, warum es dir solche Angst macht ...«

»Du verstehst überhaupt nichts!«, fuhr sie ihn unwirsch an.

Sie stand auf und ging wieder zum Fenster. Ihm den Rücken zuwendend, sagte sie mit brüchiger Stimme: »Du hast sie nicht gesehen, in ihren Betten ... voller Blut. Er hat ihnen beiden in den Kopf geschossen ... Es war alles voller Blut ... ihre Nachthemden, das ganze Bettzeug ...«

Sie zitterte. Von Mitgefühl ergriffen, trat er zu ihr.

»Joe hatte diese Pistole ... so ein Sportding ..., nicht besonders neu. Ich habe bis zu jener Nacht nicht einmal gewusst, dass er damit umgehen kann!« Tränen liefen ihr über das Gesicht. Felix legte tröstend den Arm um sie. Diesmal schmiegte sie sich dankbar an ihn. »Dieser Mistkerl! Er lag am Boden zwischen den Kinderbetten. Hat sich in die Schläfe geschossen, nachdem er unseren Kindern das Leben genommen hat ...« Sie schluchzte. »Und Julie? Julie lag die ganze Zeit mit ihren verdammten Kopfhörern im Bett und hat angeblich nichts von alldem mitbekommen, nichts! Ihr Zimmer war nebenan, verstehst du? *NEBENAN!*«

Es war das erste Mal, dass Dana in dieser Offenheit über die Tragödie sprach.

»Julie waren ihre Schwestern vollkommen egal«, fuhr sie nun fort. »Sie waren ihr lästig. Ihre größte und einzige Sorge war, während meiner Drehtage auf sie aufpassen zu müssen und nicht machen zu können, was sie will. Aber ich weiß jetzt schon, dass sie mich in ihrem Buch als bösartige, egoistische Mutter hinstellen wird, der ihre kleinen Töchter nur im Weg waren. In Wahrheit waren Alissa und Alena *ihr* im Weg.«

Felix streichelte über Danas offenes Haar. Das Bild in seinem Kopf gewann an Kontur. Eine eifersüchtige Stiefschwester im Teenageralter, die keine Verantwortung für ihre Halbgeschwister übernehmen wollte. War es Julie etwa gerade recht gekommen, dass die zwei kleinen Schwestern ...? – Nein, so weit durfte er wohl in seinen Annahmen nicht gehen.

»Julie wird in ihrem Buch lauter Lügen und Unwahrheiten verbreiten und mich verunglimpfen«, fuhr Dana nun düster fort. »Ich war eine gute Mutter! Ich habe meine Kinder geliebt, sie alle! Aber Julie wollte meine Liebe ja nie. Wie sie mich immer angesehen hat – wie ein Monster! Sie hat mich gehasst, Felix, einfach von Anfang an nur gehasst. Und deshalb war es ihr egal, dass Joe nebenan ihre Schwestern tötete ...«

Felix Rabenstein wunderte sich selbst über die Gänsehaut, die seinen Rücken überzog.

»Julie hat sie als Erste gefunden, in ihren Bettchen ... und dazwischen Joe. Dann, als sie angeblich ihre dumme Musik endlich ausgeschaltet hatte.« Dana löste sich aus seiner Umarmung und ging zu ihrer Handtasche, die sie neben ihr Make-up-Köfferchen auf dem altertümlichen Sekretär abgestellt hatte. Sie nahm eine Packung Taschentücher heraus und schnäuzte sich. »Ich ertrage einfach nicht, dass alles noch einmal aufgewühlt wird. Ich will, dass das aufhört!«

»Du hast getan, was du tun konntest«, versuchte er sie zu beruhigen, während sich in seinem Inneren das dumpfe Gefühl breitmachte, dass ihm irgendetwas Entscheidendes an dieser Geschichte fehlte. »Du hast in den vergangenen Tagen so harte Arbeit geleistet ... hast den Journalisten versichert, wie unglaubwürdig Julie ist wegen ihrer psychischen Probleme. Egal, was sie nun sagt, egal, was sie schreibt – es wird keiner wirklich ernst nehmen. Ihr neues Buch wird nicht anders wahrgenommen werden als alle anderen davor: als reine Fiktion. – Jetzt sind wir hier, in Salzburg ... um uns endlich zu entspannen.«

»Ich weiß.« Sie warf das benutzte Taschentuch schwungvoll in den Papierkorb links neben dem Sekretär und verzog das Gesicht. »Aber irgendwie nervt mich das alles, verstehst du?«

Er nickte, wollte etwas darauf erwidern, doch sie fuhr fort: »Sie haben uns dieses Jahr die Suite auf der Nordseite gegeben, obwohl wir hier seit zwei Jahren Stammgäste sind. Der junge Page unten hat mich zudem nicht einmal erkannt ... tut so, als wäre ich irgendwer! Außerdem liegt nicht einmal Schnee. Ich wollte doch weiße Weihnachten ...«

Einen Moment lang sah sie so aus, als würde sie jeden Augenblick wieder in Tränen ausbrechen. Er war zu perplex, um etwas darauf zu erwidern. Selbst er hatte seine Grenzen.

»Gehen wir jetzt«, sagte sie dann abrupt und begann zu seinem Erstaunen, ihre Kleidung abzulegen.

»Wohin?«

Sie bedachte ihn mit einem überraschten Blick.

»In den Spa-Bereich, wohin sonst? – Abendessen gibt es ja erst um halb acht!«

Wien, Dezember 2014

Wie benommen starrte er auf den Artikel, den er soeben im Internet gefunden hatte. Julie Schneeberg hatte einen Unfall gehabt, war im Krankenhaus. Und er erfuhr erst jetzt davon. Erst jetzt!

Wie einfach wäre es doch gewesen, sie am Krankenbett zu besuchen! Eine einmalige Chance, sie von seiner innigsten Zuneigung zu überzeugen! Sie hätte ihn anhören müssen, wäre nicht vor ihm davon gelaufen wie bisher … wie damals in der Tiefgarage, als er ihr so nahe gewesen war … so unendlich nahe …

Das Schrillen der Hausglocke riss ihn aus seinen Gedanken. Sofort befürchtete er das Schlimmste. Besuch am Nachmittag? – Er hatte niemanden bestellt. Auch seine Frau nicht. Das hätte er gewusst. So etwas machte sie nicht, seine Frau.

Er bekam es mit der Angst zu tun. Schnell ließ er die Fotos von Julie, die er neben seinem PC ausgebreitet hatte, in dem alten Schrank verschwinden und schloss eilig ab. Er hatte sich die Kette mit dem Schlüssel gerade wieder um den Hals gehängt, als die Türe zu seinem Arbeitszimmer langsam geöffnet wurde.

Herta steckte vorsichtig den Kopf herein. Herta, die er nicht liebte, weil sein Herz einer anderen gehörte.

»Stani? Da sind zwei Herren von der Polizei, die wollen dich sprechen.«

Er sah zum Fenster und wusste: ein Handgriff, ein Sprung, er könnte flüchten, er könnte sterben. Doch die Angst lähmte ihn so sehr, dass er sich nicht von der Stelle bewegen konnte.

*

»Darfst du mit mir überhaupt über diesen Fall sprechen?«

Am Abend des 23. Dezember saß Helene mit Bernd in einem urigen Wiener Wirtshaus im 17. Bezirk bei einem Glas Wein und fragte sich im Stillen, warum sie diesem Treffen zugestimmt hatte. Es auf ihre Neugierde an den Ermittlungen im Falle Schneeberg zu schieben, war nur ein Teil der Wahrheit. Ein anderer Grund war, dass sie sich über Bernds Vorschlag, nach all den Jahren doch zumindest wieder einmal gemeinsam essen zu gehen, aufrichtig gefreut hatte. Und je länger sie mit ihm hier saß, desto vertrauter kam ihr die Situation vor – vertrauter und definitiv auch entspannter als mit Martin.

»Vermutlich nicht in dieser Offenheit, aber das ist mir im Augenblick herzlich egal.« Bernd legte eine mit dem klassischen Polizeietikett beschriftete Mappe auf den Tisch. »Das ist eine Aktenkopie zu der Familientragödie in Altenhain. Die Kollegen waren so freundlich, mir die Unterlagen schnellstmöglich zukommen zu lassen, ohne dumme Fragen zu stellen.«

Helene blätterte die Akte durch. Bilder von den erschossenen Kindern und dem toten Lebensgefährten. Aussagen von mutmaßlichen Zeugen. Lydia Götz. Unwillkürlich blieb sie an dem Namen hängen.

Lydia war meine Lehrerin. Ich bin schon einmal betrogen

und hintergangen worden, von der ersten Frau, mit der ich zusammen war.

Sie erinnerte sich an Julie Schneebergs Worte.

Am Folgetag war Lydia Götz, 43 Jahre alt und Direktorin der Höheren Katholischen Mädchenschule in St. Pölten, als Zeugin vernommen worden. Sie gab darüber Auskunft, dass Dana Karneol in der Nacht, als die Familientragödie geschah, bei ihr gewesen und Rat gesucht hätte wegen ihrer vom Scheitern bedrohten Beziehung.

Unter dem von ihr unterzeichneten Protokoll fand sich ein handschriftlicher Hinweis, der offensichtlich später hinzugefügt worden war: »*Siehe Aussage Josefa Mosbacher, Nachbarin.*«

Ein Blatt weiter fand sich auch schon die angekündigte Aussage: »*Am Abend des 9. März gegen 20.30 Uhr habe ich Dana Mitterer mit dem VW-Bus in die Hofeinfahrt von Herrn Dr. Götz fahren sehen. Herr Dr. Götz hatte das Haus zwei Stunden davor mit seinem Wagen verlassen. Ich habe mir nichts weiter gedacht, weil Frau Mitterer sehr oft bei Frau Götz zu Besuch war, wenn ihr Mann nicht zu Hause gewesen ist. Ich habe dann ferngesehen und als ich später aus dem Fenster geschaut habe, war der VW-Bus nicht mehr bei meinem Nachbarn im Hof gestanden. Da war es ungefähr 22 Uhr.*«

Helenes Blick fiel auf das Geburtsdatum von Josefa Mosbacher. Zum damaligen Zeitpunkt war die Dame 81 Jahre alt gewesen. Sie konnte sich gut vorstellen, dass aus dem Fenster schauen ein netter Zeitvertreib für sie dargestellt hatte – möglicherweise sogar besser als Fernsehen.

Ihr Essen wurde serviert und Helene schlug die Akte bereitwillig zu, um sich ihrer Kalbslunge zu widmen.

»Die Schneeberg hat dir gegenüber doch eine Falschaussage angedeutet, bei ihrem unnötigen Dachspaziergang«, griff Bernd den Faden wieder auf, während er seine Gabel herzhaft in das vor ihm liegende Schnitzel rammte. »Hat sie sich noch näher darüber ausgelassen, als sie dann bei dir war?«

»Nein. Wir haben an diesem Abend nicht mehr über Vergangenes gesprochen. So, wie ich es verstanden habe, war diese Lydia Götz ihre Liebhaberin oder wie auch immer du es nennen willst und ist ihr mit einer Aussage in den Rücken gefallen. Anscheinend ging es dieser Lydia Götz primär um ihre Stellung und Ehe.«

»Kann ich mir durchaus vorstellen. Eine Dreiundvierzigjährige, die ihre Schülerin vernascht ... das hätte das Aus für die Direktorenstelle bedeutet.« Bernd grinste. »Vorausgesetzt natürlich, jemand hätte von dem Verhältnis Wind bekommen. Ich nehme doch nicht an, dass die beiden Hand in Hand durch Altenhain spaziert sind.«

»Das ganz sicher nicht. – Ich denke, wir sollten Lydia Götz noch einmal dazu befragen.«

»Das dürfte schwer werden.«

»Fürchtest du um dienstrechtliche Konsequenzen?« Sie kräuselte amüsiert die Lippen. »So kenne ich dich gar nicht. – Komm schon, Bernd! Wir fahren in dieses Nest Altenhain und du zückst deinen Polizeiausweis und sagst, es wäre nur eine Routine ...blabla ... dir wird schon was einfallen. Wir könnten sagen, es gebe Hinweise auf einen Zusammenhang zwischen den jüngsten Vorfällen rund um Julie Schneeberg und diesem alten Fall. Die Götz wird schon nicht gleich bei der Bundespolizei nachfragen, ob wir tatsächlich legitimiert sind zu ermitteln.«

»Nein, das wird sie sicher nicht. Weil sie nämlich tot ist. Vor fünf Jahren an Brustkrebs verstorben. – Du siehst, ich habe mich bereits schlau gemacht.« Er sah Helene über die brennende Kerze in der Mitte des Tisches hinweg an. »Ich schlage vor, wir fragen einfach Julie Schneeberg, was sie mit der *Falschaussage* meinte. Du hast eh einen guten Draht zu ihr, wie es scheint.«

»Das geht im Moment leider auch nicht. Sie ist in mei...« Helene biss sich auf die Lippen. Bernds fragenden Blick ignorierend, korrigierte sie: »... ist über Weihnachten nicht in der Stadt. Ich habe ihr geraten, wegzufahren, um Abstand zu gewinnen. Außerdem war damals ja noch die Sache mit ihrem angeblichen Stalker spruchreif.«

»Na ja, dieser Professor wird vorläufig wohl keinen Ärger mehr machen«, erwiderte Bernd gleichmütig. »Nach dem, wie er heute ausgerastet ist, als wir ihn zu seinen Mails an die Schneeberg befragen wollten, wird er die nächsten Monate auf der Geschlossenen verbringen. Laut seiner Frau nahm er seine Medikamente nur sehr unregelmäßig.«

»Und er ist definitiv der unbekannte Mailschreiber?«

»Definitiv. Auf seinem Laptop waren sämtliche Mails abgespeichert, die er in den vergangenen Monaten an sie geschrieben hat – anfangs eher Liebesbriefe, später dann Mails mit latenten Drohungen. Er hat sich für ihren Seelenverwandten gehalten, dann sogar für ihren Freund, und fühlte sich durch das Ausbleiben von Antworten auf seine Briefe offenbar verschmäht und zurückgewiesen. Schließlich ist er ihr gefolgt und hat auch versucht, heimlich Fotos von ihr zu schießen. Das ist ihm anscheinend aber nicht gelungen. Jedenfalls ist er definitiv der Mann, der der Schneeberg ins Parkhaus gefolgt ist. Und das bedeutet: Rein faktisch gibt es zum Thema Schneeberg nichts mehr zu sagen. Der Einbruch und die Auto-Attacke sind geklärt, Kracherl-Karli sitzt bis auf Weiteres ein und der Stalker ist aus dem Verkehr gezogen. Sie kann also wieder ruhig schlafen und ein paar neue Bücher auf den Markt werfen.«

Helene dachte wieder an den Mann mit dem italienischen Flair, der angeblich an Julie Schneebergs Türe gewesen war. Ja, natürlich konnte es sich bei ihm um einen Society-Journalisten handeln – oder eben auch nicht.

»Du hättest das sehen müssen: Dieser schizophrene Professor hat tatsächlich alle Fotos und Zeitungsartikel gesammelt. Er kann sogar aus den Büchern zitieren, hat seine Frau uns erzählt. Er ist regelrecht besessen von ihr.« Bernd nahm einen Schluck Wein. »Es gibt schon kranke Gestalten auf dieser Welt.«

Unwillkürlich dachte Helene an Martin und dessen Sammlung über Dana Karneol. Machte es ihn bereits zu einer kranken Gestalt, weil er fasziniert war von einer prominenten Schauspielerin? – Wohl kaum. Er war ein Fan, nichts weiter.

»Also, Helenchen.« Bernd hatte seinen Teller geleert. Er lehnte sich weit nach vorne über den Tisch. »Laut allem, was ich inzwischen über die Schneeberg in Erfahrung gebracht habe, hat sie nach dem ganzen Drama wirklich eine schwere Zeit durchlebt. Sie war zeitweise in psychiatrischer Behandlung, wusstest du das?«

Helene schwieg. Angesichts der Umstände kam diese Offenbarung nicht überraschend.

»Offenbar kann sie noch immer nicht mit der Tragödie abschließen«, fuhr Bernd fort. »Und eine lebhafte Phantasie hat sie zweifelsohne. Laut Akte gibt es an diesem Fall allerdings nichts, was noch Rätsel aufgeben könnte: Ein durchgeknallter Mann, der nicht verlassen werden will, bringt sich um und nimmt vorher auch seinen beiden Kindern das Leben, so nach dem Motto: Wenn *ich* meine Töchter nicht behalten kann – *sie* soll sie auch nicht haben. So etwas passiert hier mehrfach pro Jahr. Die Mutter ist währenddessen bei einer Freundin und heult sich über ihre Beziehung aus; die Teenie-Tochter dröhnt sich mit Musik zu und kriegt nichts mit. Alles plausibel, alles durch Zeugenaussagen belegt. Wir sollten es dabei belassen, oder?«

Helene seufzte. Vermutlich hatte er recht. Sie verbiss sich da in etwas und das nur, weil eine vom Leben gepeinigte und von der Liebe enttäuschte Schriftstellerin das Wort *Falschaussage* hatte fallen lassen.

Sie bestellten sich Dessert und noch einen Wein, sprachen über alte Zeiten. Helene verdrängte erfolgreich den Gedanken an Maria, die wieder einmal allein zu Hause saß in dem Glauben, ihr Mann müsse länger arbeiten. Gelegentlich dachte sie auch an Martin und spürte ein schlechtes Gewissen in sich aufflackern, weil sie ihn mit einer Ausrede abgespeist hatte, um jetzt hier mit Bernd zu sitzen und nicht mit ihm in einem noblen Innenstadt-Restaurant. Nun, sie würden sich morgen sehen, dann, wenn ihre angebliche Migräne abgeklungen war …

Am Ende nahm sie ein Taxi nach Hause. Während der Fahrt wanderten ihre Gedanken von Miriam, die vermutlich schon schlief, wenn sie nach Hause kam, zu Julie Schneeberg, die es sich hoffentlich in ihrem Häuschen im Wiener Wald bequem gemacht hatte, und dahin, dass sie sich mit Bernd einfach wohlfühlte, weil sie so sein konnte, wie sie eben war. In Jeans und Pulli, auch ohne das kleine Schwarze, Beuschel essend anstatt Austern zu schlürfen.

Sie dachte auch an die Akte. Daran, wie plausibel das alles klang. Und trotzdem nagte weiter dieses Gefühl an ihr, irgendetwas Entscheidendes übersehen zu haben.

Das Taxi bog bereits in die Margaretenstraße ein, als sie zum Handy griff. *»Bitte sieh dir die Akte über Weihnachten noch einmal durch. Irgendetwas stimmt nicht«*, tippte sie eilig auf die digitale Tastatur.

Ranglberg, Dezember 2014

Ranglberg, eine 2000-Seelen-Gemeinde im Wiener Wald. Julie hatte den Ort dem Namen nach in Erinnerung; er lag nur dreißig Kilometer von Altenhain entfernt. Da gewesen war sie nie. Warum auch? – Es gab dort nichts, was nur irgendwie sehenswert war; selbst die Kirche war ein moderner Bau mit einem hässlichen, bis zum Boden reichenden Dach aus schwarzen Schindeln.

Julie hatte im einzigen Supermarkt des Dorfes genug Lebensmittel eingekauft, um die nächsten Tage nicht hungern zu müssen, und sich dann wieder in Helene Winters Ferienhaus begeben. Da sie Helenes Anfahrtsskizze in deren Wohnung liegen lassen und aufs Navi vertraut hatte, war sie beim ersten Versuch mitten im Wald gelandet.

Das Haus fand sich schließlich etwas abseits des Dorfes auf einer Lichtung – eine alte, kleine Bauernkate mit einer als Garage benutzbaren Holzscheune und einem rot gestrichenen Bretterzaun davor, der auf den ersten Blick so gar nicht zu dem alten Gemäuer passte. An manchen Stellen bröckelte der Putz von der Wand; ein Teil der Dachziegel war mit Moos bedeckt. Erst bei genauerem Hinsehen fiel auf, dass die Haustüre frisch gestrichen und die Fenster erneuert worden waren. Das Innere des Hauses war gemütlich und mit einer Mischung aus alten und neuen Möbeln ausgestattet worden. Allmählich begriff Julie, dass Helene Winter dieses alte Haus Schritt für Schritt erneuerte, weil sie offensichtlich nicht die Mittel für eine Generalsanierung hatte.

Jedenfalls fühlte sie sich wohl in diesem Haus, das nach der turbulenten Zeit, die hinter ihr lag, wie eine Oase des Friedens und der Ruhe auf sie wirkte. Es gab Strom und fließendes Wasser. Holzscheite für die zwei Schwedenöfen – der eine in der Wohnküche, der andere in jenem Zimmer, das sie als Schlafzimmer nutzte – stapelten sich im Anbau hinter dem Haus.

Die vier Tage, die sie jetzt schon hier war, hatte sie hauptsächlich vor ihrem neuerworbenen Laptop verbracht. Sie hatte entschieden, dass sie diese Geschichte beenden würde, irgendwie, auch wenn der Schluss möglicherweise nichts mehr mit ihrer Biografie zu tun hatte. *In jener Nacht* wäre dann eben nur die phantasievolle, fiktive Ausführung einer Familientragödie, wie es viele dieser Art gab.

Sie musste der Wahrheit ins Auge sehen: Der Plan, ihre Mutter aus der Reserve zu locken, war gescheitert. Rückblickend kam er ihr herzlich naiv vor. Wie hatte sie glauben können, dass ihre ständigen Anrufe irgendetwas bewirken konnten?

Auch wenn es jetzt einen Beweis dafür gab, dass Dana in jener Nacht nicht bei Lydia gewesen war – was sagte das schon? Sie konnte es mit Paul in dessen Auto getrieben haben oder mit irgendeinem anderen Liebhaber, den sie erfolgreich verschwiegen hatte.

Sie kam von draußen, sagte sie, aber sie trug Hausschuhe.

Es hatte Jahre gegeben, da hatte Julie an ihrer eigenen Erinnerung gezweifelt. Da war sie kurz davor gewesen, selbst zu glauben, dass sie zu Hause im Bett gelegen und Musik gehört hatte. Dass es ein anderer Tag gewesen sein musste, an dem sie mit Lydia Schluss gemacht hatte. Dass ihr durch die Tragödie wohl die Erinnerungen im Kopf durcheinandergeraten waren.

Am Ende des vierten Tages hier im Ranglberger Häuschen war ihr Buch auf eine Weise beendet, mit der Julie glaubte, leben zu können. Der Vater war der Bösewicht. Die Mutter in Trauer, aber nur kurzfristig. Die Kinder tot. Fakten und Fiktion fügten sich wunderbar ineinander.

Doch als sie am Morgen des 24. Dezember erwachte und das, was sie in den Tagen zuvor in die Tasten geklopft hatte, noch einmal las, widerte sie das ausgedachte Ende an.

Ihrem spontanen Widerwillen folgend, löschte sie alles, was sie in den vergangenen Tagen geschrieben hatte.

Doch die Hoffnung, sich danach besser zu fühlen, erfüllte sich nicht. Im Gegenteil, jetzt kamen zu den quälenden Erinnerungen auch noch Versagensängste hinzu. Was, wenn es ihr tatsächlich nicht gelang, dieses Buch fertigzustellen? Sie hatte einen Vertrag unterschrieben; es war bereits überall angekündigt worden …! Nie wieder würde sie irgendein Verlagshaus unter Vertrag nehmen, wenn sie das Ende nicht liefern konnte.

Julie nahm eine Tablette gegen ihren Kopfschmerz und beschloss, etwas zu tun, was sie schon lange nicht mehr gemacht hatte: einen Spaziergang zu unternehmen. Die Umgebung mit den zahlreichen Wanderwegen bot sich dafür an, die Temperatur lag um die null Grad, es regnete nicht. Möglicherweise würde ihr die frische Luft ja guttun und sie auf andere Gedanken bringen.

Wien, Dezember 2014

Helene hatte gerade die letzte vorhandene Kugel an den kleinen Weihnachtsbaum gehängt, als Martin anläutete. Im Anzug und mit einer Flasche Champagner in der Hand stand er vor ihr, während sie noch immer in Jeans und Pulli herumlief.

»Fröhliche Weihnachten!« Stürmisch küsste er sie auf den Mund. Er roch angenehm nach dem After-shave, dass sie ihm vor einiger Zeit zum Geburtstag geschenkt hatte. »Komme ich zu früh?«

»Nein, ich bin nur zeitlich im Verzug.« Sie bemühte sich um einen neutralen Tonfall, merkte aber selbst, wie freudlos sich ihre Stimme anhörte. »Miriam ist … wir hatten Streit.«

»Du lieber Himmel«, sagte er nur. Sie konnte in seinen Augen lesen, dass ihm der Streit egal war, er aber um seinen Weihnachtsfrieden fürchtete, wenn sie weiterhin so schlecht gelaunt blieb. Es ärgerte sie, dass er so dachte und etwas ganz anderes sagte, zumal er damit Miriams schonungsloses Urteil über ihn unfreiwillig bestätigte: *Er ist nicht ehrlich.*

»Und wo ist sie jetzt?«, erkundigte er sich, während er ihr ins Wohnzimmer folgte. »Wow, ein großartiger Baum! Wunderschön geschmückt. Das erinnert mich an meine Kindheit. Wir hatten auch immer diese bunt dekorierten Bäume …«

Er küsste sie nochmals und Helene fragte sich, ob ihn die Antwort auf seine Frage überhaupt noch interessierte.

»Sie ist mit meinem Auto weggefahren.«

Miriam war vollkommen ausgeflippt, als sie ihr mitgeteilt hatte, dass sie den Heiligen Abend zu dritt in Wien verbringen würden und nicht wie gewohnt zu zweit im Haus in Ranglberg. Den Martin wolle sie an Weihnachten nicht sehen, hatte sie gesagt und dabei trotzig wie ein Teenager geklungen.

Helenes Argument, dass der Martin nun einmal ihr Freund sei und sie, Helene, ihn bei sich haben wolle, war vollkommen abgeprallt. Stattdessen war Miriam eine Viertelstunde später mit gepacktem Koffer und der Offenbarung im Hausflur gestanden, dass sie dann eben alleine nach Ranglberg fahren werde.

Helene war in diesem Augenblick zu verletzt gewesen, um sie daran zu hindern.

»Dann fahr doch«, hatte sie ihr entgegengeschleudert und ihr sogar noch den Autoschlüssel in die Hand gedrückt, begleitet von der vagen Hoffnung, dass Miriam ihre Pläne aufgeben würde, wenn sie sah, dass von ihrer Seite kein Widerstand kam. Doch ihre Tochter war einfach gegangen.

»Ein Schluck Champagner wird dich auf andere Gedanken bringen.«

Minuten später stießen sie an. Sie mochte Champagner nicht besonders, behielt es aber für sich.

»Heißt das, wir haben diesen Abend ganz für uns?«, erkundigte sich Martin und schenkte ihr ein liebevolles Lächeln. Tatsächlich fühlte sie sich gleich besser. »Keine Miriam, keine Julie Schneeberg ... ich kann immer noch nicht glauben, dass du sie bei dir einquartiert hattest, nachdem sie diese Psycho-Nummer im Krankenhaus abgezogen hat!«

»Sie war verzweifelt«, erwiderte Helene, die sich insgeheim ärgerte, ihm überhaupt von der Sache erzählt zu haben. So sehr er sich für die Schauspielerin Dana Karneol begeisterte, so wenig hatte er für deren Tochter übrig, das war ihr anhand der abfälligen Bemerkungen, die er hin und wieder über sie fallen ließ, inzwischen klar. »Sie brauchte jemanden zum Reden.«

»Dir ist aber schon klar, dass das nicht in deine Dienstzuständigkeit fällt?«

»Ich habe mit ihr auf rein freundschaftlicher Basis gesprochen. Mit meinem Job hatte das nichts zu tun.«

Martin betrachtete nochmals den Baum von allen Seiten. Er schien ihm tatsächlich zu gefallen. »Hat sie gesagt, wohin sie fährt?«, fragte er dann unvermittelt.

»Ich nehme an, sie ist wieder in ihrer Wohnung«, erwiderte Helene und drehte ihm dabei absichtlich den Rücken zu. Sie hatte Julie versprochen, niemandem von ihrem Aufenthaltsort zu erzählen, und daran wollte sie sich halten.

»Miriam hat eine Wohnung? Seit wann?«

»Ach … ich dachte, du fragst nach Julie Schneeberg.« Helene wandte sich ihm wieder zu. »Miriam ist zu einer Freundin gefahren.«

»Das ist prima. Wird ja auch Zeit, dass sie in ihrem Alter nicht ständig an dir klebt.«

Helene verzichtete darauf, zum wiederholten Male darauf hinzuweisen, dass ihre Tochter nicht mit anderen Fünfundzwanzigjährigen vergleichbar war. Er wollte oder konnte das anscheinend nicht verstehen.

Sie war kurz versucht, Julie Schneeberg ein SMS zu schicken, um sie darauf vorzubereiten, dass sie Gesellschaft bekommen würde. Doch erstens gab es im Haus der Großmutter so gut wie nie Handy-Empfang, zweitens füllte Martin bereits Champagner nach und drittens war es ihr plötzlich egal, wie Julie auf Miriams Anwesenheit reagierte. Und umgekehrt. Sollten sich die beiden doch weiterhin anschweigen, so wie vor Kurzem beim Abendessen – dann stünde Miriam sowieso bald wieder hier auf der Türschwelle. Zerknirscht, wie sie insgeheim hoffte …

Altenhain, März 1999

Lydia Götz korrigierte Deutschschularbeiten, etwas, was sie noch mehr hasste als das Unterrichten selbst. Eine Erörterung pro und contra, das Thema lautete: »Veganes Essen aus Liebe zu den Tieren?«

Gerade quälte sie sich durch eine besonders miserable Version. »*Bei konzequenter Erziehung und ensprechenden Ernährungs-Umstellung ist es auch gut möglich, Katzen und Hunde vom jagen abzubringen und auf fleischlos umzutrainieren.*«

So, so. Da sprach ja eine richtige Expertin.

Zudem war der Text gespickt mit Grammatik- und Rechtschreibfehlern. Sie ging nochmals zurück auf die erste Seite, um nach dem Namen des Verfassers zu schauen.

Natürlich. Das hätte ich mir denken können. Sylvia Eisner. Blond, blöd, aber BH-Größe 80C. Das einzige, was sie zu bieten hat ...

Schwungvoll schrieb sie mit rotem Kugelschreiber eine Fünf links neben den Namen.

Wahrscheinlich würden diese entsetzlich penetranten Eltern wieder bei ihr antanzen und sich über die ungerechte Benotung beschweren. Trotzdem, das war ihr die Fünf in diesem Fall wert. Sie wusste noch sehr gut, wie Sylvia und ihre arroganten Freundinnen über Julie hergezogen waren und sie Lesbe nannten hatten, obwohl dieses damals noch so unschuldige Mädchen wohl noch gar nicht wusste, wie ihr geschah.

Sie hörte ein Motorengeräusch und sah Scheinwerferlicht durch die zugezogenen Vorhänge fallen. Kurze Zeit später klingelte es an der Türe.

»Julie. Du? – Komm herein.«

»Ich bleibe nicht lange.«

Julies streng zurückfrisiertes Haar war feucht vom Nieselregen. Sie wirkte ernster denn je, aber auch erwachsener. Lydia widerstand nur schwer dem Drang, sie noch auf der Türschwelle in die Arme zu schließen.

Ich habe dich vermisst.

»Magst du etwas trinken? Ein Glas Wein vielleicht?«

Das junge Mädchen schüttelte den Kopf. »Ich muss dir etwas sagen.«

Sag bitte nicht, dass du mich liebst! Nichts in dieser Richtung ... Mit meinem Schweigen werde ich dich nur enttäuschen.

Sie half Julie aus dem Anorak. Gemeinsam gingen sie ins Wohnzimmer.

»Ich bin gerade dabei, eure Schularbeiten zu korrigieren.« Erläuternd deutete sie auf die Papierstapel auf dem Tisch. »Deine hatte ich noch nicht in den Fingern, aber ich bin mir sowieso ziemlich sicher, dass du wieder eine Eins bekommst.«

Sie lächelte, doch Julie verzog keine Miene. Sie wirkte sehr angespannt.

»Was ist los?« Lydia legte ihr sanft die Hand auf den Oberarm. »Ich weiß, in den letzten Wochen sind ein paar Dinge nicht so gut gelaufen ... es tut mir leid. Ich wollte dich nicht verletzen.«

Julie blickte zu Boden.

»Ich weiß, du hast zurzeit eine Menge Stress daheim ...«

Ruckartig hob die jugendliche Besucherin den Kopf und sah sie an. »Ach ja? Weißt du das?«

Ihre Stimme klang aggressiv.

Lydia unterdrückte ein Seufzen. Nein, eigentlich wusste sie nichts. Es war lediglich eine Vermutung.

»Komm, setz dich«, sagte sie leise und berührte nun Julies Wange. »Lass uns reden. Ich höre dir zu.«

»Ich habe nicht viel zu sagen.« Julie wich ein paar Schritte zurück. »Lydia, ich will nicht mehr. Das hat keinen Sinn mit uns. Du liebst mich nicht, du bist verheiratet und ich werde in ein paar Wochen sowieso Matura machen und hier weggehen. Belassen wir es dabei.«

*

Julie schloss die Haustüre auf. Im ganzen Haus brannte Licht.

Warum ist es so still?

Als sie weggefahren war, vor fast einer halben Stunde, hatten Joe und ihre Mutter lauthals gestritten. Joes mieser Job in der Schreinerei, Danas Karriere, Berlin, das Übliche ...

In der Wohnküche stand eine Flasche auf dem Esstisch. Whiskey. Leer. Keine Gläser, aber die Teller mit den Bröseln vom Abendessen noch immer im Spülbecken gestapelt.

Na gut, wenn du das willst.

Ich will es nicht. Aber du liebst mich nicht.

»Mama?«

Die Stille im Haus war bedrückend. Und überall dieses Licht, in jedem Zimmer Licht.

Oma hat mich geliebt. Jetzt liebt mich keiner.

»Joe?«

Die Stromrechnung. Licht, das keiner braucht. Nicht hier, wo keiner ist.

Sie knipste alles aus: die Neonlampen an der Küchenzeile; die Stehlampe neben der Couch, den altertümlichen Luster oberhalb des Esstisches, bei dem sowieso nur noch fünf der zwölf Kerzenlämpchen intakt waren. Dann ging sie die Stufen hinauf in den ersten Stock.

Ich bin allen nur lästig. Keiner will mich wirklich.

Das Kinderzimmer. Die Türe war angelehnt. Auch hier brannte Licht. Überall Licht.

Wie können Alissa und Alena da schlafen?

Sie drückte gegen die Tür.

Als erstes sah sie Joe.

Und dann das Blut.

Licht und Blut.

Sie hörte sich selbst schreien.

Schrie, schrie, schrie. Rannte aus dem Zimmer. Die Treppe hinunter. Direkt in die Arme ihrer Mutter. Tränen liefen über ihr Gesicht.

»Julie, was ist denn los?«

Ihre Mutter trug einen Mantel. Sie hielt den Schlüssel des VW-Busses in der Hand.

»Mama ... Mama ... Joe ... die Kinder ...«

»Julie, um Himmels Willen, höre jetzt erst einmal mit diesem Geschrei auf, ich verstehe kein Wort! Joe hat die Kinder ins Bett gebracht, während ich bei Lydia war ...«

Licht in ihrem Kopf. Blitze, die in ihr Gehirn einschlugen, es durcheinander wirbelten, ihre Tränen abrupt zum Versiegen brachten. Kälte, die von ihr Besitz ergriff.

»Wo ... wo warst du?«

»Bei Lydia. Ich war bei Lydia. Ich brauche auch ab und zu auch mal eine Freundin zum Reden, stell dir vor! So sonnig ist mein Leben derzeit ja wirklich nicht.«

Ihre Mutter legte den Mantel ab. Seelenruhig. Und den Schlüssel des VW-Busses auf den Schuhkasten rechts neben der Tür, genauso, wie sie es Minuten zuvor selbst getan hatte.

»Also, was ist hier los? Warum heulst du schon wieder und schreist herum? Wo ist Joe?«

Keine Worte. Es wollten einfach keine Worte mehr aus ihr heraus.

Bei Lydia. Ich war bei Lydia.

Als ihre Mutter die Treppe hinaufging, bemerkte sie die Filzpantoffeln.

Ranglberg, 24. Dezember 2014

An Heiligabend gab es Nudeln mit Tomatensoße. Miriam fand nicht, dass dies ein passendes Weihnachtsessen war, behielt ihre Meinung aber für sich. Schließlich war sie selbst nur mit zwei Dosen Ravioli und Knäckebrot angereist und hatte die Zubereitung des Mahls vollkommen Julie Schneeberg überlassen. Nicht einmal ihre Hilfe hatte sie angeboten. Sie wusste, dass das keine schöne Geste gewesen war, es fiel ihr im Moment aber noch zu schwer, über ihren eigenen Schatten zu springen.

Sie hatte nicht damit gerechnet, überhaupt jemanden hier anzutreffen. Hals über Kopf war sie aus Wien getürmt, weil die Vorstellung, Weihnachten gemeinsam mit diesem Martin zu verbringen, auf den ihre Mutter anscheinend so große Stücke hielt, einfach unerträglich erschien. Lieber wollte sie alleine sein. Es wäre nicht das erste Mal gewesen, dass sie ohne Begleitung ins Haus nach Ranglberg fuhr. Sie mochte den Wald und die Stille und hatte sich schon des Öfteren hierher zurückgezogen.

Statt der erwarteten weihnachtlichen Einsamkeit sah sie sich nun mit einer neuen Situation konfrontiert, die sie gänzlich überforderte. Sie besaß nicht die geringste Ahnung, dass und weshalb ihre Mutter diese Frau überhaupt nach Ranglberg eingeladen hatte. Und Julie Schneeberg mit ihren kupferfarbenen Haaren und den grünen Augen war eine sehr attraktive Frau. Miriam hatte schon bei jenem Abendessen zu Hause in der Wohnung kaum den Blick von ihr abwenden können. Gerne hätte sie mit ihr geredet, aber ihr fiel nichts ein, was sie hätte sagen können. So ging es ihr oft, wenn sie eine Frau traf, die ihr gefiel – mit der Konsequenz, dass diese sie für dumm und langweilig hielt und keinerlei Interesse an ihr zeigte.

Sowieso litt Miriam immer unter der Furcht, dass sie für dumm gehalten wurde. Sie wusste selbst, dass sie Defizite hatte – manchmal etwas länger brauchte, um logische Zusammenhänge zu verstehen. Und dann war da noch die Sache mit dem Lesen und Schreiben. Sie litt darunter, dass ihr etwas, was für die meisten Menschen so selbstverständlich schien, noch immer Mühe bereitete. All diese Gründe führten dazu, dass sie im Kontakt mit Leuten, die ihr noch nicht vertraut waren, erst einmal große Zurückhaltung an den Tag legte.

Julie gab sich freundlich. Trotzdem spürte Miriam, dass auch die andere sich in der unverhofften Gesellschaft, in die sie geraten war, unentspannt fühlte.

Die Nudeln wurden gegessen, wobei kaum ein Wort fiel, und Julie begann das Geschirr zum Spülbecken zu räumen. Als sie anschließend mit einem feuchten Lappen schwungvoll über den Tisch wischte und sich dabei weit nach vorne lehnte, gab ihr Ausschnitt unweigerlich den Ansatz ihrer Brüste und den BH frei.

Ihre Blicke trafen sich. Miriam wurde rot. Julie richtete sich abrupt auf und ging zum Spülbecken.

Eine Welle der Verwirrung hatte Miriam ergriffen, doch sie riss sich zusammen und gab sich selbst einen Stoß. Sie konnte wohl kaum hier weiter herumsitzen und den Gast auch den Abwasch alleine machen lassen. Mit dem Geschirrtuch in der Hand stellte sie sich neben das Spülbecken und nahm erst die Teller, dann das Besteck entgegen, das ihr Julie anreichte.

Als sie nach den nassen Gabeln griff, berührten sich ihre Finger. Ein elektrisierendes Gefühl, das Miriam durch und durch ging.

Julie sah zu ihr herüber, doch sie senkte rasch den Blick. Ihr Herz klopfte laut gegen ihren Brustkorb. Die Stille zwischen ihnen, die sie den gesamten Abend begleitet hatte, war plötzlich noch unpassender und seltsamer als zuvor.

Miriam hatte mit einem Mal das Gefühl, etwas sagen zu müssen. Irgendetwas, um diese seltsam aufgeladene Atmosphäre zu vertreiben. Ihr Kopf war wie leer. Ihr Herz schlug noch immer heftig.

»Du bist schön«, platzte sie plötzlich heraus.

Julie hielt kurz inne.

»Danke. Du auch.«

Wieder wurde sie rot. Das zutiefst beschämende Gefühl, etwas komplett Unpassendes gesagt zu haben, fraß sich in ihr Bewusstsein. Was würde diese Frau jetzt von ihr denken?

Wie eine nur so dumm sein kann. So dumm.

Das Geschirr war gewaschen und abgetrocknet. Es gab nichts mehr zu tun, nichts mehr zu sagen.

Miriam sah auf ihre Armbanduhr. Gerade einmal neun Uhr.

»Ich gehe ins Bett«, sagte sie.

Julie Schneeberg hielt sie nicht auf.

*

Rund drei Stunden später starrte Julie von ihrer Matratze aus auf die im Ofenfenster züngelnden Flammen, die den Raum in warmes, orangefarbenes Licht tauchten.

Sie dachte über ihr Buch nach, jenes Buch, das sie niemals hätte schreiben sollen. Inzwischen bereute sie, das Thema ihrer Familientragödie aufgegriffen zu haben. Die Hoffnung, endlich mit ihren quälenden Erinnerungen abschließen zu können, hatte sich bisher nicht erfüllt – und würde sich allem Anschein nicht erfüllen. Dana würde niemals mit der Wahrheit herausrücken, was in jener Nacht geschehen war. Wo sie wirklich gewesen war. Warum Joe so völlig durchdrehen konnte.

Vielleicht ist es ohnehin bedeutungslos.

Sie wiederholte den Satz in Gedanken mehrere Male, doch er wollte ihr Herz nicht erreichen.

Lydia hatte nicht geglaubt, dass es bedeutungslos war. Ganz im Gegenteil. Lydia hatte dem sehr viel Bedeutung beigemessen und all jene Zweifel, die sie über Jahre in die letzte Ecke ihres Verstandes weggedrängt hatte, immer wieder geschürt.

Zweifel geschürt, Erinnerungen an die Oberfläche gebracht, Emotionen geweckt. Lydia hatte sie aus ihrer Phantasiewelt gerissen und damit eine Menge in Bewegung gesetzt. Bei ihr und in ihrem gesamten Umfeld. Wegen Lydias Drang nach der Wahrheit hatte sie Marcy verloren. Indirekt. Denn ohne Lydia hätte sie *In jener Nacht* nie geschrieben, ohne Lydia gäbe es kein offenes Ende, ohne offenes Ende keinen Einbruch, keinen fingierten Unfall und nicht das Bedürfnis ihrer früheren Agentin, sie ins Licht der Öffentlichkeit zu zerren.

Marcys Vertrauensbruch und das, was sie ihr um der Publicity willen angetan hatte, schmerzten noch immer. Dass Lydia sie wohl doch geliebt hatte, machte diesen Schmerz kaum geringer. Lydia war längst tot und sie selbst entsetzlich einsam. Wieder zu fühlen erwies sich bisher nur als nachteilig.

Julie dachte an Miriam, die droben in der Dachkammer schlief. Es war das erste Mal seit vielen Jahren, dass sie mit jemandem eine Unterkunft teilte. Sie fühlte sich unbehaglich dabei. Ans Alleinsein gewohnt, konnte sie niemanden rund um die Uhr um sich zu haben. Genau das aber würde der Fall sein in den nächsten Tagen, wenn sie sich dieses Häuschen teilten.

Ich werde morgen zurück nach Wien fahren.

Die Vorstellung, in ihrer seit dem Einbruch so unbehaglichen Wohnung zu sein, verursachte ihr Gänsehaut. Doch sie glaubte sich gut genug zu kennen, um zu wissen, dass sie es hier nicht aushielt. Dafür war sie zu lange allein gewesen.

Ein leises Quietschen ließ Julie auffahren. Die Türe zu ihrem Zimmer öffnete sich langsam.

Miriam schob sich herein, im dünnen weißen Nachthemd, das Bettzeug unter den Arm geklemmt. Im Schein des Feuers und mit ihrem langen Haar, das in sanften Wellen über die Schultern floss, wirkte sie jünger und verletzlicher denn je.

»In der Dachstube ist es zu kalt, das Heizgerät funktioniert nicht. Kann ich hier schlafen?«

Es war das Längste, den sie bisher mit ihr geredet hatte.

Nein. Nein!

Mit aufsteigender Panik sah sich Julie mit ihrem persönlichen Super-Gau konfrontiert. Schlafen. Neben einem anderen Menschen! So viel Nähe, so viel Vertrauen! Bisher hatte sie eine solche Situation immer erfolgreich gemieden.

Doch hier stand die Tochter jener herzlichen, gastfreundlichen Frau, die für sie dagewesen war, als ihre Verfassung einen absoluten Tiefpunkt erreicht hatte. Hier stand Helene Winters Tochter und fror erbärmlich. Julie mochte sich nicht vorstellen, was Helene dazu sagen würde, wenn herauskam, dass sie zum Dank für die erfahrene Hilfe ihr Kind zum Eiszapfen erstarren ließ aufgrund einer Phobie.

»Wenn es sein muss«, sagte sie mürrisch und rutschte an den äußersten rechten Rand des Bettes. Miriam legte sich auf die linke Seite. Julie drehte ihr den Rücken zu. Das Bett war so schmal, dass sie einen warmen Atem an ihrer Halsbeuge spürte.

»Im Winter schlafe ich mit Mama immer hier, weil es oben zu kalt ist«, sagte Miriam in die Dunkelheit. Dabei rutschte sie noch etwas näher an Julie heran. Unter den sich leicht überlappenden Bettdecken berührten sich ihre Zehen.

Ich bin aber nicht deine Mutter.

»Du hast eiskalte Füße«, stellte Julie fest – um Augenblicke später zu begreifen, dass ihre nüchterne Feststellung als Angebot verstanden worden war, die kalten Gliedmaßen noch enger an sie zu schmiegen. Julie musste sich zwingen, um Miriam nicht mit groben Worten aus dem Bett zu befördern.

Ich will das nicht.

Eine Weile lagen sie schweigend nebeneinander. Im Ofen knackste ein Holzscheit. Die Schatten der Flamme tanzten an der Wand gegenüber.

»Ich bin keine so tolle Gesellschaft«, durchbrach Miriams Stimme mit einem Mal die Stille. »Ich bin nicht unterhaltsam. Die meisten denken, ich sei dumm.«

Julie drehte sich zu ihr um. »Warum sagst du mir das?«

Miriams Augen wirkten im Licht des Feuers noch ernster und dunkler.

»Ich … weil ich … Ich will nicht, dass du denkst, ich sei dumm.«

»Das denke ich nicht.«

»Nicht?«

»Nein.« Julie hatte noch sehr gut in Erinnerung, was ihr Helene Winter über ihre Tochter erzählt hatte. Einem unerklärlichen Bedürfnis folgend, streckte sie die Hand aus und strich Miriam eine Haarsträhne aus dem Gesicht. »Ich bin übrigens auch nicht unterhaltsam«, stellte sie dann in den Raum. »Die meisten denken, ich sei arrogant.«

Miriam griff unter der Bettdecke nach ihrer Hand.

»Und, bist du es?«, fragte sie leise.

Julie lächelte flüchtig.

»Vielleicht. Ein bisschen.«

Miriam streichelte ihr mit dem Daumen über den Handrücken. Spontan wollte Julie ihr die Hand entziehen, ließ es dann aber sein. Die Berührung war sanft und zärtlich.

»Ich habe noch nie ein Buch von dir gelesen«, sagte Miriam. »Und auch keine Verfilmung davon gesehen.«

Ihre Offenheit brachte Julie erneut ein Lächeln ins Gesicht.

»Gewöhnlich erzählen mir Frauen immer, sie hätten alles von mir gelesen und gesehen, nur um mich zu beeindrucken.«

»Und? Bist du dann beeindruckt?«

Julie lachte leise.

»Nein. Im Gegenteil. Ich finde das eher … beunruhigend.«

Miriam rutschte noch etwas näher zu ihr heran. Sie fühlte ihre Hand jetzt auf ihrer Taille. Erneut war Julie versucht, dem sanften Streicheln Einhalt zu gebieten. Erneut ließ sie es zu. Die warme Hand auf ihrem Körper fühlte sich gut und richtig an.

»Warst du schon mal verliebt?«

Julie schluckte trocken.

Lydia. Ich war bei Lydia. ICH war bei Lydia.

»Ja«, gab sie zu. »Aber das ist lange her.«

»Hat sie dich auch geliebt?«

Julie schluckte nochmals. »Was macht dich so sicher, dass es eine *sie* war?«

Die streichelnde Hand rutschte von ihrer Taille auf ihr Gesäß.

»Ich spüre es«, sagte Miriam leise. »Du auch?«

Tatsächlich spürte Julie in diesem Moment so einiges – beispielsweise die noch immer streichelnde Hand, die jetzt den Weg zwischen ihre Oberschenkel fand, wo nur noch dünner Stoff sie von nackter Haut trennte, und das sehnsuchtsvolle Ziehen im Unterleib, das ihren Verstand in Kürze überwältigen würde, sollte Miriam nicht sofort aufhören.

Noch aber konnte sie klar genug denken, um die wahre Bedeutung gewisser Worte zu erfassen – und etwas zu verhindern, was nichts nach sich ziehen würde außer Problemen.

»Nein, ich habe es nicht gespürt; meine Wahrnehmung ist wohl nicht sehr sensibel.« Schlagartig ernüchtert, hielt Julie die streichelnde Hand fest. »Das ... das hier ist keine gute Idee, Miriam.«

Miriam sah sie aus großen Augen an. »Magst du ... magst du es nicht?«

Julie sah in die schönen, sorgenvollen Augen dieser jungen Frau und irgendetwas geschah in ihrem Inneren. Etwas, das bei Lydia kurzzeitig aufgeflammt, aber im Keim erstickt worden war und sich später nie wieder hatte einstellen wollen. Nicht bei Marcy, nicht bei den wenigen anderen, die gelegentlich ihre Lust hatten erwachen lassen.

Ihr Widerstand schmolz wie ein Eiswürfel in der Sonne. Wärme durchflutete ihren Körper bis hin zu den Zehenspitzen. Julie wollte nicht an morgen denken, nicht an Probleme und auch nicht an ihr verschrobenes Ich, das keine Nähe aushielt.

Sie beugte sich über Miriam, suchte ihre Lippen. Der Kuss, in den sie sich fallen ließ, war hungrig und leidenschaftlich. Er war der Auftakt für eine ganze Reihe von Küssen, in denen ihr Verlangen wuchs und ihr Körper nach Erfüllung drängte.

Wie lange war es her, dass sie mit jemand das Bett geteilt hatte? – Zu lange, das wurde ihr klar, als sich Miriams Mund um ihre Brustwarze schloss und die Lust bei diesem Vorspiel beinahe schon einen Salto mortale schlagen ließ. Und dennoch war sie es, die ihre Hand auf Miriams Mitte schob und deren Körper zum Zittern brachte ...

Die Zeit verlor an Bedeutung. Sie waren hellwach. Der Schwedenofen bullerte. Das Knacksen des Holzes und ihr Stöhnen waren lange Zeit die einzigen Laute in der Stille des Raumes. Später, als sie die anfängliche Zurückhaltung schon lange hinter sich gelassen hatten und Julie ihr Gesicht gegen Miriams heiße, pulsierende Mitte presste, kam ein heiserer, lustvoller Schrei hinzu, von dem sie schon Augenblicke später nicht mehr wusste, welche von ihnen beiden ihn ausgestoßen hatte. Es war ohnehin gleichgültig.

Schließlich schmiegte sich Miriam eng an sie und schloss die Augen. Julie lauschte mit klopfendem Herzen ihrem gleichmäßigen Atem, ihre Hand auf deren flachem Bauch. Lange fand sie keinen Schlaf. Sie dachte erneut an Lydia und an alles, was damals zwischen ihnen passiert war – oder eben nicht passiert war. Von Zärtlichkeit und Emotion ergriffen, drückte sie einen sanften Kuss auf Miriams Wange.

Dieser Augenblick.

Sie wollte ihn festhalten und wusste gleichzeitig, dass ihr das nicht gelingen würde. Sie würde aufwachen und mit aller Wahrscheinlichkeit würde sich alles so anfühlen wie noch nach jeder Nacht, in der sie Sex gehabt hatte: trügerisch und leer.

Wien, erster Weihnachtsfeiertag 2014

Martin schlief noch, als Helene das Frühstück richtete. Es war spät geworden am vergangenen Abend, den sie nach dem Fondue mit einer Flasche Wein und einer Schale Weihnachtsgebäck auf dem Sofa verbracht hatten. Ein gemütlicher, intimer Heiligabend und für Helene trotzdem keiner, der vollkommen gewesen war.

Miriam hatte ihr gefehlt, fehlte ihr immer noch. Die Tatsache, dass ihre Tochter möglicherweise nie wieder gemeinsam mit ihr Weihnachten feiern würde, sollte sie mit Martin zusammenbleiben, belastete ihr Gemüt. Warum nur war Miriam in diesem Punkt so stur?

Ihren mütterlichen Gefühlen nachgebend, griff sie nach ihrem Handy. Ein Teil von ihr war noch immer verärgert über Miriams abrupten Aufbruch, doch die Sehnsucht und auch Neugierde, wie es ihrer Tochter gemeinsam mit Julie Schneeberg erging, überwogen.

Ich will sichergehen, dass es ihr gut geht.

Sie landete sofort in der Mobilbox, was sie im Grunde nicht wirklich überraschte. Der Empfang in dieser Ecke von Ranglberg war traditionell schlecht und hing von der Windstärke und anderen Wettereinflüssen ab. Leise seufzend wollte sie das Handy gerade zur Seite legen, als Bernds Name auf dem Display erschien. Er kam ohne Umschweife zur Sache.

»Ich habe mir die Akte Mitterer / Partik noch einmal durchgesehen. Und du hattest recht, es gibt dabei wirklich ein paar Punkte, die bei genauerem Hinsehen stutzig machen.«

»Nämlich?«

»Dana Mitterer verweigerte nach der Tat ausdrücklich eine stationäre Aufnahme, obgleich es ihr den Umständen gemäß offensichtlich sehr schlecht ging. Julie Mitterer ist noch im Beisein von Polizei und psychologischer Ersthelferin vor Ort kollabiert, aber ... jetzt kommt es ... ihre Mutter hat auch für sie die stationäre Aufnahme verweigert.«

»Na ja, die Frau Mama wollte in der schweren Stunde halt nicht alleine sein«, gab Helene zu bedenken, während sie den Christstollen auf den Tisch stellte. »Deshalb musste die Tochter bleiben, egal, ob das gut oder schlecht für sie war.«

»Wenn Dana Mitterer nicht alleine sein wollte, wäre sie im Krankenhaus letztlich besser aufgehoben gewesen«, erwiderte Bernd. »Dr. Lydia Götz wurde übrigens erst am Abend nach der Tragödie als Zeugin einvernommen.«

Lag es an den fehlenden Stunden Schlaf oder waren ihre Gehirnzellen auf Feiertagsmodus gegangen? – Helene verstand nicht ganz, auf was er hinaus wollte.

»Frau Dr. Götz war die Schuldirektorin und Freundin, bei der die Mutter am Abend der Tat angeblich vorbeigeschneit ist, um sich über ihre Beziehung auszuheulen«, rief Bernd ihr in Erinnerung. »Was ich damit in Bezug auf Julie Schneebergs Andeutung, dass diese Lydia eine Falschaussage gemacht hat, sagen will, ist: Dana Mitterer hätte alle Zeit der Welt gehabt, um die Aussage mit Lydia Götz abzustimmen.«

»Du meinst, sie war an dem Abend gar nicht bei Lydia Götz und Julie weiß das?« Helene klemmte sich das Handy ans Ohr und füllte Wasser in die Kaffeemaschine. »Aber wenn Dana nicht bei Lydia war, wo soll sie dann gewesen sein? Und woher könnte Julie überhaupt von einer Falschaussage wissen?«

»Darauf kann ich dir im Moment keine Antwort geben. Ich kann dir lediglich sagen, dass diese ganze Akte eine einzige Schlamperei ist.«

»Wie meinst du das?«

»Wenn ich in meinen Fällen so stümperhaft ermitteln würde, hätte ich noch keinen einzigen Täter dingfest gemacht, glaub mir. Da wurde im Umfeld der Familie nur sehr spärlich ermittelt. Im Grunde stützt sich dieser ganze Fall auf die Aussagen von Dana Karneol, damals noch Mitterer, ihrer zum Tatzeitpunkt minderjährigen Tochter und auf die Tatsache, dass Joe Partik bereits wegen häuslicher Gewalt aktenkundig war.«

»Warum sollte da auch groß ermittelt werden?«, warf Helene ein. »Die Fakten waren doch klar: Sie wollte ihn mit den Kindern verlassen, daraufhin ist er durchgedreht. Du hast selbst einmal gesagt, so etwas passiere hier mehrfach pro Jahr …«

»Schon. Aber normalerweise tanzt da keine berühmte Autorin an, die darüber Jahre später einen Thriller schreiben will … und von Falschaussage spricht.« Im Hintergrund hörte sie eine weibliche Stimme. Maria. »Ich komme gleich, Schatz.« Bernd räusperte sich, wandte sich dann wieder ihr zu: »Ich kann jetzt nicht länger … Aber eines noch: Dana Karneol ging vier Wochen nach der Tragödie tatsächlich nach Berlin. Sie bekam die Hauptrolle der ehrgeizigen Oberärztin in dieser Krankenhaus-Serie … wie hieß sie doch … KREUZBERG KLINIK. Lief damals sogar im Hauptabendprogramm. Ein Jahr später kamen Spielfilmrollen hinzu und vier Jahre danach hatte sie ihren Durchbruch als geheimnisvolle Prostituierte in DIE STRASSEN VON MONTMARTRE. Dafür hat sie dann auch diesen Filmpreis bekommen … *Romy*, oder wie das Ding heißt.«

Die Frauenstimme im Hintergrund wurde drängender. Helene konnte kein Wort verstehen, doch der Tonfall klang skeptisch, fast ungehalten.

»Also, Kurt, danke für die Info und noch schöne Feiertage.«

Dann war Bernd weg und Helene starrte sekundenlang perplex auf das Telefon in ihrer Hand. So schnell war aus ihr also Kurt geworden!

Lächerlich, dass er nicht ehrlich sagen kann, mit wem er da rein beruflich telefoniert.

Ihrem Wissensstand nach hatte Maria nie etwas von ihrer Affäre geahnt. Oder etwa doch?

»Lächerlich«, wiederholte sie dennoch, diesmal laut.

»Lächerlich? Was ist lächerlich?«

Martin stand im Türrahmen – wie lange schon? – und grinste sie spitzbübisch an. Er überwand die wenigen Meter mit ein paar schnellen Schritten und küsste sie zärtlich in den Nacken und auf den Mund. Seine Bartstoppeln kratzten auf ihrer Haut.

»Ach, nichts.« Helene wollte es erst dabei belassen, las aber in seinem plötzlich misstrauischen Blick, dass er seine eigenen, falschen Schlussfolgerungen aus ihrer abkanzelnden Reaktion zog. Sie wollte keinen Harmoniebruch, schon gar nicht zu Weihnachten. Und überhaupt gab es doch sowieso keinen rationalen Grund, ihm zu verschweigen, dass der damalige Fall ihr Interesse gefunden hatte. Möglicherweise interessierte ihn das als Fan von Dana Karneol ja genauso?

»Wir haben uns die Akte Mitterer / Partik kommen lassen … die von der Familientragödie in Altenhain. Nachdem ich mit Julie Schneeberg zu tun hatte, interessierte mich das alles irgendwie. Uns sind da ein paar Ungereimtheiten aufgefallen.«

»Wir? Wer ist *wir*?« Martin ließ abrupt von ihr ab. »Welche Ungereimtheiten?«

»Bernd, ein ehemaliger Kollege von mir, und ich. Er war derjenige, der auch vor Ort war, als Julie Schneeberg auf dem Dach des Krankenhauses stand. Sie ließ dort eine Bemerkung fallen … sagte etwas von einer Falschaussage im Zusammenhang mit einer Frau, bei der ihre Mutter gewesen sein soll, wärend der Lebensgefährte die Kinder und sich selbst tötete.«

»Was für ein Unsinn.« Martin schüttelte den Kopf. »Die Schneeberg will sich doch nur wichtig machen!«

»Ich weiß nicht. Ich hatte nicht den Eindruck, dass sie …«

»Sie neidet ihrer Mutter die Publicity«, fuhr Martin unwirsch fort. »Als Autorin agiert sie eher im Verborgenen, sitzt ständig im Kämmerchen und tippt … Keiner kennt sie, keiner interessiert sich im Wesentlichen für sie. Das Leid der Autoren. Dana Karneol dagegen ist eine strahlende Schönheit, der die Herzen der Menschen zufliegen und die ständig in den Medien präsent ist. Nun will sich die Tochter auf ihre Kosten in Szene setzen, um von dem Ruhm etwas abzubekommen.« Wieder schüttelte er den Kopf, diesmal sichtlich angewidert. »Echt ekelhaft. Als ob diese begnadete Frau in ihrem Leben nicht schon genug hätte erleiden müssen!«

»Also ... das sehe ich anders«, widersprach Helene irritiert. »Julie Schneeberg lebt bewusst sehr zurückgezogen. Sie meidet die Öffentlichkeit so weit es nur geht. Und so toll und heilig ist deine Dana Karneol nun auch nicht ... wenn sich jemand inszeniert, dann wohl diese Frau!«

»Dana Karneol ist eine wunderbare Schauspielerin und ein toller Mensch.« Martin warf ihr einen eiskalten Blick zu. Der aufmerksame Liebhaber und verständnisvolle Mann, mit dem sie am Vorabend auf dem Sofa gelegen hatte, war verschwunden. »Es gibt bei diesem Fall keinerlei Ungereimtheiten, und dein Kollege tut gut daran, seine Nase nicht in Dinge zu stecken, die ihn nichts angehen. Als Bezirksinspektor überschreitet er dabei erheblich seine Kompetenzen. Falls es Gründe geben sollte, den Fall wieder aufzurollen, sind die Kompetenzen dazu eindeutig im Bundeskriminalamt angesiedelt, nicht bei einem dienstrangniedrigen Wurm im Bezirksinspektorat. Verstanden?«

Helene war zu perplex, um etwas darauf zu erwidern. Ungläubig sah sie zu, wie er im Badezimmer verschwand und die Türe hinter sich abschloss.

Was ist das denn? – Oh je ... ich habe seine heilige Kuh angegriffen. Dana Karneol. Wer denkt denn schon, dass seine Begeisterung für diese Schauspielerin so weit geht?

Sie deckte Schinken und Käse auf, stellte den gefüllten Brotkorb in die Mitte des Tisches. Als Martin in Jeans und Pulli in die Küche kam, war der Kaffee bereits durchgelaufen.

»Ich fahre«, erklärte er knapp. »Habe noch etwas zu erledigen.«

Verdutzt sah ihn Helene an.

»Willst du nicht noch gemütlich frühstücken?«

»Danke, mir ist der Appetit vergangen.«

Damit drehte er sich um und ging.

Ranglberg, erster Weihnachtsfeiertag 2014

Im Ofen loderte das Feuer. Ebenso wie in Julie selbst. Sie spürte Miriams Zunge zwischen ihren Beinen, Miriams Hände an ihren Brüsten, am Bauch, überall. Als ihre junge Liebhaberin schließlich mit zwei Fingern in sie eindrang und sie sanft zu streicheln begann, wurde ihr ganzer Körper zu einem glühenden, sich um die eigene Achse drehenden Feuerball. Ihre Lust stieg empor wie ein Luftballon und platzte, als der innere Druck seinen Höhepunkt erreichte. Julie bäumte sich auf und schrie, lauter denn je. Schwer atmend und gleichzeitig über sich selbst erschrocken, ließ sie sich zurück in die Kissen fallen.

Wie schnell sich Dinge ändern können.

Noch vor ein paar Tagen hatte sie nicht einmal einen Gedanken an Sex verloren, war fest davon überzeugt gewesen, dass Sex nie einen großen Stellenwert in ihrem Leben haben würde. Jetzt, hier mit Miriam, empfand sie plötzlich anders. Miriam brachte ihren Körper zum Singen und weckte mit jedem Mal mehr ungestillte Sehnsucht.

»An was denkst du?«, erkundigte sich die Zauberin, die in ihrer Armbeuge kuschelte. Ihr langes Haar kitzelte auf Julies nackter Haut.

»Dass es sehr schön ist mit dir … hier. Dass ich froh bin, das alles mit dir zu erleben.«

Die Worte waren mehr, als sie je zuvor einer Frau offenbart hatte, und malten ein Lächeln auf Miriams Gesicht.

»Ich bin auch froh, dass ich hierher gefahren bin. Ich sollte Martin eigentlich dankbar sein, dass er Weihnachten unbedingt mit meiner Mutter verbringen wollte.«

»Martin?«

»Der neue Freund meiner Mutter. Ich mag ihn nicht, deshalb bin ich nach Ranglberg abgehauen.« Miriam schaute ein paar Sekunden nachdenklich ins Leere, ehe sie sich wieder Julie zuwandte. »Wenn meine Mutter auf die Schnapsidee kommt, mit ihm zusammenzuziehen oder ihn zu heiraten, dann ziehe ich aus.«

Automatisch musste Julie an Joe denken. Den neuen Freund ihrer Mutter hatte sie gemocht, irgendwie. Bis zu dem Tag, an dem er ihr zu verstehen gab, dass er in Wahrheit nur Dana und die Kinder als seine Familie ansah, war er auch für sie fast eine Art Vaterersatz gewesen.

»Ich kenne meinen Vater nicht«, sagte Miriam unvermittelt und Julie war sich nicht ganz sicher, von wem sie sprach: Von Helenes Mann, der sich nach der Adoption so uncharmant abgeseilt hatte? Oder von dem Mann, der sie gezeugt hatte?

Es lag ihr fern, alte Narben aufzureißen, weshalb sie auf eine Nachfrage verzichtete und stattdessen bekannte: »Ich meinen auch nicht.«

»Gar nicht?«

»Nein. Meine ... Mutter war sehr jung, als ich zur Welt kam, und sie hatte anscheinend ein reges Sexualleben ... Sie hat mir gesagt, es sei ein englischer Austauschschüler gewesen, aber sie wisse seinen Namen nicht.«

»Hast du nie ... irgendwie nachgeforscht?«

Julie hob die Augenbrauen.

»Wie denn? – Ich hätte nicht gewusst, wo ich mit den Nachforschungen anfangen soll.«

Warum erzähle ich dir das?

Gewöhnlich gab sie diese Dinge nie über sich preis.

Ein Geräusch – ein heftiges Schlagen und Klappern außerhalb des Schlafzimmers – ließ sie ruckartig auffahren. Auch Miriam setzte sich auf, lauschte.

»Was war das?« Julie wusste selbst nicht genau, warum sie flüsterte. Ihr Puls raste.

Der Verfolger aus dem Parkhaus. Der unbekannte Mann vor meiner Wohnungstüre. Jemand weiß, dass ich hier bin! Jemand anderer als Helene ...

Wieder das schlagende Geräusch. Klapp-klapp.

Neben ihr begann Miriam sich zu strecken. »Ach, der dumme Fensterladen.« Sie stand auf, splitternackt wie sie war, und ging hinaus. Als sie wiederkam, hatte sie zwei Weingläser und eine Flasche Merlot in der Hand.

»Hab ich noch in der Abstellkammer gefunden«, sagte sie und streckte Julie grinsend die Flasche entgegen. Als sie deren noch immer angespannten Gesichtsausdruck bemerkte, schlüpfte sie zurück ins Bett und legte ihr sanft den Arm um den Körper.

»Es war der Fensterladen in der Küche. Wenn Wind geht, löst er sich gelegentlich aus der Verankerung und schlägt gegen den Rahmen. Draußen bläst es ganz ordentlich. Außerdem hat es geschneit. Die Landschaft sieht aus, als hätte jemand Puderzucker darübergesiebt. Ziemlich romantisch. Wenn du die Vorhänge zurückziehst, wirst du es selber sehen.«

Julie blieb sitzen. Ihr Puls schlug immer noch schnell. Sie schluckte.

»Was hast du?« Miriam klang aufrichtig besorgt.

Julie atmete tief durch.

Dreh jetzt nicht durch. Es war der Fensterladen in der Küche. Nur der Fensterladen.

»Nichts«, sagte sie, doch in Miriams Gesicht stand deutlich, dass sie ihr nicht glaubte. Spontan entschied sie sich für die Wahrheit.

»Jemand verfolgt mich«, sagte sie beklommen. »Ich weiß nicht wer, ich weiß nicht, warum, aber ich habe Angst.«

»Hier findet dich keiner.« Miriam öffnete den Wein und füllte die langstieligen Gläser. Sie reichte Julie eines davon. »Außerdem, wir sind zu zweit. Wenn jemand dir was antun wollte, würde ich mich auf ihn stürzen.«

Julie musste unwillkürlich lächeln. Da war sie wieder, die kindliche Komponente in Miriams Naturell, die sie hin und wieder an Helenes Bericht über deren soziale Defizite denken ließ. Es störte sie nicht. Im Gegenteil, Miriams naiv anmutende Aufrichtigkeit gab ihr Vertrauen und versetzte der Mauer, die sie um sich aufgerichtet hatte, erhebliche Risse. Miriam sagte, was sie dachte. Offen und ehrlich, ohne Abschirmung, ohne Raffinesse, ohne Vorspiegelung falscher Tatsachen.

»Komm her«, sagte sie leise. Miriam stellte ihr Weinglas zurück auf das Nachtkästchen und schmiegte sich an ihre Brust. Ihr Haar duftete leicht nach Vanille.

»Meine Mutter hat mich gegen die Wand geschleudert und einen Blumentopf auf meinem Kopf zerschlagen«, sagte sie plötzlich und Julie, die über ihren Rücken gestreichelt hatte, erstarrte nahezu in der Bewegung.

Automatisch sah sie Helene vor sich, diese sympathische Person mit dem warmherzigen Lächeln.

»Dann hat sie meinen kleinen Bruder aus dem Fenster geworfen und ist selbst hinterhergesprungen. Ich habe es gesehen, aber ich konnte nicht aufstehen, weil mein Kopf so weh tat und mir schwindelig war. Ich hatte auch Nasenbluten, glaube ich.«

Was Miriam erzählte, war entsetzlich. Trotzdem war Julie erleichtert.

Nicht Helene. Miriam sprach von ihrer eigentlichen Mutter. Der Frau, die sie zur Welt gebracht hatte.

»Mama glaubt, ich könnte mich nicht daran erinnern. Ich spreche deshalb nicht mit ihr darüber. Sie macht sich sonst nur Sorgen um mich. Ich will auch nicht daran denken, aber manchmal tue ich es trotzdem.« Miriam presste sich noch enger an sie. »Ich kann mich auch noch an Peter erinnern. Er war noch ganz klein und hat oft geschrien. Er hatte eine Stupsnase und kein Haar auf dem Kopf. Wenn ich ihm Grimassen geschnitten habe, hat er immer gelacht.«

Julie wusste nicht, was sie darauf sagen sollte. Fast mechanisch streichelte sie Miriam weiterhin über den Rücken, das Gesicht in deren Haaren vergraben.

»Meine kleinen Schwestern waren Zwillinge«, sagte sie

unvermittelt. »Sie glichen einander wie ein Ei dem anderen, waren aber charakterlich sehr verschieden. Alissa war neugierig und wollte immer alles ganz genau wissen, was zeitweise ziemlich auf die Nerven ging. Alena war sehr sensibel und hat bei jeder Kleinigkeit geweint.«

Miriam löste sich aus ihrer Umarmung, sah sie an.

»Was ist mit ihnen passiert?«

»Sie wurden umgebracht«, erwiderte Julie. Dann löste sich in ihr eine Art Knoten und die Geschichte ihrer Kindheit und Jugend, die in einer unermesslichen, blutigen Tragödie geendet war, sprudelte aus ihr heraus.

Wien, zweiter Weihnachtsfeiertag 2014

Über Nacht war Schnee gefallen. Helene stand am Fenster und schaute hinaus auf die weiße Seitenstraße. Die Räumfahrzeuge konzentrierten sich vorerst auf die größeren Verkehrsadern. Sie sah Martin um die Ecke biegen, den schwarzen Schal und die dunkle Haube tief ins Gesicht gezogen. Von oben beobachtete sie ihn dabei, wie er begann, sein unter einer dicken Schneeschicht begrabenes Auto mit bloßen Händen freizuschaufeln.

Am Vorabend war er bei ihr aufgetaucht, mit einem Strauß Rosen in der Hand, und hatte sich wieder einmal entschuldigt. Er habe überreagiert, erklärte er reumütig. Er bewundere Dana Karneol als Schauspielerin einfach sehr, daher reagiere er so übersensibel, wenn abschätzig über sie gesprochen werde.

Helene hatte den Eindruck, eine Art déjà-vu zu erleben, verbrachte die Nacht aber dennoch mit ihm.

Während er drunten die Windschutzscheibe mit dem Eiskratzer abzuschaben begann, schloss sie das Fenster. Es war kalt und ergab wenig Sinn, ihm noch weiter dabei zuzusehen, wie er sein Auto startklar machte. Eigentlich hatte sie erwartet, dass er zumindest den zweiten Weihnachtsfeiertag mit ihr verbringen würde, doch er hatte ihr dasselbe gesagt wie bereits am Vortag: dass er noch etwas erledigen müsse.

Wenn ich nicht mit Sicherheit wüsste, dass er nicht verheiratet ist, könnte man fast annehmen, er hätte eine Familie, um die er sich kümmern muss …

Resigniert begann sie, die Weingläser und das Frühstücksgeschirr in die Spülmaschine zu räumen. Ihr Blick fiel auf einen karierten Zettel, der zusammengefaltet auf dem Couchtisch neben der am Vorabend geköpften Flasche Sekt lag.

Sie faltete ihn auf.

Die Skizze zum Haus in Ranglberg.

Julie Schneeberg hatte sie in der Wohnung vergessen, aber offenbar trotzdem zum Haus gefunden. Zumindest hatte sie sich nicht verzweifelt und orientierungslos von unterwegs gemeldet.

Warum lag die Skizze mit einem Mal hier, auf dem Couchtisch? – Helene war sich sicher, dass sie die vergessene Zeichnung zuletzt auf dem Schreibtisch gesehen hatte.

Egal.

Sie knüllte den Zettel, den jetzt keiner mehr brauchte, zu einer Kugel zusammen und wollte diese gerade zum Altpapier geben, als der Summton der Haustürklingel ertönte. In dem Glauben, Martin habe etwas vergessen, betätigte sie den Öffner.

Der Mann, der kurze Zeit später verschwitzt vom Treppensteigen vor ihrer Haustür stand, war nicht Martin. Es war Bernd.

»Wir beide haben ein Date«, eröffnete er ihr. »Zieh schnell deinen Mantel über und komm mit. Mein Auto steht unten im absoluten Halteverbot.«

»Ein Date mit wem?«, fragte sie, während sie schon gemeinsam das Stiegenhaus nach unten hasteten.

»Dr. Susanne Sebald, Gerichtsmedizinerin. Sie hat damals die Leiche im Fall Mitterer / Partik untersucht.«

*

Dr. Susanne Sebald war eine gepflegte Frau Anfang sechzig, die sie in einem bekannten Kaffeehaus in der Wollzeile erwartete. Mit ihrem zu einem Dutt gesteckten aschblonden Haar und dem rot-schwarz gemusterten Wollblazer passte sie aus Helenes Sicht zum gediegenen Ambiente des Traditionscafés weit besser als sie selbst, die noch immer Jeans und Strickpulli trug.

»Vielen Dank, dass Sie sich heute Zeit für uns nehmen.« Bernd reichte ihr die Hand. »Ich weiß das wirklich zu schätzen … gerade an Feiertagen ist das nun wirklich keine Selbstverständlichkeit.«

Die Medizinerin schüttelte lächelnd den Kopf.

»Keine Ursache. Mein Sohn und seine Familie sind heute sowieso in den Skiurlaub aufgebrochen; ich freue mich über etwas Abwechslung.« Schlagartig wurde sie ernst. »Außerdem, der Fall lässt mir selbst keine Ruhe. Ich weiß, das klingt etwas aberwitzig, weil es doch schon so viele Jahre her ist … aber trotzdem. Es gibt einfach Fälle, die einem nie aus dem Kopf gehen, besonders wenn Kinder darin verwickelt sind.«

»Am Telefon erwähnten Sie etwas von Unstimmigkeiten.«

Die Dame im Blazer setzte schon zu einer Antwort an, als der Ober kam und die Bestellungen aufnahm. Erst als er sich wieder zurückgezogen hatte, ergriff Susanne Sebald das Wort.

»Unstimmigkeiten – das ist vielleicht kein optimaler Begriff, aber mir fällt einfach kein passender ein. Bei dieser ganzen Causa Mitterer / Partik ist ja so viel schiefgelaufen, auch schon in der Vergangenheit …«

»Wie meinen Sie das?«, fragte Helene, neugierig geworden.

»Sie beide sind nicht die einzigen, die sich in den Fall vertieft haben.« Sie hob hilflos die Schultern. »Ich weiß, als Gerichtsmedizinerin hätte ich mich nicht näher für die Vorgeschichte interessieren sollen ... aber aufgrund dessen, was ich herausgefunden habe, tat ich es doch. Ein lieber Kollege hat mir Zugang zu der Akte beschafft.«

»Zu welcher Akte?«

Bernd schien genauso verwirrt über die Aussage wie Helene selbst. Wieder wollte Susanne Sebald antworten, wieder kam der Ober dazwischen und ließ sie für einen Moment verstummen. Die Hände um die dampfende Teetasse gelegt, sagte die Gerichtsmedizinerin schließlich: »Ein paar Monate vor dem sogenannten erweiterten Selbstmord von Joe Partik gab es bereits einen Einsatz in dem Haus in Altenhain wegen häuslicher Gewalt. Die Polizei, die sich des Vorfalls annahm, hat interessanterweise keine Wegweisung des Täters in die Wege geleitet. Sie wissen, wir haben eines der besten Opferschutzgesetze in Europa und die Wegweisung wird in solchen Fällen von der Polizei entschieden – egal, was das Opfer will.«

Helene nickte. Mit dem Gesetz kannte sie sich aus. Obwohl ihr Einsatzgebiet als Psychologin ein anderes war, hatte sie bei verschiedenen Arbeitsgruppen mitgewirkt, die Schulungsunterlagen für junge Polizisten zu diesem Thema erstellten.

»Kurzum, der Typ schlägt die Frau regelmäßig, die Polizei kommt und er gibt sich wohl so zerknirscht und reumütig, dass die den Vorfall nur aufnimmt und irgendwann zu den Akten legt.« Bernd verzog das Gesicht. »So etwas passiert häufig. Das ist leider nichts Außergewöhnliches.«

Susanne Sebald wärmte ihre Hände noch immer an der Teetasse. »Es wurde nur ein einziger Vorfall häuslicher Gewalt gemeldet«, gab sie zu bedenken. »Wie auch immer, dieser Akte liegt die Zeugenaussage der damals siebzehnjährigen Tochter bei ... ziemlich dürftig und in der Wortwahl eher schwammig, was die Schilderung des Tathergangs betrifft – so, als wäre es ihr sehr unangenehm gewesen, dass sie gegen ihn aussagen muss.«

Automatisch dachte Helene an Julie Schneeberg auf dem Dach des Krankenhauses und an die Tatsache, dass sie Dana Karneol nicht ihre Mutter nennen wollte. Offenbar wurzelte der Konflikt der beiden tief.

»Aber ich komme zurück zu dem eigentlichen Fall, den erweiterten Selbstmord«, griff die Gerichtsmedizinerin den Faden wieder auf. »Ich bekam ja die Leichen zu Gesicht, nicht den Tatort. Vor Ort war der Gemeindearzt von Altenhain. Der stellte den Tod fest.«

»Der *Gemeindearzt*?«, fragte Helene ungläubig. »Der, der sonst die Kranken behandelt? – Dafür kommt doch der Amtsarzt!«

»In Wien und den größeren Städten, ja.« Susanne Sebald nickte. »Aber in einem Dorf, mitten in der Nacht – da kommt nur der Gemeindearzt und im übrigen auch kein Polizeijurist. Im Falle Mitterer / Partik wurden ein paar Fotos geschossen, die die Leichen in ihrer Position zeigen, die niederösterreichischen Bezirksinspektoren waren da – und das war es. Danach kamen die Leichen in die Gerichtsmedizin nach Wien, also zu mir. Ich bekam sie schon mit dem Hinweis auf den Tisch, dass Joe Partik erst die Kinder, dann sich selbst erschossen hatte, und eigentlich ging es nur noch darum, dass ich das alles bestätigen sollte ...«

Die Medizinerin nippte nachdenklich an ihrem Tee. Mit leisem Seufzen stellte sie die Tasse zurück auf den Unterteller.

»Ich hatte meine Arbeit an dem Fall gerade erst aufgenommen und bisher nichts weiter feststellen können als Tod durch Erschießen – und zwar durch jene Waffe, die auch bei Joe Partik gefunden wurde –, da kam von oben die Weisung, dass ich die Untersuchungen sofort abzuschließen hätte.«

»Wieso?«, fragte Bernd nach.

»Wegen der Medien natürlich. Dana Mitterer ... Die Karneol war ja damals auch nicht mehr gänzlich unbekannt. Sie war der Star dieser Vorabend-Serie gewesen ... Die hatte, glaube ich, jeder im deutschsprachigen Raum gesehen. Dann geriet sie kurz in Vergessenheit und nun stand sie plötzlich als tragische Figur eines Familiendramas im Zentrum des medialen Interesses. Die Journalisten haben sich sofort daran erinnert, dass sie einige Jahre zuvor recht prominent gewesen war, und stürzten sich auf die Tragödie wie die Hyänen. Die Klatschpostillen waren voll davon, erinnern Sie sich nicht mehr?«

»Oh ja«, erwiderte Helene und Bernd stimmte ihr mit einem Nicken zu.

»Jedenfalls ... ich sollte nicht einmal mehr Schmauchspuren von seinen Händen nehmen. Nichts. Schreiben Sie sofort den Bericht, hieß es. Ende. Für wirkliche Untersuchungen gab man mir keine Zeit ... wollte man mir keine Zeit geben.«

»Weil ohnehin alles klar war: Er, aktenbekannt, erschießt seine Kinder, weil seine Frau ihn verlassen will«, rief Bernd sachlich die Fakten in Erinnerung. »Jede Untersuchung kostet und es soll ja gespart werden. Kein Wunder, dass in diesem Fall so entschieden wurde.«

Susanne Sebald leerte ihren Tee mit einem letzten großen Schluck. Der Unterteller klirrte diesmal, als sie sie schwungvoll zurückstellte und die Arme vor der Brust verschränkte.

»Die Schmauchspuren«, sagte sie nun mit fester Stimme. »Ich habe Joe Partiks Hände trotzdem untersucht.«

»Und?«

»Nun ... er hatte keine. Da war nichts. Und das lässt mir bis heute keine Ruhe.«

Altenhain, zweiter Weihnachtsfeiertag 2014

Dana in Salzburg-Anif zurückzulassen war Felix Rabenstein leichter gefallen als erwartet: Die Schliefenzahns – er Geschäftsführer einer Firma, die Porno-Filme produzierte, sie ehemaliges Model – waren am Vortag eingetroffen, ebenso Roger Lensfield, ein erfolgreicher Songtexter aus Leeds mit seiner derzeitigen Lebensabschnittsgefährtin Jessica. Sie hatten sich vor zwei Jahren in genau demselben Hotel kennen gelernt und auf Anhieb verstanden. Dass sie nun regelmäßig wiederkamen, empfanden sie alle als verstörenden Schritt ins Spießbürgertum. Einen Schritt, den sie trotzdem taten, weil das Hotel gut gelegen, der Service perfekt und die kulturellen und sportiven Möglichkeiten ringsherum schlichtweg fabelhaft waren.

Nachdem die Damen sogleich beschlossen hatten, den zweiten Weihnachtsfeiertag ganztags im Spa-Bereich zu verbringen, und neben Maniküre, Pediküre und Gesichtsmasken sogleich einige Massagen gebucht worden waren, hatten sich die Männer offiziell zum Skifahren zusammengefunden.

Unter einer fadenscheinigen Ausrede hatte sich Felix Rabenstein dann von den übrigen Männern losgeeist im sicheren Vertrauen darauf, dass keiner von ihnen ein Interesse daran hegte, den Weihnachtsfrieden der Gruppe mit der Offenbarung zu stören, dass der Felix nun doch nicht mit von der Partie gewesen war.

Er hatte sich alles gut ausgerechnet: Drei Stunden brauchte er nach Wien, drei Stunden zurück. Blieb maximal eine Stunde, um Julie zur Vernunft zu bringen. Er würde es nochmals versuchen, keine Frage. Dana musste vor ihr und dieser Veröffentlichung geschützt werden. Erst in der vergangenen Nacht war sie wieder mitten in der Nacht aufgeschreckt, das Gesicht tränenüberströmt.

Sie träume inzwischen jede Nacht von Alissa und Alena, war

es schluchzend aus ihr herausgebrochen. Sie könne das alles nicht noch einmal durchleben.

Die Ski in der Transportbox auf dem Autodach, die Skischuhe im Kofferraum und effektvoll mit Skianzug bekleidet, setzte er sich ans Steuer seines Leihwagens, eines bulligen SUV, und fuhr in Richtung Autobahn. Auf der ersten Autobahngaststätte tauschte er den Skianzug gegen Jeans und Pullover.

Inständig hoffend, Julie diesmal in ihrer Wohnung anzutreffen, läutete er an ihrer Türe Sturm. Nichts.

Während er gerade überlegte, ob er irgendwo einen Kaffee trinken und es danach erneut versuchen sollte – möglicherweise war sie nur kurz außer Haus –, tauchte ein älteres Ehepaar auf, offensichtlich Hausbewohner. Leichtes Misstrauen stand den beiden ins Gesicht geschrieben, als sie ihn an der Eingangstür trafen.

»Wollen Sie wieder zu Frau Schneeberg?«, fragte die Frau im Pelzmantel.

Er erinnerte sich, dass er ihr schon einmal begegnet war – hier im Treppenhaus, direkt vor Julie Schneebergs Wohnungstüre. Damals hatte er sich als guter Freund ausgegeben.

»Ja«, sagte er, um einen saloppen Tonfall bemüht. »Wir waren verabredet. Sie sagte, ich solle bei ihr vorbeischauen, aber jetzt ist sie anscheinend kurz weggegangen ... oder hört die Klingel nicht.«

Die Skepsis im Gesicht der Frau verhärtete sich. Er merkte, dass er offenbar einen Fehler begangen hatte.

»Frau Schneeberg ist schon seit Tagen nicht hier«, sagte die Frau, diesmal weit weniger freundlich. »Ich wüsste also nicht, wieso sie Sie herbestellt haben sollte. – Wer sind Sie und was wollen Sie?«

»Ein Freund, wie gesagt«, wiederholte er dumpf. »Vielleicht habe ich ja etwas missverstanden ...«

»Sie sind bestimmt einer von diesen Zeitungsschmierern«, schaltete sich der ältere Mann ein. »Verlassen Sie sofort das Grundstück. Leute wie Sie wollen wir hier nicht!«

Er schwang drohend seinen Gehstock, was Felix Rabenstein automatisch zurückweichen ließ.

»Aber …«, begann er dennoch. Diese Behandlung hatte er nun wirklich nicht verdient! Er war ein unbescholtener Bürger. Bisher zumindest …

»Wenn Sie nicht gehen, erstatten wir Anzeige wegen Hausfriedensbruch«, verkündete der Mann steif. »Ich bin Rechtsanwalt. Ich mache Sie platt!«

Felix verdrehte die Augen, gab aber auf und stieg zurück ins Auto. Er fühlte sich wie ein Versager. Wieder einmal war sein Vorhaben, Dana zu helfen und dieses Problem für sie aus dem Weg zu räumen, gescheitert.

Wo verdammt steckt diese Frau?

Er würde es nicht herausfinden.

Resigniert machte er sich auf den Rückweg. Die Stadt wirkte am zweiten Weihnachtsfeiertag wie ausgestorben. Schnell war er wieder bei der Auffahrt zur Westautobahn und drückte aufs Gas. Schon nach wenigen Kilometern musste er sein Tempo jedoch deutlich drosseln. Leichter Schneefall hatte eingesetzt; auf der Fahrbahn hatte sich eine Schneedecke gebildet. Der Verkehrsfunk meldete die ersten Unfälle.

Ausfahrt Altlengbach. Neulengbach. Altenhain.

Er starrte durch das Schneetreiben auf das Autobahnschild vor ihm.

Altenhain. Er war noch nie dort gewesen.

Spontan betätigte er den rechten Blinker und lenkte den Wagen in die Ausfahrt. Was hatte er zu verlieren?

Er kam sich fast ein wenig verwegen vor, als er im Schneckentempo hinter einem Schneepflug her über die Dörfer fuhr. Endlich tauchte das Ortsschild auf: Altenhain. Der Schneepflug bog ab, er fuhr die Hauptstraße entlang weiter – und hatte kurze Zeit später den Ort auch schon wieder verlassen.

Irritiert fuhr er rechts an den Straßenrand.

Das also war Altenhain?

Dana hatte erwähnt, dass es sich um einen Kaff handelte, doch die Realität war noch weit trostloser, als diese Bezeichnung ahnen ließ. Wie hatte sie hier nur so viele Jahre wohnen können, ohne zu verzweifeln? – Da gab es ja nichts, gar nichts!

Felix überlegte. Wenn er schon einmal hier war, wollte er nun auch das Haus sehen, in dem sich das Blutbad ereignet hatte. Dumm nur, dass er die Adresse nicht kannte. Ein ehemaliger Bauernhof, etwas abgeschieden von der nächsten Siedlung auf einem Hügel gelegen. Das hatte Dana einmal erwähnt. Angeblich führte eine schmale Straße dorthin.

Er wendete den Wagen und fuhr die Strecke noch einmal zurück, diesmal langsamer. Mehrere Seitengassen führten weg von der Hauptstraße, doch ohne dass man ihrem Verlauf folgte, war es im immer heftigeren Schneetreiben nicht möglich, zu erkennen, wohin sie führten.

Als er im Ortszentrum an der Kirche vorbeifuhr, bremste er abrupt ab und lenkte den Wagen auf den kleinen Parkplatz davor. Wahrscheinlich würde er das Haus sowieso nicht finden. Aber einen Blick auf das Grab konnte er werfen. Was er sich davon versprach, wusste er selbst nicht genau. Möglicherweise würde das Wenige, was ihm Dana erzählt hatte, realer für ihn werden, wenn er es vor Ort in Augenschein nahm.

Ein dunkler Mercedes war außer seinem SUV das einzige Fahrzeug weit und breit, was ihn wenig überraschte. Überhaupt hatte er in Altenhain so gut wie niemanden auf der Straße gesehen. Ein Geisterdorf, wenn man die Tatsache ignorierte, dass die Fenster der meisten Häuser hell erleuchtet waren. Anscheinend verbrachten die Dorfbewohner die Feiertage mit der Familie im trauten Heim.

Wie langweilig.

Er hatte gerade den Motor abgestellt, als er die beiden Frauen in Mänteln und Wollmützen bemerkte, die gemeinsam durch den Torbogen aus dem Friedhofsgelände gingen, ihre Schals tief in die Gesichter gezogen. Auch sie waren offenbar nur auf

Besuch, denn sie steuerten auf den Mercedes zu, der ein Wiener Kennzeichen besaß. Die eine von ihnen stieg sofort auf den Beifahrersitz, die andere öffnete die Türe zur Rückbank und entledigte sich des Schals und schließlich der Haube.

Eine Welle kupferroten Haares fiel ihr über die Schultern. Dann drehte sie sich um.

Im ersten Moment wollte Felix Rabenstein seinen Augen nicht trauen. Die Frau, die jetzt auf dem Fahrersitz Platz nahm, ohne ihn in seinem SUV weiter zu beachten, war niemand anderer als Julie Schneeberg.

Schon startete sie den Wagen, stieß zurück auf die Straße.

Felix traf seine Entscheidung in Sekundenschnelle. Wenn er je mit ihr reden konnte, war jetzt seine Chance gekommen.

Wien, zweiter Weihnachtsfeiertag 2014

Seit zwei Stunden saßen Helene Winter und Bernd Gerold mittlerweile mit Dr. Susanne Sebald im Kaffeehaus und lauschten deren gerichtsmedizinischen Ausführungen über Einschusswinkel bei Selbstmorden und Morden, die Nachweisbarkeit von Schmauchspuren und das, was ihrer Meinung nach im Falle Mitterer / Partik versäumt worden war.

Helene plagten trotz der drei Espressi, die sie seit ihrer Ankunft getrunken hatte, inzwischen leichte Kopfschmerzen. Was verheißungsvoll begonnen hatte, bekam allmählich eine zähe Note. Susanne Sebald verlor sich in Details, erging sich in Spekulationen, die nach Helenes Ermessen schlichtweg absurd waren, und hatte sich ganz offensichtlich in die Theorie verrannt, dass nicht Joe Partik die Zwillinge und sich selbst getötet hatte, sondern die damals siebzehnjährige Julie, die doch zum Tatzeitpunkt schließlich auch im Haus gewesen war.

»Ihr Zimmer lag im selben Stockwerk«, sagte Susanne Sebald mit ihrer weichen Stimme, die Bernd allmählich genauso einzuschläfern schien wie Helene selbst. »Sie werden mir wohl recht geben, dass es höchst unglaubwürdig ist, drei Schüsse zu überhören.«

»Sie hörte zur Tatzeit laute Musik über Kopfhörer. Das steht so auch in der Akte«, rief Bernd in Erinnerung. »Außerdem wurde im Falle der toten Kinder durch ein Kissen geschossen. Das dämpft den Schall.«

»Ich kann mir nicht vorstellen, dass man dabei so gar nichts mitbekommt ...« Die Gerichtsmedizinerin schüttelte ungläubig den Kopf.

Helene rührte mit dem kleinen Löffelchen in ihrer leeren Espressotasse – eine sinnlose Beschäftigung, aber immerhin eine Geste gegen die ermüdenden Ausführungen der Medizinerin. Ihre Phantasie reichte nicht aus, um sich Julie Schneeberg als Mörderin vorzustellen.

»Welches Motiv hätte die Tochter von Dana Karneol denn bitte schön haben sollen?«, warf sie schließlich ein. Ihre Stimme klang genervter als beabsichtigt.

»Einen Mutter-Tochter-Konflikt«, erwiderte Susanne Sebald prompt mit der Überzeugtheit der Laienpsychologin. »Vielleicht hatte sie ein Verhältnis mit dem Stiefvater? Das würde auch erklären, weshalb sie so unwillig gegen ihn aussagen wollte.«

»Nein«, sagte Helene mit fester Stimme, Bernds irritierten Blick ignorierend.

»Es wäre zumindest eine Option«, warf dieser nun ein. »Die mangelnden Schmauchspuren geben mir persönlich schon zu denken.«

»Das ist absurd«, widersprach Helene, merkte aber gleichzeitig, dass sie argumentativ wenig dagegenhalten konnte. Die

Vorstellung, dass Julie Schneeberg tatsächlich zum Tatzeitpunkt im Haus gewesen sein und nichts von den Schüssen mitbekommen haben sollte, war in der Tat ähnlich absurd wie die Ausführungen der Gerichtsmedizinerin.

»Wir sollten Frau Schneeberg zumindest noch einmal zur Tatnacht befragen«, überlegte Bernd laut. »Vielleicht offenbart sie ja heute als Erwachsene andere Aspekte als damals? – Und ehrlich gesagt, mir ist es tausendfach lieber, sie erzählt mir, was damals wirklich passiert ist, als dass ich es irgendwann in ihrem neuen Krimi nachlesen muss.«

»Sie wird wohl kaum so ungeschickt sein und sich selbst belasten«, gab Susanne Sebald zu bedenken und Helene ärgerte sich erneut über die Frau, die sich an die fixe Vorstellung klammerte, Julie habe drei Menschen auf dem Gewissen.

»Was ist, wenn noch jemand im Haus war?«, schaltete sie sich wieder ein. »Die Fakten sind doch die: Dana Karneol war außer Haus, dafür gibt es Zeugen. Julie lag angeblich im Bett und hörte Musik. Was, wenn währenddessen jemand ins Haus eindrang, Partik und die Kinder tötete und verschwand?«

Die beiden schauten sie an, als hätte sie ihnen die größte Absurdität auf Erden verkündet.

»Es war Joe Partiks eigene Waffe«, entgegnete Bernd.

»Ja, und? – Jemand könnte von ihr gewusst und sie bewusst eingesetzt haben, um alles als erweiterten Selbstmord aussehen zu lassen!« Helene sah Susanne Sebald direkt ins Gesicht. »Ich nehme an, nach Fremdspuren am Tatort wurde erst gar nicht gesucht?«

»Nicht, dass ich wüsste …«

»Wofür hatte der Typ überhaupt eine Waffe im Schrank?«

»Zum Tontaubenschießen«, erklärte Bernd. »Ein Freund hat sie ihm quasi vererbt; sie lag nur im Schrank herum. Wenigstens hat das Dana Mitterer so zu Protokoll geben. Das heißt, sie zumindest wusste davon, aber sie hat ja ein solides Alibi.«

»Was ist, wenn noch jemand davon wusste?«

»Am liebsten würde ich sofort mit Julie Schneeberg reden«, gestand Bernd. »Aber wir wissen ja nicht, wo sie steckt.«

Helene schluckte.

Soll ich? Soll ich nicht?

Sie entschied sich für die Wahrheit.

»Ich weiß, wo sie ist. Ich werde hinfahren und mit ihr reden.« Sie sah Bernd direkt an. »Ich möchte nicht, dass du es tust. Diese Frau hat wirklich Angst. Wenn sie nun noch in Verdacht geriete, ihre Schwestern getötet zu haben, würde ihr das den Rest geben.«

»Ich lasse dich sicher nicht allein zu ihr fahren«, stellte Bernd klar. »Tatverdächtige, die sich in die Enge getrieben fühlen, ticken oft aus. – Also, sag mir, wo sie ist, und wir fahren gemeinsam.«

Helene verschränkte die Arme vor der Brust.

»Nein«, sagte sie ruhig.

»Vielleicht war tatsächlich ein Dritter im Haus«, schaltete sich Susanne Sebald ein. »Jemand, den Julie durch ihr Schweigen deckt, weil er ihr nahe stand. Vielleicht ein Freund, mit dem sie offiziell keinen Kontakt haben durfte und der sie jetzt verfolgt. Sie ist die Einzige, die dazu Auskunft geben kann.«

Helene fühlte die vorwurfsvollen Blicke von Bernd und der Gerichtsmedizinerin auf sich ruhen. Sie verstanden nicht, weshalb sie Julie Schneeberg schützte. Eigentlich verstand sie es selbst nicht. Sie wusste von dieser Frau im Grunde viel zu wenig, um ihre Unschuld bezeugen zu können. Auch sie war das Gefühl nie ganz los geworden, dass die Autorin etwas Wesentliches verschwieg.

Trotzdem. Es ärgerte sie, dass Bernd sich sichtlich auf die Seite der Gerichtsmedizinerin geschlagen hatte, die letztendlich viel weniger über Julie Schneeberg wusste als sie selbst.

»Ich frage mich eines, Frau Dr. Sebald.« Helene lehnte sich über den Tisch nach vorne. »Man drängte Sie damals zur Eile und ließ Ihnen keine Zeit für nähere Untersuchungen. Sie fanden keine Schmauchspuren an den Händen des angeblichen Täters, was wohl in Anbetracht der Umstände mehr als nur merkwürdig ist. Öffentlicher Druck hin oder her, wieso um Himmels Willen haben Sie die Sache mit den fehlenden Schmauchspuren nicht dennoch gemeldet? Wenn Sie Angst vor Ihrem Vorgesetzen hatten, warum sind Sie nicht zur nächsthöheren Instanz gegangen?«

»Aber genau das habe ich ja getan!« Die Stimme der Gerichtsmedizinerin verlor abrupt ihren melodischen Klang. »Und zunächst hatte ich auch den Eindruck, auf Gehör zu stoßen. Zumindest wurde die Mitterer noch einmal zum Verhör gebeten, und da ging man offenbar nicht ganz so sanft mit ihr um wie bei den ersten Gesprächen. Zumindest wurde mir das so berichtet. Trotzdem hat sie immer nur dasselbe gesagt, unter Tränen und beinahe schon hysterisch.«

»Von weiteren Verhören findet sich kein Hinweis in der Akte«, warf Bernd ein.

Susanne Sebald verschränkte die Arme vor ihrem Körper.

»Ja, darauf bin ich auch schon gekommen! – Und alles in allem ist das wohl ziemlich seltsam, oder nicht?« Als von Helene und Bernd keine Erwiderung kam, fuhr sie fort: »Danach wurden sämtliche Ermittlungen eingestellt, auf einen Schlag. Die Weisung kam diesmal angeblich von ganz oben. – Ich habe wirklich nicht gewusst, an wen ich mich noch hätte wenden sollen. Zumal ich damals erst drei Jahre als Gerichtsmedizinerin tätig war.«

»Wie das?«

Bernd war es, der die Frage aussprach, die Helene in Anbetracht des Alters der Frau ebenfalls durch den Kopf ging.

»Ich arbeitete nach dem Medizinstudium jahrelang als Notärztin. Irgendwann habe ich die Einsätze nicht mehr verkraftet ... Schwerverletzte bei Verkehrsunfällen, die Erstversorgung von Brandopfern ... all diese Dinge. Gerichtsmedizin und Pathologie haben mich schon immer interessiert. Also habe ich

Prüfungen und Praxis in diesen Disziplinen nachgeholt und beruflich eine neue Richtung eingeschlagen. Die Toten waren auch übel zugerichtet, keine Frage, aber zumindest hörte ich die Schmerzensschreie nicht mehr, die mich so lange in meinen Träumen verfolgten. – Ich hatte damals einfach noch nicht so ganz durchschaut, wie die Institution Polizei intern so funktioniert, und ich hatte wirklich Angst um meine Stelle, wenn ich mich mit den falschen Leuten anlege.« Dr. Sebald sah Helene direkt an. »Sie können mich jetzt als feige und rückgratlos aburteilen. Aber dieser Dr. Roschek, der damals bei der Landespolizeidirektion Niederösterreich die Fäden in der Hand hatte, der hätte mir mein Leben äußerst schwer machen können. Ich wollte ganz einfach meinen Job behalten und Ärger vermeiden. Am Tod dieser drei Menschen hätten meine Erkenntnisse sowieso nichts mehr geändert.«

Das Lokal begann sich zu drehen. Vor Helenes Augen verschwammen die Silhouetten der Menschen um sie herum zu konturlosen Flecken, kaum wahrnehmbar im bunten Potpourri der Einrichtung.

Dr. Roschek. Landespolizeidirektion Niederösterreich.

Es gab keinen Zweifel. Keinen Namensvetter, der zuvor bei der Landesdirektion in St. Pölten in einem der Chefsessel gesessen hatte und jetzt in leitender Funktion am Bundeskriminalamt in Wien tätig war.

Dr. Martin Roschek.

Der Schwindel raubte ihr die Orientierung. Trotzdem erhob sie sich, griff wortlos nach ihrer Handtasche, ging zur Toilette. In der Abgeschiedenheit der Kabine lehnte sie sich gegen die Fliesenwand, das Gesicht in den Händen.

Martin hatte die Untersuchungen nach dem erweiterten Selbstmord gestoppt. Weshalb?!

Weil er ein so überzeugter Fan von Dana Karneol war, dass er sie mit all seiner Macht schützen wollte. Vor neugierigen Fragen, weiteren Verhören, der Presse ... aber warum?!

Irgendetwas passte nicht. Passte ganz und gar nicht.

Natürlich. Die Mappen mit den gesammelten Berichten in Martins Schreibtischlade.

Er hatte erst *nach* dem Blutbad begonnen, Berichte über sie zu sammeln. Er war erst *danach* ein Fan von ihr geworden. Er musste sie persönlich kennen gelernt haben, im Rahmen der Ermittlungen. Auch wenn davon nichts in der Akte vermerkt war.

Es gibt an diesem Fall keinerlei Ungereimtheiten und dein Kollege tut gut daran, seine Nase nicht in Dinge zu stecken, die ihn nichts angehen.

Martins Worte hallten in ihr nach.

Er hatte damals nicht gewollt, dass der Fall weiterverfolgt wurde, und er wollte es heute nicht.

Helene nahm ihr Handy aus der Tasche, rief seine Nummer im Register auf. Wenn sie ihn nicht mit diesen Tatsachen konfrontieren würde, und zwar flugs, würde sie platzen – vor Wut darüber, dass er ihr seine Mitwirkung an dem Fall verschwiegen hatte, vor Enttäuschung, weil er nicht ehrlich zu ihr war, und auch vor Eifersucht, weil er dieser Frau offensichtlich verfallen war. Dana Karneol war nicht nur eine unerreichbare Schauspielergröße für ihn – ein Umstand, den sie merkwürdig fand, mit dem sie aber hätte leben können –, sondern eine Frau aus Fleisch und Blut. Eine Frau, die er vermutlich persönlich kannte. Und die er schützte.

Sie berührte schon fast das Zeichen mit dem grünen Hörer, als sie mitten in der Bewegung stoppte.

Wenn Martin Roschek Dana Karneol geschützt hatte und ihm jetzt jemand hinter seine Rolle in diesem Fall kam, bedeutete das für ihn mehr als nur Ungemach.

Dienstrechtliche Ermittlungen. Amtsmissbrauch. Martins Karriere würde den Bach hinuntergehen. Rasant. Und das unabhängig davon, wer tatsächlich die Schüsse abgegeben hatte.

Er hatte die Ermittlungen gestoppt. Er hatte weitere Untersuchungen untersagt. Allein das zählte.

Dieser Mann schuldete ihr eine Menge Erklärungen.

Doch was würde es bringen, ihn jetzt damit zu konfrontieren? – Sie konnte sich gut vorstellen, wie er sich erst einmal aus der Sache herauswand, sie mit Ausreden abspeiste oder gar mit Vorwürfen bombardierte. Und wenn sie ihm schließlich irgendwann wieder gegenüberstand, wäre er auf alles perfekt vorbereitet, hätte überzeugende Erklärungen parat – und stellte sie als paranoid und dumm hin. Als Frau, die hinter ihm herschnüffelte und nicht vertraute.

Nein. Erst wollte sie wissen, um was es hier wirklich ging. Was passiert war in jener Nacht. Wer in diesem perfiden Spiel welche Rolle spielte.

Sie ging zurück ins Lokal, um Haltung bemüht.

»Julie Schneeberg ist in meinem Ferienhaus in Ranglberg«, sagte sie zu Bernd, ihre innere Unruhe bekämpfend. »Fahren wir dorthin und reden wir mit ihr. Sofort.«

Sie meinte sich und Bernd. Die Selbstverständlichkeit, mit der sich ihnen Dr. Susanne Sebald anschloss, stieß ihr sauer auf.

Doch das Gefühlschaos, das in ihr herrschte, raubte ihr jede Energie, um sich gegen die unwillkommene Begleitung zu wehren.

Ranglberg, zweiter Weihnachtsfeiertag 2014

Abseits der Autobahn ließen sie der dichte Schneefall und die winterlichen Straßenverhältnisse nur langsam vorankommen. Der VW Kombi hatte Allradantrieb; dennoch rutschten die Reifen auf der schneeglatten Fahrbahn immer wieder unter ihnen weg.

Helene war froh, dass sie nur Beifahrerin war, und bewunderte Bernd im Stillen um die stoische Ruhe, mit der er die fahrtechnischen Herausforderungen bewältigte.

Seit sie Wien hinter sich gelassen hatten, sprach keiner von ihnen mehr ein Wort. Jeder schien seinen eigenen Gedanken nachzuhängen. Sogar Frau Sebald hatte es inzwischen aufgegeben, weitere abenteuerliche Theorien zum Besten zu geben, und Helene war froh darum.

Zu ihrer Wut auf Martin hatte sich Sorge gesellt. Sie dachte an Miriam, die sich ebenfalls in Ranglberg aufhielt. Sie wollte sie dort weghaben. Anders als wie für die Gerichtsmedizinerin und Bernd, schied Julie für sie nach wie vor als Mörderin aus. Trotzdem, Julie Schneeberg verschwieg etwas, das für den Fall gewiss nicht irrelevant war, davon war nun auch Helene überzeugt. Und damit zog sie dubiose Verfolger an wie jenen Mann, den die Nachbarin vor ihrer Türe gesehen hatte.

Zum Glück weiß niemand anderer, wo sie ist.

Glücklicherweise lag das Haus so versteckt im Wald, abseits der Ortschaft, dass es ohnehin nicht leicht war, als Ortfremder ohne Anfahrtsbeschreibung den Weg zu finden.

»Hier rechts«, wies sie Bernd an, noch ehe sie das Ortsschild von Ranglberg passiert hatten.

»Da ist nicht geräumt.« Bernd zögerte.

»Ja, das ist auch nur eine Forststraße. Aber vor dir ist schon jemand hier gefahren und offenbar nicht stecken geblieben.«

Die Reifenspuren sahen relativ frisch aus, was sie erneut beunruhigte.

Julie? Oder Miriam? Bei diesem Wetter, um diese Uhrzeit?

Sie konnte sich nicht vorstellen, was die beiden überhaupt dazu bewegt haben mochte, bei dem sich anbahnenden Schneechaos das Haus zu verlassen.

Im Schneckentempo fuhren sie hinein in das Waldstück.

»Sehr romantisch«, stellte Dr. Sebald von der Rückbank aus fest. Helene wusste, dass sie sich auf die Lage des Hauses bezog, nicht auf die Situation. Trotzdem schien ihr der Kommentar mehr als fehl am Platze. Bernd auf dem Fahrersitz war merklich angespannt. Die Scheinwerfer boten die einzige Lichtquelle auf dem Weg in Richtung Haus und die Schneeverhältnisse hier im Wald waren auch im Schutz der Bäume nur geringfügig besser.

»Ich hoffe, du hast Schlafplätze für uns alle in deiner Hütte«, sagte Bernd, während er konzentriert durch die Windschutzscheibe starrte. »Wenn das so weiterschneit, kommen wir nicht mehr weg.«

»Vielleicht war es nicht die beste Idee, heute noch herzufahren«, warf Frau Sebald ein. »Wir hätten unseren Ausflug auf morgen Vormittag vertagen sollen.«

Helene sagte nichts. Die dumpfe, mit jedem Kilometer stetig wachsende Unruhe in ihr belehrte sie eines Besseren, ohne dass sie genau hätte begründen können, weshalb ihr Eintreffen genau an diesem Abend so wichtig war bei einem Fall, der schon fünfzehn Jahre zurücklag.

»Hoppala!«

Bernd trat abrupt in die Bremse. Der Wagen schlingerte und stoppte knapp vor einem Mann in grell reflektierendem Skianorak, der mitten auf der Fahrbahn mit einem Handy hantierte.

»Sind Sie geisteskrank?« Bernd hatte die Scheibe heruntergelassen. »Was machen Sie hier?«

»Oh mein Gott! Sie schickt der Himmel ...« Der Mann war leichenblass. »Ich ... ich habe einen Menschen überfahren! Gerade eben! Es ist furchtbar ...! Ich konnte nichts dafür, ich schwöre es Ihnen! Er war ganz dunkel gekleidet, rannte hier einfach quer über die Straße ...«

»Überfahren?« Bernd runzelte die Stirn.

»Mein Auto steht um die Kurve. Er liegt direkt davor ... es ist so furchtbar! Ich habe die Rettung gerufen ... ich musste hierher gehen, dort hinten ist kein Empfang ...«

Die Worte kamen nur stoßweise aus ihm heraus.

Dr. Susanne Sebald sprang wie elektrisiert aus dem Auto und eilte voraus, auch Helene verließ zügig den Wagen.

»Was machen Sie hier?«, fuhr sie den aufgewühlten Mann an.

»W...wieso fragen Sie das?«

Der Mann sprach mit norddeutschem Akzent. Sein dunkles, schneenasses Haar klebte an ihm am Kopf. Helene schätzte ihn spontan auf vierzig, zweiundvierzig, kein Jahr älter. Sie hatte ihn schon einmal gesehen und in derselben Sekunde fiel ihr auch schon ein, wo und in welchem Zusammenhang.

»Weil diese Straße nur zu einem Haus führt«, stellte sie scharf klar. »Nämlich zu meinem. Und ich habe Sie nicht eingeladen. – Also, Herr Rabenstein, was wollen Sie um diese Zeit hier in Ranglberg?«

Die Augen des Mannes weiteten sich vor Entsetzen.

»Sind Sie von der Presse? Sie sind von der Presse, nicht wahr? – O mein Gott, wenn Dana das erfährt! ... Ihre Karriere ... meine Karriere.« Er griff in die Tasche seines Anoraks, kramte eine Börse hervor. »Ich gebe Ihnen Geld. Eine kleine Vorauszahlung. Später gerne mehr. Berichten Sie nicht darüber. Offiziell war ich nicht hier. Sie haben mich nie gesehen, okay? – Die Rettung ist unterwegs, der Mann liegt da hinten im Schnee ... Ich fahre jetzt ganz langsam an Ihnen vorbei und Sie sagen, Sie hätten diesen Mann gefunden ...«

Bernd warf Helene einen irritierten Seitenblick zu, den diese mit einem fassungslosen Kopfschütteln erwiderte. Der Mann musste völlig von Sinnen sein! Ihre Verblüffung ausnutzend, setzte sich Rabenstein eilig in Bewegung.

»Hey, mein Freund, nicht so schnell!« Bernd packte den Flüchtenden roh am Ärmel und hielt ihn zurück. »Wenn Sie tatsächlich einen Menschen umgefahren haben, werden Sie sich sicher nicht einfach so aus dem Staub machen können. Und falls es Sie beruhigt: Wir sind nicht von der Presse. Wir sind Ihr Freund und Helfer. Bezirksinspektor Gerold, das hier ist meine Kollegin Helene Winter. – Und wer zum Teufel sind Sie?«

»Oh Gott!« Der Radiomoderator schlug sich die Hände vor das Gesicht. »Das ist mein Untergang!«

»Das ist Felix Rabenstein«, antwortete Helene Winter an seiner Stelle, das Foto aus einem der Zeitungsartikel aus Martins Sammlung vor Augen. »Der Lebensgefährte von Dana Karneol. – Was für ein Zufall, dass wir ihn ausgerechnet in der Nähe des Hauses finden, in dem sich Julie Schneeberg zurückgezogen hat.« Ohne jede Ironie in der Stimme wandte sie sich an den Radiomoderator, der nur noch wie ein Zerrbild jenes Mannes aussah, der an der Seite der Karneol in die Kamera gegrinst hatte. »Was wollten Sie von ihr, Herr Rabenstein? Sie unter Druck setzen? Oder gar töten, weil sie Dinge an die Öffentlichkeit bringen will, die vor fünfzehn Jahren totgeschwiegen wurden?«

»Ich wollte mit ihr reden! Nur reden!« Der Mann wirkte vollkommen verzweifelt. »Ich wollte sie bitten ... will sie doch nur bitten ... dieses Buch nicht zu veröffentlichen! Meine Frau ... Dana ... sie ist außer sich! Sie ist schwanger, verstehen Sie? – Ich will nicht, dass sie unser Kind verliert, nur weil ihre verrückte Tochter alte Wunden aufreißt! Ich weiß nicht, ob dieser Person überhaupt klar ist, was sie ihrer Mutter damit antut!«

»Weil sie ein Buch veröffentlicht, in dem sie die Falschaussage von Lydia Götz zum Thema macht?«, fragte Helene geradeheraus. Seine Verzweiflung ließ sie kalt. Dass er sich für so mächtig hielt, Julie allein durch ein Gespräch von ihrem Vorhaben abzubringen, schien ihr absurd.

»Wie? Was? Welche Lydia Götz? – Noch nie gehört!«

Bernd legte Helene beschwörend die Hand auf die Schulter, packte den Moderator am Ärmel und wies in Richtung Auto. »Steigen Sie ein. Wir schauen uns jetzt Ihr Unfallopfer an.«

Widerwillig leistete Rabenstein der Aufforderung Folge. Sie fuhren nur knappe dreihundert Meter, als ein dunkler SUV mit Skibox auf dem Dach den Weg versperrte.

»Hier! Hier ist es! Das ist mein Wagen.«

Als Helene und Bernd zusammen mit Rabenstein um den

SUV herumbogen, kniete die Ärztin neben dem ganz in Schwarz gekleideten, reglosen Unfallopfer, das vor der Kühlerhaube auf der verschneiten Fahrbahn lag.

»Bravo, Sie haben wirklich ganze Arbeit geleistet«, bemerkte sie trocken in Richtung des kalkweißen Unfallfahrers. »Der Mann ist tot. Vermutlich ist er allzu heftig mit dem Kopf aufgeprallt. Ich vermute einen Schädelbruch mit Hirnblutung.«

»Oh mein Gott!« Felix Rabenstein streckte theatralisch die Hände gen Himmel. »Meine Karriere, mein Ruf ... alles dahin! Ich bin ruiniert!«

»Stimmt«, bestätigte Bernd Gerold unbarmherzig. »Aber jetzt kann Ihnen Ihr Gott auch nicht mehr helfen. Den Anruf bei der Rettung hätten Sie sich jedenfalls sparen können.«

»Da wäre ich mir nicht so sicher.« Dr. Susanne Sebald erhob sich und wies mit dem Kinn auf den am Boden liegenden Mann. »Ich möchte nichts anfassen, wegen der Fingerabdrücke und so ... aber sehen Sie doch, was neben ihm im Schnee liegt. Offensichtlich trug er das bei sich, als er gegen die Kühlerhaube prallte ... vielleicht sogar in der Hand.«

Helene, die dem Toten am nächsten stand, bückte sich ein wenig, bis ihr Blick auf das Gesicht des Mannes fiel. Seine Stirn wurde von einer dunklen Haube bedeckt, doch der Schal, den er sich weit übers Kinn gezogen hatte, war zur Seite gerutscht.

Sie schlug sich die Hand auf den Mund, taumelte. Ihre Beine wollten sie nicht mehr tragen. Bernd, der hinter ihr gestanden hatte, fing sie auf, ehe sie zu Fall kam.

»Nein ... nein!«, kam es ihr über die Lippen, während sie nach Atem rang. »Das kann nicht sein! Das darf nicht sein!«

Sie riss sich los und fiel auf die Knie. Mit einem schnellen Handgriff hatte sie dem Verunglückten die Mütze vom Kopf gezogen. Ihr Verdacht wurde wahr. Am Vorabend noch hatten sich ihre Hände durch dieses raue, dichte Haar gewühlt ...

»Das ist Martin. Martin Roschek, der Mann, der damals angeblich die Ermittlungen im Falle Mitterer / Partik gestoppt hat«, sagte sie heiser zu Bernd, der sich besorgt neben sie kniete. Tränen stiegen ihr in die Augen. Sie wischte sie mit einer unwirschen Geste weg. Wollte sie jetzt um einen Mann weinen, der niemals ehrlich zu ihr gewesen war?

»Das ist Dr. Roschek?« Dr. Susanne Sebald bückte sich erneut zu dem Toten hinunter. »Ich habe ihn nie persönlich getroffen.«

»Woher weißt du, dass er es ist?« Helene spürte Bernds Blick fragend auf sich ruhen.

»Weil ich ... ein Verhältnis mit ihm ... hatte«, erwiderte sie knapp, tapfer gegen ihre Tränen kämpfend.

»Davon haben Sie vorher gar nichts erwähnt!« Die Gerichtsmedizinerin bedachte sie mit einem verständnislosen Blick. »Und warum läuft der hier im Wald herum? Mit einem blutigen Messer?«

»Bitte, was?« Die beiden am Boden fuhren herum.

»Da!« Susanne Sebald wies auf eine Stelle neben ihnen im Schnee. Und nun sah es auch Helene: ein rund zwanzig Zentimeter langes, glattgeschliffenes Jagdmesser mit hölzernem Griff. An der Spitze der Messerschneide klebte Blut.

Ein heiseres Keuchen entfuhr ihr.

Martins übereilter Aufbruch heute früh, die fehlende Skizze mit der Wegbeschreibung zum Haus ihrer Großmutter. Helenes Erkenntnis fügte sich zusammen wie Puzzleteile.

»Wir müssen zum Haus«, stieß sie hervor. »Ich bin sicher, es ist etwas passiert!«

Der SUV blockierte noch immer den Weg.

»Fahren Sie Ihren Wa...«

Sie verstummte mitten im Satz. An der Stelle, wo eben noch Felix Rabenstein gestanden hatte, fand sich nichts als zertretener Schnee. Offensichtlich war Danas Ehemann getürmt, als sie ihre Aufmerksamkeit auf den Toten gerichtet hatten.

»Der kommt nicht weit«, prophezeite Bernd sachlich. »Es ist kalt, es schneit ... wo will er hin? – Ich rufe die Kollegen in

St. Pölten an. Abgesehen davon, dass Ranglberg sowieso nicht in meinen Zuständigkeitsbereich fällt, ist es höchste Zeit, Verstärkung anzufordern.«

»Erst muss der Wagen zur Seite, Bernd! Wir müssen sofort weiter zum Haus!« Helene hatte das Gefühl, vor Anspannung zu explodieren. Miriam. Auch sie war dort drinnen, nicht nur Julie Schneeberg. »Wir kommen mit deinem Auto sonst nicht vorbei, geschweige denn, ein Krankenwagen.«

»Ja, Gefahr in Verzug.« Bernd zückte eilig sein Handy. »Nicht optimal, aber besser als nichts: Ich halte das fotografisch fest, ehe wir hier etwas verändern.«

Das kleine Blitzlicht tauchte die Szenerie Bruchteile von Sekunden lang in groteskes Licht. Bernd schoss schnell mehrere Fotos, dann zog er mit Hilfe der Gerichtsmedizinerin den Toten zur Seite und parkte den SUV, der zum Glück gleich ansprang, seitlich an der Baumgrenze.

Das Haus war komplett dunkel, als sie ankamen. Fast schien es so, als sei es verlassen. Doch der tief verschneite vor der Scheune abgestellte Kleinwagen, mit dem Miriam nach Altenhain gefahren war, und der rauchende Schornstein zeugten vom Gegenteil.

Helene versuchte die Haustüre aufzuschließen.

»Der Schlüssel steckt von innen. Verdammt!«

Sie drosch mit beiden Handflächen gegen das Holz.

»Miriam! Julie! Macht auf, ich bin es!«

Es dauerte eine halbe Ewigkeit, ehe sie hinter der Tür leise Schritte vernahm.

»Mama?!«

»Ja! Ich bin es!«

Im Haus flammte Licht auf, dann öffnete sich zaghaft die Tür. Sekunden später lagen sich Mutter und Tochter in den Armen.

»Mama, da war ein Mann …«, schluchzte Miriam, das Gesicht an Helenes Schulter vergraben. »Ich hatte solche Angst, dass er zurückkommt ... Er hat ... er hat ... er hat ...« Die junge Frau, die am ganzen Körper zitterte, rang nach Atem.

»Schon gut, Liebes, wir sind ja hier.«

Helene Winter drückte ihre Tochter fest an sich. Ein Stein der Erleichterung war ihr vom Herzen gefallen. Zumindest Miriam war nichts passiert!

Ihre Erleichterung war nur von kurzer Dauer, als sie an das Messer im Schnee dachte, Zeugnis einer blutigen Wunde.

»Wo ist Julie?!«

»Mama ...« Miriam heulte. »Er hat ... er hat ... Julie liegt im Bett. Sie ist tot!«

»Was? Um Himmels Willen!«

Zu spät. Wir sind zu spät.

»Wo ist sie?«, schaltete Susanne Sebald sich ein und drängte ins Haus. Gemeinsam mit Miriam eilten sie ins hintere Zimmer.

Julie Schneeberg lag im Bett, die Augen geschlossen und bis zum Kinn zugedeckt. Im Raum war es so heiß, dass Helene aus ihrem Mantel schlüpfte, ehe sie einen Schritt auf die Liegende zumachte. Der Schwedenofen heizte auf Hochtouren.

»Ihr war so kalt«, stammelte Miriam. Noch immer liefen ihr stumme Tränen über das Gesicht.

»Sie ist nicht tot, nur ohnmächtig.« Die ehemalige Notärztin hatte sich bereits auf der Bettkante niedergelassen; ihre Finger tasteten nach Julies Puls. Dann schlug sie die Bettdecke zurück.

Helene zuckte zurück, als sie den blutigen Fleck sah, der sich auf Julie Schneebergs Oberkörper und auch auf dem weißen Leintuch abzeichnete.

»Allerdings sollte die Rettung sich beeilen«, fuhr Susanne Sebald fort. Sie zog vorsichtig das Oberteil der reglosen Frau zur Seite und warf einen Blick auf die Wunde. »Eine Stichverletzung. Ich kann nicht beurteilen, wie tief sie geht. Die Lage und die Tatsache, dass sie noch lebt, deuten darauf hin, dass kein lebenswichtiges Organ getroffen wurde, aber ... auch Blutverlust kann zum Tod führen.«

»Ich habe eine Hausapotheke hier«, erbot Helene. »Würde es etwas bringen, sie zu verbinden?«

Susanne Sebald hob die Augenbrauen. »Die inneren Verletzungen sind die, die mir Sorgen machen«, erwiderte sie. »Das hier«, sie wies auf den blutigen Fleck, »ist aus meiner Sicht nur die Spitze des Eisbergs. – Ich bin mir ziemlich sicher, dieser Roschek wollte öfter zustechen, wurde dabei aber gestört.«

»Roschek?« Miriam sah ihre Mutter mit tränenverhangenen Augen an. »Dieser Martin? Aber … wieso?«

Helene nickte knapp.

»Ich erkläre dir alles später. Jetzt sollten wir uns um Julie kümmern.«

»Ich werde zum SUV zurückfahren«, meldete sich Bernd aus dem Hintergrund. »Da hatte ich Handyempfang und kann bei der Leitstelle anfragen, wo der Rettungswagen bleibt. Hoffentlich ist er nicht im Schnee stecken geblieben.«

»Im Landesklinikum St. Pölten sollten sie sich besser schon einmal auf eine Not-OP vorbereiten. Am liebsten wäre mir, wenn ein Hubschrauber kommen könnte, aber ich fürchte, bei diesem Wetter ist daran gar nicht zu denken.«

»Mama!« Miriam warf sich erneut schluchzend in Helene Winters Arme. »Sie wird … sie wird doch überleben, oder?«

Dr. Susanne Sebald fühlte erneut Julies Puls. »Das kann ich im Moment leider nicht garantieren«, sagte sie ehrlich.

Miriam löste sich in Helenes Armen in Tränen auf und gab ihrer Mutter damit die entscheidende Antwort auf eine Frage, die sie sich bisher nur in Gedanken gestellt hatte.

St. Pölten, 27. Dezember 2014

Das Licht in der Wartezone der Chirurgie war grell, die Stühle aus hartem Plastik. Helene spürte bereits einen leichten, ziehenden Schmerz im Nacken. Gerne hätte sie ihre Position auf dem unbequemen Mobiliar etwas verändert oder wäre aufgestanden, doch Miriams Kopf lag auf ihrem Schoss. Sie brachte es nicht über sich, ihre Tochter, die bis zum Eintreffen der Rettung aus Angst um Julie geweint hatte und fast hysterisch geworden war, als der Notarzt ihr die Mitfahrt im Rettungswagen verweigerte, aus dem unruhigen Schlaf zu reißen, in den sie nach ihrem Eintreffen im Landesklinikum gefallen war.

Sie waren die einzigen, die in dieser Nacht in der Wartezone saßen. Ab und zu hastete eine geschäftige Krankenschwester vorbei. Gelegentlich konnte man von hier oder da das Piepsen eines Pagers hören.

Dr. Susanne Sebald war vor rund einer Stunde von ihrem Mann abgeholt worden. Auch Bernd war aus dem Wartebereich verschwunden. Eine Weile hatte ihn Helene noch aus der Ferne telefonieren hören.

Sie fragte sich, mit wem er da sprach, mitten in der Nacht. Wer jetzt überhaupt wach war, um diese Uhrzeit und so kurz nach den Feiertagen. Und wie er seine Abwesenheit vor Maria rechtfertigen mochte ... auch wenn sie sich darüber keinen Kopf machen sollte.

Warum saß sie hier? – Wegen Miriam, hatte sie die Frage in einem ersten Anlauf für sich selbst beantwortet. Weil Miriam Julie Schneeberg offensichtlich nähergekommen war; wobei sie im Moment nicht recht wusste, was sie davon halten sollte.

Im zweiten Anlauf war sie ehrlich zu sich selbst gewesen: Sie saß hier und bangte um Julies Leben, weil sie sich auf seltsame Weise schuldig fühlte für das, was passiert war. Es war *ihr* Freund gewesen, der Julie Schneeberg töten wollte – fast sogar mit Erfolg. Und es war *ihre* Anfahrtsbeschreibung nach Ranglberg gewesen, die ihn zu Julies Versteck geführt hatte.

Martins Tod schmerzte trotz allem. In ihm den Verbrecher zu sehen, der er gewesen war, fiel ihr nach wie vor schwer.

Sie grübelte noch immer darüber nach, wie sie sich so in einem Mann hatte täuschen können, als Bernd in die Wartezone zurückkam, zwei Plastikbecher mit Automatenkaffee in der Hand. Er drückte ihr einen davon in die Hand, deutete dann mit fragendem Gesichtsausdruck auf die schlafende Miriam.

Helene schüttelte den Kopf.

»Sie trinkt keinen Kaffee«, sagte sie leise. »Außerdem bin ich froh, dass sie endlich zur Ruhe gekommen ist … du hast ja erlebt, wie hysterisch sie war wegen Julie.«

»Ich wusste nicht, dass die beiden befreundet sind.«

Helene seufzte leise.

Wenn es nur Freundschaft wäre …

Bernd nahm einen Schluck von dem braunen, dampfenden Gebräu. »Kam hier schon ein Arzt vorbei und hat etwas über den Zustand von Frau Schneeberg gesagt?«

»Nein. Ich fürchte, sie wird immer noch operiert.«

»Kein gutes Zeichen.« Bernd verzog das Gesicht. »Es kann also noch immer sein, dass sie die Nacht nicht überlebt.«

»So sieht es wohl aus.«

Helene starrte ins Leere. Sie dachte an die Gespräche, die sie mit Julie geführt hatte. Gespräche, in denen das Vertrauen der Autorin in sie dennoch nicht ausreichend gewesen war, um ihr reinen Wein einzuschenken, was die Hintergründe des angekündigten Buches betraf.

Wenn ich gewusst hätte, was bisher nicht an die Öffentlichkeit gekommen ist, hätte ich …

Ihr Gedanke versickerte, noch ehe sie zum Punkt kam. Gar nichts hätte sie tun können. Noch immer konnten sie nur vermuten, was genau Martin Roschek durch den abrupten Stopp der damaligen Ermittlungen hatte verhindern wollen und weshalb er versucht hatte, Julie zu beseitigen. Fundierte Beweise fehlten.

»Dieser Piefke-Hanswurst ist übrigens wieder aufgetaucht«, informierte Bernd sie nun und sie wusste sofort, von wem er sprach. »Hat sich zum Unfallort zurückbegeben, noch während unsere Kollegen sich mit Roschek befassten. Mitten im Wald herumzuirren, bei Schneefall und Minusgraden, war dann wohl doch nicht sein Ding.«

»Und was hat er gesagt?«

»Dass sein Türmen eine Kurzschluss-Reaktion war. Dass er unter Schock steht.«

»Na, bravo.« Helene schnaubte. »Dann taucht er in Kürze wohl noch hier auf, um sich ärztlich untersuchen zu lassen ...«

»Untersuchen ist ein gutes Schlagwort in dem Zusammenhang. Keine Sorge, er wird hier nicht auftauchen. Er sitzt in Untersuchungshaft.«

»Und wird Dana Karneol in Berlin anrufen und ihr Bericht erstatten, dass sich das Problem mit ihrer Tochter und deren Veröffentlichung auf galante Weise erledigt hat«, bemerkte Helene süffisant. »Damit werden wir nie erfahren, was in der Nacht in Altenhain geschah und was es mit dieser angeblichen Falschaussage auf sich hat. Die Medien werden vermutlich ein paar abenteuerliche Theorien aufstellen, aber das war es auch schon. Denn unglücklicherweise hat Julie ihr Manuskript noch nicht beendet, wie sie mir selbst erzählt hat.«

»Es steht nirgends geschrieben, dass sie stirbt, oder?«

Helene hob resigniert die Schultern.

»Ich weiß es nicht. Ich weiß im Moment überhaupt nichts. Mir kommt vor, als würden wir seit dem Einbruch in ihrer Wohnung in einem überdimensionalen Wespennest herumstochern, ohne zu wissen, wonach wir suchen.«

»... und wieso wir da überhaupt hineingeraten sind, wir beide.«

Er stellte den leeren Plastikbecher auf den grün gemusterten

PVC-Boden und griff nach ihrer Hand. Seine Berührung hatte in diesem Moment etwas ungemein Tröstliches.

»Vielleicht hat es einen tieferen Sinn, dass das alles so gekommen ist«, sagte er leise. »Immerhin verbringen wir wieder Zeit miteinander ...«

Ruckartig entzog sie ihm ihre Hand.

»Martin ist nicht einmal vierundzwanzig Stunden tot«, sagte sie nüchtern. »Und du bist noch immer mit Maria verheiratet.«

»Nicht mehr lange. Wir lassen uns scheiden.«

Sie kniff die Augen zusammen.

Ein falscher Augenblick.

»Sprechen wir bitte über den Fall«, stellte sie klar. »Nicht über uns. Ich habe jetzt keine Kraft für Privatgespräche.«

»Der Fall ... nun gut.« Er kratzte sich am Kinn. »Rabenstein und die Karneol residieren derzeit in Salzburg-Anif. Winterurlaub. Machen sie jedes Jahr, hat er den Kollegen erzählt. Interessanterweise war es ihm wichtiger, einen Anwalt anzurufen, als die gute Dana über seinen Verbleib zu benachrichtigen. Aber vielleicht führen sie ja eine offene Ehe, wer weiß, und Fernbleiben ist etwas völlig Normales ...«

»Vielleicht sitzt sie aber auch in Salzburg-Anif und bringt vor Sorge um ihren ferngebliebenen Mann kein Auge zu«, hielt Helene dagegen. »Wie auch immer, im Augenblick weiß sie also noch nichts über die Geschehnisse. Oder doch?«

»Im Augenblick ... nein. Aber in ein paar Stunden werden womöglich Salzburger Kollegen vor ihrem Hotelzimmer stehen und sie darüber informieren, dass ihre Tochter verstorben ist ... sollte sie die Nacht nicht überleben.«

Helene schluckte trocken.

»Ich will wissen, was in Altenhain wirklich geschah«, sagte sie. »Und wenn es uns Dana Karneol selbst erzählt.«

»Sie war zur Tatzeit nicht zu Hause, laut Protokoll«, rief ihr Bernd in Erinnerung. »Aber Julie war zu Hause. Und will drei Schüsse nicht gehört haben.«

»Das haben wir alles schon mit der Sebald durchgekaut. Wir drehen uns im Kreis.«

Miriam bewegte sich auf ihrem Schoß. Sie öffnete die Augen und blinzelte. Ruckartig setzte sie sich auf, als wäre ihr mit einem Schlag wieder klar geworden, wo sie sich befand und weshalb.

»Was ist mit Julie?«

»Wir wissen es noch nicht, Herz.« Helene legte ihr fürsorglich den Arm um die schmalen Schultern. »Sie ist immer noch im OP.«

»Es ist allein meine Schuld.« Zu Helenes Bestürzung begann Miriam wieder zu weinen. »Es war meine Idee, dass wir nach Altenhain fahren zu dem Haus, wo es passiert ist ... und die Gräber ansehen von ihren Schwestern. Ich dachte, sie fühlt sich danach besser, aber es war nicht so. Sie war danach so seltsam.«

»Sie hat dir erzählt, was in jener Nacht passiert ist?«Helene wurde hellhörig.

»Dass ihre Schwestern umgebracht wurden«, schniefte Miriam. »Das hat sie mir erzählt. – Sie hat sie gefunden, in ihren Betten ... Sie wollte auch das Haus noch mal sehen, von außen, für ihr Buch. Sie will eine Geschichte darüber schreiben, hat sie gesagt. Aber das Haus sieht jetzt ganz anders aus, hat sie gesagt.« Miriam nahm das Taschentuch entgegen, das ihre Mutter ihr reichte, und schnäuzte sich. »Dann sind wir zurück nach Ranglberg gefahren und sie war so komisch mit mir. Ich habe Angst gekriegt, dass sie mich nicht mehr mag, und ... wir haben fast gestritten. Ich wollte doch nur mit ihr reden, Mama! Ich wollte nur wissen, ob sie mich nach Weihnachten immer noch treffen will ... aber sie hat mich total ignoriert!«

Helene unterdrückte ein Seufzen. Sie hatte geahnt, dass auch diese Beziehung mit Schwierigkeiten verbunden sein würde – wenn Julie überhaupt überlebte. Zumal hier nicht nur Miriam eine kindheitsbedingte Vorgeschichte in sich trug.

Bernd räusperte sich dezent.

»Ich lasse euch besser mal alleine«, schlug er vor und Helene nickte dankbar. Miriams Probleme und Unsicherheiten im Umgang mit Beziehungen waren nichts, was vor Außenstehenden ausdiskutiert werden musste.

»Ich habe ihr gesagt, dass ich sie mag. Sehr mag … aber sie hat einfach geschwiegen«, fuhr die junge Frau aufgewühlt fort. »Dann haben wir aus der Küche ein Geräusch gehört. Wir dachten, es wäre der Fensterladen … du weißt schon. Sie ist aufgestanden und hingegangen, um ihn wieder einzuhängen. Eigentlich wollte ich das tun … aber sie wollte nur von mir weg …« Miriams Stimme überschlug sich fast. »Sie wollte mir keine Antwort geben und deshalb ging *sie* in die Küche, nicht ich …«

Ein kalter Schauer lief Helene über den Rücken, als ihr bewusst wurde, was zwischen den Worten ihrer Tochter unausgesprochen mitschwang.

Wenn Miriam gegangen wäre – hätte Martin in der Dunkelheit des Zimmers erkannt, dass es nicht Julie war?

Zwei junge Frauen – gleiche Größe, gleiche Statur, gleiche Haarlänge. Julie hatte sie immer wieder an Miriam erinnert.

»Dann hörte ich sie schreien. Ich bin sofort in die Küche gerannt und hab das Licht angemacht. Da stand dieser Mann … ganz in Schwarz … über sie gebeugt. Sie lag am Boden. Als er mich sah, ist er rausgelaufen und war weg. Wir hatten solche Angst, dass er wiederkommt …«

Das erklärt das abgedunkelte Haus und ihr Misstrauen, als sie schließlich vor der Tür gestanden hatten.

»Wir haben erst nicht mal bemerkt, dass Julie verletzt ist. Erst später, als sie auf dem Bett saß …« Miriam schluckte. »Wir hatten wirklich Angst, Mama. Sie hat gesagt, ich soll mich verstecken … aber ich wollte sie nicht allein lassen!«

»Hat sie dir noch etwas gesagt?«

Miriam schüttelte den Kopf.

»Nein, sie hatte zu große Schmerzen. Sie hat mir noch den Brief gegeben, dann hat sie die Augen geschlossen und nichts mehr gesagt. Ich hatte solche Angst, Mama! Ich dachte, sie wäre tot …«

»Brief? Welchen Brief?«

»Den Brief von Lydia. Sie hat gesagt, der wäre wichtig.«

»Gib mir den Brief.«

Helenes Stimme klang fordernder als beabsichtigt.

»Das geht nicht.« Miriam schob ihre Unterlippe nach vorne. »Das darf ich nicht. Erst wenn sie wirklich stirbt, dann darf ich ihn dir geben. Hat sie gesagt.«

»Du darfst ihn mir jetzt geben. Sofort, mein Schatz.«

Miriam verschränkte die Arme vor der Brust.

Helene spürte, dass ihr gleich der Geduldsfaden reißen würde. Dennoch zwang sie sich zur Ruhe. »Was steht denn in dem Brief, den sie dir gegeben hat?«

»Ich habe ihn nicht gelesen.«

Natürlich nicht.

Julie Schneeberg hatte sich noch in dieser Situation abgesichert und den Brief – einen Brief von Lydia Götz! – Miriam übergeben, von der sie wusste, dass sie ihn garantiert nicht freiwillig lesen würde, weil sie nun einmal alles mied, was sich als Aneinanderreihung von Ziffern und Buchstaben präsentierte.

»Hör zu, Miriam. Dieser Brief ist wichtig. Ich brauche ihn. Ich verspreche dir, Julie wird nicht böse auf dich sein, wenn sie aus dem OP-Saal kommt und erfährt, dass du mir diesen Brief jetzt schon gegeben hast …«

Wenn sie es je erfahren sollte.

Miriam schwieg. Helene konnte sehen, wie es in ihrer Tochter arbeitete.

»Sie hat gesagt, der Brief ist ein Geheimnis«, brachte Miriam schließlich heraus. »Dass ihre Mutter nichts davon weiß. Und dass sie selbst ihn auch erst vor Kurzem bekommen hat, weil irgendein Paul ihn ihr nicht übergeben hat, aus Angst um seine Karriere. Aber einer von seinen Söhnen hätte ihn gefunden, als er starb, und ihr zugeschickt. Deshalb sei der Stein ins Rollen gekommen, hat sie gesagt.«

»Welcher Stein?«

Gib mir den Brief!

Miriam hob die Schultern. »Weiß nicht. Das hat sie nicht gesagt. Nur, dass ich diesen Brief niemand zeigen ... bloß dir, aber erst, wenn sie die Nacht nicht überlebt. Und ich halte mich daran.«

»Herrgott, Miriam!« Helene war mit ihrer Geduld am Ende. »Deine Loyalität in Ehren, aber hier geht es um Mord! – Gib mir jetzt diesen Brief, damit Bernd und ich unsere Arbeit tun können. Denn sonst kann es sein, dass deine Julie zwar diese Nacht überlebt, aber vielleicht keine weitere. Da draußen geistern noch ein paar Leute herum, die sie aus irgendwelchen Gründen lieber tot sähen! Wir müssen wissen, um was es geht, damit wir sie schützen können, begreif das doch endlich!«

Ihre harschen Worte verfehlten diesmal nicht ihre Wirkung.

Miriam gab sich geschlagen. Sie griff in ihre Anoraktasche und reichte ihrer Mutter ein grünes Kuvert.

Für Julie Mitterer / Schneeberg. Nach meinem Tod.

Die saubere, akkurate Handschrift einer Lehrerin.

Auf der Rückseite ein aufgebrochenes Siegel.

Zwei Briefbögen, dicht beschrieben, in eben jener gleichmäßigen Handschrift. Helene begann zu lesen.

Salzburg-Anif, 27. Dezember 2014

Dana Karneol lag auf dem Bett, hatte aber die ganze Nacht kein Auge zugetan. Sie trug noch immer das dunkelgrüne Wollkleid, das sie nach dem Spa für das gemeinsame Dinner ausgewählt hatte, und die Perlenkette mit den dazugehörigen Ohrringen.

Es war schon fast Mittag, ohne dass sie ein Frühstück zu sich genommen hätte. Das Gefühl, in einem Alptraum gefangen zu sein, hielt sie fest im Griff und raubte ihr jeglichen Appetit.

Wieder einmal.

Rainer Schliefenzahn und Roger Lensfield, ihre sogenannten Freunde, waren am frühen Abend vom Skifahren zurückgekommen – ohne Felix. Der sei gar nicht mit dabei gewesen, rückten die beiden auf ihre besorgte Nachfrage hin endlich mit der Wahrheit heraus. Er habe noch etwas erledigen wollen; sei auf die Autobahn Richtung Wien abgebogen.

Sie hatte sofort dieses unangenehme Gefühl in sich verspürt – ein drückender Instinkt, der ihr sagte, dass sich wieder einmal ein Drama ankündigte.

Wieder einmal.

Felix. Der liebe Felix. So nett, hilfsbereit und besorgt, aber nicht für die Drecksarbeit geschaffen.

Verdammt.

Sie war sich inzwischen sicher, dass er sich eingemischt hatte in etwas, bei dem nichts auszurichten war, am wenigsten von ihm. Seine Rolle hatte stets eine andere sein sollen: die des Mannes an ihrer Seite, der sie in diesen schweren Zeiten stützte und wieder aufrichtete. Der glaubhaft versicherte, wie sehr sie unter ihrer eigenen Tochter zu leiden hatte und wie schlecht es ihr dabei ging.

Die Steine aus dem Weg räumen – dafür war in ihren Plänen jemand anderes vorgesehen.

Von einer Vermisstenanzeige hatte sie bisher Abstand genommen. Sie wusste, dass die Polizei beim Verschwinden von Erwachsenen ohnehin erst nach achtundvierzig Stunden aktiv wurde. Zudem schwelte in ihr noch immer die leise Hoffnung, Felix käme einfach zur Tür hereinspaziert und könnte sein Fernbleiben auf eine Art und Weise plausibel erklären, die zwar kurzzeitig wütend machen, gleichzeitig aber für Erleichterung sorgen würde: eine durchzechte Nacht mit Kumpels in Wien, ein gestohlenes Handy inklusive Autopanne … irgend so etwas. Doch Felix besaß keine Verbindungen nach Wien und selbst bei einer Panne hätte er alle Hebel in Bewegung gesetzt, um sie darüber zu informieren, dass er in dieser Nacht nicht mehr nach Salzburg zurückkommen konnte, schlechtes Gewissen wegen der Lüge vom vermeintlichen Skiausflug, die er ihr aufgetischt hatte, hin oder her.

So aber landete sie immer wieder auf seiner Mobilbox und ihre Überzeugung, dass ihm etwas zugestoßen war, wuchs von Minute zu Minute.

Weil er sich in Dinge eingemischt hat, die um ein paar Nummern zu groß für ihn sind. Und weil er nicht einmal weiß, worum es wirklich geht.

Seine Naivität konnte sie unter Umständen alles kosten, was ihr lieb und teuer war.

Ein energisches Klopfen an der Zimmertüre ließ Dana hochfahren.

Felix! Er ist zurück.

Doch – halt. Felix besaß eine Schlüsselkarte.

Ihre kurzfristig aufkeimende Hoffnung erstarb im Keim, als sie eine harsch klingende Männerstimme draußen vernahm.

»Frau Karneol? – Bitte öffnen Sie die Tür. Polizei.«

Grundgütiger.

Sie hatte es geahnt.

»Moment«, rief sie. »Ich muss mir etwas überziehen, ich bin im Nachtgewand!«

Sie rannte ins Badezimmer, griff nach dem Make-up. Niemand sollte sie ungeschminkt sehen, schon gar nicht die Polizei.

Sorgfältig drapierte sie sich schließlich auch noch das Haar, ehe sie die Türe öffnete.

Vor ihr standen drei Personen in Zivil: ein übergewichtiger Mann mit graumeliertem Schopf und Vollbart, eine leger gekleidete Frau mit einer Frisur, die ihrer Meinung nach förmlich nach einem Schnitt schrie, und ein blonder, athletisch gebauter Hüne. Der Hüne trug als einziger ein Jackett mit Krawatte. Er streckte ihr einen Dienstausweis entgegen.

»Kollmann, Kripo Salzburg. Das sind die Kollegen Gerold und Winter aus Wien. – Können wir kurz hereinkommen?«

Dana griff sich an die Brust. Sich mit der rechten Hand im Türrahmen abstützend, flüsterte sie: »Geht es um meinen Mann? Haben Sie ihn gefunden? Ist ihm etwas passiert?«

»Wir sind wegen Ihrer Tochter hier. Julie Schneeberg. Sie wurde Opfer eines Attentats«, sagte der Bärtige und die Frau fügte mit belegter Stimme hinzu: »Es tut mir ausgesprochen leid.«

Dana richtete sich auf.

»Bitte ... kommen Sie herein«, erklärte sie mit brüchiger Stimme.

*

Das ist also die vielumschwärmte, sagenhafte, schillernde Dana Karneol.

Helene hatte sich neben Bernd auf dem Sofa im großzügig angelegten Wohnbereich des Hotelzimmers niedergelassen. Julies Mutter saß ihnen im einzigen Polstersessel gegenüber. Peter Kollmann, jener Salzburger Kollege, der ihnen die Legitimation gab, hier überhaupt anwesend zu sein, hatte sich den Stuhl vom Schreibtisch hinzugezogen.

Helene musterte die Schauspielerin unauffällig. Sie waren fast im selben Alter, doch im Gegensatz zu ihr fehlten bei Dana Karneol die Falten und Augenringe. Stattdessen trug sie den passenden grünen Liedschatten zum grünen Kleid; der Kajalstrich wirkte, als wäre er soeben nachgezogen worden. Unter dem Wollkleid der Schauspielerin wölbte sich ein Bäuchlein.

Richtig, sie ist ja schwanger ...

Am meisten verblüffte Helene an dieser Frau jedoch die fatale Ähnlichkeit mit ihrer Tochter. Sie mochte etwas kleiner sein als Julie, doch Gesichtszüge und Haarfarbe waren nahezu identisch. Der Mutter fehlte lediglich diese intellektuelle Ernsthaftigkeit, die für ihre Tochter so charakteristisch war.

»Wie ... wie ist es passiert?«

Tränen glitzerten in Dana Karneols grünen Augen.

Helene überließ das Reden Bernd. Vorerst.

»Eine Messerattacke. Sie hatte keine Chance.«

»Das ist furchtbar.« Eine Träne löste sich aus dem linken Auge und lief ihre Wange hinunter. »Sie wissen ... unser Kontakt war nicht der Beste. Wir hatten uns irgendwie nichts mehr zu sagen, über die Jahre. Sie wohnte ja hier in Wien und ich in Berlin ... Jede ging ihrer Wege.«

»Es heißt, es habe ein Zerwürfnis zwischen Ihnen gegeben«, warf Bernd ein. Sofort wirkte die Schauspielerin hellwach.

»Wer sagt das? Wo stand das geschrieben?« Sie fuhr sich mit der Hand über die Augen. »Es gab kein Zerwürfnis. Julie war psychisch krank. Depressionen, gepaart mit Wahnvorstellungen. Das machte den Umgang mit ihr nicht leicht. Sie wollte keinen engen Kontakt. Ich habe diesen Wunsch respektiert. Auch um meiner selbst Willen, wie ich zugebe. Es ist nicht einfach, mit einem psychisch kranken Menschen richtig umzugehen.«

»Das stimmt«, bestätigte Helene in einfühlsamem Tonfall. »Warum hatte Julie denn diese Depressionen?«

Die Schauspielerin verzog schmerzhaft das Gesicht. Eine weitere Träne löste sich aus dem Augenwinkel.

»Sie kennen den Fall sicher. Mein Lebensgefährte hat im März 1999 meine beiden kleineren Töchter und sich selbst getötet. Julie ist nie wirklich darüber hinweggekommen. – Nun, jetzt hat sie ihren Frieden.«

Helene musste sich beherrschen, um keinen Blick mit Bernd zu wechseln. Sie spürte instinktiv, dass es ihm genauso ging.

»Interessiert Sie gar nicht, wer es war und weshalb?«, fragte sie vorsichtig.

Dana Karneol sah sie mit großen Augen an. »Aber das sagten Sie doch schon: Sie wurde erstochen, oder? – Ich nehme an, das war einer dieser durchgedrehten Fans. Sie hatte in letzter Zeit ja ziemlichen Ärger diesbezüglich. Zumindest stand das in der Presse. Einer fuhr sie sogar mit dem Auto an, nicht wahr? War es derselbe?«

»Nein, ein anderer.«

»Die Fans können nicht unterscheiden zwischen dem, wie du dich nach außen zeigst, und deiner Person. Sie denken, sie hätten ein Anrecht auf dich.« Dana Karneol schluckte. »Liebesbezeugungen auf offener Straße, Hassbriefe – ich kenne alle Facetten, habe das alles selbst schon erlebt. Nur handgreiflich wurde bisher niemand. Zum Glück. Mich hat noch nie einer geschlagen oder grob angefasst.«

»Noch nie?«

»Nein, in meinem ganzen Leben noch nicht. Dazu war ich immer viel zu sehr der Typus der starken, unabhängigen Frau. Das sind auch die Rollen, für die ich besetzt werde.« Sie hielt kurz inne und Helene hatte den Eindruck, dass sie für einige Momente vergessen hatte, weshalb sie hier saßen. »Es tut mir jedenfalls leid für Julie. Ich bin sehr betroffen.«

Ihre Augen füllten sich erneut mit Tränen.

»Sie meinen, Ihnen gegenüber ist nie jemand handgreiflich geworden außer Joe Partik?«

Helene war über den abrupten Wechsel in Bernds Tonfall genauso überrascht wie offensichtlich auch Dana Karneol, die regelrecht zusammenzuckte.

»Joe Partik ist ein völlig anderes Kapitel in meinem Leben.« Ihr Blick wich kurz zur Seite, ehe sie Bernd mit ihren großen, grünen Augen direkt ins Gesicht sah. »Ich bin ein Mensch, der immer nach vorne schaut, Herr Inspektor. Ich erfinde mich immer wieder neu. Nur so kann ich überleben. Ich ziehe einen Strich unter die Vergangenheit und beginne ganz von vorn. Sonst wäre ich nicht dort, wo ich heute bin. – Aber das alles hat nichts mit dem zu tun, weshalb Sie mich aufgesucht haben. Lassen wir das also, bitte schön. Ich muss Ihre Nachricht erst einmal verarbeiten. Alleine.«

Sie erhob sich und machte eine eindeutige Handbewegung in Richtung Türe. Als sich keiner ihrer drei Besucher bewegte, ging sie zurück zu ihrem Stuhl.

»Was wollen Sie eigentlich von mir?«

»So einiges.« Bernds Blick ruhte auf der Frau, deren Gesichtszüge jetzt sehr verkrampft wirken. »Aber erst noch einmal zurück zu ihrer Tochter: Nein, es war kein Fan. Es war ein Martin Roschek, der auf Ihre Tochter eingestochen hat.«

Danas Gesicht blieb absolut unbewegt. Nach einer Weile des Schweigens zuckte sie mit den Schultern. »Wer soll das sein?«

»Der Name sagt Ihnen nichts?« Bernd runzelte in gespielter Irritation die Stirn. »Dr. Roschek war der stellvertretende Direktor im Landeskriminalamt Niederösterreich, der damals weitere Ermittlungen im Falle des erweiterten Selbstmordes Ihres Lebensgefährten und Ihrer Kinder gestoppt hat.«

»Der Name sagt mir nichts. Es ist lange her.«

»Das ist seltsam.« Bernd räkelte sich im Sofa. Helene kannte ihn gut genug, um zu wissen, dass er die Situation allmählich zu genießen begann. Im Moment hatte er die Oberhand. »Laut Auskunft seiner Vorzimmerdame haben Sie doch erst vor ein paar Tagen mit ihm telefoniert.«

»Sie muss sich irren.« Die Antwort der Schauspielerin kam fast reflexartig. »Ich kenne den Mann gar nicht.«

»Sie haben sich unter falschem Namen gemeldet«, fuhr Bernd fort. »An sich relativ geschickt, aber völlig unsinnig, wenn man bedenkt, in welch hoher Position Roschek inzwischen ist … oder genauer gesagt, war. Sie wurden nicht zu ihm durchgestellt. Also blieb Ihnen nichts anderes übrig, als Ihren richtigen Namen zu nennen: Dana Mitterer. Mit Nachdruck brachten Sie die Sekretärin dazu, zumindest Ihre Telefonnummer zu notieren, damit er Sie zurückrufen konnte. – Das war nicht besonders clever oder vorsichtig, muss ich sagen. Den Zettel hat die nette Dame ihrem Chef ausgehändigt, aber beim Notieren der Ziffern hatte sie glücklicherweise so fest mit dem Kugelschreiber aufgedrückt, dass die Nummer quasi wie in den Block gestanzt war. Und jetzt raten Sie mal, zu wem uns diese deutsche Handynummer führen wird?«

»Woher soll ich das wissen?« Sie sah ihn kalt an. »Können wir das jetzt bitte beenden? – Ja, gut, ich habe mit Roschek telefoniert. Und? Ist das ein Verbrechen? – Nein.«

»Weswegen haben Sie angerufen?« Kollmann, der schweigsame Hüne, brachte sich zum ersten Mal in das Gespräch ein.

»Ich habe ihm erzählt, dass Julie ein Buch über den damaligen Fall schreibt. Weiter nichts. Das ist ebenfalls kein Verbrechen, oder? – Ich dachte, es interessiert ihn, weil er ja damals auch damit zu tun hatte ...«

» ... und sehr hilfreich für Sie war«, ergänzte Bernd süffisant.

Die Augen der Karneol funkelten. Ein paar Sekunden lang hatte Helene das Gefühl, sie würde sich jeden Augenblick auf Bernd stürzen und ihm die Kehle zudrücken. Dann schien sie sich ihrer Wirkung bewusst zu werden. Ihr Gesichtsausdruck änderte sich schlagartig. Aus der Hyäne wurde von einem Moment auf den anderen eine geknickte, zerbrechliche Frau.

»Warum müssen Sie mich mit alten Geschichten quälen?«, fragte sie mit weinerlicher Stimme. Dann wandte sie sich direkt an Kollmann: »Bitte sprechen Sie mit mir! Ihr Kollege feindet mich an und ich weiß nicht einmal, weshalb. Versetzen Sie sich zumindest in meine Situation: Mein Mann ist seit gestern vermisst, Sie berichten mir schonungslos vom Tod meiner Tochter – und nun halten Sie mir ein harmloses Telefonat vor, als hätte ich ein Verbrechen begangen.«

»Weil Sie vermutlich genau das haben: ein Verbrechen begangen, Frau Karneol.« Kollmann machte keine Anstalten, ihr entgegenzukommen.

»Was wollen Sie damit sagen? Dass ich Martin Roschek als Auftragskiller angeheuert habe, um meine Tochter zu töten? Weshalb sollte ich das tun? – Das ist doch lächerlich!«

»Im Grunde haben Sie genau das getan: Ihn als Auftragskiller angeheuert«, stellte Helene fest. »Sie wussten, dass er tief im Dreck steckt, wenn irgendwann herauskäme, dass er ein Verbrechen vertuscht hat – *Ihr* Verbrechen. Sie beide hatten berechtigte Angst, dass Julie Schneebergs neuester Krimi Ihre Vertuschung ans Licht bringen würde. Dass sein Abschluss noch aussteht, wissen Sie ja dank Julies mitteilungsfreudiger PR-Agentin ... Marcy Degass. Also ging es darum, Julie zum Schweigen zu bringen, ehe sie ihr Buch vollenden konnte.«

»Joe hat die Kinder erschossen. Das wurde eindeutig festgestellt.« Dana Karneol saß kerzengerade in ihrem Sessel, die Hände so fest ineinander verschlungen, dass die Knöchel weiß hervortraten. »Natürlich ist es unangenehm und überaus schmerzhaft, wenn die eigene Tochter die Umstände meiner wirklich schwierigen Beziehung mit diesem Verbrecher zu einem öffentlichen Thema macht. Aber all Ihre weiteren Spekulationen sind einfach nur lachhaft!«

»Ersparen Sie uns unnütze Diskussionen. Kommen wir zum Punkt.« Bernd lehnte sich nach vorne über den Couchtisch und fixierte sie hart. »Frau Karneol, Sie selbst haben Ihre Kinder und Ihren Lebensgefährten getötet – und das alles jahrelang erfolgreich unter dem Titel des erweiterten Selbstmordes versteckt.«

»Das ist ungeheuerlich!« Dana Karneol sprang auf. »Diesen Unsinn muss ich mir nicht länger bieten lassen!«

Sie wollte zur Tür gehen, doch Kollmann stellte sich ihr in den Weg. »Setzen Sie sich wieder«, sagte er mit ruhiger Stimme.

Die Angesprochene zögerte kurz, leistete dann aber tatsächlich seiner Aufforderung Folge.

»Ihre Behauptung ist so absurd, dass sie Ihnen niemand glauben wird«, sagte sie leise. »Ich habe meine Kinder geliebt. Keine Mutter tötet ihre eigenen Kinder!«

»Damit liegen Sie leider falsch«, erwiderte Bernd trocken. »Und das wissen Sie auch sehr genau. Vielleicht haben Sie Ihre Kinder geliebt, vielleicht auch nicht. Wer vermag das schon zu beurteilen? – Damals waren sie Ihnen auf jeden Fall im Weg. Die Kinder und auch Ihr damaliger Lebensgefährte Joe Partik. Sie wollten Karriere machen, die Welt sehen. Altenhain passte nicht länger in Ihr Konzept. Sie wollten den ländlichen Mief und alle Probleme, alle Verantwortung abstreifen. Sie sind ja schon einmal geflüchtet, richtig? Da haben Sie als Teenager Ihre Tochter Julie einfach bei der Großmutter zurückgelassen und sind nach Deutschland gegangen. Aber diesmal gab es niemanden, bei dem Sie Ihre Kinder zurücklassen konnten. Also mussten die Kinder weg. Und Ihr lästiger Partner ebenso. – Sie haben das alles von langer Hand geplant, Frau Karneol. Die Anzeige wegen häuslicher Gewalt, beispielsweise. Sie wussten ganz genau: Wenn der angebliche Täter schon eine Vorgeschichte wegen häuslicher Gewalt hat, wird nicht so genau nachgefragt, falls es zum Eklat kommt. Aber um ganz, ganz sicher zu gehen, haben Sie sich auch noch demjenigen um den Hals geschmissen, der dafür sorgen konnte, dass nicht weiter untersucht und ermittelt wird: Roschek. Sie haben ihn aufgesucht, als erste Zweifel an Ihrer Version von jener Nacht, speziell an Ihrer Abwesenheit, aufkamen. Es dürfte ein Leichtes für Sie gewesen sein, diesen Mann um den Finger zu wickeln. Wie weit sind Sie gegangen? Haben Sie ihm Sex angeboten? Sex mit einem TV-Star?«

»Das sind nichts als Unterstellungen und unglaubliche Anschuldigungen!« Dana Karneol schnaubte. »Ich habe meine Kinder nicht getötet! Joe war es. Es war seine Waffe; ich wusste nicht einmal, dass er eine besitzt! Ich selbst bin nicht einmal im Haus gewesen, als es geschah!«

»Ich denke, Sie wussten, dass er eine Waffe besitzt«, sagte Bernd mit fester Stimme. »Schließlich wohnten Sie mit ihm unter einem Dach. Und damit umgehen konnten Sie auch. – Erinnern Sie sich an den Grundstein Ihrer Karriere … in CAFE

UMS ECK? Jene Folge, in der es zu einer Geiselnahme im Bistro kam und Sie als Kellnerin und Heldin der Staffel den Geiselnehmer beherzt entwaffneten, um ihn anschließend mit seiner eigenen Pistole in Schach zu halten? – Ich kenne die Folge, Frau Karneol. Und ich habe mich damals schon gewundert, wie professionell und authentisch Sie mit der Attrappe hantierten. Als Polizist hat man dafür ein besonderes Auge. Es gibt nichts Schlimmeres als Schauspieler, die die Kriminaler spielen und ihre Waffe so stümperhaft in der Hand halten, als hätten sie noch nie ein Schießtraining gehabt. Tja, die Produzenten von CAFE UMS ECK haben damals an nichts gespart. Sie erhielten ein Training. Sie wussten, wie man eine Pistole entsichert, lädt, in der Hand hält ... und betätigt.«

Dana Karneol presste die Lippen aufeinander. »Ich will einen Anwalt«, sagte sie harsch. »Ich lasse mich hier nicht länger beschuldigen! Das ist ungeheuerlich! Ich habe ein Alibi. Ich war bei Lydia. Julie war zu Hause. Sie hätten *sie* fragen sollen, was damals geschehen ist! Sie lag quasi im Nebenzimmer!« Die Miene der Schauspielerin war noch immer starr. »Julie brannte vor Eifersucht auf ihre Schwestern! *Ihr* waren die Kinder im Weg, nicht mir! Sie hat nur noch davon geredet, auszuziehen! Jeder Babysitter-Dienst, um den ich sie bat, war ihr zu viel! Und ihr Hass gegen Joe grenzenlos ... Sie fühlte sich von ihm aus der Familie ausgeschlossen, hat ihm übelgenommen, dass er sie nicht behandelte wie eine eigene Tochter! – Ja, ich wusste von dieser verdammten Waffe! Aber auch Julie wusste davon. Und sie konnte damit umgehen. Joe hat es ihr gezeigt. Die beiden sind des Öfteren in eine entlegene Sandgrube gefahren, um dort auf Blechbüchsen zu schießen!«

Sie hielt kurz inne, sah Helene und Bernd prüfend an. »Sie glauben mir nicht? – Dann lesen Sie Julies ersten Thriller ... *Es geschah bei Mondlicht.* Die Frau des Waffenhändlers, die ihren Liebhaber erschoss ... Sie beschreibt darin detailliert den Umgang mit einer Pistole, demselben Modell wie die, mit der Joe und die

Kinder getötet wurden!« Dana senkte die Stimme, wurde sichtlich ruhiger. »Sie haben recht. Ich habe Martin Roschek damals dazu gebracht, die Untersuchungen zu stoppen. Ich wusste, dass man darauf kommen würde, dass Joe nicht geschossen hat, und ich hatte Angst um Julie. Im Gegensatz zu dem, was Sie mir vorwerfen, habe ich meine Töchter nämlich geliebt – alle. Und ganz besonders meine Älteste. Ich fühle mich noch immer schuldig, dass ich sie damals bei meiner Mutter zurückließ ... Wir haben nie ein gutes Verhältnis zueinander aufbauen können, weil meine Mutter ihr von frühester Kindheit an erzählt hat, wie schlecht und übel ich bin, verstehen Sie? – Ich wollte alles wiedergutmachen, wollte von ihr geliebt werden. Sie war schließlich die einzige Tochter, die ich am Ende noch hatte! Ich wollte verhindern, dass sie in einer Anstalt landet ... oder im Gefängnis. Also habe ich sie geschützt. Ich habe einfach nicht damit gerechnet, dass sie Jahre später quasi eine Art Offenbarungseid leisten will, indem sie ein Buch über jene Nacht veröffentlicht.«

Dana Karneol sah die drei Beamten der Reihe nach an. In ihren Augen glitzerten Tränen, als sie weitersprach: »Jetzt führt also kein Weg mehr an der Wahrheit vorbei: Julie hat in jener Nacht meinen Partner und ihre Schwestern erschossen.«

St. Pölten, 27. Dezember 2014

Julie schlug die Augen auf – und starrte auf eine gelb gestrichene Wand. Genau vor ihr, von einem schlichten, silbernen Rahmen umgeben, hing die Schwarz-Weiß-Fotografie einer Rose.

Ein stechender Schmerz in ihrem Unterleib hinderte sie an

dem Versuch, sich aufzurichten. Erst jetzt bemerkte sie außerdem die Nadel und den Schlauch an ihrem rechten Arm, der mit einem Tropf verbunden war.

Ich bin in einem Krankenhaus.

Sie versuchte zu rekonstruieren, was geschehen war: Helene Winters Haus im Wald. Das Fenster. Die offene Haustür. Sie war angegriffen worden, aus dem Dunklen heraus.

Miriams Gesicht tauchte vor ihrem inneren Auge auf.

Miriam.

Ihr Puls beschleunigte sich. Wo war sie? Hatte der Angreifer auch Miriam etwas angetan?

Doch ... Moment.

Sie hatten noch miteinander gesprochen, danach. Miriam hatte sie in das Zimmer mit dem Bett gebracht und zugedeckt.

»Frau Schneeberg?« Eine mütterlich wirkende Frau in Schwesternuniform tauchte wie aus dem Nichts auf. »Wie geht es Ihnen? – Sie sind im Landesklinikum St. Pölten. Man hat Sie mit einer Stichverletzung eingeliefert. Können Sie sich daran erinnern?«

Ja, wollte Julie sagen, doch ihre Kehle war so trocken, dass sie nur ein heiseres Krächzen hervorbrachte. Die Krankenschwester, die Ursache sogleich erkennend, reichte ihr ein Glas mit Wasser. Julie trank es in gierigen Schlucken. »Wo ist Miriam?«, fragte sie dann.

»Meinen Sie die junge Frau, die seit Stunden in der Wartezone vor der Station darauf wartet, dass Sie ansprechbar sind? – Wenn Sie möchten, kann ich ihr Bescheid geben.«

»Bitte tun Sie das. Ich muss mit ihr reden.«

Augenblicke später betrat Miriam das Zimmer.

»Julie ...!« Etwas zu ungestüm wollte sie die Bettlägerige in die Arme schließen, stoppte aber mitten in der Bewegung. »Hast du ... hast du noch Schmerzen?«

»Ja. Du kannst mich trotzdem umarmen. Aber vorsichtig.« Julie rang sich ein Lächeln ab. Als sich Miriams Arme behutsam um ihren Oberkörper legten, spürte sie, dass es genau das war, was sie gerade brauchte: Körperkontakt. Und eine Person an ihrer Seite, der sie vertrauen konnte.

»Ich hatte solche Angst um dich!« Miriam hielt ihre Hand. Wir dachten, du stirbst.«

»*Wir?*«

»Mam... meine Mutter, Bernd von der Polizei und eine Frau, die Ärztin ist, sind zum Haus gekommen – etwa eine Viertelstunde, nachdem der Mann mit dem Messer das Weite gesucht hat. Sie hatten ihn auch schon gefunden. Es war Martin Roschek, der Freund meiner Mutter. Aber er kann dir nichts mehr antun. Er ist tot.«

»Martin Roschek?«, wiederholte Julie nachdenklich. Der Name sagte ihr irgendetwas. Sie glaubte ihn schon einmal gehört zu haben, wusste im Moment aber nicht, wann und wo. Helene war es aber nicht gewesen, die ihn erwähnt hatte ...

»Kannst du mir bitte den Brief geben, den du für mich aufbewahren solltest? – Ich will nicht, dass er in falsche Hände kommt.«

Sie konnte sehen und fühlen, wie sich Miriams Muskeln anspannten. Die junge Frau ließ ihre Hand los. »Ich habe ihn nicht mehr«, sagte sie leise.

»Was heißt das?« Julie fuhr hoch. Die Nadel bohrte sich tiefer in ihre Haut; ein beißender Schmerz jagte durch ihre linke Bauchseite und ließ sie nach Atem ringen. »Wer hat den Brief? Wem hast du ihn gegeben?!«

»Doch nur meiner Mutter!« Erschrocken über die harsche Reaktion, war Miriam alle Farbe aus dem Gesicht gewichen. »Ich dachte wirklich, du stirbst! Und du hast ja gesagt ...«

»Ich lebe aber noch!«, stieß Julie hervor. Sie zitterte jetzt am ganzen Körper. Ob dies an den Schmerzen unterhalb ihrer Brust lag oder an dem, was auf sie zukommen würde, vermochte sie in diesem Moment nicht klar zu erkennen.

Miriam hat den Brief Helene Winter gegeben, die ein Verhältnis mit dem Mann hatte, der mich töten wollte ...!

»Alles ist aus«, flüsterte Julie fast tonlos. »Alles war umsonst.«

»Julie? Ich verstehe nicht ...« Miriam war den Tränen nahe. »Ich wollte dir nichts Böses tun. Ehrlich!«

Julie schluckte. Sie ließ sich in die Kissen zurückfallen. Von dort, wo sich die Infusionsnadel in ihr Fleisch gebohrt hatte, rann Blut den Arm hinunter und tröpfelte auf die Bettdecke.

»Ich rufe die Schwester.« Miriam war schon fast bei der Tür.

»Nein. Komm zurück. Hol dir den Stuhl von dort und setz dich zu mir. Ich muss dir etwas erzählen.«

Eingeschüchtert und schuldbewusst, tat Miriam wie geheißen. Julie wusste, dass es ihre eigene Fehlentscheidung gewesen war, doch im Augenblick war sie zu aufgewühlt, um sich für die harsche Reaktion zu entschuldigen. Es war ihr Fehler gewesen, ausgerechnet Helenes Tochter das einzige Beweisstück anzuvertrauen, das die Wahrheit über die Mordnacht ans Licht bringen konnte. Doch nun war es für Reue zu spät.

»Ich habe dir vorgestern nicht die ganze Wahrheit erzählt über die Nacht, in der meine Schwestern starben. Jetzt möchte ich es jetzt aber tun. Du sollst die Erste sein, die es erfährt, jetzt, wo ohne diesen Brief ohnehin alles verloren ist ...«

Mit brüchiger Stimme begann sie zu erzählen.

Salzburg, 27. Dezember 2014

Es war also Julie gewesen, die den Mord begangen hatte? – Mit dieser Wendung der Dinge hatte wohl niemand von ihnen gerechnet ...

Helene und Bernd, die noch immer auf der Couch saßen, wechselten einen vielsagenden Blick.

»Sie ist richtig gut, oder?« Bernd wandte sich an Helene, die bestätigend nickte.

»Natürlich. Sie hat ja auch mehrere Preise bekommen. Zu Recht, das muss ich zugeben.«

Dana Karneols Augen wurden zu schmalen Schlitzen.

»Wie bitte? Wie meinen Sie das?!«

Helene hatte genug. Sie war müde, weil sie noch immer nicht die Chance gehabt hatte, sich zumindest für ein paar Stunden niederzulegen, aber auch ermüdet von dieser Frau, die einem Typus Mensch entsprach, vor dem renommierte Psychotherapeuten und erfahrene Psychologen sie während ihrer Ausbildung immer wieder gewarnt hatten.

»Frau Karneol, Lydia Götz hat ihre Zeugenaussage widerrufen. Sie haben kein Alibi für diese Nacht. Julie dagegen schon.«

»Glauben Sie, ich wüsste nicht, dass Lydia Götz längst tot ist?« Dana verzog das Gesicht. »Eine Tote kann nichts widerrufen. Ich war in der Nacht bei Lydia. Punkt.«

»Irrtum.« Helene öffnete ihre Handtasche und nahm den Brief heraus, den Miriam ihr vor Stunden ausgehändigt hatte. »Tun Sie uns allen einen Gefallen und lesen Sie vor, was auf diesem Blatt steht. Laut.«

Sie hielt Dana Karneol das Schreiben entgegen. Im ersten Moment sah es so aus, alle wolle diese sich weigern, das Stück Papier entgegenzunehmen. Letztendlich tat sie es doch.

Ihre Augen flogen über den Text.

»Laut!«, herrschte Bernd sie an. Die Schauspielerin verdrehte die Augen.

»Ich weiß zwar nicht, was Sie damit bezwecken wollen, aber nun gut, wenn Sie darauf bestehen …« Sie atmete tief durch und begann: *»Liebe Julie! Wenn du diesen Brief von meinem Bruder Paul erhältst, bin ich schon tot. Der Brustkrebs hat mich aufgefressen – vielleicht als gerechte Strafe dafür, was ich an dir* *verbrochen habe. Ich weiß, dass es nichts mehr an den Tatsachen ändert, aber lass mich dir versichern: Es tut mir aufrichtig leid. Es vergeht kein Tag, an dem ich nicht bereue, dass ich nicht zu dir stand und dass mir meine Karriere, mein sozialer Status und meine Ehe mit Richard wichtiger waren als die Wahrheit. Ich habe dich damals bitter im Stich gelassen und in Kauf genommen, dass du mit einer Wahrheit leben musst, die bisher erfolgreich im Verborgenen gehalten wurde. Wie psychisch belastend dies alles für dich sein muss, entnehme ich deinen Büchern, in denen es stets um drei Themen geht: um Liebe, die zu Hass wird, um Verrat und um Untergang.*«

Dana ließ den Brief sinken, verzog verächtlich ihre Mundwinkel. »Huch, wie dramatisch!«

»Lesen Sie weiter«, forderte sie Bernd unnachgiebig auf.

Sie seufzte theatralisch, fuhr dann fort: »*Gerade wenn es in deinen Büchern um zwischenmenschliche Gefühle geht, wird mir bewusst, wie sehr dich die Monate mit mir geprägt haben. In keinem deiner Bücher wird Liebe jemals erwidert. Stets bleibt sie ein einseitiges Gefühl, etwas, was nur einer in einem Verhältnis empfindet und vom anderen mit Füßen getreten wird. Immer, wenn ich über diese Passagen in deinen Romanen stolpere, sage ich mir: Dieser kalte, herzlose Part – das bist du, Lydia Götz. Du hast diesem Mädchen nicht nur beigebracht, Gedichte zu analysieren und Erörterungen zu schreiben, sondern hast auch einen prägenden ersten Eindruck von der Liebe vermittelt. Und seither geht dieses Mädchen, das zu einer wunderbaren, blitzgescheiten Frau geworden ist, durchs Leben und glaubt nicht mehr, dass Liebe auch erwidert werden kann.*

Mir ist es daher sehr wichtig, endlich einzugestehen, was ich damals wirklich für dich empfunden habe. Ich habe dich geliebt, Julie. So sehr, dass mir manchmal mein Herz fast überging, wenn du in meinen Armen lagst. Mir dies einzugestehen – dazu war ich damals nicht in der Lage, denn dann hätte ich meine Ehe mit Richard nicht aufrechterhalten können.

Richard war und ist ein netter Mensch, allerdings kein guter Ehemann – und eben auch ein Mann. Er war und ist sehr leidenschaftlich, aber nicht in Bezug auf mich. In seinem Beruf geht er vollkommen auf und auf seine Patienten ein, aber er kann nicht fragen, warum ich neben ihm im Bett weine. Er blendet aus, was er nicht sehen will.

Ich gebe zu, anfangs sah ich in dir nur ein sexuelles Abenteuer. Ich wusste, auf welchem schmalen Grat ich balanciere, welche Risiken ich eingehe. Aber mein Verlangen danach, wieder auf diese Weise von einer Frau berührt zu werden, war größer als meine Furcht, und du als meine Schülerin warst die einzige, die in Altenhain offen war für eine sexuelle Affäre. Dass ich mit der Zeit Gefühle für dich entwickle, hat mich selbst überrascht und auch völlig verstört. Du warst nicht länger ein unsicheres, unreifes Mädchen, das ich beeinflussen konnte. Du warst eine junge Frau mit eigenen Gedanken, Meinungen, einem starken Willen. Ich habe es genossen, deine Geschichten zu lesen und mit dir über deine Ideen zu diskutieren. Gleichzeitig wuchs das Schuldbewusstsein in mir, weil ich wusste, dass du mehr von mir willst und erwartest als gelegentliche erotische Abenteuer mit ein bisschen Plauderei. Dass sich die Stimmung zwischen uns verschlechterte und du mir immer mehr aus dem Weg gegangen bist, hat mir fast das Herz gebrochen, weil ich sehr wohl erkannte, dass das zwischen uns unweigerlich enden würde.

Als ich dich in jener Nacht mit dem alten VW-Bus in den Hof fahren sah, trug ich die vage Hoffnung in mir, dass ich das Ruder noch herumreißen könnte. Richard hatte das Angebot bekommen, ein halbes Jahr in Dubai zu arbeiten und zu forschen, und ich wusste, wenn er erst einmal weg war, hätte ich mehr Freiraum. Zumal sah ich dich geistig bereits in Wien studieren, mit eigenem Zimmer, weg von Altenhain, wo uns jeder kannte.

Doch du hast mich in jener Nacht erst gar nicht zu Wort kommen lassen. Das Glas Wein, das ich dir anbot, hast du abgelehnt. Stattdessen hast du mir rundheraus erklärt, dass es aus ist zwischen uns. Dass du das Verhältnis mit mir nicht fortsetzen willst und nichts für mich empfindest, was dich hielte. Dann hast du dich umgedreht und bist gegangen. Einfach so, als wäre ich dir völlig egal.

Ich war so verzweifelt, Julie. Aber auch wütend, weil du mich nicht einmal zu Wort kommen hast lassen. Ich fühlte mich verlassen und gedemütigt: ich, Dr. Lydia Götz, Direktorin, 43 Jahre alt – abgesägt von einem 17-jährigen Schulmädchen. Dass du es bist, die unsere Beziehung beendet – das passte absolut nicht in mein Weltbild.

Heute kann ich nur aus dieser Stimmung heraus erklären, weshalb ich damals keine moralischen Skrupel hatte, auf das Angebot deiner Mutter – oder sagen wir konkret, ihre Erpressung – einzusteigen. Deine Mutter. Da sind wir also bei dem Thema, das mir auf der Seele lastet und mich innerlich genauso auffrisst wie mein Krebs. In jener Nacht, in der du bei mir warst, sind also dein Stiefvater Joe und deine zwei kleinen Schwestern gestorben. Ich erfuhr es in der Früh beim Bäcker, als ich Semmeln holte. Zu diesem Zeitpunkt wusste noch niemand etwas Genaues. Du weißt, es ist im Ort viel geredet worden. Die Polizei war schon einmal bei euch und Joe galt ohnehin als verschrobener Einzelgänger, der gerne mal über den Durst trank. (Wie übrigens wohl jeder Mann in Altenhain … aber egal.) Deine Mutter hatte gegenüber einigen Frauen aus dem Chor erwähnt, dass Joe sie schlug. Gerüchte machten die Runde. Vielleicht hätte ich dich damals fragen sollen, was bei euch zu Hause wirklich los ist, doch ich war zu feige. Ich ahnte, wenn ich mich erst mit deinem Leben auseinandersetze, würden meine Gefühle für dich noch tiefer. Also habe ich dieses Thema zwischen uns weitgehend gemieden. Es war ja auch nicht nötig, explizit zu fragen – deine Geschichten haben mir zwischen den Zeilen verraten, dass die Gerüchte, die deine Mutter erfolgreich gesät hatte, nur die halbe Wahrheit waren.«

Dana Karneol ließ den Brief sinken.

»Ich lese nicht weiter«, erklärte sie. »Ich sage kein Wort mehr ohne einen Anwalt. Sie können mich nicht zwingen.«

Sie knüllte die Briefbogen zusammen und warf sie in Richtung Papierkorb. Die Knäuel landeten knapp daneben. »Ich rufe jetzt meinen Anwalt an. Sie können mich nicht daran hindern. Das Recht steht mir zu.«

»Für jemanden, der nichts zu verbergen haben sollte, sind Sie ganz schön nervös«, stellte Bernd fest, während Helene aufstand und die Papierknäuel vom Boden aufhob. Sie faltete sie auseinander und strich die Bögen – natürlich Kopien des Originalschreibens – sorgfältig glatt.

»Ich werde Ihnen den Rest dieses Briefes vorlesen, danach können Sie selbstverständlich Ihren Anwalt anrufen«, erklärte sie gelassen und begann:

»Ich war mit dem Frühstück gerade fertig, als deine Mutter vor der Tür stand. Kaum hatte ich sie ins Wohnzimmer gebeten, kam sie auch schon zur Sache. Sie wusste alles von uns und unserem Verhältnis. Was auch immer sie dir erzählt haben will – es war ihr glasklar, dass du und ich nicht nur literarische Texte zusammen lasen. Vermutlich hat sie uns an Silvester in deinem Zimmer bemerkt, so, wie wir sie und Paul gesehen haben. Sie forderte von mir, ihr ein Alibi für die vergangene Nacht zu geben. Sie hätte mit Paul Sex im Auto gehabt, in einem Waldstück, einen Quickie, aber Paul könne ihr natürlich als verheirateter Mann kein Alibi geben. Daher müsse ich das tun. Im Gegenzug wolle sie ihr Wissen über unsere Affäre für sich behalten.

Ich wollte erst nicht. Ich hatte ein schlechtes Gefühl, in diesem Punkt zu lügen. Deine Mutter war keine Person, der ich vertraute. Da hat sie mir damit gedroht, mich öffentlich als Lesbe zu outen oder, schlimmer noch: als Lehrerin, die ihre minderjährige Schülerin verführt. Sie schilderte sehr blumig, mit welchen beruflichen und existenziellen Konsequenzen ich zu rechnen hätte, und führte ins Feld, dass diese Affäre auch nicht spurlos an Richard und seiner Position vorübergehen würde. Sie sagte, sie werde uns alle gesellschaftlich vernichten: mich, Richard und auch meinen Bruder Paul, der ja sehr ehrgeizig seine politische Karriere verfolgte.

Das war alles, was es brauchte. Ich dachte an Richard, an Paul, seine Frau, die Kinder ... an meine Karriere und auch daran, wie kalt du mich Stunden zuvor in den Wind geschossen hattest. Ich willigte ein. Fragte nicht weiter nach. Ich wusste, dass hier irgendetwas nicht stimmte, aber ich sah mich nicht in der Lage, irgendwen darauf aufmerksam zu machen.

Dann habe ich erfahren, dass du die ganze Nacht zu Hause gewesen sein sollst. Dass du angeblich im Bett lagst, während Joe nebenan deine Schwestern und sich selbst tötete. Ich habe diese Version aus den oben erwähnten Gründen hingenommen.

Jetzt, da ich sterbe und nichts mehr zu verlieren habe, gebe ich es dir und der Welt schwarz auf weiß: Du warst es, die bei mir war, nicht deine Mutter. Ich habe eine Falschaussage gemacht, die ich hiermit widerrufe. Was auch immer in jener Nacht in Joes Haus geschehen sein mag, ich bin überzeugt davon, dass dies der Wahrheitsfindung dient.

Julie. Liebste. Bitte verzeih mir und bitte verwerte diesen Brief auf eine Art und Weise, die die Wahrheit ans Licht bringt. Der Tod deiner Schwestern soll nicht ungesühnt bleiben. Und auch Joe hat das nicht verdient, auch wenn er alles andere als perfekt war. Bitte hab den Mut und stell dich dieser Vergangenheit, die auch deine ist und von der ich überzeugt bin, dass sie dir noch immer zu schaffen macht. Die Zeit des Schweigens ist vorbei. In Liebe, deine Lydia.«

»Blablabla!« Dana Karneol sprang wieder auf. Sie ging zum Fenster und sah hinaus. Ihnen weiterhin den Rücken zuwendend, sagte sie nach einer Weile: »Na und? Was sagt dieser Brief einer sterbenskranken Frau schon aus? Lydia war sauer wegen meiner Affäre mit ihrem verheirateten Bruder und sie wollte mir schaden. Ich *war* damals bei ihr. Was sie da schreibt, sind nichts als Lügen.« Sie drehte sich um, ein Lächeln auf den Lippen. »Vergessen Sie nicht: Es gab eine Zeugin, die bestätigte, dass ich bei Lydia in den Hof gefahren bin. Mit genauer Uhrzeit. Julie dagegen hatte nicht einmal einen Führerschein.«

»... was sie aber nicht am Autofahren hinderte, wie wir inzwischen in Erfahrung gebracht haben«, stellte Helene klar. »In Altenhain war es kein Geheimnis, dass sie ab und zu mit Joe Partiks VW-Bus herumkurvte.«

»Ihre sogenannte Zeugin, die Nachbarin von Frau Dr. Götz, hatte damals übrigens schon ein stattliches Alter und wohl kaum messerscharfe Augen«, sagte Bernd. »Und jeder Richter wird selbst zu der Überzeugung kommen, wie leicht sie und ihre Tochter zu verwechseln sind, wenn er Sie beide im Gerichtssaal vor sich haben wird: Sie in Ihrer Rolle als Angeklagte und Julie Schneeberg als Zeugin, die genau das bestätigen wird, was Lydia Götz hier zu Papier gebracht hat.«

Die Schauspielerin fuhr herum.

»Julie ist tot, sagten Sie mir!«

Bernd grinste und auch Helene Winters Gesicht zeigte ein leises Schmunzeln. »*Wir* sagten, dass Julie Opfer eines Attentats geworden ist«, rief die Psychologin ihr in Erinnerung. »Dass sie tot ist – war Ihre Schlussfolgerung. Wir haben das nie gesagt!«

Sie konnte sehen, wie die Maske fiel. Dana Karneol wirkte nicht mehr dynamisch. Zum ersten Mal zeigte sie sich so, wie sie wirklich war: als fünfzigjährige Frau, die soeben erkannt hatte, dass die Schlinge um ihren Hals sich enger und enger zog.

»Der Anwalt«, sagte sie nur.

Bernd nickte.

Peter Kollmann öffnete die Türe zum Gang. Zwei Uniformierte traten ein. Bei ihrem Anblick zuckte die Schauspielerin fast unmerklich zusammen.

»Dana Karneol oder Mitterer, wie Sie wollen: Wir verhaften Sie wegen des Verdachts auf Mord an Ihrem früheren Lebensgeführten Joe Partik und Ihren zwei Töchtern Alissa und Alena sowie wegen des Verdachts auf Anstiftung zu versuchtem Mord an Ihrer Tochter Julie«, sagte Peter Kollmann. »Sie haben das Recht zu schweigen. Sie haben das Recht auf einen Anwalt. Sollten Sie sich keinen leisten können, kann Ihnen einer gestellt werden. Alles, was Sie ab jetzt sagen, kann gegen Sie verwendet werden.«

Widerstandslos ließ die Karneol sich Handschellen anlegen.

»Vielleicht können wir Sie noch beruhigen, was den Verbleib Ihres Mannes betrifft«, sagte Bernd. »Er sitzt gegenwärtig in Untersuchungshaft, weil er einen Menschen umgefahren hat. Versehentlich, wie er behauptet. Und dieser Mensch war Martin Roschek. Ein nahezu aberwitziger Zufall, finden Sie nicht?«

Dana Karneol, die Handgelenke überkreuz, überging seine Bemerkung. Stattdessen schenkte sie dem jungen Uniformierten zu ihrer Linken ein strahlendes Lächeln.

»Ist das Ihre erste Verhaftung?«

»Ähm ... meine zweite.« Der junge Mann, der tatsächlich aussah, als käme er frisch von der Polizeischule, wirkte durch ihre direkte Ansprache nahezu entrückt.

»Ich kann mir vorstellen, dass das ganz schön aufregend ist. Zumal, wenn man einen Promi verhaftet, etwa nicht?«

»Äh ... na ja ... Ja, schon irgendwie«, gab der Jüngling in Uniform zu.

»Aber Sie machen das ganz toll«, flötete sie. »Wie ein richtiger Profi.«

»Ehrlich?« Der junge Mann machte große Augen und fühlte sich sichtlich geschmeichelt.

»Ganz ehrlich. Wie im Film«, bestätigte Dana Karneol, immer noch ein gewinnendes Lächeln auf dem Gesicht. »Könnten Sie mir vielleicht noch bitte meine Kosmetiktasche aus dem Badezimmer holen? Und meinen Mantel? – Damit würden Sie mir eine große Freude machen!«

Perplex verfolgten Bernd und Helene, wie sich der junge

Mann anschickte, die gewünschten Dinge zu holen. Er wurde von Peter Kollmann rasant gestoppt.

»Es reicht. Wir gehen hier nicht zum nächsten Casting für den Frauenknast, Frau Karneol. Die Hauptrolle als prominenteste Gefängnisinsassin ist Ihnen sowieso sicher.«

Dana Karneol schenkte auch ihm ein undurchsichtiges Lächeln. »Wir werden sehen«, sagte sie leise und legte die gefesselten Hände auf ihren Babybauch. »Wir werden sehen ...«

Wien, Februar 2015

Helene hatte die Hände voller Mehl und Teigresten, als die Türklingel erklang.

»Ich geh schon!«, erklang Miriams Stimme aus dem Badezimmer und Sekunden später huschte ihre Tochter im Bademantel und einem Handtuch-Turban auf dem nassen Haar an ihr vorbei in Richtung Wohnungstüre.

Helene hörte eine ihr mittlerweile gut vertraute Frauenstimme und Miriams Kichern. Ein paar Minuten später stand auch schon Julie Schneeberg neben ihr und begrüßte sie mit zwei vertraulichen Küssen auf die Wangen.

»Die Pizza ist noch nicht fertig«, informierte sie die Freundin ihrer Tochter sogleich. »Ich hoffe, du stirbst noch nicht vor Hunger.«

»Ich habe schon ganz andere Sachen überlebt, wie du weißt.« Julie wies mit vagem Lächeln auf die Stelle, an der sich noch zu Weihnachten ihre Milz befunden hatte.

»Ich weiß.« Helene stellte die Schüssel mit dem zu einer Kugel gerollten Teig neben die Heizung und hielt ihre Hände unter das fließende Wasser am Spülbecken. »Hast du noch Schmerzen?«

»Nein, nicht wirklich. Gelegentlich spüre ich die Narbe, das ist alles. Ich hatte unglaubliches Glück. Er hätte auch ein anderes Organ treffen können.«

»In der Tat.« Helene trocknete sich die Hände am Geschirrtuch ab. Ihr Blick fiel auf ihre halbnackte Tochter, die neben Julie am Küchenkasten lehnte. »Willst du dir nicht etwas überziehen? – Du hattest übrigens Glück, dass nicht Bernd kam oder der Postbote!«

Miriam grinste.

»Wissen ist Macht. Das hast du mir selber einmal gesagt. Und ich wusste, dass sie es ist ...«

»... weil ich sie angerufen und gesagt habe, dass ich früher komme als geplant«, vollendete Julie den Satz. Sie legte Miriam den Arm um die Taille und zog sie an sich. »Es war zu einsam in meiner Wohnung.«

»Man sollte meinen, du hättest noch so einiges in deinen neuen vier Wänden zu tun«, bemerkte Helene lächelnd. »Vorgestern standen jedenfalls volle Umzugskartons herum ...«

»Oh je!« Julie machte ein bestürztes Gesicht. »Ich wusste, es war ein Fehler, euch beide einzuladen, noch ehe ich mich komplett eingerichtet habe. Jetzt werde ich kontrolliert und überwacht.«

»Natürlich«, bestätigte Helene mit gespielter Ernsthaftigkeit. »Und als nächstes werde ich wöchentlich kontrollieren, ob du aufräumst. So, wie ich das ja auch bei Miriam regelmäßig tue.«

»Jetzt weißt du, warum ich so schnell wie möglich zu dir ziehen will, Schatzi«, kommentierte Miriam trocken. Sie lachten alle drei, während sie der Freundin einen Kuss auf die Wange drückte. »Ich geh noch Haare föhnen, okay? Bin gleich wieder da.«

Als der Fön hinter der Badezimmertür ertönte, wechselten Helene und Julie von der Küche in das Wohnzimmer.

»Magst du ein Glas Wein?«

»Später.« Ihre Besucherin ließ sich in die Polster sinken.

»Geht es dir wirklich gut?«, erkundigte sich Helene besorgt. »Du wirkst heute ein bisschen angespannt. – Es ist wegen morgen, oder? Du machst dir Sorgen wegen des Prozessauftakts. Ich kann verstehen, wenn dir davor graut, gegen Dana auszusagen. Nichtsdestotrotz ist sie deine Mutter und ...«

Julie schüttelte den Kopf.

»Das ist es nicht. Ich habe dir schon früher gesagt, ich sehe sie nicht mehr als Mutter. Aber ich mache mir Sorgen, ob es wirklich zu einer Verurteilung kommt. Wir haben nichts außer dem Brief und meiner Aussage gegen sie in der Hand. Ich habe Angst, dass es nicht ausreicht. Zumal meine Glaubwürdigkeit von ihrem Anwalt sicher in Frage gestellt werden wird. Ich habe damals schließlich bestätigt, dass ich zu Hause war!«

»Du warst erst siebzehn und wolltest Lydia schützen.« Helene setzte sich neben sie auf das Sofa und nahm ihre Hand. »Und du warst abhängig von deiner Mutter. Das sind alles Fakten, die deine Falschaussage von damals nachvollziehbar machen.«

»Ich wollte erreichen, dass sie unter Druck gesteht«, sagte Julie. »Deshalb habe ich sie wochenlang nachts angerufen und sie immer wieder gedrängt, die Wahrheit zu sagen. Ich dachte, wenn ich sie lange genug drangsaliere, wird sie letztendlich einknicken und zumindest mir sagen, was wirklich passiert ist.«

»Ab wann war dir eigentlich klar, dass deine Mutter Joe und die Kinder getötet hat?«

»Ehrlich gesagt erst ab dem Zeitpunkt, als mir Paul Nikolais Sohn den Brief übergab. Das war Anfang August vergangenen Jahres. Sein Vater hatte ja Lydias Wunsch, mir diesen Brief zu übergeben, ignoriert. Ich hätte ihn sonst schon vor Jahren erhalten. Erst als Paul im Frühling bei einem Verkehrsunfall starb, ist seine Familie im Zuge von Aufräumarbeiten auf diesen Brief gestoßen. Das Siegel war da schon aufgebrochen, was nur den Schluss zulässt, dass Paul den Inhalt des Briefes kannte und ihn mir deshalb bewusst nicht übergeben hat – vermutlich wegen des Satzes, in dem es um sein Verhältnis zu Dana ging. Er war ja bis zuletzt verheiratet, wie es sich für einen braven konservativen Politiker gehört.«

Sie lächelte flüchtig, wurde sogleich aber wieder ernst.

»Ich habe bei den Telefonaten mit Dana absichtlich nicht erwähnt, dass ich vorhabe, ein Buch über die Geschichte zu schreiben. Ich wollte ja erst ein Geständnis aus ihr herauskitzeln. Aber diesen Plan hat Marcy durch ihre übereilte Pressemitteilung zunichte gemacht. – Mittlerweile ist mir klar, dass ich zu viel erwartet hatte. Dana wird nie gestehen. Auch vor Gericht nicht. Und somit wird es quasi ein reiner Indizienprozess, dessen Ausgang ungewiss ist.«

»Du siehst das zu pessimistisch. Hab ein wenig mehr Vertrauen in die Urteilsfähigkeit der Richter. – Aber auch ich denke, dass Dana nicht gestehen wird. Das Problem ist, dass sie teilweise selbst glaubt, was sie sagt. Alles, was du mir mittlerweile von deiner Jugend und den Vorfällen in eurem Hause erzählt hast, lässt für mich als Psychologin nur einen Schluss zu: Dana hat eine Persönlichkeitsstörung. Übrigens in dieser Branche nichts Ungewöhnliches, habe ich mir sagen lassen …«

Julie nickte resigniert.

»Vermutlich hast du recht. Und genau das macht mir Angst: ihre Fähigkeit, die Wahrheit so geschickt zu verdrehen, und ihr Talent, Menschen zu manipulieren. Sie hat Joe dazu gebracht, sie zu schlagen, und vermutlich x andere Menschen in ihrem Leben auch dazu verleitet, Dinge zu tun oder zu unterlassen, um für sich selbst den größten Nutzen daraus zu ziehen. – Am Ende des Prozesses werde ich als psychisch angeschlagene Lügnerin dastehen und sie als das ewige Opfer der Umstände. Keiner wird mir glauben.«

»Ich glaube dir.« Helene drückte ihre Hand. »Und ich vertraue dir.« Sie lächelte. »Ich habe dir immerhin meine Tochter anvertraut, wohingegen du mir nicht einmal von diesem Brief erzählt hättest. Weil du tatsächlich dachtest, ich würde einem Mann die Stange halten, der mich auf das Übelste hintergangen und am Ende gar versucht hat, dich zu töten!«

»Ja, ich weiß. Vertrauen in andere ist noch immer nicht meine Stärke, aber es wird täglich besser.« Julie schenkte ihr ein dünnes Lächeln. »Allerdings hast du mir anfangs gar nicht vertraut im Bezug auf Miriam ... du bist an meinem Krankenbett gestanden und hast mich gefragt, was ich eigentlich von deiner Tochter will, erinnerst du dich?«

Helene lachte.

»Wohl wahr. Die Vorstellung, dass ausgerechnet eine Buchautorin aufrichtiges Interesse an einer Frau hat, die das geschriebene Wort meidet, war mir mehr als nur suspekt.«

»Ich liebe Miriam«, sagte Julie leise. »Ich hoffe, dass sie mich auch liebt.«

»Hat sie es dir noch nie gesagt?«

»Sie sagt es hundertmal am Tag, wenn wir zusammen sind.«

»Dann glaube ihr. Miriam lügt nicht. Sie ist verrückt nach dir.« Helene erhob sich. »Und so, wie sich das anhört, ist ihr Haar jetzt trocken. Der Fön ist jedenfalls aus. – Vielleicht wollt ihr beide euch ja um den Pizzabelag verdient machen?«

Wien, Februar 2015

Ich werde da heute nicht hineingehen. Ich werde heute nicht an einem Prozess teilnehmen.

Der Kleinbus, in dessen hinterem Bereich Dana Karneol saß, kam im morgendlichen Verkehr nur schleichend voran. Die

Scheiben des Fahrzeugs waren getönt und vergittert. Sie sah kein einziges Mal hinaus, merkte aber am häufigen Anfahren und Abbremsen, dass auf den Straßen viel los war. Angespannt fasste sie sich an den Bauch. Anfang sechster Monat. Sie spürte das Baby in sich und jeder kleine Tritt erinnerte sie daran, wie ungünstig ihre Situation derzeit gelagert war. Die Medien, der Staatsanwalt, die Polizei, die Frauen, mit denen sie in Untersuchungshaft saß – sie alle hielten sie für die Mörderin ihrer eigenen Kinder.

Joe hat meine Kinder umgebracht. Es war so, wie es in der Akte steht.

Wieder einmal hatte sich ihr Leben radikal verändert. Wieder einmal stand sie vor einem Abgrund. Wieder einmal sah es so aus, als wäre ihre Karriere dem Ende geweiht.

Wie hatte diese übergewichtige, picklige Justizbeamtin gestern in ihrem Beisein zu einer Kollegin gesagt? – »Die wird künftig nur noch in der Gefängnistheatergruppe die Hauptrolle spielen, wenn überhaupt!«

Nun, das werden wir ja sehen.

Das kommt alles wieder in Ordnung.

Felix sagte das ständig, wenn er sie besuchte. Intuitiv hatte sie damit gerechnet, dass er ihr unzählige Fragen stellen würde, wegen damals; dass er sie löchern würde wie ein kleines Kind wegen jener Nacht, in der ihr Lebensgefährte und die Kinder starben. Doch Felix fragte nie.

Stattdessen versicherte er ihr immer, dass er sie liebte – »wie auch immer der Prozess für dich ausgehen wird«. Fast so, als ob er die Möglichkeit in Betracht zog, dass sie verurteilt werden könnte! Sein ständiges Betonen, dass er *in jedem Fall* auf ihrer Seite war, machte sie krank. Im Gegensatz zu ihr hatte er noch nicht verstanden, dass ihr gemeines Leben sowieso zu Ende war.

Felix war nicht der Mann, der ihr in Situationen wie diesen eine Hilfe war. Das hatte sie bitter erkennen müssen. Statt die Dinge richtig in die Hand zu nehmen oder auch nur eine starke

Schulter zum Anlehnen zu bieten, verzettelte er sich in aberwitzigen Vorstellungen und machte durch sein konfuses, undurchdachtes Verhalten alles schlimmer als nötig. Dass er vor der Polizei so bereitwillig und ausführlich ausbreiten musste, wie sehr die Ankündigung von Julies Buch seine geliebte Gattin aus der Bahn geworfen hatte, war wirklich keine Glanzleistung … Und dann noch der Unfall im Wald. Was musste er da herumkurven und dann auch noch Roschek überfahren?

Die Sache hätte ganz anders ausgesehen, wäre Roschek im Dunkel der Nacht verschwunden und danach weiterhin sein eigener Fürsprecher geblieben, davon war Dana überzeugt. So aber hatte Felix in seinem blinden Aktivismus die haltlosen Annahmen der Ermittler nur bestärkt.

Der Bus kam zum Stehen, die Schiebetüre schwang zurück.

Das Gerichtsgebäude.

Sie waren da.

Dana hatte kaum den Fuß auf den Boden gesetzt, als schon die ersten Blitzlichter aufflammten. Von allen Seiten kamen Fotografen und Journalisten mit überdimensionierten Kameras und Mikrofonen, die sie ihr rücksichtslos ins Gesicht streckten.

»Frau Karneol, warum haben Sie damals Ihre Kinder umgebracht? Waren sie Ihnen im Weg?«

»Frau Karneol, haben Alissa und Alena noch geschrien, bevor Sie abdrückten?«

»Frau Karneol, haben Sie wirklich einen Killer auf Ihre Tochter Julie angesetzt?«

Flankiert von den beiden Beamtinnen, ging sie stoisch und mit hochgerecktem Kinn durch die Menge. Erst als sie die ersten Stufen zum Haupteingang des Gerichtsgebäudes erklommen hatte und die informationshungrige Meute von Polizisten hinter die Absperrung zurückgedrängt worden war, blieb sie stehen. Bedächtig drehte sie sich zu den Medienvertretern um.

»Ich danke für Ihr Kommen und dafür, dass Sie mir in dieser schweren Stunde beistehen«, rief sie in die versammelte Menge.

»Wieder einmal bin ich zum Opfer schrecklicher Umstände geworden. – Ich habe meine Kinder nicht getötet. Ich habe meine Kinder geliebt, wie jede Mutter. Und wer von Ihnen eigene Kinder hat, muss wissen, dass eine liebende Mutter niemals zu solch einer Tat fähig wäre!«

»Frau Karneol, ich muss doch bitten!«, zischte eine der Justizbeamtinnen. »Das hier ist nicht Ihre öffentliche Pressekonferenz!«

Es war diejenige, die ihr am Vortag Auftritte in der Theatergruppe der JVA prophezeit hatte. Dana bedachte die Frau mit einem kurzen, süffisanten Blick; dann setzte sie ihren Weg ins Innere des Gebäudes fort.

Auch du wirst deine Strafe bekommen.

Im Gerichtsgebäude war es vergleichsweise ruhig. Diejenigen Journalisten, die sich für den Prozess akkreditiert hatten, saßen vermutlich bereits im Verhandlungssaal. Der Rest musste vor dem Gebäude warten.

»Im ersten Stock. Saal 102«, wies ein Mann im schwarzen Anzug die Justizbeamtinnen an, die sich zielstrebig mit ihr nach oben begaben.

Vor dem Saal, das wusste Dana, würde ihr Anwalt sie erwarten. Jung, dennoch mit hervorragender Reputation. Der Mann brannte vor Ehrgeiz. Und war begeistert von ihr. Das spürte sie.

Ich werde heute nicht an einem Prozess teilnehmen.

Heute nicht, morgen nicht und so lange nicht, bis die Medien endlich wieder begriffen hatten, wer hier das wahre Opfer war, nämlich sie.

»Ich muss noch auf die Toilette«, sagte sie.

»Sie waren doch erst kurz vor der Abfahrt«, nörgelte eine ihrer Aufpasserinnen, diesmal nicht die mit den Pickeln, sondern deren ältliche Kollegin.

Dana hob die Schultern.

»Soll ich die Toilette checken oder willst du?«, wandte die Ältliche sich an die mit der Akne.

»Mach du«, nickte die. »Ich warte mit ihr hier an der Treppe. Das Damen-WC ist ja sowieso gleich hinter uns.«

»So viel Angst, dass da drinnen einer wartet, der mit mir durchbrennt?« Dana verzog das Gesicht zu einem amüsierten Lächeln.

»Vorschrift ist Vorschrift«, erwiderte die Beamtin steif.

Sie waren alleine. Keiner war in Sichtweite, aber hinten am Gang hörte sie Stimmen. Vor ihr lag das Treppenhaus.

Sie würde ihr Kind verlieren und als Opfer gelten. Die Tatsache, dass eine Justizbeamtin sie aus persönlichem, nicht nachvollziehbarem Hass die Treppe hinuntergestoßen hatte, würde einen Justizskandal heraufbeschwören – einen Justizskandal, der diese lächerliche Wiederaufnahme, die nur auf Annahmen und anfechtbaren Zeugenaussagen fußte, bei Weitem überlagern würde. Es mochte unangenehm werden, es konnte sich hinziehen, vermutlich über ein paar Wochen oder auch Monate. Doch letztendlich wäre sie frei.

Dana nahm Anlauf. Dann verlor sie den Boden unter den Füßen und fiel. Und fiel. Und fiel.

CAROLIN SCHAIRER

wuchs in Niederbayern auf. Die Diplom-Journalistin schrieb als Freie für Zeitungen und Magazine, war in der Medienbeobachtung, in der Markt- und Meinungsforschung und als PR-Mitarbeiterin eines Großunternehmens tätig. Sie lebt in Wien. Bislang erschienen im Ulrike Helmer Verlag zehn Romane von ihr.

Mehr von Carolin Schairer

Todesursache: ungeklärt

Kriminalroman. 280 Seiten. ISBN 978-3-89741-366-5

Kaum hat Ärztin Gesine Hofmann eine Landpraxis in Niederbayern übernommen, erhängt sich eine Frau im Geräteschuppen … Gemeinsam mit ihrer Nachbarin Holly taucht Gesine in den Strudel der Ermittlungen ein. Bald zeigt sich, dass hinter den Kulissen der idyllischen Gemeinde ein erbitterter Kampf tobt.

Wir werden niemals darüber reden

Kriminalroman. 304 Seiten. 978-3-89741-347-4

Ein alter Bauernhof im Süddeutschen birgt düstere Geheimnisse. Nach dem Tod der Bäuerin kommen sie ans Licht. Als ihre Enkel Isabell und Jan zur Beerdigung der Großmutter zurückkehren, beginnt eine harte Reise in die Vergangenheit …

Vesna

Roman. 230 Seiten. ISBN 978-3-89741-368-9

Elisa steht vor dem Nichts. Ihr Lebenspartner, mit dem sie im italienischen Süden lebte, hat sich umgebracht. Hals über Kopf flieht Elisa aus ihrer Wahlheimat Italien zurück nach Wien.

Dort, in der Stadt ihrer Kindheit, will sie mit ihrer fünfjährigen Tochter Lilly ein neues Leben beginnen. Doch Arbeit findet Elisa ausgerechnet in der Firma jener unfreundlichen Dame, mit der sie schon im Flugzeug nach Wien in Streit geraten war ...

Verlieren – vergessen – verzeihen

Roman. 277 Seiten. ISBN 978-3-89741-355-9

Eva-Maria Sollenau ist eine international gefeierte Stargeigerin. Doch ein schweres Unglück stürzt Eva in eine tiefe Krise ... Erst eine neue Aufgabe lässt sie wieder Lebensmut schöpfen: Sie wird eine rumänische Pianistin auf deren erster Europa-Tournee begleiten. Was aber verbirgt diese junge Frau, der der Name Ceausescu mehr als nur einen Schauder über den Rücken jagt?

Ellen

Roman. 447 Seiten. ISBN 978-3-89741-277-4

Akuter Geldmangel hat Nina ausgerechnet in einen Pharmakonzern verschlagen. Dabei besitzt die kreative 27-Jährige für ihren neuen Job weder genug Qualifikation noch die richtige Einstellung, von Lust ganz abgesehen. Zum Stress trägt nicht unerheblich auch ihre amerikanische Vorgesetzte Ellen McGill bei ...

Die Spitzenkandidatin

Roman. 384 Seiten. 978-3-89741-192-X

Die fiktive Geschichte einer Frau, die an die Spitze der Macht strebt: Sie ist Kanzlerkandidatin. Sie ist gut aussehend und ehrgeizig. Und sie ist lesbisch. Zufällig gerät der jungen Journalistin Theresa Lackner ein kompromittierendes Foto in die Hände. Sie erzwingt von der Politikerin ein Abkommen ...

Aprikose im Kopf

Roman. 296 Seiten. ISBN 978-3-89741-330-6

Als Fernsehjournalistin Katja Dannhausen aus Afrika zurückkehrt, hält sie sich für abgebrüht. Doch dann begegnet ihr die junge Russin Irina ... Eingewoben in die Lebensgeschichten zweier ungleicher Schwestern, erzählt Carolin Schairer von der Liebe und aufrüttelnden Erfahrungen.

Marie anderswie

Roman. 300 Seiten. ISBN 978-3-89741-297-2

Marie ist keine, mit der die Studentin Sarah Rosenberg freiwillig ganze Tage verbringt. Doch bald empfindet sie eine rätselhafte Zuneigung zu der verschlossenen Biologin – und begegnet einer jungen Frau, die mit ihrem Autismus leben und lieben muss ...

Riskantes Spiel

Roman. 304 Seiten. 978-3-89741-340-5

Schauspielerin Mia erhält ein mysteriöses Angebot: Sie soll in das Leben einer Anderen schlüpfen! Mia wagt das riskante Spiel, bei dem viel Geld und ein Urlaub in Brasilien winken. Doch die Lebensverhältnisse der Unbekannten sind rätselhaft.

Lass keine Fremden ins Haus

Roman. 300 Seiten. 978-3-89741-311-5

Die seltsame Frau, die Laura bei der morgendlichen Fahrt zur Arbeit trifft, geht ihr nicht mehr aus dem Sinn. Als sie die Fremde an einem eiskalten Abend völlig verfroren an der Haltestelle wiedersieht, nimmt sie sie mit zu sich nach Hause ...